FAMILIEGEHEIM

Dani Shapiro

Familiegeheim

MOURIA

ISBN 90 458 4911 9
NUR 302

www.mouria.nl

Voor Michael

Ik zal nooit weten waarom
ons leven een verkeerde wending nam, evenmin als jij.
De wolken zakten in mijn armen en mijn armen verhieven
zich.
Ze verheffen zich nu.

Mark Strand, 'The Man in the Tree'

I

IK LIG DE LAATSTE TIJD VAAK IN BED NAAR ONZE VIDEO-OPNAMES
te kijken: een zinloze bezigheid natuurlijk, maar ik kan het niet
laten. Ned is amateurfilmer, en sinds we bij de geboorte van Kate
onze eerste videocamera kochten, heeft hij ons gezinsleven vast-
gelegd: niet alleen verjaardagsfeestjes en feestdagen, maar ook de
alledaagse momenten die veel meer zeggen. Op die opnames lach
ik meestal, bedek ik mijn gezicht en roep ik: *Nee, nee, ik zie er niet
uit.* Ned is bijna altijd degene die filmt. *Kate, Kate, Katie*, zegt hij
verleidelijk met zijn zware stem, *kom eens hier, kleine meid van me.*
Na Kate als baby, peuter, en klein blond meisje, worden haar trekken scherper en helderder en krijgt ze een gezicht van zo'n bui-
tengewone schoonheid dat ik me soms met een schok realiseerde dat zij echt mijn dochter was.

Het is donker in mijn slaapkamer, de gordijnen zijn dicht tegen
de zon. De deur is gesloten, ook al is er niemand thuis. Buiten rijdt
af en toe een auto voorbij. Stemmen die opklinken en weer weg-
sterven. Het getik van voetstappen op straat. De muren van dit oude huis zijn dik, maar de ruiten zijn van dat ouderwetse, rimpeli-
ge glas. We waren steeds van plan om nog eens nieuwe ramen te
nemen, maar daar is het nooit van gekomen. Ik vond het altijd wel
prettig om zo goed te kunnen horen wat er buiten gebeurde. Daardoor had ik het gevoel dat ik bij de wereld hoorde. Nu wil ik me
alleen maar afsluiten. Mensen komen en gaan. Ze rijden met hun
auto naar hun werk en weer terug. Ze brengen hun kinderen naar
elkaar toe. Ze gaan uit eten en rijden daarna langzaam en voorzichtig naar huis. Ze beschermen wat van hen is.

Eigenlijk zijn die mensen op de beeldbuis vreemden voor me:
die knappe, jonge vrouw met haar haar in een slordige paarden-

staart, de man naast haar, met die vage lachrimpeltjes rond zijn ogen. Alles was zo simpel toen. Dat is wat me vooral opvalt aan die video-opnames van Ned. Ik had geen idee dat mijn leven toen zo simpel was. We hadden niet genoeg geld, te weinig ruimte, te weinig tijd. De boiler lekte en de hond moest nodig worden gewassen. Kleine dingen beheersten mijn leven. Wat lijkt dat nu allemaal absurd. Als ik mijn hand zou kunnen uitsteken naar die laatste zomer, zou ik mezelf een klap geven. Een harde klap. *Wakker worden!* zou ik tegen mezelf roepen.

KATE WAS DERTIEN. ZE WAS EEN TENGERE KLEINE MEID MET LANG, vlassig haar die altijd thuiskwam met schrammen en blauwe plekken. Ze speelde hockey, voetbal, basketbal en softbal en ze had meer botten gebroken dan ik kon bijhouden. Kate was heel erg gericht op winnen. Ze stortte zichzelf volledig in de wedstrijd, zelfs als haar dat een gescheurde pees, een blessure of een botbreuk opleverde. En als het gips of de tape of de hete en koude kompressen waren aangebracht en ze vertelde wat er was gebeurd, maakte ze er altijd een spannend verhaal van: 'Jenny McCauley maakte een overtreding, maar de scheids – haar vader, menéér McCauley dus – floot er geeneens voor. En toen werd ik kwaad en zei ik tegen mezelf dat ik geen kans meer zou missen.' Haar wangen waren roze rondjes en haar blauwe ogen werden omlijst door lange, donkere wimpers. Kate had een sterk gevoel voor competitie, waar Ned en ik ons enorm over verbaasden. Wij noemden het een 'gezonde' competitiedrang, maar diep in mijn hart was ik eigenlijk niet eens zo overtuigd van die kwalificatie. Ze haalde de hoogste cijfers en ze was aanvoerder van allerlei clubjes op school. Ned en ik waren vroeger allebei heel anders en we waren als volwassene zeker niet prestatiegericht. We hadden natuurlijk wel zo onze ambities, maar die waren in de loop der tijd veranderd. We wilden geluk en veiligheid voor ons gezin. We wilden genoeg geld verdienen om het huishouden draaiende te houden en zo nu en dan eens lekker uit eten te kunnen gaan.

Tijdens die laatste zomer was Kate op kamp gegaan, en ik kon zelfs al aan de toon van sommige brieven merken dat er iets was veranderd. *Lieve moeder,* begon ze. Moeder? Ze zei niet dat ze ons miste, ze maakte geen hartje op de *i* zoals ze vroeger altijd deed. Ze schreef niet over boogschieten of paintball. Als we haar belden, klonk ze driftig en tegendraads. Ik vroeg me af wat er aan de hand was, maar eerlijk gezegd dacht ik er ook zo weinig mogelijk aan en probeerde ik zo veel mogelijk te genieten van de rust, van de ongewone vrijheid weg te kunnen gaan als we dat wilden, of op zondagochtend gewoon weer in bed te kruipen. Voor het eerst in dertien jaar hoefden we nergens heen: geen carpool naar school, geen voetbaltraining, geen clubjes. Ik vroeg me af hoe het zou zijn om weer eens alleen te zijn met mijn man. Er ging anders altijd zo veel tijd zitten in praten over Kate, over alles wat er rond haar geregeld moest worden. 'Kate voor en Kate na,' zeiden we wel eens voor de grap. En terwijl we ons bezighielden met de dagelijkse praktijk van het ouderschap, gingen de jaren voorbij en werden we ouder. Ik vroeg me wel eens bezorgd af of we niet voortijdig middelbaar geworden waren doordat we al op zo'n jonge leeftijd een kind hadden gekregen. Maar ik had me daar geen zorgen over hoeven maken: Kate was nog maar een paar dagen weg en we gedroegen ons al als een pasgetrouwd stel: we zaten tot 's avonds laat te kletsen, we sliepen voor het eerst sinds jaren de hele nacht in elkaars armen, we genoten van elkaar. De tijd vloog voorbij.

Op de eerste zaterdag dat we alleen waren, kookte Ned het eten. Ik was de hele middag weggeweest om de gebruikelijke boodschappen en klusjes te doen: naar de stomerij, de slager, de kruidenier, een kraamcadeautje kopen. Toen ik thuiskwam, had Ned de picknicktafel in de achtertuin gedekt met ons mooiste servies, de kristallen glazen, en zelfs de linnen servetten, keurig opgerold in de servetringen. Op tafel stond de stormlamp van zijn oma en er brandden al een paar kaarsen in het zachtoranje avondlicht.

'Wat is dit allemaal?' Ik zette mijn tassen op de keukenvloer.

Het rook heerlijk zoet in huis, naar een mengsel van Indiase kruiden. Ned kookte niet vaak, maar als hij het deed, was het altijd ingewikkeld en uitgebreid. Ik zag een paar kookboeken opgeslagen liggen en er stonden drie pannen op het fornuis te pruttelen.

'Gaat je niks aan, naar buiten jij,' zei Ned. Hij streek mijn haar uit mijn gezicht en gaf me een kus op mijn oor.

'Maar ik moet even...'

'Jij moet helemaal niks.' Hij trok een gekoelde fles wijn open – een van onze goede flessen chardonnay – en schonk een glas voor me in. 'Ik kom ook zo buiten.'

Ik vroeg me verbaasd af of ik misschien iets vergeten was, een of andere belangrijke datum. Na al die jaren vierden we nog steeds de dag dat we elkaar ontmoetten en de dag waarop we ons verloofden, en onze trouwdag natuurlijk.

'Rustig maar, Rach,' zei Ned, die mijn gedachten had geraden. 'Ik wilde alleen maar een keertje lekker voor je koken.'

De hordeur klapte achter me dicht terwijl ik naar buiten liep. Ik was dol op onze tuin, vooral in de zomer. We maaiden het gras alleen vlak bij het huis: de rest was weiland. Het hoge gras ruiste in de wind en er zweefden wat paardebloemzaadjes door de lucht. De zon zakte weg achter het dak van de schuur.

Ik schopte mijn schoenen uit, klom in de hangmat en zette het wijnglas op mijn buik. Het was een vreemd gevoel om zo veel rust en tijd te hebben. Ik vond het niet erg, alleen wist ik niet zo goed wat ik ermee aan moest.

'Kijk eens.' Ned ging naast de hangmat op zijn hurken zitten en stopte iets in mijn mond.

'Wat is dat?' vroeg ik met volle mond. Het was heerlijk.

'Een dadel gevuld met gemalen amandelen en met een plakje bacon eromheen.'

'Mmm. Goed voor mijn cholesterol.'

'Ja. En straks krijgen we die curry met kreeft.'

'Zo, jij bent een druk baasje geweest.'

Hij gaf me een knipoog en lachte naar me. Zijn donkerblonde haar viel over zijn voorhoofd: hij schudde het weg met een gebaar van zijn hoofd dat ik duizenden keren bij hem maar ook bij onze dochter had gezien.

Ik pakte Neds hand vast, draaide die om, met de handpalm naar boven, en drukte hem tegen mijn wang. Ik kreeg een bekend, prikkend gevoel achter mijn ogen. Als ik niet oppaste, ging ik nog huilen van geluk. Sommige mensen vonden alles zo vanzelfsprekend: schoonheid, gezondheid, geluk. Maar hoeveel jaren we ook al samen waren: voor mij voelde het nog steeds als iets ongelofelijks, iets heel bijzonders. Waar had ik dit toch aan verdiend?

Ned gaf me een kus op mijn voorhoofd. Toen stond hij op, met een zacht middelbareleeftijdskreuntje, en liep weer naar binnen.

ER GINGEN EEN PAAR WEKEN VOORBIJ VOORDAT WE AAN ELKAAR durfden te bekennen dat we Kate toch wel erg misten. Er waren natuurlijk wel voordelen, zoals vrijen met de slaapkamerdeur open, een schoon aanrecht, en naar Coltrane luisteren in plaats van naar 'N Sync. Maar tegen de tijd dat ze weer thuis zou komen, aan het eind van de zomer, keken we daar ook erg naar uit. We gingen haar ophalen op de parkeerplaats van de school. Toen ze uit de bus stapte, had ze een gebloemd haltershirtje aan dat ik nog nooit had gezien, was haar haar oranje geverfd en had ze een tatoeage van een blaadje op haar enkel.

Ik zie haar staan, op de video-opname, tussen het groepje vrienden en vriendinnen van het zomerkamp van wie ze afscheid neemt en met wie ze telefoonnummers uitwisselt. 'Katie!' klinkt Neds stem keihard als hij haar roept. Hij zwaait naar haar met zijn ene hand en houdt met de andere de camera vast. Ik sta naast onze oude Volvo stationcar en doe de achterklep vast open voor de tassen vol wasgoed. Ned richt de camera even op mij en ik lach verlegen. Ik heb een grote zonnebril op en ik heb me niet opgemaakt. Het verbaast me opnieuw hoe jong ik eruitzie. Die zomer werd ik achtendertig, maar ik zou gemakkelijk door kunnen gaan voor dertig, vooral met die donkere glazen.

Het beeld wiebelt heftig als ik de camera pak en op Ned richt.

Hij ziet er zelf ook nog maar als een overjarige tiener uit, met dat baseballpetje van de Red Sox en een verbleekt sweatshirt. Ik had me er erg op verheugd om Kate en Ned weer samen te zien. Het was altijd een heimelijk genoegen van me om naar ze te kijken als ze samen basketbal speelden of televisie keken of huiswerk maakten aan de keukentafel. Ik loop vast naar Kate toe, maar ze schudt haar hoofd, met ogen die waarschuwend worden toegeknepen. Ik blijf staan. Ze draait zich resoluut om. Dan stopt de opname. Ik zet de camera uit en sta in mijn eentje tussen het groepje ouders, met mijn armen nutteloos langs mijn lijf.

BENEDEN GAAT DE BEL. IK STAP UIT BED. AAN MIJN SOKKEN BLIJFT stof hangen. Ik schuif voorzichtig een stuk van de zware, donkerblauwe gordijnen voor de ramen opzij en tuur naar buiten. Mijn ogen knipperen tegen het plotselinge felle licht. Er staat een bestelbus van Federal Express met dat vrolijke, paars-oranje logo voor het huis geparkeerd. Dat kan nooit veel goeds betekenen. Misschien is het een gerechtelijk bevel, of een brief van een incassobureau. Ik ga terug naar boven. Ik zie op de wekker dat het drie minuten voor twee is. Ik moet Joshua om drie uur van de crèche halen, dus het wordt tijd om op te staan. Ik spoel mijn gezicht en mijn oksels af met water, ik haal een kam door mijn haar en ik kleed me aan. Heb ik vandaag eigenlijk al iets gegeten?

Dit was ooit zo'n gelukkig huis. De zonnige keuken met de koelkast vol magneetjes en tekeningen, de eetkamer met die enorme grenen eettafel en een schaal fruit in het midden, overal bloemen in vazen en in lege wijnflessen. Ik was trots op ons huis, op de spullen die we hadden verzameld en die voor ons heel betekenisvol waren. Andere mensen kochten misschien dure kunstfoto's, maar wij hadden de ingelijste zwartwitfoto van een hek in de duinen bij Nantucket, die Ned had gemaakt in een van de zomers dat we bij onze oude vrienden Tommy en Liza Mendel logeerden. Die zomers met de Mendels is nog iets wat ik zo mis. In augustus gingen we altijd met elkaar een paar weken naar hun strandhuis. Hun dochter Sophie was een jaar jonger dan Kate. Tommy en Liza hadden het in de loop der jaren fenomenaal goed gedaan. Tommy had een serie hotel- en restaurantgidsen opgezet, en hij had zijn uitgeverij een aantal jaren later aan een Duits bedrijf verkocht. Liza was senior partner van een klein maar zeer prestigieus advocatenkantoor in Boston. We leidden een totaal verschillend leven, maar de Mendels waren net familie van ons. Die foto hangt nog steeds bij ons op de overloop, naast een foto van Kate en Sophie.

En dan deze kamer, de slaapkamer. Het bed is te zacht en het kraakt en de leunstoel moet nodig opnieuw worden bekleed. De art-decokaptafel die we voor ons huwelijk op een vlooienmarkt op Cape Cod hebben gekocht, staat te verstoffen. Mijn parfumflesjes, zeven zijn het er, staan op een Chinees schaaltje, naast een rommelig hoopje sieraden: Afrikaanse zilveren oorbellen, twee gouden oorringen, een paar oorhangers met halfedelstenen. Van die goede kussenslopen en lakens die ik een paar jaar geleden bij een postorderbedrijf heb gekocht, heb ik al veel plezier gehad. Wie had toen kunnen weten dat ik nu zo veel tijd in bed zou doorbrengen?

Als ik er rustig voor zou gaan zitten, zou ik me volgens mij elk moment voor de geest kunnen halen dat wij in dit huis en in deze kamer hebben doorgebracht. Ik heb Neds video-opnames niet nodig om Kate voor me te zien toen ze twee was, toen ze op het bankje aan het voeteneind van ons bed klom en zich schaterlachend op de oude lappendeken liet vallen die altijd op ons bed lag. Of Ned, terwijl hij met zijn hoofd op zijn ellebogen steunend naast me lag en met zijn blauwe ogen naar mijn steeds dikker wordende buik keek toen ik zwanger was van Joshua, en fluisterde dat hij zo gelukkig was dat hij weer vader zou worden. Op de schoorsteenmantel staat een foto in een zilveren lijstje: daarop staan Ned, Kate en ik vlakbij de voet van Stratton Mountain. (We hebben geen foto's van ons vieren, en niet één foto waar Kate en Josh samen op staan.) Het is begin herfst, we hebben een sweatshirt, een korte broek en wandelschoenen aan. Ik herinner me nog hoe verbaasd Kate was toen ik vertelde dat ik niet ging klimmen. Meestal was ik altijd degene die het eerst boven op de berg stond. 'Voel je je niet goed?' vroeg ze, met een zeldzame bezorgdheid. Ik wilde haar nog niet vertellen wat de reden was. Het was te vroeg. De band van mijn korte broek begon al strakker te zitten en mijn borsten waren zwaar en pijnlijk, maar er was nog niets aan me te zien. 'Ik voel me prima, lieverd,' zei ik. Ik ging aan een picknicktafel zitten met de krant terwijl mijn echtgenoot en mijn dochter aan de klim begonnen en uit het zicht verdwenen.

DE TELEFOON GAAT DE HELE OCHTEND AL, MAAR IK NEEM NIET OP. Op de nummerweergave staat dat het nummer is afgeschermd. Ik wil weten wie er belt voordat ik opneem. Er valt een smalle streep licht door een kier in de gordijnen op de houten balken. De schaduwen van de blaadjes van de iep in de voortuin spelen op de afbladderende witte verf. Ned en ik hebben eindeloos vaak de liefde bedreven op dit bed. Slaperige te-moe-om-het-te-doen-seks. Woeste, krabbende, gulzige seks. Goedmakende seks, als we allebei gekwetst en heel gevoelig waren. Dat allemaal hier, op dit bed, op deze plek waar ik nu lig met zó weinig gevoel in mijn lichaam dat ik me nauwelijks kan voorstellen hoe ik ooit genot heb kunnen voelen of geven. Ik probeer me voor te stellen dat Ned hier bij mij in bed ligt. Ik ben zijn geur kwijt. Dat was het eerste van hem waar ik zo gek op was: zijn geur, die me instinctief het gevoel gaf dat ik thuis was. Ik herinner me zijn lange vingers, waarmee hij zo zacht over mijn huid kon strelen tot ik ervan moest rillen. Ik kan me dat allemaal wel voorstellen, maar ik kan het niet meer voelen. Ik zie hem nog wel voor me: zijn sterke, krachtige borstkas met precies de juiste hoeveelheid blond, krullend borsthaar, het haar onder zijn navel dat steeds wat dikker wordt tot het uitkomt in een zachte wirwar. De telefoon gaat weer. Ik steek een arm uit bed en trek de stekker eruit. De laatste tijd denk ik er wel eens over na wat er precies voor nodig is om een heel leven te laten mislukken, om het uit te halen als een trui. Niet zomaar het leven van één persoon, maar het leven van een heel gezin, een leven dat in de loop der jaren met veel liefde en vertrouwen is opgebouwd. Dat gebeurt niet zomaar van het ene op het andere moment, maar het is de optelsom van een aantal momenten, van beledigingen, onwaarschijnlijkheden, domme pech, tot er een punt is bereikt waarop elke hoop is vervlogen. Een tijdje geleden was er op het nieuws iets over een man ergens in het westen van de vs die op een dag na het eten naar zolder ging, zijn jachtgeweer pakte, en daarmee zijn hele gezin doodschoot: zijn vrouw, zijn twee kinderen, en daarna zichzelf. Toen de buren werden geïnterviewd, vertelden ze precies hetzelfde wat er altijd in zulke gevallen wordt gezegd: rustige mensen, nooit moeilijkheden, niemand had het zien aankomen. Maar het bleek dat die man zijn baan was kwijtgeraakt, dat hij geen vooruitzichten had, geen geld en niet eens een ziektekostenverzekering. Zijn vrouw had een buitenechtelijke relatie en zijn jongste kind leed aan een chronische ziekte. Op die koude en donkere avond moet het voor hem geleken hebben alsof hij niets meer kon doen dan kapotmaken wat hij nog over had.

Ik doe nog wel veel dingen, al voer ik ze meestal als een robot uit. Ik word wakker als Joshua huilt en dan ga ik een flesje melk voor hem maken. Ik wieg hem in slaap met hetzelfde liedje dat ik altijd voor Kate zong: *Hush, little baby, don't say a word, Mommy's gonna buy you a mockingbird.* Wat een onzin eigenlijk, de tekst van dat liedje. Ik dacht altijd dat het wel goed voor ze was om te denken dat ik alles kon oplossen, wat er ook mis zou gaan. Daarna maak ik ontbijt voor Josh en breng hem naar de crèche. Ik haal hem op tijd weer op. Ik kan het me niet veroorloven om te laat te komen of om hem een dag helemaal niet te brengen. Iedereen let op mij. Ze denken dat ik dat niet merk, dat ze mij met hun goede manieren voor de gek kunnen houden, maar ik weet wel beter. Ik voel heel goed dat ik word beoordeeld. Ik heb mijn ongeluk aan mezelf te wijten, dat denken ze. Ze moeten wel. Want als het alleen maar toevallige gebeurtenissen waren, als het iedereen zou kunnen overkomen, wat zou dat dan voor hun eigen leven betekenen?

Ik kijk op de wekker. Tijd om op te staan. De badkamer is smerig: er zitten haren in de wastafel en het bad. Alleen mijn haren. De spiegel zit onder de vieze vegen. De zon schijnt door het vuile raam naar binnen, maar de zwart-witte tegelvloer voelt toch koud aan onder mijn voeten. Mijn ogen doen zeer en ik kijk in het spiegeltje van het medicijnkastje. Ik bekijk mijn gezicht meestal in gedeelten: mijn mond als ik mijn tanden poets, mijn haar als ik er iets van probeer te maken wat niet op een slaapkamerkapsel lijkt. Het is te confronterend om alles in z'n geheel te bekijken. Ik ben nooit echt ijdel geweest, maar nu ik mijn schoonheid kwijt ben, mis ik haar wel. Ned is er sinds deze hele toestand begon alleen nog maar beter uit gaan zien. Hij is zijn middelbare pafferigheid kwijt en hij ziet er nu gespannen en boos uit. Hij heeft een zwart, leren jasje gekocht waar hij mee over straat loopt, met een afgedragen spijkerbroek eronder. Het is net of hij zich alvast maar als een slechterik kleedt en daarmee zijn middelvinger opsteekt naar iedereen die aan hem twijfelt, die denkt dat het zijn eigen schuld is. En ik heb zo het gevoel dat ik boven aan die lijst sta.

De trui en de spijkerbroek die ik aanhad toen ik Josh vanmorgen naar de crèche bracht, liggen nog op de leunstoel. Mijn beha en mijn sokken liggen in een prop op de grond. Ik trek het allemaal weer aan en wrijf wat lippenstift uit op mijn wangen. Als ik er gezond uitzie, laten de mensen mij misschien wel met rust. De trap kraakt als ik naar beneden loop. Ja hoor, er ligt een envelop van de Federal Express op de mat. Ik raap hem op zonder naar de afzender te kijken. Dan loop ik naar de keuken, waar ik een kopje koude koffie van vanmorgen inschenk en in de magnetron zet. De *Globe* ligt nog ongelezen op de keukentafel. Ik ga zitten en probeer mezelf te vermannen. Ik hoef alleen maar een klein stukje met de auto te rijden, Joshua op te halen en weer naar huis te gaan. Meestal slaapt hij 's middags nog minstens twee uur, uitgeput door de hele ochtend spelen. Dan kan ik mijn kleren uittrekken en weer in bed kruipen.

Het antwoordapparaat knippert. Er zijn vijf berichten. Ik aarzel even, maar speel de berichten dan af.

'Hallo mevrouw Jensen, met Bill Sommers van New England Gas and Electric. Ik bel u over de nog uitstaande rekening...'

WISSEN.

'Rachel, met mamma. Nu heb ik er echt genoeg van. Je hebt al niets meer van je laten horen sinds...'

WISSEN. Wat ze ook te zeggen heeft, ik wil het niet horen.

'Mevrouw Jensen, u spreekt met Charlotte Meyers van Stone Mountain. We hebben een klein probleem met Kate. Wilt u ons meteen bellen als u dit bericht hebt ontvangen?'

Mijn hart begint te bonzen. Klein probleem?

Piep.

'Mevrouw Jensen? Nog een keer met Charlotte Meyers. Ik ga nu maar de volgende contactpersoon bellen op onze lijst, dat is, even kijken, meneer Jensen.'

Piep.

'Rachel? Wat is er in godsnaam aan de hand?' Ineens klinkt de stem van Ned door de keuken. Ik schrik ervan en hou mijn adem in. Ned klinkt bezorgd en boos. 'Je kunt me op mijn mobiel bereiken. Waar zit je?'

Ik bel het nummer van Stone Mountain, dat op een kaartje staat dat boven de telefoon aan de muur is geplakt. Terwijl de telefoon overgaat, zoek ik driftig naar de folder van de school, die ergens tussen de bonnetjes van de supermarkt en de folders van afhaal-restaurants in de keukenla ligt. Ik wil weer even zien waar Kate nu zit, ik wil de folder in mijn hand houden, met die foto van de landelijk gelegen school, de gebouwen in Tudor-stijl, de oude bomen en de tennisbanen. Die dikke, glossy brochure moet de ouders een beter gevoel geven over het feit dat ze hun kind naar zo'n plek toe hebben gestuurd. Er staan foto's in van meisjes die er normaal uitzien en die hele normale dingen doen: in een krin-getje in het gras zitten of in groepjes over een bospad wandelen. De hoge hekken, de ziekenzaal waar antidepressiva en kalme-ringsmiddelen worden toegediend, de buitengebouwen met de isoleercellen voor de meisjes – dat staat er allemaal niet in.

Eindelijk wordt de telefoon opgenomen.

'Hallo, met Rachel Jensen. Ik bel over mijn dochter, Kate.'

Ik word in de wacht gezet. Ik kijk nerveus om me heen, op zoek naar iets troostrijks waar ik me op kan richten, maar in plaats daarvan valt mijn blik op het messenblok op het aanrecht, de kasten met de glazen, de muur met familiekiekjes die er zó perfect uitzien dat ze gemakkelijk in de *Parenting* zouden kunnen staan. Ik pak een pen en begin gedachteloos lijntjes op het papier te zetten. Blokken met blokken erin. Ik kijk op mijn horloge. Als ik niet binnen vijf minuten wegga, kom ik te laat op de crèche.

'Mevrouw Jensen? Met Frank Hollis.'

Hollis is de directeur van de school.

'Wat is er aan de hand?' vraag ik, veel te hard.

'Ik wil u niet laten schrikken, maar wij zouden graag willen dat u met uw man hierheen komt,' zegt hij.

'Is er iets gebeurd?'

'Niet iets specifieks, maar...'

'Is er iets met Kate? Is ze ziek?'

'Er is een incident geweest, een vechtpartij met een ander meisje, en...'

'Een vechtpartij? Dat bestaat niet.'

'Het spijt me, mevrouw Jensen.' Hij zwijgt en wacht een reactie af. Maar ik weet niet wat ik moet zeggen. Ik probeer me Kate voor te stellen, die met haar dunne armen iemand probeert te stompen of te duwen, of iemand met haar nagels krabt. Ik heb het gevoel dat we het over iemand anders hebben, iemand die ik maar zó oppervlakkig ken dat het eigenlijk een vreemde is.

'En verder is er een ecstasypil in haar kleren gevonden tijdens een toevallige controle.'

'En die kan daar niet door een van de andere meisjes in zijn gestopt?' Terwijl ik dit vraag, realiseer ik me zelf al hoe onwaarschijnlijk dit klinkt.

'Nee,' zegt Hollis langzaam. 'Ze heeft toegegeven dat hij van haar was.'

'Hoe is ze daar dan aan gekomen? Jullie moeten er toch juist voor zorgen dat zulke dingen niet kunnen gebeuren?'

'We doen ons best, maar het gebeurt soms toch. Het wordt nog onderzocht...'

'Ik dacht dat uw school haar juist zou beschermen,' flap ik eruit. Ik merk ineens dat ik met mijn ene hand de tafelrand zó hard vastklem dat mijn vingers er zeer van doen.

'Mevrouw Jensen, laten we het er verder over hebben als u hier bent. Ik heb met dokter Esposito gesproken en hij is het ermee eens dat we het beste samen kunnen overleggen en dat we samen een plan de campagne moeten bedenken.'

Een plan de campagne. Ik probeer me Hollis voor te stellen in zijn wat armoedige kantoor. Hij is een magere, gebogen man met wallen onder zijn ogen. De avond dat we Kate voor het eerst op Stone Mountain achterlieten, nu bijna een jaar geleden, zat ik vrijwel voortdurend naar de ingelijste diploma's aan de muren van zijn werkkamer te kijken (kandidaats Harvard, promotie Cornell), terwijl ik me erbij probeerde neer te leggen dat ik mijn dochter achter moest laten bij iemand die eruitzag alsof hij de afgelopen paar jaar nauwelijks had ademgehaald.

'Intussen zit ze weer op Niveau Een,' zei hij.

Niveau Een is de status die de meisjes krijgen als ze binnenkomen, wat de reden van hun verblijf op Stone Mountain ook is. Het is in feite isolatie gecombineerd met dagelijkse therapie. De lessen volgen, contact met andere meisjes, zelfs eten in de kantine zijn allemaal privileges die ze moeten verdienen. Kate is in de tijd dat ze er zit nog nooit verder gekomen dan Niveau Twee.

Ik sta te klappertanden. Ik sla mijn arm om mezelf heen en probeer op te houden met dat stomme gebibber. Ik heb erin toegestemd om haar op die school te doen omdat ik dacht dat dat de enige plek was waar ze veilig zou zijn. Ze hadden beloofd om vierentwintig uur per dag op haar te letten en ervoor te zorgen dat haar niets zou overkomen. En intussen zou ze groeien, groter en sterker worden, en vooral zich ontworstelen aan die afschuwelijke beperkingen van haar eigen geest.

Stone Mountain is twee uur rijden. Als ik nu vertrek, Josh ophaal en ergens onderbreng, kan ik er nog voor het donker zijn.

'Ik kom er zo snel mogelijk aan.'

'We dachten eigenlijk aan morgen, mevrouw Jensen.'

'Ik wil haar graag nu meteen zien.'

'We zouden heel graag willen dat u nog even wacht. Dit is echt iets wat we heel zorgvuldig moeten aanpakken. Dat begrijpt u hopelijk wel.'

Hij praat heel langzaam en monotoon tegen me. Zo praten ze daar op school. Ze zijn gewend aan gekken, zowel onder de ouders als de kinderen. Ik probeer diep adem te halen, maar mijn borst doet pijn. Vechtpartijen? Drugs? Kate? Die woorden passen niet bij elkaar in één zin. Ze is dun, haar huid is doorschijnend zodat je haar aderen kunt zien.

'Wat dacht u van morgen om twaalf uur?' vraagt Hollis.

'Prima,' zeg ik. 'Ik zal mijn man bellen om het af te spreken.'

Ik kijk naar het papier waar ik op heb zitten tekenen. Er staan minstens honderd vierkantjes op, in elkaar, steeds kleiner, tot je niet meer kunt zien dat het vierkantjes zijn.

MIJN HOOFD TOLT, DE GEDACHTEN GAAN TE SNEL OM ZE BIJ TE kunnen houden. Ik haal een paar keer diep adem. Oppas voor Josh: dat moet ik allereerst regelen. Ik heb daar een lijstje met namen voor op een papiertje naast de telefoon in de keuken: Hannah, Lily, Kristen, Grace. Het zijn allemaal meisjes uit de buurt en ze zijn van Kate's leeftijd. Ze zou nu in de eindexamenklas hebben gezeten als alles nog gewoon was. Ik zie de vroegere vriendinnen van Kate nog wel eens in de stad. Ze hebben lang haar en dragen strakke spijkerbroeken met kleine, tie-dyed haltershirtjes, waarin hun jonge borsten op en neer bewegen als ze door Main Street lopen. Ze dragen pilotenzonnebrillen en discolaarzen – jaren zestig retro – en staan in groepjes te kletsen bij de ijssalon. Als ze me zien, vragen ze altijd naar Kate. *Hoe gaat het met Kate, mevrouw Jensen? Wanneer komt ze weer thuis?* Ze zijn allemaal samen opgegroeid in Hawthorne, ze hebben op dezelfde kleuterschool, lagere school en middelbare school gezeten. Ze waren bij elkaars heilig vormsel of bar mitswa. Ze bleven bevriend, ook toen Kate naar de particuliere school ging waar Ned werkt, omdat we daar geen schoolgeld voor haar hoefden te betalen. Maar nu zit Kate in New Hampshire in een instelling die een school genoemd wordt, maar waar een hek omheen staat en waar permanente bewaking is. En Hannah, Lily, Kristen en Grace doen examen en nemen rijles.

Maar die meisjes zitten overdag allemaal op school en kunnen dus niet komen oppassen. Bovendien wil ik niet dat ze iets van mijn zaken afweten. Ik zou Josh morgen wel mee kunnen nemen, als het echt niet anders kan, maar dan ziet hij zijn grote zus daar in dat gebouw met de tralies voor de ramen. Zijn zus. Hij zou haar met de koele, nieuwsgierige blik van een peuter aankijken en zich afvragen wie ze was.

En dus doe ik iets waarvan ik had gezworen dat ik het nooit zou doen: ik bel Neds moeder op. Het is maanden geleden dat ik haar heb gesproken. Ik stel me voor dat de telefoon overgaat op haar kantoor, in het oude herenhuis aan de rand van het park, met het paadje van straatstenen naar de voordeur en de klimop die langs de ramen groeit.

'Jensen Makelaars, waarmee kan ik u van dienst zijn?'

'Gladys, met Rachel Jensen.'

Er valt een korte, bijna onmerkbare stilte.

'Hallo, hoe gaat het met jou?' vraagt de secretaresse die al sinds jaar en dag bij mijn schoonouders werkt. Haar stem klinkt beleefd, maar ik kan bijna horen dat ze zich schrap zet. Het lijkt soms wel alsof mijn leven een niet-ondertitelde buitenlandse film is en ik maar moet proberen te snappen waar het over gaat. Wat ze eigenlijk zegt is: *Jij! Wat moet je nou weer?* Ik behoor niet meer tot de clan.

'Is Jane bereikbaar?'

'Ik zal even kijken.'

Het moderne kantoor van Jensen Makelaars is gevestigd in een van de mooiste panden van Hawthorne. Gladys kan van achter haar antieke bureau in de hal het kantoor van Jane zien, en ze weet heel goed of Jane wel of niet bereikbaar is. Zelfs als de deur van haar kantoor gesloten is, kan Gladys door het raam zien of haar zwarte Range Rover, die je moeilijk over het hoofd kunt zien, op de parkeerplaats staat.

'Het is een noodgeval, Gladys,' zeg ik zonder nadenken.

'Ach hemel, toch niet iets echt ernstigs, mag ik hopen?'

Ze zet me zonder op een antwoord te wachten in de wacht en de muzak zevert al door de hoorn. Had ik het woord noodgeval maar niet gebruikt. Iedereen in deze stad schijnt al te weten wat er met mij aan de hand is, vaak nog voordat ik het zelf weet. Ik hoor Gladys Oberman al met slager Joe kletsen terwijl hij een paar karbonaadjes voor haar inpakt. *Die arme mensen*, zegt ze hoofdschuddend. *Die krijgen toch het een na het ander op hun dak.*

'Rachel? Wat is er aan de hand?'

Mijn schoonmoeder heeft een enorm Bostons accent en ze beschikt ook over het bijbehorende gezonde yankee-verstand. Wat er aan de hand is? Ned heeft haar dus nog niet gebeld. Ik had me afgevraagd of hij dat zou hebben gedaan, vooral omdat hij mij niet kon bereiken.

'Ik moet morgenochtend naar New Hampshire, Jane. Ik vroeg me af of je Josh van de crèche zou kunnen halen en 's middags en misschien ook 's avonds op hem zou kunnen passen.'

'Is er iets met Kate?'

Ik kijk uit het raam naar de vogelvoerbak die aan de onderste tak van de iep hangt. Ned strooide er altijd zaad in. Nu is het ding al zo lang leeg dat de vogels er niet eens meer naar omkijken.

'Een klein probleempje,' zeg ik.

Jane en Arthur betalen Kate's schoolgeld. Ned en ik zouden ons dat nooit kunnen veroorloven. Het is een exclusieve school: je moet wel heel erg in de war en heel erg rijk zijn om daar terecht te kunnen. Ned en ik hadden nauwelijks genoeg geld om de gewone kosten te kunnen betalen, en al ons spaargeld was opgegaan aan therapieën en advocaten, al wisten onze ouders daar niets van. We hadden helemaal niets meer.

'Wat nu weer?' vraagt Jane. Ik zie haar lange, knalrood gelakte nagels voor me waarmee ze op haar glanzende houten bureau trommelt. Ik durf haar de waarheid niet te vertellen. Daarom heeft Ned haar waarschijnlijk niet gebeld: hij weet natuurlijk ook wel dat Jane woest zou worden als ze zou horen over vechtpartijen en drugs, ondanks alle voorzorgsmaatregelen. Jane is iemand die graag waar krijgt voor haar geld.

'Ik weet het niet precies,' zeg ik. 'Daarom wil ik er ook naartoe.'

'Hmmm.'

Ze gelooft me niet, maar dat kan me niet schelen. Het enige dat ik wil is dat ze morgen voor Josh zorgt. Niet dat hij dat erg leuk zal vinden, want hij barst altijd in tranen uit als hij bij zijn oma achtergelaten wordt. Ik weet dat ze erop let dat hem niets overkomt en dat ze goed voor hem zorgt, maar ze gaat geen kiekeboe met hem spelen. En ze laat hem in de kinderstoel zitten tot hij zijn bordje keurig leeg heeft. Oma Nee-Nee, zo noemt hij haar. En volgens mij beschouwt zij dat als een compliment.

'Dan moet ik wel een paar afspraken afzeggen.'

Ik rol met mijn ogen.

'Maar dat is natuurlijk niet het ergste,' zegt ze, bijna alsof ze me kan zien. 'Weet je wat, ik bel je straks terug en dan spreken we het verder af.'

'Dat is goed.' Ik hang op. Nu gaat ze Ned bellen, dat weet ik zeker. Hij wordt natuurlijk woedend omdat ik hem niet meteen heb gebeld zoals hij had gevraagd. Maar eerst moet ik zorgen dat ik mijn jas aantrek en mijn sleutels en mijn portemonnee van het gangtafeltje pak. De letterblokjes van Josh liggen verspreid over de vloer in de gang, bij een groene, plastic regenworm die alle letters van het alfabet kan zeggen. Josh kan nog maar nauwelijks praten en hij stelt ook nog geen vragen. Ik praat wel eens met hem over Kate, zodat hij haar niet vergeet, maar zij is al erg diep weggezakt in zijn kleutergeheugen. Soms zie ik een kleine frons in zijn wenkbrauwtjes. Dan vraag ik me af of hij het gezicht van zijn grote zus voor zich ziet, en haar blonde haren voelt die over zijn gezichtje vielen als ze zich over hem heen boog om hem een nachtkus te geven.

25

MIJN AUTO STAAT OP STRAAT GEPARKEERD, VOOR HET HUIS. HET IS vijf over drie en de leidster zit waarschijnlijk al vol ongeduld te wachten. Rachel Jensen kan niet eens haar zoontje op tijd komen ophalen. Ik start de motor en rij weg. Ik zie maar nauwelijks wat een prachtig weer het is, ook al was er regen voorspeld. De lente duurt in Massachusetts maar een paar weken. De vuilgrijze februaridaken verdwijnt en dan ineens is de hemel strakblauw en schieten de gele krokussen alweer uit de grond. Ik heb altijd erg van deze tijd van het jaar gehouden, maar nu voelt het als een klap in mijn gezicht. De lente is iets waar alleen andere mensen van kunnen genieten, mensen met een leven dat niet volledig op zijn kop is gezet.

Vroeger wenste ik iedereen altijd het beste toe. Wat had het voor zin, vroeg ik me af, om te zwelgen in jaloezie? Andere mensen hadden meer dan wij: meer kinderen, meer geld, meer huizen, meer succes. Dat kon me nooit iets schelen omdat ik gelukkig was met wat wij hadden. Maar nu zie ik soms groen van jaloezie als ik andere vrouwen in de stad zie, met hun stoere man en hun gezonde kinderen. *Waarom jullie wel en ik niet?* zou ik tegen ze willen schreeuwen. Ik vind het afschuwelijk, maar soms wens ik stiekem dat er iets vreselijks met hen gebeurt. Een echtgenoot die aan een hartaanval overlijdt terwijl hij met de sneeuwruimer in de weer is. Een kind dat 's ochtends met hoofdpijn wakker wordt en 's middags ten dode is opgeschreven. *Die dingen gebeuren!* wil ik tegen ze roepen. *Zoiets kan ons allemaal overkomen!*

Op de autoradio wordt gezegd dat de naderende onweersbui een sneeuwstorm dreigt te worden. Ik minder vaart voor de verkeerslichten vlak naast de toegangspoort van Hawthorne Academy, de particuliere school aan de rand van de stad. In de kerktoren wordt de klok geluid. Een paar blonde jongeren met opengeritste parka's en modderige sportschoenen lopen over de brede oprijlaan naar het gebouw toe. Vroeger zou ik gekeken hebben of Kate erbij was. Je kon haar altijd al vanaf een afstand herkennen, aan haar lange, wat slungelachtige lijf en haar soepele pas. Ned verwacht ik hier nog steeds te zien lopen, met een tas vol proefwerken die hij moet nakijken en omringd door een groepje leerlingen. Ze stonden altijd in de rij voor zijn kantoortje om zich op te geven voor welke sport hij ook maar begeleidde. Als je aan ze zou vragen wie de populairste leraar op Hawthorne was, dan zouden ze allemaal Ned Jensen noemen. Hij had vroeger zelf ook op Hawthorne gezeten en hij kon zich nog heel goed inleven in de problemen waar de gemiddelde tiener mee te maken krijgt. Ze kwamen naar hem toe met de problemen waarmee ze niet bij hun ouders durfden aan te komen, en bij hem waren hun ontboezemingen veilig. Als je nu zijn naam zou noemen, zouden ze allemaal wegstuiven.

De crèche, The Little Acorn, is een paar straten verderop, iets voorbij bloemenzaak Merrill's. Het is een van de vijf crèches die hier de afgelopen jaren zijn opgericht. De babyboom in Boston is de afgelopen tijd in noordelijke richting opgeschoven en de bevolkingsgroei is in deze stad explosief te noemen, mede dankzij de bouwprojecten van Jane en Arthur ten noorden van Hawthorne, waar de akkers en boerenschuren plaats hebben gemaakt voor huizen met bubbelbaden en granieten aanrechten. De parkeerplaats van de crèche staat vol met ruimtewagens en suv's. Een paar moeders staan met hun peuters aan de hand bij hun auto. Ze kijken even mijn kant op en kijken dan weer weg.

Ik parkeer mijn auto, laat de sleuteltjes in het slot zitten en loop haastig naar binnen. Door de ruit zie ik Josh al. Hij zit aan een tafeltje en kijkt heel geconcentreerd in een boek. Zijn donkere krullen vallen over zijn voorhoofd. Godzijdank is hij niet de laatste: er zijn nog een paar peutertjes. Ze zitten met een gele, metalen bus te spelen en hun tuinbroekjes zitten onder de verfvlekken. Josh is de enige die alleen zit. Zelfs toen ik zwanger van hem was, was hij al zo stil: ik moest soms echt mijn best doen om hem in beweging te krijgen.

Hij kijkt op en ziet me door het glas van de deur. Zijn mondje gaat open, hij roept 'mamma!', schuift zijn stoel naar achteren en rent naar de deur. Hij steekt zijn hand uit naar de draaiknop en probeert de deur open te maken.

'Sorry dat ik zo laat ben,' zeg ik tegen de stagiaire die nog in het lokaal is. Ik pak zijn jas en muts van de kapstok en til hem op.

'Rode handen, mamma,' zegt Joshua, en ik zie dat zijn vingertjes bedekt zijn met rood krijt en al een paar vegen op mijn roze trui hebben gemaakt. Ik geef hem een kus op zijn hoofd en ik ruik de zoete geur van Play-Doh.

'Heb je iets getekend, Joshie?' vraag ik. 'Heb je een tekening gemaakt?'

Hij kijkt me neutraal aan en mijn hart maakt een sprongetje zoals het minstens honderd keer per dag doet. Hij is niet zoals andere kinderen van twee. Hij geeft geen antwoord op vragen, maar ik blijf ze stellen. *Zie je die bloem? En dat huis? Wie zit er in dat huis?* Ik kijk diep in zijn ogen, alsof ik daardoor helemaal tot in zijn hoofd kan kijken.

Twee andere moeders van kinderen in de groep van Josh lopen achter me aan door de gang als ik even later met hem op de arm naar buiten loop.

'Heb jij je al opgegeven voor die cursus muziek-op-schoot?' vraagt de ene aan de andere. 'Het is echt heel leuk, we gaan met een hele groep.' Ze lopen langs me heen zonder me te groeten.

Vroeger zou ik me aan zoiets hebben gestoord. Toen Kate nog klein was, deed ik heel erg mijn best om erbij te horen. Ik bleef rondhangen op de parkeerplaats en ging samen met de andere moeders koffiedrinken. We kletsten dan vooral over de kinderen, we wisselden tips uit over voeding, over goede muzieklessen of de opvoeding. De meeste moeders waren gestopt met werken en ik vroeg me wel eens af of ik dat niet ook moest doen, of ik mijn baan als kunstrestaurateur niet moest opzeggen en pas weer moest gaan werken als Kate op de middelbare school zat. *Deze tijd komt nooit weer terug*, zeiden ze. *De tijd vliegt voorbij.* Die moeders vulden hun tijd met het rondrijden van hun kinderen van de crèche en de school naar speelafspraken of clubjes. Ze leken zo zelfverzekerd, ze droegen hun t-shirts met spuugvlekken alsof het medailles waren. Ik was altijd haastig onderweg naar een afspraak in mijn zwarte nette kleren die ik nog had van mijn vorige leven in New York.

Ik ontwijk die vrouwen nu. Ik wil niet dat ze zien wat er met mijn gezin is gebeurd, als ze het al zouden zien of als het ze al iets kon schelen. Ik kan hun gedachten lezen alsof ze in een wolkje boven hun hoofd geschreven staan. Rachel Jensen dacht toch dat ze beter was dan wij? Nou, nu heeft ze haar verdiende loon.

2

TOEN IK NOG EEN HARDWERKENDE STUDENT VAN BEGIN TWINTIG was, probeerde ik me wel eens voor te stellen hoe mijn leven er later als volwassen vrouw uit zou zien. Ik dacht vaak aan het jaar 2000, dat nog ver weg in de toekomst lag. Dat was een andere eeuw, een ander millennium zelfs. Dan was ik achtendertig, dus al bijna antiek. Dan zou ik zeker in New York wonen. New York was waar ik moest zijn als ik een carrière als kunstrestaurateur wilde. Daar waren de belangrijkste schilderijen, de belangrijkste schilders. Ik was al halverwege mijn postdoctorale studie aan de universiteit van New York, een studie waar maar vijf studenten per jaar voor worden toegelaten. Ik wist al precies wat ik na mijn studie wilde: ik wilde een zeldzame en zeer begerenswaardige baan als conservator van het Metropolitan Museum. Als ik geen college had, zat ik een groot deel van mijn tijd in Veselka, een Oekraïens eetcafé aan Second Avenue, een volle en lawaaiige zaak waar je voor weinig geld grote kommen kippensoep, heerlijke broodjes en sterke koffie kon krijgen. Ik ging dan met mijn boeken en papieren aan een tafeltje achterin zitten, want ik vond het gezellige lawaai veel prettiger dan de drukkende stilte in de universiteitsbibliotheek.

In mijn privé-leven was ik veel minder ambitieus. Het huwelijk van mijn ouders had mij niet bepaald geïnspireerd om ook aan zo'n onderneming te beginnen. Ik dacht dat, als ik al zou trouwen en kinderen zou krijgen, dat pas veel later zou zijn, bijvoorbeeld in het jaar 2000, als ik al een plek in de wereld had gevonden en het moederschap me niet van mijn identiteit zou beroven. Ik had geen rekening gehouden met de lange, blonde, magere kunstenaar die bijna elke ochtend aan een tafeltje bij het raam van

Veselka zat, de ene kop zwarte koffie na de andere dronk, en in een schetsboek zat te tekenen of uit het raam staarde naar het verkeer op Second Avenue. Ned zei later dat hij me al weken eerder had gezien terwijl ik daar achter mijn boeken zat. Maar volgens mij zag ik hem het eerst. Hij was ook moeilijk over het hoofd te zien. Niet zozeer door zijn uiterlijk (hoewel dat ook zeker een rol speelde) maar vooral door de ingehouden melancholie die me in hem aantrok. Hij had zo'n gezicht dat maakt dat je wil vragen waar hij aan denkt.

Toen we eindelijk iets tegen elkaar zeiden, was dat iets banaals als: *Heb je de babka hier al geprobeerd?* Maar dat maakte niet uit. Er was iets tussen ons. *Daar ben je dan.* Bizar, maar dat was wat ik dacht. Ik wist gewoon zeker dat ik de man had ontmoet met wie ik de rest van mijn leven zou doorbrengen. Ik zat uren bij Ned aan dat tafeltje te praten over alles wat ons interesseerde. Onze gesprekken zigzagden van kunst naar onze familie naar het leven in de grote stad, en de vrienden die we gemeenschappelijk bleken te hebben. Tegen de tijd dat de zon onderging, zaten we hand in hand en was er een spanning tussen ons ontstaan die tegelijk opwindend en veilig was.

Ned was eenendertig. Hij probeerde de kost te verdienen als beeldend kunstenaar sinds hij tien jaar eerder was gevraagd voor het Whitney Program, een beurs voor jonge kunstschilders. In die tien jaar hadden sommige van zijn vrienden een bliksemcarrière gemaakt. Niet dat Ned zelf geen succes had, want hij had geëxposeerd in hele goede galeries in Boston, Los Angeles en Parijs, maar in New York wilde het maar niet lukken. Hij knoopte de eindjes aan elkaar door 's avonds en in het weekend juridische teksten te corrigeren. Ik was er zeer van onder de indruk dat hij helemaal niet verbitterd was, en dat hij alles goed kon relativeren. *Wie weet wat men over honderd jaar van ons werk vindt?*

Het duurde een tijdje voordat hij moed had verzameld om me uit te nodigen in zijn atelier. Een maand nadat we elkaar hadden ontmoet, en bijna elke avond samen doorbrachten, liepen we van zijn appartement aan de Lower East Side naar zijn atelier in Chinatown, onder de Manhattan Bridge. We aten onderweg eerst ergens wat pasta met een glas wijn, in een klein restaurantje in Mulberry Street. Ned bleef maar treuzelen: ik merkte dat hij nerveus was. Na het eten nam hij me eindelijk mee. We gingen een smalle, donkere trap op naar zijn atelier. Hij liep door de ruimte en deed zes of zeven spotjes aan die aan de balken waren bevestigd. Er stonden een stuk of tien schilderijen tegen de muur. Terwijl ik ze bekeek, begon ik te begrijpen wat het probleem was. Ned had nog geen eigen, afgeronde visie, hoewel ik met mijn zeer getrainde maar toch nog naïeve oog wel kon zien dat hij echt talent had. Hij had alleen meer tijd nodig.

Ik dacht niet dat het op dat moment erg zinvol zou zijn om zijn werk te bekritiseren en ik vond ook niet dat dat aan mij was. Ik wist genoeg om te weten dat hij nog zoekende was en ik twijfelde er niet aan dat hij uiteindelijk de juiste weg zou vinden. Ik vertelde Ned niet dat ik ervan overtuigd was dat hij ooit nog wel eens door zou breken. We zouden uiteindelijk trouwen, ik zou die baan in het Met krijgen, Ned zou beroemd worden en een van de beste galeries krijgen, die van Leo Castelli bijvoorbeeld. We zouden zo'n beroemd maar toch gewoon gebleven gezin worden dat je soms wel eens in *Architectural Digest* ziet, van die mensen die heerlijk loungen in hun zonovergoten loft in Tribeca met hun twee prachtige kinderen.

TOEN NED EN IK EEN JAAR SAMEN WAREN, RAAKTE IK ZWANGER VAN Kate. Ik had nog twee semesters van mijn studie voor de boeg en Ned werkte aan een nieuwe serie schilderijen. Hij vertrok 's ochtends in alle vroegte en maakte lange dagen in zijn atelier. Een bekende galerie in SoHo had belangstelling voor zijn werk getoond, en Ned was zich aan het voorbereiden op een bezoekje van de galeriehouder aan zijn atelier. Een zwangerschap was niet bepaald de bedoeling, het was zelfs in de verste verte niet de bedoeling. Ik was nog maar vierentwintig. De mensen met wie wij omgingen, hadden nog geen kinderen. Ze hadden niet eens een huisdier.

'Wat moet ik nou doen?' snikte ik in Neds armen. Ik voelde me nu al misselijk en uitgeput. Mijn hele lichaam voelde opgeblazen.

'Wij,' zei Ned. 'Wat moeten wíj doen.'

'Ik weet het echt niet.'

'Volgens mij wel.'

'Ik vind het zo erg!' zei ik huilend. 'Ik weet gewoon niet wat ik moet beginnen...'

'We houden het kind natuurlijk.'

'Maar mijn opleiding dan... en jouw werk...'

'We bedenken wel iets. We knappen gewoon ons huis een beetje op.'

Ik keek om me heen in ons appartement, dat bestond uit twee kleine kamers, met in de ene een tweepitskookstel en een minikoelkast bij wijze van keuken.

'Dat kan toch niet,' zei ik.

'Of misschien kunnen we naar iets groters verhuizen.'

'Daar hebben we toch helemaal geen geld voor?'

'Pat Hearn komt volgende maand al langs. En ze klonk door de telefoon heel erg geïnteresseerd. Eén expositie maar, Rach. Als ik ook maar één schilderij aan een verzamelaar verkoop, zitten we al op rozen.'

IN DE WEKEN DAARNA DWONG IK MEZELF OM NAAR COLLEGE TE blijven gaan en niets van mijn geheim te laten merken. Maar ik wist niet hoe lang ik het verborgen kon houden, zelfs niet hoe lang ik met mijn studie door kon gaan. Ik werkte met allerlei chemische stoffen. Zou dat niet gevaarlijk zijn voor de baby? Ik was al bijna drie maanden zwanger toen ik een ontbijtafspraak maakte met mijn vriendin Liza. Ze heette toen nog Liza Masters, ze had net verkering met Tommy, die bedrijfskunde deed, en ze studeerde rechten aan de NYU. We hadden samen op kamers gewoond tot ik bij Ned introk.

Liza kwam een paar minuten te laat in The Bagel in Bleecker

Street, waar we hadden afgesproken. Ze was toen ook al een op-
vallende meid, nog voor al het succes en het grote geld. Ze had
een aangeboren gevoel voor stijl en een zelfverzekerdheid die ervoor zorgde dat iedereen naar haar keek en zich afvroeg wie zij
was. Ze had lichtblond haar, een bijna doorschijnende huid, ze
droeg een strakke, zwarte spijkerbroek, hoge hakken en een wit
haltershirtje.

Ze omhelsde me, hield me toen op armlengte afstand en keek
me onderzoekend aan.

'Je ziet er slecht uit. Is er iets?'

Ik was even van mijn apropos. Ik was van plan om haar eerst
voor te bereiden en het dan voorzichtig te vertellen.

'Niks,' zei ik, maar ik barstte in tranen uit.

'O, Rachel,' zei ze. 'Is er iets met Ned? Wat is er toch?'

'Ik ben zwanger,' zei ik.

'Shit.'

'We houden het.'

Ze sperde haar ogen open. 'Dat méén je niet!'

'Toch is het zo.'

'Heeft Ned dit bedacht?'

'Nee. Niemand heeft het bedacht. Het is gewoon gebeurd.'

'Maar ik kan je wel het adres van een zeer goede arts geven,
die kan...'

'Dat wil ik niet,' onderbrak ik haar.

'Maar Rachel, luister nou. Je kunt nu toch geen baby krijgen?'

Had ik maar niets tegen haar gezegd. Wat had ik eigenlijk verwacht? Ze snapte het toch niet.

'Ned heeft een schilderij verkocht.' De leugen kwam er zó gemakkelijk uit, dat ik het zelf bijna begon te geloven.

'Te gek!' zei Liza. Ze probeerde een goede vriendin voor me
te zijn. En ik was een leugenaar, een verrader. Ned zou er niets
van begrijpen als hij het zou kunnen horen. Ik snapte het zelf niet
eens.

'En een hele goeie galeriehouder in SoHo gaat hem onder zijn
hoede nemen,' loog ik verder. Waarom ook niet? De ene leugen

volgde heel gemakkelijk uit de andere. Het was in ieder geval waar dat die galeriehouder binnenkort langs zou komen, maar ik had natuurlijk geen idee wat er daarna zou gaan gebeuren. Ik probeerde een beeld te schetsen van het leven dat ik graag wilde hebben.

Liza schudde haar hoofd. 'Maar is het toch niet beter om nog een tijdje te wachten? Je bent nog zo jong, en het is zoiets onherroepelijks. Je kunt nooit meer terug.'

'Ik wil het graag,' zei ik.

TOEN IK DIE AVOND THUISKWAM, ZAT NED EEN SIGARET TE ROKEN. Er stond een groot glas whisky voor zijn neus.

'Hallo!' zei ik. Ik bukte me en zette een pak melk in de minikoelkast.

Hij keek naar me op met bloeddoorlopen ogen. Ik bleef stokstijf staan.

'Was het vandaag?' vroeg ik.

Ned had me niet verteld wanneer de galeriehouder zou komen. Ik was een beetje bijgelovig en ik wilde het liever niet weten.

'Ja.' Hij keek weer naar de grond.

'En hoe ging het?'

'Gaat niet door,' zei hij.

'Hè? Maar wat...'

'Het was gewoon niks voor haar. Ze is maar vijf minuten gebleven, hooguit.'

Ik ging naast hem zitten. Mijn gedachten schoten alle kanten op: ik schaamde me om de belachelijke leugen die ik Liza had verteld, ik had te doen met Ned, maar ik maakte me ook voor het eerst zorgen om onze financiële situatie. We bezaten nog ongeveer twintig dollar. Hoe konden we nou een kind krijgen, in zo'n moeizame situatie? We hadden niet eens een ziektekostenverzekering.

'Ik heb eens zitten denken,' zei Ned.

Ik slikte angstig. Ik was doodsbang dat hij nu ging zeggen dat we het kind moesten laten aborteren.

'Misschien moeten we een tijdje ergens anders gaan wonen,'

zei hij. 'Zo erg zou dat toch niet zijn? Jij stopt een tijdje met je studie...'

'En jij dan?'

'Ik kan ergens anders ook wel schilderen.' Hij zuchtte. 'Zo goed gaat het hier ook niet.'

'Maar waar moeten we dan heen?'

Ned ging staan en liep naar het raam, dat uitkeek op de brand-trap die naar een binnenplaatsje leidde.

'Ik heb mijn ouders gebeld, Rach. Ik heb het ze verteld en ik heb ze om een lening gevraagd. Maar ze hebben geen zin om de kunst eindeloos te blijven subsidiëren. Ze hadden het over een huis in Hawthorne dat binnenkort geveild gaat worden. Ze willen ons de eerste aanbetaling wel lenen.' Hij zweeg, en voegde er bijna als onbelangrijk detail aan toe dat er een schuur in de achtertuin stond die volgens zijn moeder een perfect atelier zou zijn.

Er viel een lange stilte. Ned had zich nooit bijzonder positief uitgelaten over zijn geboortestad.

'Maar Ned! Dat kan toch helemaal niet! Je moet hier zijn, hier kun je het beste werken. Je zou knettergek worden als je zo dicht bij je ouders zou wonen.'

'Niet met jou erbij. Bovendien is het heel verstandig. We moeten toch aan geld zien te komen? Baby's kosten nu eenmaal geld.'

'Je zou me gaan haten.'

'Nee, ik hou van je,' zei hij zacht. Hij legde zijn hand op mijn nog steeds platte buik. 'Het wordt een spannend avontuur.'

Hij stond op en liep naar de boekenplank, waar hij een klein, zwartfluwelen doosje pakte. Ik hield mijn adem in toen hij het aan me gaf. Er zat een fraai bewerkte antieke ring in, met wit-gouden krulwerk en kleine diamantjes helemaal eromheen.

'Die is van mijn grootmoeder geweest,' zei Ned.

Ik deed de ring aan mijn ringvinger. Ik was volkomen sprake-loos.

'Vind je hem mooi?'

Om eerlijk te zijn was het een ring die ik nooit zelf zou hebben uitgekozen. Hij was groot en opvallend, en ik hield meer van iets simpels, maar dat kon me niet schelen. Ik kwam niet uit een familie waarin erfstukken van de ene generatie overgingen op de andere. De meeste bezittingen van mijn familie waren verloren gegaan toen ze voor de oorlog uit Europa vluchtten. Ik vond het een leuk idee dat ik nu in een familie kwam met geschiedenis en met erfstukken die van de ene generatie werden doorgegeven aan de andere. De juwelen en het zilveren theeservies van oma Ruth. De heupfles van kristal en leer van betovergrootvader Edmund, die hij volgens de overlevering bij zich had toen hij tegen de indianen vocht.

Maar het was vooral het idee dat ik samen met Ned, de man van wie ik hield, een gezin zou gaan vormen waardoor ik die ring toch mooi ging vinden. Het was het fysieke, tastbare bewijs dat hij hetzelfde voor mij voelde als ik voor hem. Ik draaide mijn hand om en om en de diamanten vingen het zwakke licht in onze kamer.

'Hij is prachtig,' zei ik.

HET NIEUWS DAT NED EN IK GINGEN TROUWEN, VERTELDE IK PAS zo laat mogelijk aan mijn moeder. Ze was niet dol op onverwacht nieuws, en ze was zeker niet dol op Ned. Leuke joodse meisjes trouwen niet met kunstschilders. Ze wilde dat ik een dokter uitkoos, een advocaat of een bankier. Hiermee zou ik de hele wereld op zijn kop zetten.

'Waarom hebben jullie zo'n haast?' vroeg mijn moeder aan me toen we koffie dronken bij Bergdorf Goodman. Aan de tafeltjes om ons heen zaten keurig gekapte dames met nette handtasjes te nippen aan een glaasje mineraalwater of in een salade te prikken. Mijn moeder leek precies op die andere dames. Ze had haar haar en haar nagels laten doen bij Elizabeth Arden en het grootste deel van haar garderobe kwam van dezelfde zaak waar we nu koffie zaten te drinken. Ik leek absoluut niet op de vrouwen bij Bergdorf: ik had mijn best gedaan om er zo anders mogelijk uit te zien. Ik was al jaren niet meer naar de kapper geweest: mijn haar krulde en het was erg lang. En ik had voor deze bijzondere gelegenheid

– dame gaat uit lunchen met moeder – een wijde spijkerbroek en een mannenoverhemd van Ned aangetrokken, waarin mijn opbollende buik niet opviel. Jaren later kreeg ik meer plezier in kleren, en begon ik mijn kleding als een soort uniform, of als een wapenuitrusting te beschouwen. Maar in die tijd probeerde ik vooral om niet op mijn moeder te lijken. Ik genoot van haar licht afkeurende blik toen ik uit de lift stapte en naar haar toe liep. Maar ze was vastbesloten om er een gezellige lunch van te maken – zo zou ze dat noemen, een 'gezellige lunch', dus ze toverde een vriendelijke glimlach op haar mond en omhelsde me, zij het zeer kort.

Mijn moeder had een hele agenda voor die dag gemaakt. Dat deed ze altijd. Ze sprak zelfs in lijstjes.

'A, ik vind dat je toch minstens tot de zomer zou kunnen wachten,' zei ze. 'In het voorjaar is het weer zo onbetrouwbaar. En B, waarom wil je in Massachusetts trouwen? Jóúw familie woont toch hier?'

'Dat weet ik wel, mam.' Ik kon het logische antwoord niet over mijn lippen krijgen, en dat was dat mijn familie maar uit één persoon bestond en dat die persoon hier in al haar gepoederde glorie voor mijn neus zat. Mijn vader was gestorven aan longkanker toen ik nog studeerde. Ik had geen broers of zussen en mijn ouders waren ook enig kind. Ik had dus ook geen ooms en tantes, geen neefjes en nichtjes, helemaal niemand. Alleen maar mijn moeder, Phyllis. Het zat kennelijk in de familie, dat we maar één kind kregen. Ik vond het allemaal zeer deprimerend. Een van de positieve kanten van een verhuizing naar Hawthorne was dat ik daar eindelijk aan kon ontsnappen.

'En C wil ik het bruiloftsdiner bij mij thuis houden,' ging mijn moeder verder.

'Maar dat verzorgt de familie van de bruidegom toch altijd,' zei ik.

'Sinds wanneer maak jij je druk om tradities?' Er kleefde een klein stukje sla aan haar roze lippenstift.

'Jane en Arthur wilden het bruiloftsdiner in hun club geven.'

'O ja, natuurlijk. Hun clúb.'

'Wat bedoel je daar nu weer mee?'

'Niets. Niets hoor.'

Ik zag mijn moeder zo weinig mogelijk, maar dat was toch altijd nog minstens eens per week. Dat ik de enige nakomelinge was van een moeder die weduwe was geworden, met name déze weduwe, was iets heel raars in mijn leven. Ik kon het aan niemand uitleggen. Niemand van mijn vrienden had al een ouder verloren, dat kwam op onze jonge leeftijd van begin twintig ook bijna niet voor. Niemand had het gevoel verantwoordelijk te zijn voor de overgebleven ouder. De meesten hadden juist ouders die voor hén zorgden, die af en toe iets lekkers te eten brachten of kwamen helpen met het invullen van de belasting. Maar ik had het vage, onrustige gevoel dat ik voor een vrouw moest zorgen die twee keer zo oud was als ik en waar ik niet eens een emotionele band mee voelde.

'Mam, ik ben zwanger,' flapte ik er ineens uit.

Het was helemaal niet mijn bedoeling om het te zeggen. Er was helemaal geen reden om het nu al aan haar te vertellen. Ik was nog maar drie maanden zwanger, en er was nog maar nauwelijks iets te zien. De baby zou dus verdacht snel na het huwelijk geboren worden, maar dat deed helemaal niet terzake. Daar maakte niemand zich tegenwoordig nog druk om, zeker mensen van mijn generatie niet. Ik drukte mijn vingernagels in mijn handpalmen terwijl ik naar het gezicht van mijn moeder keek, waarop allerlei emoties elkaar afwisselden, zoals schrik, boosheid, woede, en tot slot, een zelfingenomen tevredenheid.

'Ik wist het,' mompelde ze.

'Wat wist je? Dat ik zwanger was?'

Ik voelde me ineens erg kwetsbaar. Nu ik het hardop had gezegd tegen mijn moeder, voelde ik me onveilig, alsof ik de baby in gevaar had gebracht. Ik zou op weg naar buiten van de roltrap vallen en een bloederige miskraam krijgen op het pluchen tapijt, te midden van de Armani-pakken. Ik zou een misvormd kind baren dat gedoemd was een ellendig leven te leiden. Gedoemd, dat was het kernwoord. Hoe kon er ooit iets goeds voortkomen uit mij, die uit deze boze, verknipte vrouw was geboren?

'Het is verschrikkelijk,' zei mijn moeder zacht.

'Wat zei je?'

'Verschrikkelijk,' herhaalde ze. 'Je verpest je leven.'

Ik wilde mijn stoel naar achteren schuiven, mijn jas pakken en weggaan, maar ik kon me niet bewegen. Ik zat versteend op mijn stoel. Ik staarde de vrouw aan de andere kant van het tafeltje aan. Haar lippen trilden en ze had een woeste blik in haar ogen. Wie was zij eigenlijk? Ik voelde geen liefde voor haar, maar toch kon ik me niet van haar losmaken. Er waren duizenden onzichtbare draden die ons met elkaar verbonden, en als ik me los probeerde te maken, werden ze alleen maar strakker aangetrokken. Ze was mijn moeder. Ze kon tegen me zeggen wat ze wilde en hoe gemeen of kwetsend dat ook was: weggaan was onmogelijk. Er was niemand die mijn plaats kon innemen. Hoe vaak had ik niet een broer of zus gefantaseerd met wie ik het over haar kon hebben. Wil jij mamma even ophalen bij de dokter? vroeg ik dan bijvoorbeeld. Of: mamma doet zo raar de laatste tijd, denk jij dat we haar naar een psychiater moeten sturen?

'Je hebt toch alle tijd van de wereld,' zei ze. 'Waarom nu? Hoe denk je dat je je studie nu af moet maken? Hebben jullie geld voor een oppas of een crèche? Heb je daar wel over nagedacht?'

'Ja, natuurlijk hebben we daarover nagedacht,' zei ik kortaf. Ik gebruikte al de woorden 'wij' en 'ons'. Meervoudsvormen die aanduidden dat wij een gezin waren. Mijn nieuwe gezin, samen met Ned.

'We gaan naar Hawthorne verhuizen,' zei ik. Ik zag het gezicht van mijn moeder betrekken. Ze leek ineens wel tien jaar ouder. Ik schepte er geen genoegen in om haar pijn te doen. Ik wist in mijn hart wel dat ze gewoon een eenzame, oude vrouw was en dat ze het niet kon helpen dat ze zo tegen me deed. Ik voelde me plotseling zo misselijk. Ik legde mijn handen op mijn buik, die de laatste tijd al wat voller begon te voelen. Zou ze gelijk hebben? Was ik mijn leven aan het verpesten? Mijn droom had ik al aan de kant gezet, maar dat was alleen tijdelijk, en bovendien ruilde ik hem in voor een andere, een echtere.

'Ach, Rachel.' Ze schudde haar hoofd. Het was een vreemd moment, ze wist niet wat ze moest zeggen.

'Je kunt toch op bezoek komen?' zei ik zo vrolijk mogelijk. Ik had een visioen van een oud huis met krakende trappen en veel hoeken en gaten. Daar zou ik mijn moeder dan in stoppen, in een hoek of een gat, ver weg van onze zonnige slaapkamer. Ze kon blijven zolang ze maar wilde, en ik zou me niet aan haar ergeren, omdat ze op mijn eigen territorium was, in mijn eigen stad, waar ze me niet meer kon raken. De ouders van Ned hadden een paar foto's van het huis gestuurd en ze deden hun best om het voor ons te bemachtigen. Het huis was tweehonderd jaar oud en elke kamer moest grondig aangepakt worden. 'Een echte opknapper,' had Jane door de telefoon gezegd. Maar ik lette niet op de vochtplekken, de beschadigde muren, de ontbrekende planken. Het huis was perfect omdat we het konden betalen. Daar zouden we ons eerste kind krijgen, het zou echt ons huis zijn, ver weg van mijn moeder. En later, als we helemaal op eigen benen zouden staan, zouden we teruggaan naar New York.

Toen mijn moeder de rekening had betaald, keek ze om zich heen, naar de uitgestalde taarten en de obers met hun witte schorten. Haar blik bleef rusten op de twee vrouwen aan het tafeltje naast ons, een moeder met haar dochter. Ze hadden bijna hetzelfde wollen jasje aan, met schouders waar dikke, gouden kettingen op waren gefestonneerd, waardoor ze iets militairs hadden. Ze hadden dezelfde kleur lippenstift. Toen ze klaar waren met eten, haalden ze allebei een lippenstift en een poederdoosje van Chanel uit hun handtasje. Ik wist dat mijn moeder jaloers was en dat ze zich afvroeg waarom wij niet zoals die twee konden zijn. Wat had ze fout gedaan? Waar had ze het aan verdiend dat ze een hippie-dochter had gekregen die zwanger was geraakt en naar Massachusetts ging verhuizen?

'Heb je wel aan mij gedacht?' vroeg ze.

'Wat?'

'Heb je er wel aan gedacht hoe het voor mij zou zijn als mijn

41

dochter... mijn enige dochter... de enige reden die ik nog heb om te willen leven...'

'Hou op.' Ik deed mijn ogen dicht.

'Waar moet ik mee ophouden, Rachel? Wat is voor jou zo moeilijk om te horen? Het is toch de waarheid? Als jij er niet was geweest, had ik het na de dood van je vader ook opgegeven. Maar ik heb tegen mezelf gezegd: nee, dat kun je niet doen. Je hebt een dochter. Rachel heeft je nodig. Hoe zou Rachel het moeten redden als ik er ook niet meer zou zijn?'

Er kwamen allerlei snedige antwoorden in me op, maar die zouden haar alleen maar onnodig kwetsen, dus hield ik mijn mond. Ik kreeg de kinderachtige neiging om mijn vingers in mijn oren te stoppen en een liedje te gaan zingen. Als ik haar maar niet hoefde te horen. Ned had me een keer gevraagd of mijn moeder altijd al zo was geweest, of dat ze door het overlijden van mijn vader was veranderd. Kon ik maar zeggen dat het daarmee te maken had, maar dat was niet zo. Ze had altijd al geprobeerd om in het middelpunt van mijn leven te staan. Dat was haar enige bestaansreden. Ze had mij op de wereld gezet zodat ze voor altijd iemand had die van haar kon houden en naar haar kon luisteren. Dat was mijn taak. Al het andere, zoals een man, kinderen, een carrière, was daar ondergeschikt aan.

'Ik ben toch je moeder,' zei ze. Dit was haar troefkaart en ik wist wat ze nu zou gaan zeggen. 'Ik heb jou toch het leven geschonken,' verklaarde ze.

'Oké, nou heb ik er genoeg van.' Ik schoof mijn stoel naar achteren. Dit was het enige dat ik écht niet kon verdragen: de ik-heb-je-op-de-wereld-gezet-speech. Eigenlijk was het grappig, en als ik het later aan Ned zou vertellen, zouden we er allebei smakelijk om moeten lachen. Maar ze bedoelde het niet grappig, ze was bloedserieus. Ik nam mezelf voor om zoiets nóóit, maar dan ook nóóit zelf te denken over mijn eigen kind, laat staan hardop te zeggen.

'Wat bedoel je nu eigenlijk, mam?'

'Ik bedoel dat je me dit niet aan kunt doen.'

'Ik zei toch dat je altijd welkom zult zijn?' antwoordde ik luchtig. Ik haatte haar, en ik haatte mezelf. Ik was helemaal niet die vervelende, kille vrouw die ik werd als mijn moeder in de buurt was. Ik ving een glimp van mezelf op in de spiegel toen ik me omdraaide om mijn jas te pakken. Ik zag er boos, onverzettelijk en oud uit.

'Wélkom,' zei ze spottend. 'Ik ben wélkom in het huis van mijn eigen dochter.'

'Ja,' antwoordde ik.

'Ik mag op visite komen.'

'Precies.'

'Als gást.'

De moeder en dochter aan het tafeltje naast ons zaten nu onbeschaamd naar ons te luisteren, terwijl ze elkaar aankeken alsof ze wilden zeggen dat ze blij waren dat het bij hen niet zo ging.

'Wacht maar,' zei mijn moeder. Ze ging staan. Ze was toen nog vrij lang en ze stond kaarsrecht. Ze keek naar mijn buik die verscholen ging onder het wijde hemd van Ned. 'Jij krijgt ook een dochter en die wordt later precies zoals jij.'

IK RIJD VAN DE CRÈCHE LANGZAAM TERUG NAAR HUIS. ALS IK EEN rondje rij, valt Josh vaak zomaar in slaap. Het is druk in Main Street, veel mensen die aan het eind van de middag de boodschappen doen. Ik zie een moeder van een kindje van de crèche KaBloom binnengaan, de bloemenzaak die ik vanaf het begin heb geboycot omdat de zaak van Dave Shield, die nog door zijn vader was opgericht, erdoor op de fles ging. Er zijn nog maar een paar winkels over uit de tijd dat Ned en ik hier kwamen wonen. Het was toen nog een schilderachtig plaatsje, hoewel er ook toen al tekenen waren die ik destijds niet opmerkte: tekenen dat de leuke, kleine gereedschapswinkel, de kapper, en zelfs de lokale cafetaria plaats zouden moeten maken voor winkelketens en winkelcentra aan de rand van de stad. Het nabijgelegen en voor forensen gemakkelijk bereikbare Boston, de prestigieuze invloed van de particuliere school, en de prachtige oude huizen, waarvan sommige nog van vóór de revolutie waren, maakten Hawthorne heel aantrekkelijk voor jonge gezinnen die op zoek waren naar een gezellige, kleinere stad maar wel hun cappuccino en verse biscotti wilden kunnen blijven kopen. Mijn schoonouders hadden een grote rol gespeeld bij die veranderingen en ze waren er erg rijk van geworden, dus niemand van de familie Jensen had er iets over te klagen. Ik rijd langs het oude, met klimop begroeide huis van Jensen Makelaars en kijk naar het raam van Jane's kantoor. De luxaflex is dicht.

Ik rijd door, voorbij de afslag naar ons huis. Een paar kilometer verderop zet ik mijn auto op de parkeerplaats van het appartementencomplex Pine Dunes aan de rand van de stad. Ned heeft hier een appartement in onderhuur. Het is een erg lelijk complex, dat bestaat uit gepleisterde blokken van twee of drie verdiepingen met kleine balkonnetjes eraan vastgeplakt. Het is een raadsel waarom er ooit toestemming is gegeven om dit gebouw neer te zetten, want Hawthorne is een stad waar je normaal gesproken nog geen schuurtje mag bouwen zonder een ingewikkelde procedure bij de schoonheidscommissie te moeten doorlopen. We maakten er vroeger grapjes over, toen dit gebouw zich nog op veilige afstand van ons huwelijk bevond. Divorced Dad Dunes. Divorcée Dunes. Pining Dunes. We hadden er eindeloos veel grappige namen voor. Pine Dunes is waar de meeste alleenstaanden van Hawthorne wonen. Als je 's avonds om een uur of halfacht langs het complex rijdt, staat overal de televisie aan. Je kunt je er de joggingbroeken en het slechte Chinese afhaaleten dat direct uit de kartonnen bakjes wordt gegeten al bij voorstellen. Ongelukkige mensen die zich in een suf limbo bevinden, waar ze wachten tot hun oude leven voorbij is en ze aan een nieuw kunnen beginnen.

Ik laat de motor aan. Josh is in zijn kinderzitje in slaap gevallen. Zijn hoofd is een beetje opzij gezakt en uit zijn open mond druppelt wat spuug. Hij snurkt heel zacht, een prachtig geluid is dat, net een spinnende kat. Als Josh eenmaal slaapt, slaapt hij overal. Ik pak mijn mobiele telefoon uit mijn tas en bel Ned.

'Doe maar wat je wilt, maar doe het na de piep,' is de korte boodschap. Hij lijkt wel veertien.

'Hallo, met Rachel,' zeg ik. Dit hoort bij onze nieuwe beleefdheid. We zijn al zo lang samen, maar nu noemen we elkaar ineens weer bij onze volledige naam. 'Ben je thuis?' Ik wacht even. Ned laat vaak zijn antwoordapparaat aan om te zien wie er belt voordat hij opneemt. 'Hallo?'

Hij neemt niet op. Vroeger dacht ik dat ik zo ongeveer helderziend was als het om Ned en de kinderen ging. Ik dacht dat ik altijd kon voelen waar ze waren en of het goed met ze ging. Net zoals een leeuwin kan ruiken waar haar welpjes in het bos zitten. Maar nu zit Kate op die afschuwelijke school, weet ik niet eens in welk appartement mijn echtgenoot precies woont en of hij thuis is of niet. Ik draai me weer om en kijk naar Josh, mijn lieve jongetje, die in zijn zitje zit te slapen. Gelukkig weet ik wel waar mijn kleintje is, godzijdank.

Het is het eind van de middag en de bewoners van Pine Dunes beginnen zo langzamerhand thuis te komen. Ze stappen uit hun auto met een kleine tas boodschappen. Alle appartementen zien er precies hetzelfde uit, met dezelfde ramen en dezelfde donkergroene deuren. Ik kijk naar de minibalkonnetjes, waar precies genoeg ruimte is voor één stoel. Woont Ned misschien daar? Zit hij wel eens op zijn balkon en mist hij dan onze veranda, en onze hangmat?

Ik heb de hoop nog niet opgegeven dat Ned en ik weer ons oude leven kunnen oppakken. Misschien niet helemaal precies zoals het vroeger was, maar op een andere, nieuwe manier. Kate zit dan weer op haar kamer met haar spandoeken van de Red Sox, haar posters van halfblote jongens uit tienerfilms en chipskruimels onder haar bed. Ned zit 's ochtends aan de keukentafel, leest de *Globe* en drinkt koffie uit zijn lievelingsbeker. Joshie zit op zijn stoelverhoger, smijt zijn eten op de grond en lacht. De schattige kleine spruit van een gelukkig gezinnetje.

Daar moet ik me maar aan vasthouden. Als ik dat niet doe, kan ik niet eens de ene voet voor de andere zetten. Als ik zou geloven dat ik Kate en Ned voorgoed kwijt zou zijn, zou ik niet verder kunnen gaan. Mijn hele leven al moet ik van mijn moeder horen dat ontkenning haar krachtigste wapen is. Daar was ze trots op. 'Ik heb de ziekte van je vader altijd ontkend, dat heeft me erdoorheen gesleept,' zei ze toen hij was overleden. Ze heeft echt nooit geloofd dat hij terminale longkanker had, ook al teerde hij voor onze ogen weg. Maar ik ben al mijn hele leven bezig om precies het tegenovergestelde te worden van mijn moeder. Als zij weigerde ergens naar te kijken, keek ik juist heel goed. Als zij iets ontkende, was ik juist realistisch en praatte ik met de artsen, las ik de folders over de ziekte en de overlevingskansen.

Maar wat zijn nu de overlevingskansen? Hoeveel bewoners van Pine Dunes worden uiteindelijk weer herenigd met hun gezin? Hoeveel leerlingen van Stone Mountain kunnen ooit weer een normaal leven leiden? Hoeveel vrouwen die hun wereld hebben zien instorten alsof het een glazen bol was, komen daar nog overheen en gaan toch weer verder?

HET MOTREGENT, EEN IJSKOUDE REGEN, PRECIES ZOALS DE WEERman heeft voorspeld. Er komt een sneeuwstorm aan. De laatste winters zijn heel zacht geweest. Dankzij de opwarming van de aarde hebben we nu bijna geen sneeuw meer. De meeste mensen hebben hun sneeuwschuivers en sneeuwblazers ver weg opgeborgen en hun zak strooizout in de verste hoek van de schuur gezet.

Ik zie Ned langzaam vanaf de heuvel over de al wat glibberige oprit van Pine Dunes rijden. Hij zet zijn auto een paar parkeerplaatsen verderop, maar hij ziet me niet. Ik kijk naar hem terwijl hij met zijn slungelige lijf uit de auto stapt, langzaam naar de kofferbak loopt en daar een paar tassen uit haalt. Hij is naar de videozaak en de supermarkt geweest. Hij heeft vandaag bezichtigingen gedaan, want hij draagt net zo'n afschuwelijk koperen naambordje als zijn moeder. NED JENSEN, JENSEN MAKELAARS. Ik moet eigenlijk dankbaar zijn dat Jane en Arthur hem nog een baan konden geven toen hij van school geschorst was, want hij kon nergens anders meer terecht. Niet in de wijde omtrek in ieder geval. Niet op plekken waar ze de kranten lezen. Maar ik weet als geen ander hoe afgrijselijk het voor Ned moet zijn om nu weer voor zijn ouders te moeten werken. Als hij vroeger eens had kunnen zien hoe hij er nu uitziet – vermoeid, bleek, middelbaar, met een slecht-zittend jasje met daarop het naambordje van het bedrijf van zijn ouders – zou hij dan met mij verder zijn gegaan? Zou hij met mij zijn getrouwd en hierheen zijn verhuisd?

Ik toeter. Hij kijkt mijn kant op en ik wuif, al weet ik niet zeker of hij mij wel kan zien. Maar hij herkent de auto en loopt met opgetrokken wenkbrauwen naar me toe.

'Wat doe jij hier?' Hij ziet er van dichtbij nog veel vermoeider uit. Zijn ogen staan waterig en een beetje rood. Ik vraag me af of hij heeft gedronken. Hij kijkt door het achterraampje en ziet dat Josh ligt te slapen.

'Ik heb de school gebeld,' zeg ik.

'Had je me niet kunnen opbellen? Mijn mobiel stond de hele middag aan. En mijn moeder zei...'

'Ik heb Jane gebeld omdat ik morgen oppas nodig heb voor Josh. Ze willen dat we langskomen.'

'Dat heb ik gehoord. Maar waarom? Wat is er aan de hand?'

'Mag ik niet even binnenkomen?' vraag ik. Wat voelt het raar om dat te vragen.

'Dat lijkt me niet zo'n goed idee,' zegt hij snel, alsof hij mijn vraag al voelde aankomen.

'Maar Ned, we moeten echt even praten.'

Het begint harder te regenen en de druppels stromen langs zijn wangen.

'Kunnen we anders niet even ergens heen gaan? Even een kop-je koffie drinken?'

Hij schudt zijn hoofd. Hij heeft zijn innerlijke deuren stevig dicht. Ik kan dan bonzen wat ik wil, maar hij laat me niet binnen.

'Ik snap niet waarom je hier ineens bent, Rachel. Ik vraag je of je me wilt terugbellen, dat doe je niet, maar je staat wel ineens op de stoep.'

'Ik denk dat ze ons zullen vragen om Kate mee terug naar huis te nemen,' zeg ik. 'Het gaat daar niet goed.'

Hij staart me aan met zijn amandelvormige blauwe ogen. Jensen-ogen. Kate's ogen. Ik heb die nooit kunnen doorgronden. Ik stelde altijd de klassieke vraag die echtgenotes stellen: *Waar denk je aan?* Ik vroeg dat ironisch en straffeloos, en dan zei hij het. Dat dacht ik tenminste.

'Dat is onmogelijk,' zegt hij. 'Ze kunnen haar daar niet zomaar wegsturen.'

'Hollis heeft ook helemaal niet gezegd dat ze dat zullen doen, maar ik kreeg die indruk wel.'

'Wat een zak is die vent toch,' zegt Ned half onverstaanbaar.

'Maar toch.'

'We hadden haar naar Élan moeten sturen.'

'Dus je denkt dat dit allemaal niet zou zijn gebeurd als we haar naar een strengere school hadden gestuurd?'

'Ik weet het niet. Dat vraag ik me af.'

Zijn wangen en de punt van zijn neus zijn rood. Dat gebeurt altijd als hij kwaad wordt.

'Ik heb ook niet overal een antwoord op, Ned.'

'O nee? Sinds wanneer niet?'

Ik probeer diep adem te halen maar ik weet niet meer hoe dat moet. Hij meent het niet, hij is eigenlijk niet zo gemeen, zeg ik tegen mezelf.

'Ja, hoor eens, het is zo allemaal al erg genoeg, moet je nou echt ook nog zo flauw gaan doen?'

Ned doet een stap naar achteren. 'Ja, echt iets voor mij, hè, dingen erger maken dan ze zijn. Als ik er niet was, zou alles prima in orde zijn.'

'Ach, hou toch op.'

Hij strijkt met zijn hand zijn natte haren naar achteren en kijkt me smekend aan. 'Ik kan dit allemaal niet aan, Rachel.'

Ik staar naar de ruitenwissers. Ze zwaaien maar heen en weer, als een metronoom. Hypnotiserend.

'Oké, het spijt me,' zegt hij. 'We praten wel in de auto. Onder-

48

weg naar New Hampshire. Kunnen we twee uur non-stop praten.'

'Goed.' Ik draai het raampje omhoog.

'Wacht even,' zegt Ned. Hij veegt de druppels van het achterraampje en kijkt een tijd naar Josh. Ik weet dat hij hem het liefst zou wakker maken, hem zou bedelven met kusjes. Hoe kan hij dat verdragen?

'Ned, alsjeblieft.'

'Ik kan gewoon niet...' Hij kan zijn zin niet afmaken. Dan draait hij zich om en loopt weg, de heuvel op naar de eerste laag Pine Dunes. Hij beklimt een buitentrap naar de tweede verdieping. Hij lijkt een saaie vent, zoals hij daar loopt, een saaie vent in een beige broek en een colbertje, een beetje voorovergebogen met op zijn schouders de last van de wereld. Hij blijft voor een deur staan, stopt de sleutel in het slot, en gaat zijn nieuwe, geheime huis binnen.

IK DRONK NOOIT WHISKY VOORDAT NED WEGGING, MAAR TEGENwoordig neem ik elke avond een glas. Puur of met ijs of ergens doorheen, dat maakt me eigenlijk niet veel uit. Mijn avondborrel is meer iets medicinaals, niet meer zo vrijblijvend als vroeger. Een oudtante van Ned, Gloria, is een paar jaar geleden overleden en van haar hebben we een serie kristallen karaffen geërfd, samen met cocktailglazen in elke vorm en maat die je je maar kunt bedenken. Waarom ze dat aan ons heeft nagelaten en niet aan de andere familieleden, is mij een raadsel. In de familie van zware drinkers waren wij lichtgewichten.

Vanavond wil ik graag het getinkel van ijsblokjes in het glas horen, een geluid dat ik altijd heel troostrijk heb gevonden, net als honkbal op de televisie en het draaien van de wasdroger. In het appartement waarin ik ben opgegroeid, was het altijd doodstil, en toen ik uit huis ging, omringde ik mezelf met geluid. Hoe meer lawaai, hoe beter. Of Kate vriendinnen mee naar huis mocht nemen na school? Natuurlijk! De stereo aan, de deurbel, de telefoon, de hond die blafte, ik kreeg er een gelukkig en veilig gevoel van. Nu is het in mijn huis zo stil als in een bibliotheek. Alleen het geluid van de rinkelende ijsblokjes, de plons waarmee de whisky uit de kristallen karaf in het glas geschonken wordt. En het getrommel van de regen.

Josh ligt in zijn bedje te slapen. Hij sliep zó diep dat ik hem onder mijn regenjas uit zijn autozitje door de regen naar binnen kon dragen zonder dat hij wakker werd. Hij bewoog wel wat onrustig toen ik over de krakende trap naar boven liep, maar toen ik hem in zijn bedje legde en het dekentje over hem heen trok, ging hij op zijn buik liggen en sliep rustig verder.

Ned zat meestal in de oude, leren clubfauteuil in de hoek bij het raam, met zijn voeten op de poef. Voordat hij vertrok heb ik me nooit zo gerealiseerd dat we al zulke vaste gewoontes hadden gekregen. Neds stoel, mijn deken, zijn donkerblauwe koffiebeker, mijn witte beker met de gele strepen. Er liep een onzichtbare scheidslijn door de huishoudelijke taken: Ned zette de vuilnis buiten, ik deed de was. Ned gooide bedorven eten uit de koelkast weg, ik hield de voorraadkast bij. Hij zorgde ervoor dat we alle spullen kwijtraakten die we niet meer nodig hadden en ik haalde weer nieuwe dingen in huis: een antieke theepot met gouden rand van een rommelmarkt, lavendelwater om over de lakens te sprenkelen, potpourri in een mooie, tinnen schaal. Wat lijkt dat nu allemaal triviaal. Ik zou eigenlijk een groot vuur in de tuin moeten stoken om al die troep kwijt te raken. Zou wel lekker ruiken, dat vuur.

Ik ga in Neds stoel zitten en neem een slokje whisky, die een warm gevoel in mijn borst veroorzaakt en mijn gespannen gevoel gedeeltelijk vermindert. Er zitten wat roetvlekken op de muur boven de haard. Het zou een mooie avond zijn om de haard aan te maken, misschien de laatste keer voor de zomer, maar ik heb hier in huis nog nooit een vuur gestookt. Dat deed Ned altijd.

De regen heeft nu plaatsgemaakt voor sneeuw, die hard tegen de ruiten jaagt. Ik ril en neem nog een slokje whisky. *Wat een hondenweer.* In mijn hoofd hoor ik het Jane zeggen. Ik zie voor me hoe ze thuis even opkijkt van haar martini, op nog geen anderhalve kilometer afstand van hier. Ik verbaas me erover dat mijn moeder me nog niet heeft gebeld vanuit New York. Ze kijkt altijd naar de weerzender: dat is haar favoriete programma. *Er woedt een zware sneeuwstorm in New England*, zegt ze dan met dezelfde woorden als de weerman. Of: *De politie adviseert de mensen in Boston en de noordelijke buitenwijken om niet de weg op te gaan.*

Een plotselinge windvlaag laat de ruiten rammelen. Josh gilt boven in zijn kamer. Ik zet mijn glas neer en ren naar boven. Hij staat in zijn bedje met zijn vuistjes om de spijlen geklemd. Zijn gezicht is nat van de tranen en zijn ogen staan groot en doodsbang.

'Nee, mamma!' gilt hij als ik hem uit bed til. 'Nee, mij-mij-mij-mij.' Hoe dicht liggen die woorden bij elkaar in het hoofdje van een peuter. Wij zijn een en dezelfde. Ik druk hem tegen me aan en voel zijn natte wang tegen mijn hals. Ik voel zijn hartje bonzen.

'Het is alleen de wind maar, Joshie,' fluister ik in zijn donkere krullen. 'Het stormt buiten, maar binnen ben je veilig.' Ik weet niet wat hij al kan begrijpen en dat kan hij ook niet uitleggen. De woorden zitten in hem gevangen, ze worden daar gevormd en lossen weer op voordat hij ze kan uiten.

'Mamma is bij je,' fluister ik.

Hij kijkt naar me, met zijn snotterige gezichtje, en dan verschijnt er een zonnige glimlach.

'Mamma,' zegt hij. 'Mamma bed.'

'Wil je weer naar bed?' vraag ik. Ik vraag me af of hij kan ruiken dat ik whisky heb gedronken, en of hij zich later zal kunnen herinneren dat zijn moeder hem op de arm had terwijl ze naar whisky rook.

Ik wil hem weer in zijn bedje leggen, maar hij spant zijn rug en begint weer te gillen.

'Nee, nee, nee!' gilt hij. 'Mamma bed!'

'O, wil je in mamma's bed?'

Hij kijkt me woedend aan en knikt heftig. Ik weet dat ik dat beter niet kan doen. In alle boeken lees je dat je je kind beter niet bij je in bed kunt nemen. Dat ze moeten leren om alleen te slapen. Dat ze die gewoonte alleen heel moeilijk weer af kunnen leren. Dat het niet goed is voor de ontwikkeling van hun zelfstandigheid. Maar als ik Josh mee naar beneden draag en hij zijn hoofdje tegen mijn hals legt, kan ik alleen maar denken dat hij pas twee is. En hoe kan het nou verkeerd zijn om een kindje van twee te geven wat het nodig heeft?

Als ik in de slaapkamer kom, staat de televisie nog aan. Kate staat bevroren op de beeldbuis, want ik had het beeld van de video stilgezet voordat ik wegging. Daar zit ze, gevangen in het verre land van dertien jaar, en ze kijkt de slaapkamer van haar ouders in, die nu alleen nog van haar moeder is. Ik hou het gezicht van Josh weg bij het scherm. Ik wil niet dat hij haar ziet. Ik zou er niet tegen kunnen als hij die kleine denkrimpel op zijn voorhoofdje trekt die daar altijd verschijnt als hij iemand wel vaag herkent maar niet kan plaatsen. Ik ga met hem in bed liggen en kruip weg onder de drie dekens. Hij draait zich op zijn zij, kruipt lekker tegen me aan en legt zijn armpje op me. Hij valt meteen weer in slaap. Zijn oogjes zijn nog nat van de tranen. Ik kijk naar mijn jochie. Onze huid heeft exact dezelfde tint. De televisie geeft een spookachtig licht in de kamer. De wind laat het huis kraken en grommen, maar het stoort hem niet. Hij voelt zich veilig bij zijn moeder. En ik wil alleen maar dat dat ook voor Kate zou gelden.

IK ZIE NOG VOOR ME DAT KATE DIE OCHTEND TOEN WE HAAR OPhaalden na het zomerkamp bij ons in de auto stapte, bijna zonder hallo te zeggen. Toen ze instapte, kroop haar T-shirt omhoog en zag ik een klein, zilveren ringetje in haar navel.

'Ach, jezus, Kate,' zei ik geschrokken. 'Heb jij een navelpiercing?'

'Nou en?' vroeg ze, quasi-terloops. 'Dat heeft iedereen hoor.' Ze hield haar blik afgewend. Ned en ik keken elkaar aan, maar we zeiden er verder niets over. Zo ging dat nu eenmaal met tieners, hield ik mezelf voor. Tieners deden toch alles om het hun ouders zo moeilijk mogelijk te maken? Toen ik zo oud was als zij, wilde ik gaatjes in mijn oren, en deze generatie ging een stapje verder, dat was alles. Wat kon ze anders verzinnen om ons te shockeren? Ned en ik hadden vroeger hasj gerookt, we hadden gedronken, ik had geëxperimenteerd met cocaïne en Ned met psychedelische drugs. We hadden daar nooit met haar over gesproken, maar waarschijnlijk voelde ze wel aan dat haar ouders vroeger ook hadden gerebelleerd. Ned gooide haar weekendtassen met was achter in de auto en we reden naar huis. Het bleef ongemakkelijk stil in de auto, en daar kon ik na een tijdje niet meer tegen.

'Hoe was het zomerkamp, lieverd?' vroeg ik. Ik draaide me om en keek naar haar. Ze hield haar gezicht tegen het raampje gedrukt. Met die afgeknipte spijkerbroek en dat haltershirtje zag haar lichaam er zo anders uit. Die sterke benen, de lange, dunne armen: het was nu helemaal haar eigen lichaam en ik had er niets meer over te zeggen. Ze kon ermee doen en laten wat ze wilde, al nam ze honderd piercings.

Ze bewoog niet.

'Leuk,' zei ze.

'Heb je nieuwe vrienden gemaakt?'

'Ja.'

'Ook kinderen die bij ons in de buurt wonen?'

'Nee.' Ze snoof verachtelijk.

'Wat vond je het leukste?'

Ze haalde haar schouders op en ik zag dat ze haar ogen even opensperde, alsof ze dit een belachelijke vraag vond. Ik kreeg daar een heel vreemd gevoel van, alsof ik me in een nachtmerrie bevond waarin ik ineens de vijand was. Maar terwijl ik naar haar keek, drong het tot me door dat dat inderdaad waar was, dat ik echt de vijand was geworden. Ik had gezworen dat ik zoiets nooit zou laten gebeuren. Als ik echt zo'n goede moeder was als ik me had voorgenomen te zijn, als ik haar ruimte gaf en haar respecteerde, dan zou ze niet tegen me in opstand hoeven te komen. Ik wist natuurlijk heus wel welke problemen er tussen moeders en dochters konden ontstaan: er was altijd wel enige wrijving, boosheid en concurrentie. Ik had er genoeg over gelezen en ik had wel verhalen gehoord van moeders van andere tienermeisjes. Maar ik dacht dat Kate en ik anders waren. Zij kon overal met mij over praten. Ze wist dat ik haar niet zou veroordelen, dat ik haar niet zou proberen te manipuleren of haar zou verraden, wat mijn eigen moeder wel had gedaan. Het was alsof ik een interne dienstregeling had over de moeder die ik níét wilde zijn, maar die toch exact volgde. Het leek alsof de geschiedenis zich onvermijdelijk ging herhalen. We hadden net zo weinig te zeggen over ons lot als ratten in een doolhof.

Kate had inmiddels roze vlekken op haar wangen en in haar hals gekregen. Ze had een heel lichte huid, net als Ned, en haar gezicht en haar hals verrieden altijd wat ze voelde. Al sinds ze heel klein was, kon ik aan haar rode kleur precies zien dat ze zich ergens over opwond.

'Wat is er, liefje? Is er iets gebeurd op het zomerkamp?'

Toen ik dat zei, keek ze eindelijk op, maar alleen om mij een boze blik toe te werpen.

Ned keek strak naar de weg. Hij had het stuur met beide handen stevig vast en ik zag dat hij een kauwspier in zijn wang spande en weer ontspande, zo regelmatig als een kloppende ader. Ned verloor niet vaak zijn geduld, maar als dat gebeurde, was het heel beangstigend. Hij was maar een paar keer echt heel kwaad geworden, en ik vroeg me dan af of die enorme woede altijd onder het oppervlak schuilging en alleen zo nu en dan naar boven kwam.

'Hé, zeg eens iets, Katie,' zei hij. Ik kon merken dat hij zijn best deed om zo luchtig mogelijk te klinken. We hadden haar zó gemist, en nu zat ze hier ineens, dat vreemde, chagrijnige wezen op de achterbank.

Ze gaf geen antwoord. Ze zat maar met haar neus tegen het raam gedrukt, verborgen achter dat gordijn van oranjegeverfd haar. Ik dacht aan dat ringetje in haar navel en ik vroeg me af of het pijn deed. Ik voelde dat de stemming nog verder daalde en dat Ned steeds kwader werd. Ik probeerde vrolijk te blijven.

'Vorige week hebben we Tommy en Liza nog gesproken,' zei ik

tegen haar. 'Sophie is weer terug van haar paardrijkamp. Ik dacht dat we misschien volgend weekend wel bij ze op bezoek konden gaan in Nantucket, voordat de school weer begint. Als de veerpont tenminste niet al vol is. Wat denk jij, Ned? Zou de boot al vol zitten? Het is natuurlijk wel het weekend van Labor Day.'

'Allang volgeboekt,' zei hij kortaf.

Ik legde mijn hand op die van Ned op de versnellingspook.

'Misschien kunnen we dan...'

'Daar heb ik helemaal geen zin in,' zei Kate.

Dat verraste me. Kate vond het altijd leuk om bij de Mendels op bezoek te gaan, vooral in Nantucket. Ze hadden een groot houten huis op het strand en er waren altijd heel veel mensen met kinderen van haar leeftijd in de buurt. Ze was dol op Tommy en Liza. En wie was dat niet?

'Vertel jij nou eerst eens wat er met je aan de hand is,' zei Ned.

'Niks.'

'Volgens mij zit je ergens mee.'

Ze zei niets en keek alleen naar het voorbijrazende landschap.

'Kate, je kunt het echt beter zeggen, hoor,' zei hij.

Ik wreef even over zijn hand en kneep erin. Misschien had ze gewoon wat tijd nodig.

'Zullen we even bij Friendly's stoppen voor een ijsje?' vroeg ik nerveus. 'Je hebt vast geen fatsoenlijk...'

'Hou je mond,' zei Kate.

Ik had het gevoel dat ik een stomp in mijn maag gekregen had. Ik draaide me om en keek naar haar. Ze had een boze rimpel tussen haar wenkbrauwen, onder de puistjes op haar voorhoofd.

'Wát zei je daar?'

'Je hebt me best gehoord.'

'Kate, wil je alsjeblieft...'

'Laat me toch met rust!' riep ze.

'Bied onmiddellijk je verontschuldigingen aan!' zei Ned. Zijn kaakspier was nu in een razend tempo aan het kloppen.

'Jij hoeft niet te zeggen wat ik wel en niet moet doen!' schreeuwde Kate vanaf de achterbank.

Ned draaide de verlaten parkeerplaats van een bowlingcentrum op en trapte op de rem. Toen draaide hij zich om, keek haar woedend aan en zei: 'Eruit jij.'

Ze bewoog niet.

'Ik meen het, Kate. Onmiddellijk uit de auto jij.'

Ik herkende mijn eigen gezin niet meer.

Ned sprong uit de auto, liep naar het achterportier, rukte het open en greep Kate vast bij haar bovenarm. Wij hadden Kate haar hele leven nog nooit met één vinger aangeraakt. Toen hij haar losliet, zag ik rode plekken op haar arm. Ze deed een paar stappen naar achteren, bij hem vandaan. Daar stond ze, midden op de parkeerplaats, in de verte te staren. De warme wind blies haar haren om haar gezicht. Ik dacht koortsachtig na. Zou ze aan de drugs zijn? Was ze stoned? Ik keek nog eens goed naar haar, maar ik geloofde niet dat het dat was. Haar ogen waren niet rood en ze zag er helemaal niet wazig uit. Scherp juist, en helder.

'Ik zei alleen maar dat ik graag met rust gelaten wilde worden,' zei ze. 'Is dat nou zo erg?'

'Maar je kunt niet zomaar...'

'Nee, jíj kunt niet zomaar!'

'Rachel?' Ned draaide zich naar me om. 'Zeg jij ook eens wat.'

Ik was uitgestapt en leunde tegen de auto. De lucht rook naar asfalt. Alles ging langzamer. Het was alsof er een laag was afgepeld van wat ik altijd als mijn leven had beschouwd, en er een diepere laag tevoorschijn kwam. Ik wist dat ik een soort van waarheid zag, maar ik had geen idee wat dat precies was.

'We hebben je zo gemist, Katie.' Mijn stem was hees. 'Waarom doe je nou zo?'

Ze wilde me niet aankijken. Ze deed haar armen over elkaar en keek naar de grond.

'We gaan naar huis,' zei Ned. Hij ging weer achter het stuur zitten en sloeg het portier met een klap dicht. Kate stapte ook weer in, rolde zich op tot een bal en stopte haar hoofd tussen haar knieën.

3

HET WAS SEPTEMBER. HET BEGON AL WAT KOELER TE WORDEN EN mijn lievelingsbloemen, de hoge, trotse, purperen stengels van het leverkruid, waren door de kou al wat gebogen. Kate zat weer op school en Ned hield daar een oogje in het zeil. Hij zei dat het prima leek te gaan. Oppervlakkig gezien ging het inderdaad zoals gewoonlijk heel goed met haar: ze was net aanvoerder geworden van het hockeyteam en ze haalde hoge cijfers voor haar proefwerken. Na schooltijd nam ze haar vriendinnen mee naar huis en zat ze uren met hen op haar kamer. Zo nu en dan hoorde ik ze vrolijk giechelen. Ik probeerde mezelf wijs te maken dat het prima ging, maar mijn moederlijk instinct zei me dat ik haar goed in de gaten moest houden. En wat ik zag, verontrustte me.

Op een middag reed ik naar school om haar af te halen voor een afspraak bij de tandarts. Ik parkeerde de auto vlak bij de uitgang en wachtte tot ze na haar laatste lesuur naar buiten zou komen. Ze verwachtte me niet. Ik was de afspraak zelf ook bijna vergeten en ik had het pas een paar uur geleden toevallig in de agenda zien staan. Ik keek naar haar terwijl ze met een paar andere kinderen over het grasveld liep. Ze had een spijkerbroek aan, een blauwe trui, hoge gymschoenen met losse veters. Ze zag eruit als een gemiddeld mooi meisje. Maar hoe kwam het dan dat de moed me in de schoenen zonk als ik haar zag? De manier waarop ze naar de grond keek? De gespannen schouders, alsof ze zichzelf daarmee bij elkaar probeerde te houden? Ze zag er ouder uit dan de andere kinderen, minder onschuldig, alsof ze al dingen wist die ze pas over vele jaren zou moeten weten.

Ze bleef op een paar meter afstand van de auto staan.

'Wat doe jij hier?'

'Je hebt een afspraak met de tandarts,' zei ik.

'Shit.' Ze schopte tegen de grond. De twee meisjes die achter haar stonden, begonnen te giechelen en keken naar me alsof ze benieuwd waren hoe ik op haar reactie zou reageren.

'Zullen we gaan, Kate?'

Ze stapte met tegenzin in de auto en sloeg het portier dicht.

'Tot later,' zei ze tegen haar vriendinnen. Het waren meisjes die ik niet kende.

Toen we wegreden, draaide ze zich van me af naar het portier en staarde naar buiten. Ik zette de deurvergrendeling aan zodat ze er niet uit kon vallen. We zwegen, maar dat kon ik na een tijdje niet meer volhouden.

'Hoe was het vandaag op school?' vroeg ik. Wat klonk mijn stem onnatuurlijk.

Ze haalde haar schouders op.

'Kom op, Kate, kun je niet eens meer beleefd zijn?'

'Val me toch niet lastig de hele tijd.'

'Praat niet zo tegen me Kate. Alsjeblieft.'

Waren alle tieners nou zó chagrijnig en teruggetrokken? Ik kon mezelf daar niet als maatstaf voor nemen, dus ik begon anderen erover te polsen. Ik praatte erover met andere moeders en die zeiden allemaal hetzelfde: hun kinderen waren ook zomaar veranderd, zómaar! Ze schudden hun hoofd van verbazing. De ene dag waren ze nog klein en ineens was het afgelopen. Het is een fase, zeiden ze. Maak je maar geen zorgen, ze groeit er vanzelf overheen. Als ze dertig is, is alles weer koek en ei. Ze lachten en ik lachte mee, maar ik vond het allesbehalve grappig. Er miste twintig dollar van het nachtkastje van Ned. Zou Kate die gepakt hebben? En zo ja, was dat dan ook normaal? Ik had het gevoel dat ze tegen ons loog over waar ze naartoe ging en met welke vrienden ze omging. Moest ik dat zomaar accepteren? De scheidslijn tussen bezorgdheid en paranoia was maar heel vaag, net zoals tussen respect voor haar privacy en het besef dat ze nog maar dertien was. Ik kon die lijn vaak niet zien. Ik was bang dat ik Kate nog verder van me zou vervreemden als ik haar te veel zou pushen.

Ik sprak erover met Joanne Owen, het hoofd van het zomerkamp waar Kate geweest was, om te horen of zij misschien een idee had wat er tijdens dat kamp gebeurd zou kunnen zijn, maar Joanne had niet het idee dat er iets heel erg fout was gegaan. *Die meisjes maken allemaal een veranderingsproces door,* zei ze. *De volgende zomer is ze vast heel anders.*

Ik probeerde er met Liza over te praten, dat was tenslotte mijn beste vriendin, en haar dochter Sophie was maar een jaar jonger dan Kate. Maar ik kon wel merken dat Liza vond dat ik overdreef.

'Zo gaat het nu eenmaal,' zei ze toen ik haar 's avonds laat een keer aan de telefoon had. 'Ze worden groter. We moeten er maar aan proberen te wennen.'

'Maar Liza...' Ik zweeg. Dat was het. Ik had namelijk helemaal niet het gevoel dat Kate groter werd, maar alleen dat ze steeds verwarder werd vanbinnen. En ik wist niet wanneer en of ik moest ingrijpen, want er was tenslotte niet echt iets gebeurd. *Het gaat wel goed,* stelde ik mezelf gerust. *Het komt allemaal in orde met haar.*

MET MIJN WERK GING HET PRIMA. IK HAD EEN PRIVÉ-OPDRACHT van een echtpaar in Boston: een klein doek van Alice Neel dat waterschade had opgelopen bij een brand. Het was een schilderij dat me erg aansprak: een grimmig, donker olieverf op doek van een jonge moeder met haar naakte babyzoontje. De moeder had lang, donker haar dat over haar gezicht viel en ze had grote, uitgeputte groene ogen. De baby had een mollig buikje en hij zoog op zijn duim terwijl hij op de magere schoot van zijn moeder genesteld zat. Het was een geweldige kans voor me dat ik een waardevol schilderij van een groot kunstenaar mocht restaureren. Mijn privé-opdrachten waren meestal veel minder interessant: slechte imitaties van Chagall die veel te lang op een zolder in New England hadden gelegen, en zo nu en dan een onbelangrijk negentiende-eeuws portret van een voorouder. Liza had me aanbevolen bij dit echtpaar, dat een van de beste kunstverzamelingen van Boston bleek te bezitten. Liza gaf fiscaal-juridische adviezen voor het beheer van het familiekapitaal, en toen ze een keer hoorde dat ze de Neel naar het Museum of Fine Art wilden brengen om daar te laten restaureren, had ze als alternatief mijn naam genoemd.

Ik ging er elke dag met trillende handen mee aan de slag. Het was een zeer uitdagende klus en het was lang geleden dat ik een echt goed schilderij onder handen had gehad. Een hele hoek was beschadigd. Ik zette eerst een cd met operamuziek op, legde mijn gereedschap klaar en haalde een paar keer diep adem om rustig te worden. Het doek was kromgetrokken en ik probeerde het weer recht te krijgen door het doek te bevochtigen met een dun lapje stof en er daarna langzaam en voorzichtig met een warme spatel overheen te strijken, waarbij ik de temperatuur constant in de gaten hield. Ik werkte van een uur of twaalf tot drie uur, want dan begon ik me af te vragen wanneer Kate thuis zou komen uit school. Ik kende haar lesrooster niet meer. Het kon zijn dat ze om drie uur thuiskwam, de trap op banjerde en de deur van haar kamer achter zich dichtsloeg. Maar soms kwam ze ook pas tegen etenstijd thuis.

'Wat wil je eten, lieverd?'

'Ik heb geen trek.'

'Kate, je moet toch iets eten?'

'Je kunt me toch niet dwingen.'

'Jezus, Kate, dat doe ik toch ook niet? Ik wil alleen graag...'

'Laat me met rust!'

Ik staarde eindeloos naar de Neel en probeerde elke gedachte aan Kate uit mijn hoofd te bannen. De vrouw op het schilderij was erg mager, ze zag er bijna ziek uit. Maar ze was ook mooi, en ze leek sterker geportretteerd door het moederschap. Ze had een heel directe blik: haar ogen leken me te volgen als ik door mijn atelier liep. Ik wist haar naam: het schilderij heette *Betty Homitsky and Jevin*. Ik vroeg me af wat er met Betty Homitsky was gebeurd sinds ze in 1968 voor dit schilderij had geposeerd. Had ze nog meer kinderen gekregen? Was ze gelukkiger dan ze eruitzag? Hadden de jaren haar harder of juist zachter gemaakt?

Terwijl ik die herfst aan de Neel werkte, merkte ik dat mijn eigen lichaam aan het veranderen was. Mijn borsten waren pijnlijk en zwaar en het deed zeer als ik ze aanraakte. Mijn hele lichaam voelde vol en een beetje opgezet. En ik was misselijk. Het was geen volslagen verrassing, want in de zomer, toen Kate op kamp was, hadden Ned en ik besloten om nog één keer te proberen om een kind te verwekken. Maar toch was het een hele schok. We hadden in de jaren na de geboorte van Kate tevergeefs geprobeerd om nog een kind te krijgen, maar na drie vroege miskramen had ik de moed opgegeven. Als het niet voor ons was weggelegd, wilde ik het niet eindeloos blijven proberen. Ned en ik zouden ons op ons werk storten en onze ouderlijke energie besteden aan Kate. Er waren wel ergere dingen.

OP EEN AVOND VERTELDE IK HET NED.
    'Schatje?'
    Hij draaide zich om en keek me slaperig aan.
    'Ik ben zwanger,' fluisterde ik.
    Hij knipperde een paar keer met zijn ogen.
    'Ben je wakker?' vroeg ik.
    'Nu wel,' zei hij. 'Weet je het zeker?'
    'Heel zeker.'
    En toen begon ik, waarschijnlijk door de hormonen, te huilen. Ik kon er niet meer mee ophouden en ik kon hem ook niet uitleggen wat ik voelde. Ned sloeg zijn armen om me heen en hield me stevig vast. Hij streelde over mijn haar. 'Ssshhh,' zei hij zacht. 'Zeg eens iets, lieverd. Wat is er nou?'
    Hij legde zijn hand op mijn buik. Ik hoorde Kate's slaapkamerdeur opengaan. Ik zag voor me dat ze in haar oversized T-shirt naar beneden liep om een bakje ijs uit de koelkast te halen.
    'Zeg eens iets, Rach,' zei Ned weer. Hij keek me van heel dichtbij met zijn warme, liefdevolle ogen onderzoekend aan.
    Ik duwde het kussen tegen het hoofdeinde en ging zitten.
    'Ik denk dat ik dit gewoon heel erg graag wilde,' zei ik. 'Meer dan ik dacht.'

61

Ned knikte, alsof hij dat eigenlijk al wist.

'Maar... alles verandert er natuurlijk wel door,' zei ik.

'Ja.'

'Dat vind ik best eng. En... stel dat het niet...'

Ned legde zijn vinger op mijn lippen en daarna kuste hij me.

'Daar moet je helemaal niet eens aan denken,' zei hij.

We zwegen en keken allebei naar de bewegende schaduwen die de populier die voor het huis stond op het plafond wierp.

'Wanneer zullen we het Kate vertellen?' vroeg ik na een tijdje.

'Ik weet niet,' zei Ned. 'Wat vind jij, nu meteen?'

'Nee,' antwoordde ik.

'Je hebt gelijk. Dat zou voor elk kind een hele schok zijn.'

Er viel opnieuw een lange stilte. Ik maakte me zorgen. De gedachten buitelden door mijn hoofd.

'En ze is niet zomaar elk kind,' zei ik zacht.

We keken elkaar aan en bleven elkaar aankijken. Over het onderwerp Kate bleef tussen ons heel veel onuitgesproken. Maar die avond zag ik in zijn ogen dat hij even bezorgd om haar was als ik.

'Dan zeggen we het nog een tijdje niet,' zei hij.

'Goed.' Ik knikte.

Ik kroop dicht tegen Ned aan en liet me door zijn warmte troosten. Hij was over het algemeen niet zo strijdbaar. Hij vond dat alles vanzelf wel in orde kwam, en dat, als dat niet zou gebeuren, het toch geen zin had om je er druk over te maken. Hij was een veel gelukkiger mens dan ik ooit geweest was. Welke tekortkomingen Jane en Arthur als ouders ook gehad hadden, ze waren in ieder geval niet gek, niet zo boosaardig gek als Phyllis. Eigenlijk was het een wonder dat ik het in het leven nog zo goed had gedaan. Ik had een normaal gezin. Ik woonde in een huis met eten in de koelkast, gordijnen voor de ramen en dekens op het bed. Net de *Elle* maar dan goedkoper. Ik had zelfs carrière gemaakt, min of meer. En nu zouden we, als het een beetje meezat, nog een kindje krijgen. Ik dacht aan het schilderij boven in mijn atelier. Ik had geluk. Ik was gezegend.

PHYLLIS MAAKTE IN OKTOBER HAAR JAARLIJKSE PELGRIMAGE NAAR Hawthorne. Ze kwam altijd in deze tijd van het jaar, wanneer de bladeren gingen vallen, en omdat ze helemaal van de Upper West Side in Manhattan hierheen moest reizen, bleef ze meestal een week of zelfs nog langer. Ik probeerde me op die bezoekjes voor te bereiden op de enige manier die ik kende: ik probeerde een bescherming op te werpen. Al dagen voordat ze kwam, ging ik yogaoefeningen doen. Ik haalde de stoffige meditatiebandjes uit de la onder de video, ging in kleermakerszit op de vloer van de slaapkamer zitten en deed allerlei ademhalingsoefeningen. Ik maakte het huis van boven tot onder schoon, zette de vloeren in de was tot ze blonken als spiegels. Ik probeerde door de ogen van Phyllis naar mijn huis te kijken: met een zeer kritische blik dus. Er zaten slijtageplekken in het kleed en de deurposten waren hier en daar beschadigd. De schoorsteenmantel was zwart van het roet. Dingen die me nog nooit eerder waren opgevallen, of die ik juist wel grappig had gevonden, vond ik nu ineens lelijk. Ik probeerde alles te maken, op te knappen, te perfectioneren, zodat mijn moeder niets kon vinden dat niet in orde was. Ik kreeg last van paniekaanvallen als mijn moeder in de buurt was, en dat gold ook voor Ned. Toen we haar een keer na een zeer vermoeiend bezoek eindelijk naar het vliegveld hadden gebracht, kwamen we op de terugweg in de tunnel in een file terecht: ik begon te hyperventileren en Ned ging door zijn rug. Daar hobbelden we naar huis: allebei volslagen afgepeigerd door een vrouw van vijfenzeventig jaar.

Als mijn moeder er was, probeerde ik mezelf meestal te wapenen door grote hoeveelheden alcohol in te nemen, maar dat was dit jaar door de zwangerschap natuurlijk niet mogelijk. Ik nam mijn dagelijkse dosis foliumzuur en een vitaminepreparaat voor zwangere vrouwen. Ik meed sushi, rauwmelkse kaas en paté. Ik werkte bakken vol salades, grote hoeveelheden volkorenpasta en verse gestoomde groenten weg. Hoe kon ik een bezoek van Phyllis volhouden terwijl ik bij mijn volle verstand was? Tot overmaat van ramp had ik ook nog last van ochtendmisselijkheid, hoewel dat niet bepaald het juiste woord was. Je kon het beter hele-dag-misselijkheid noemen want het sloeg op de raarste momenten toe. Het enige waar ik zeker van kon zijn, was dat ik minstens één keer per dag met mijn hoofd boven de toiletpot hing. Aan mijn buik was nog niet te zien dat ik zwanger was, en Ned en ik hadden het nog aan niemand verteld. We waren bang dat als iemand het zou weten, Kate het ook te weten zou komen. Ik dacht dat we het ongeveer tot de vijfde maand zouden kunnen stilhouden. Als ik wijde kleren droeg, de overhemden van Ned bijvoorbeeld, kon ik dat wel redden. Ik was ervan overtuigd dat Kate het beter nog niet meteen kon weten tot het echt noodzakelijk was om het te vertellen.

Ik was in mijn atelier aan het werk met de Neel toen ik beneden een dichtslaand autoportier en de doordringende stem van Phyllis hoorde. Ze was vroeg. Ik hield meteen op met wat ik aan het doen was, ging staan en keek uit het raam naar beneden. Ze stond de taxichauffeur, een forse Ethiopiër van een jaar of zestig, te instrueren om haar drie zware koffers naar de voordeur te dragen. Ze had haar reiskleren aan: een grijs broekpak met glimmende gouden knopen. Ik zag dat ze haar haar roodbruin geverfd had, waardoor haar hoofd niet goed te zien was tegen de achtergrond van rode, gele en gouden bladeren op het gras. Ze bleef staan en keek omhoog voordat ze achter de taxichauffeur aan naar de deur liep. Ik kon hiervandaan al zien hoe verontwaardigd en afkeurend ze snoof, ik zag zelfs bijna de gedachten die zich als donderwolken boven haar hoofd samenpakten. *Waarom heeft mijn dochter voor dit leven gekozen?* vroeg ze zich af. *Ze had ook met die leuke Sidney Greenbaum kunnen trouwen en in een appartement kunnen wonen aan Central Park West.*

Ze klopte hard op de deur, hard en snel als geweerschoten: *ra-tata*, en deed de deur toen open. Ik hoorde haar stem door de gang en het trapgat klinken.

'Hallooo!' Lange stilte. 'Is er iemand thuis?'

Ik sloot mijn ogen en probeerde me een ondergaande zon voor te stellen, de golven van de oceaan, plantjes die door de zachte aarde naar het licht groeiden: alles wat op die bandjes werd aangeraden. Ik deed mijn reinigende ademhalingsoefeningen die bedoeld waren om afvalstoffen te verwijderen en de geest te kalmeren. Het werkte niet. Mijn hart bonsde als een gek en ik kon niet echt diep ademhalen. Die yogi's hadden vast niet zo'n moeder als Phyllis. Wat vond ik het erg dat ze mij nog steeds zo kon raken. We waren niet eens in dezelfde kamer en nu al begon ik weer te veranderen in de vrouw die ik altijd werd als ik bij mijn moeder in de buurt was: gespannen, rancuneus, kwetsbaar. Ik was al bijna veertig jaar, oud genoeg om hier overheen te groeien. Maar dit was gewoon iets waar je niet overheen kón groeien.

'Ik kom eraan!' riep ik. Ik moest mijn spullen inpakken en alle potjes met oplosmiddelen en ruwe pigmenten afsluiten voordat ik wegging uit mijn atelier. Het was een vaste regel van me dat ik nooit mijn atelier verliet als mijn spullen nog niet waren opgeborgen. Ik was bijna klaar met het opbergen van de kwasten toen ik voetstappen hoorde op de trap.

'Wacht even!' riep ik.

'Als Mozes niet naar de berg komt, dan komt de berg wel naar Mozes.' Ze hijgde en pufte. Dit was een van de lievelingsspreekwoorden van Phyllis. Wat ze ook vaak zei, was: 'De vrouw van Caesar is boven elke blaam verheven.' Waarschijnlijk vond ze het leuk om zichzelf als een berg te zien, of als de vrouw van Caesar: belangrijk, onbeweeglijk, koninklijk en hoog uittorenend boven al het andere.

'Dus hier ben je.' Ineens stond ze in de deuropening.

Ik had mijn moeder een halfjaar niet meer gezien. Ze kwam mijn atelier binnen, keek om zich heen en streek met haar geaderde hand over mijn bureau, de vensterbank en een schildersezel in de hoek. Ze pakte twee ingelijste foto's van Kate en Ned en staarde er fronsend naar. Ze begroette me niet echt, maar legde eerder een claim op me, raakte alles aan wat van mij was. Iets als privacy bestond in haar ogen niet tussen moeder en dochter. Haar dunne hakken klikten op de brede, ongelijke planken. Er zaten een paar gaten in de vloer, maar ik had nooit de moeite genomen die te repareren. Ineens zag ik voor me dat mijn moeder met haar hakjes in een van die gaten zou blijven steken en voorover met haar gezicht op de grond zou vallen.

'Heb je een goede reis gehad?' vroeg ik zwakjes.

'Ik zat naast een erg aardige vrouw, heel charmant.' Phyllis bleef maar door de kamer lopen. Ze bleef staan, prutste wat aan de tulpen die in een vaas op mijn bureau stonden, en plukte er een loshangend blaadje af.

'Dat is fijn.' Ik luisterde nauwelijks naar wat ze zei. Mijn moeder praatte altijd in superlatieven over mensen. Ze waren zeer charmant of afschuwelijk, het waren genieën of volslagen idioten.

'Zij gaat ook logeren bij haar dochter en schoonzoon, in Cambridge geloof ik, en toen we aankwamen stond haar schoonzoon op haar te wachten.' Ze zweeg en wreef het bloemblaadje fijn tussen haar vingers.

'O ja?' Ik knikte. Het was mij al duidelijk waar ze naartoe wilde.

'Wat vind je daar eigenlijk van?' vroeg ze.

'Waarvan?'

'Dat haar schoonzoon zo aardig is om haar van het vliegveld te komen halen.'

'Ned is aan het werk, mam,' zei ik.

'Kon hij vanmiddag niet vrijnemen?'

'Nee, dat kon echt niet,' zei ik. 'Begin nou alsjeblieft niet zo, mam. Je bent er net.'

'Hoe bedoel je? Ik probeer je alleen een simpele vraag te stellen...'

'Nee, je probeert ruzie te maken.'

'Waarom denk je toch altijd zo slecht over me, Rachel? Waarom heb jij toch de behoefte om me al die nare dingen toe te schrijven?'

Ik probeerde op mijn ademhaling te blijven letten. 'Heb je zin in thee? Kom, dan gaan we naar beneden.' Ik wilde haar dolgraag uit mijn atelier hebben.

'En jij dan?' vroeg Phyllis. 'Kon jij me niet komen ophalen?

"Waar zijn uw kinderen?" vroeg de taxichauffeur. Kun je je voorstellen hoe gênant dat voor mij was?'

'Misschien weet je nog dat wij hadden voorgesteld dat je 's avonds aan zou komen. Dan waren we je graag komen ophalen,' zei ik.

'De schoonzoon van die mevrouw,' ging Phyllis verder, 'was iets heel hoogs bij een bank.'

'Wat fijn voor haar.'

'Hij had de hele ochtend vrij genomen om haar van het vliegveld te kunnen halen.'

'Nou, dan is hij dus een veel betere schoonzoon dan Ned,' zei ik.

Daar begon het verdomme al. Ik liet me toch weer meeslepen. Er moest toch een manier zijn om zulke gesprekken te vermijden, maar ik had nog niet ontdekt hoe ik dat moest aanpakken.

'Wat is dat?' vroeg ze terwijl ze naar het schilderij van Neel keek.

'Iets waar ik mee bezig ben.'

'Dus je werkt nog steeds?' vroeg ze. Maar kennelijk had ze zich bedacht en besloot ze om ermee op te houden. 'Dat is... fantastisch!' Er verscheen een lach op haar gezicht, waardoor haar rij kronen zichtbaar werd. Waarom dacht ik nu dat ze eigenlijk zei dat het verschrikkelijk was dat ik nog werkte, dat ik moest werken? Ik wist dat ze met me te doen had. Ik was met een man getrouwd die het niet ver geschopt had. Mijn kapsel was niet goed en ik had nog nooit in een of andere societyrubriek gestaan. Ik kon wel raden hoe ze over me praatte. *Die arme Rachel*, zei ze ongetwijfeld, terwijl ze treurig haar hoofd schudde.

'Laten we overnieuw beginnen,' zei ze.

Ze pakte mijn schouders vast en hield me op een armlengte afstand. Ze staarde me recht in mijn ogen met een intense, enigszins woeste blik, die me dwong om mijn ogen neer te slaan. Ik kon het niet helpen. Ik had het gevoel dat ze dwars door me heen kon kijken. Ook al wist ik zeker dat dat niet waar was, dat ze niets aan me kon zien, ik voelde me toch door haar geïnfiltreerd. En dat had ze binnen vijf minuten voor elkaar gekregen. Wat hadden al die therapieën, yogaoefeningen en zelfhulpboeken die ik had gelezen eigenlijk voor zin gehad? *Vriendinnen worden met je moeder. Mijn moeder en ik. De moeder in jezelf.* Het hielp allemaal niks. Tegen Phyllis was geen kruid gewassen.

'Je ziet er goed uit,' zei ze.

Wat zie je er slecht uit.

'Heb je iets aan je wenkbrauwen gedaan?'

Je moet nodig eens naar een schoonheidsspecialiste.

Ik deed een stap naar achteren en ging het doek afdekken om even iets te kunnen doen. Betty Homitsky zag er anders uit nu Phyllis in de kamer stond. Die baby... hoe kon het dat ik niet eerder had gezien dat hij zo zwak leek? En Betty zelf was niet bepaald het toonbeeld van de krachtige moeder. Hoe had ik dat kunnen denken? Het leek wel alsof ze een shock had. Ineens leek het alsof alles anders was. Alles waar ik naar keek was zo veranderlijk als een rorschachvlek.

'En waar is mijn mooie kleindochter?' vroeg Phyllis.

'Op school,' antwoordde ik zwakjes. Het was halverwege de middag. Waar dacht ze dan dat Kate was? Ik stuurde een telepatische hulpkreet naar Ned. Wat zou het fijn zijn als hij mijn paniek zou voelen en meteen naar huis zou komen. Wat ik nu allemaal voelde, kon nooit goed zijn voor de baby. Het leek wel een oorlogscrisis in mijn lijf, met al dat jagende, kokende bloed. Ik was volledig opgefokt. Ik had het bezoek moeten afzeggen. Ik kon het niet aan.

Ik liep naar beneden in de hoop dat Phyllis achter me aan zou komen. Ik hoorde het getik van haar hoge hakken al achter me. De trapleuning was vettig en het raampje was erg stoffig. Op de overloop sloeg het ineens onverwachts toe: een enorme aanval van misselijkheid. Ik rende het laatste stuk van de trap af naar de badkamer, smeet de deur achter me dicht en ging kokhalzend boven de wasbak hangen. En ik had alleen maar een paar zoutjes gegeten. Hoe kon je nu in godsnaam overgeven van een paar zoutjes? Het koude zweet brak me uit en ik moest mezelf vasthouden aan de rand van de wastafel. Ik wilde het liefst opgerold als een bal op de grond gaan liggen.

'Rachel?' De stem van mijn moeder, aan de andere kant van de deur. 'Gaat het wel?'

'Prima,' antwoordde ik schor. 'Ik kom zo.'

Ik ging rechtop staan en keek in de spiegel. Je kon het echt nog niet aan me zien. Mijn wangen waren misschien wat voller, meer niet. *Ze kan niet in je kijken, ze kan niet in je kijken,* zei ik een paar keer tegen mezelf.

'Wat doe je daar toch? Ben je ziek?'

Ik haalde mijn vingers door mijn haar en plensde wat koud water in mijn gezicht. Toen deed ik de deur open.

'Ik ga thee zetten,' zei ik, en ik liep langs mijn moeder naar de keuken.

IK HEB HAAR ALLEEN GELATEN, DAT WAS EEN VERGISSING. IK HAD Phyllis nooit zomaar zonder toezicht alleen moeten laten. Maar die middag ging ik na een verkwikkend kopje thee – kamille, goed voor de baby – weer naar mijn atelier. Ik had het daar nogal rommelig achtergelaten, en bovendien moest ik even bij haar uit de buurt zijn.

'Doe alsof je thuis bent, mam,' zei ik, terwijl ik haar koffers pakte om ze naar boven te brengen.

'Let maar niet op mij!' zei ze vrolijk. 'Ik ga eerst mijn spullen uitpakken en dan misschien even in bad.'

Ik had argwaan moeten krijgen door die vrolijkheid. Hoe had ik kunnen denken dat ze, nu ze de kans had, niet elke kast en elke la zou opentrekken, dat ze niet op zoek zou gaan naar sleutels en die op elk slot zou proberen, blind op zoek naar wat ze maar kon vinden? Maar ze zou natuurlijk glashard ontkennen dat ze aan het rondsnuffelen was. *In het huis van mijn eigen dochter!* Boven, in mijn atelier, luisterde ik naar het eerste bedrijf van *Aida* en borg ik mijn gereedschap op. Ik stelde een brief op over een privé-opdracht die ik graag wilde hebben en daarna belde ik Ned op zijn werkkamer op school. Het was al na vieren, de lessen waren afgelopen en waarschijnlijk moest hij nog wat dingen regelen met leerlingen of collega's.

'Ned Jensen,' zei hij. Zijn zakelijke stem.

'Hoi,' zei ik zacht.

'Hé, hoi lieverd. Ik wilde jou ook net bellen.'

Ik zuchtte.

'Ik hoor het al. *The eagle has landed.*' Hij begon te lachen.

'Was het maar waar. De eagle is op ons huis neergestort.'

'Sorry dat ik niet thuis ben.'

'Ja. Vind je zeker wel jammer, hè?'

'Ben je boos op me?'

'Nee. Ik word er alleen nu al knettergek van.'

'Waar is ze nu eigenlijk?'

'Beneden. Hopelijk verdrinkt ze in de badkuip.'

Ik kreeg een raar gevoel in mijn buik, zoals altijd als ik zoiets akeligs zei. Wat was ik toch voor monster, om zulke gemene dingen over mijn eigen moeder te zeggen? Ik wilde dat ze dood was. Echt waar. Hoe vaak had ik me niet afgevraagd of het echt waar was dat ik helemaal niets meer voor haar voelde, en steeds weer moest ik toegeven dat dat zo was. Ik liep door mijn atelier en tilde voorzichtig het plastic van *Betty Homitsky and Jevin.* Ik staarde naar het schilderij. Phyllis had me nooit zo vastgehouden. Dat wist ik zeker. Ik had nooit de warmte van haar lichaam gevoeld omdat ze me nooit dicht tegen zich aan had gehouden. Toen Kate nog maar een dag oud was, tilde Phyllis haar voor de eerste keer uit het ziekenhuiswiegje zonder haar hoofd te ondersteunen. Ik gaf een gil toen ik zag dat Kate's hoofdje op het fragiele, dunne nekje tolde en achterover viel. *Hou haar hoofd vast!* schreeuwde ik. Ned sprong op uit zijn stoel en pakte Kate van Phyllis af. Heel even zag ik een vage gekwetstheid in de ogen van mijn moeder, maar toen verstijfde ze en keek ze me hooghartig aan. *Ik weet heus wel hoe ik een baby moet vasthouden, hoor,* zei ze. *Ik heb jou al die jaren toch ook vastgehouden?*

'Ik kom zo snel mogelijk thuis,' zei Ned. 'Is Kate er al?'

'Nee, natuurlijk niet.'

'Ik zag haar een tijdje geleden weggaan,' zei hij. 'Ik dacht dat ze allang thuis was.'

Ik verstijfde, maar ik zei niets.

'Geen zorgen maken,' zei Ned. 'Ze zit vast bij een vriendin of zo.'

Ik dacht terug aan mezelf op die leeftijd. Ik zat vaak bij Nancy Perlmutter, want haar ouders werkten allebei en waren dus niet thuis. We zaten op haar kamer in kleermakerszit op de grond, met tussen ons in een bergje wiet op een krant. Heel geroutineerd verwijderden we de takjes en de zaadjes en draaiden van de blaadjes een paar mooie joints, die we in onze lege pakjes Marlboro stopten. Daarna gingen we naar Central Park waar we met een paar jongens uit de examenklas hadden afgesproken op Sheep Meadow. We spreidden een deken uit op de grond, werden hartstikke stoned, en lagen naar de overdrijvende wolken te kijken. Maar alles leek nu zoveel gevaarlijker dan vroeger, zelfs de herinnering aan mijn jongere ik. Ik had wel vermoord kunnen worden in Central Park. Ik had wiet kunnen roken waar angel dust doorheen zat en knettergek kunnen worden.

'Oké,' zei ik. Ik hoorde beneden het bad leeglopen. Phyllis was dus niet verdronken. Ik hing op en liep op mijn tenen langs de logeerkamer naar de keuken. Ik was van plan om een heerlijk diner te maken: lamskoteletjes, sperziebonen met geschaafde amandelen, een ovenschotel met nieuwe aardappeltjes. Ik had nog steeds de illusie dat we straks gezellig aan tafel zouden gaan, met drie generaties. Lekker eten, een flesje wijn, leuk kletsen over koetjes en kalfjes. Ik haalde het lamsvlees uit de koelkast en legde het op een bord om te kruiden. Terwijl ik in het kruidenrekje op zoek ging naar de rozemarijn, keek ik uit het raam en zag ik een eenzame eekhoorn die bezig was om noten te verstoppen in de achtertuin en driftig met zijn kleine voorpootjes aan het graven was. Ned was ervan overtuigd dat het elk jaar dezelfde eekhoorn was die in de herfst zijn nootjes kwam verstoppen en ze in het voorjaar weer opgroef.

'Wat is dit?'

Mijn moeder verscheen in de deuropening. Ik had haar niet horen binnenkomen. Ze had een badjas aan, waarvan de ceintuur strak om haar middel zat. Ze had alle make-up van haar gezicht gehaald. Haar gezicht was bleek en gerimpeld, en bijna uitdrukkingsloos. Haar lippen en wenkbrauwen waren verdwenen.

'Wat is dit, Rachel?' vroeg ze weer.

Ze stak een hand naar voren met daarin mijn potje foliumzuurpillen. Had ik dat op de wastafel laten staan? Nee, ik wist zeker van niet. Ze stonden op het middelste plankje van het medicijnkastje, bij de andere medicijnen. Er zit niet eens een knop of handgreep op het deurtje, het is een oud, houten kastje dat al in het huis zat toen we het kochten. Ze had het deurtje open moeten wrikken met haar vingernagels, want het zat behoorlijk vast.

'Waar stond dat?' vroeg ik.

'Het deurtje viel zomaar open,' zei ze. 'Ik kreeg het bijna tegen mijn hoofd. En toen keek ik per ongeluk naar binnen, kon ik echt niks aan doen! Ik zag dit vreemde flesje staan, en toen, ja, ik moet toegeven dat ik wel een beetje nieuwsgierig was. Dus toen heb ik gekeken. Sorry. Sleep me maar voor de rechter.'

'Wat deed je eigenlijk op onze badkamer?' vroeg ik.

'Ik was op zoek naar een washandje,' zei ze soepeltjes. Ik had een hele stapel badhanddoeken en washandjes voor haar achtergelaten.

'Onzin,' zei ik heel zacht. Ik kon alleen maar fluisteren of schreeuwen, gewoon praten lukte niet meer. 'Ik wil niet dat je in mijn privé-spullen rondneust, dat zijn jouw zaken helemaal niet.'

Haar pupillen begonnen raar te bewegen. Dat was het signaal waar ik altijd angstvallig op lette, want ik wist dat ze dan haar humeur ging verliezen en van binnenuit begon te trillen en te beven. De seismologische bewegingen van vulkaan Phyllis.

'Jouw privé-leven is mijn zaak niet? Dat is het wel!' schreeuwde ze.

Ik wilde de kamer uit lopen, maar ze stond in de weg. Ik liep langs haar heen en duwde haar bijna omver. Het kon me niet schelen. Ik zat gevangen in mijn eigen huis en ik wilde eruit. Ik wist nog precies hoe het veertien jaar geleden was gegaan toen ik zo stom was om Phyllis te vertellen dat ik zwanger was van Kate. Het was weer precies hetzelfde, alleen was het nu nog erger omdat ik ouder was en zij ook ouder was en er nog steeds niets was veranderd. We zaten nog steeds aan elkaar vast, met allerlei onontwarbare draden.

'Blijf staan!' gilde ze. 'Blijf hier!'

Ik trok een jas aan en stak mijn voeten in de klompen die bij de voordeur stonden.

'Waar ga je heen?'

Ik draaide me om en keek haar aan. Zonder dat beschilderde gezicht zag ze er veel ouder en valer uit. Haar haar werd al dunner en door de dure, rode coupe soleil heen zag ik haar hoofdhuid.

'Ik ben achtendertig jaar,' zei ik. 'En dit is mijn eigen huis. Mag ik misschien doen wat ik wil?'

'Ben je zwanger, Rachel?'

Ik gaf geen antwoord. Ik voelde het bloed in mijn slapen kloppen en mijn vingers tintelden.

'Nou?'

'Of je het nu leuk vindt of niet: ik ben een volwassen vrouw,' zei ik. Mijn stem trilde en dat vond ik vreselijk. 'Ik heb een eigen leven en je moet niet zo opdringerig doen.'

'Het is toch een hele simpele vraag?'

'Simpel? Bij jou is nooit iets simpel!'

'Ik weet het antwoord toch al,' zei Phyllis. Ze liep naar de keuken en ging aan tafel zitten. Ze schudde haar hoofd. 'Weet je, Rachel? Ik heb gewoon medelijden met je.'

'En nou donder je maar op!' schreeuwde ik tegen haar. Ik ging vlak bij haar staan en keek woedend op haar neer.

Ze bleef doodstil zitten. Ze was er niet aan gewend dat ik mijn geduld verloor. Meestal voelde ik me in de buurt van mijn moeder steeds kleiner en stiller worden. Ik schreeuwde nooit tegen haar.

'Ik meen het. Eruit.'

'Wat is er aan de hand?' Kate was door de voordeur binnengekomen en ik had haar niet horen aankomen. Meestal maakte ze een enorm kabaal, gooide ze haar tas op de grond en een waterval van sleutels en kleingeld en andere spullen op het tafeltje. Ze stond met grote ogen naar ons te kijken.

'Niks,' zei ik snel. Ik wierp mijn moeder een waarschuwende blik toe.

'Hallo, liefje,' zei Phyllis. Ze stond op om haar kleindochter te begroeten alsof er helemaal niets gebeurd was. Ineens zag ze de navelpiercing. 'Je hebt iets in je...' Ze boog zich voorover en bekeek de piercing van dichterbij. 'Mijn hemel, wat is dat?'

Alsjeblieft, alsjeblieft, alsjeblieft, dacht ik.

'Hallo, oma,' zei Kate. 'Dat hebben heel veel mensen van mijn leeftijd, hoor.'

Phyllis snoof verachtelijk en keek naar mij. 'En zoiets vind jij goed?'

'Kate is een grote meid,' zei ik luchtig. 'Ze bepaalt dat soort dingen nu zelf.'

'Nou, ik vind het...'

'Er staat nog wat van die yoghurt in de koelkast die je zo lekker vindt,' zei ik tegen Kate. 'Misschien wil je daar nog iets van.'

Kate keek me aan alsof ze zich afvroeg wat er met mij aan de hand was. Toen keek ze weer naar haar oma. 'Waarom waren jullie zo tegen elkaar aan het schreeuwen?'

'Je moeder schreeuwde, ik niet,' zei Phyllis.

'Mam,' zei ik. 'Als je het maar uit je hoofd laat.'

'Hallo, Phyllis.' Ned kwam binnen. Zijn haar zat een beetje verwaaid en hij had een grijs trainingspak aan, want hij had net een voetbaltraining gedaan. Hij keek argwanend naar ons.

'Tjonge, het begint al frisjes te worden.' Hij trok zijn jasje uit en hing het over een keukenstoel. 'Heeft iemand zin in een biertje?'

'Misschien kunnen we beter aan de champagne gaan, want het is wel een felicitatie waard,' zei Phyllis.

74

'Pardon?'

'Jullie hebben toch groot nieuws?'

'Hou je mond,' zei ik dreigend. 'Je weet niet wat je doet.'

'Rachel?' Ned keek me vragend aan.

Kate stond ons nauwlettend te bestuderen, precies zoals ze al deed toen ze nog maar een kleuter was: ze nam alles in zich op, keek naar hoe we ons gedroegen, ze miste niets.

'Ned, wil jij Kate misschien...'

'Een baby,' onderbrak Phyllis me. 'Is het niet geweldig?'

'Mam?' Kate keek me vragend aan. 'Waar heeft oma het over?'

'Je krijgt een broertje of een zusje,' zei Phyllis.

De kamer draaide. Ik stond in mijn eigen keuken, omringd door familieleden, maar ineens leek dit de gevaarlijkste plek ter wereld. Het bloed steeg me naar het hoofd, drukte mijn hals dicht en blokkeerde mijn ademhaling.

'Mam?'

Kate stond met haar rug tegen de muur geleund.

'Lieverd, ik...'

Ik stak mijn hand uit naar mijn dochter, maar ze dook weg. Ze keek me aan alsof ze geen idee had wie ik was.

'We wilden het pas vertellen na...'

'Ben je echt zwanger?' Ze sprak *zwanger* uit alsof het een vies woord was. 'Ben je daar niet te oud voor?'

'Heel veel vrouwen...'

Ned was naast me gaan staan en legde zijn hand op mijn onderrug. Ik voelde me niet zo stabiel en dat had hij in de gaten.

'We wilden wachten met vertellen tot na de vruchtwaterpunctie,' zei hij. 'Je moet niet denken dat we het geheim voor je wilden houden of zo.'

'Maakt niet uit,' zei ze. 'Het kan me niet schelen.'

Kate's gezicht stond volkomen neutraal. Het kostte haar vast erg veel moeite om zo koel te blijven doen.

Phyllis schraapte haar keel. 'Sorry. Heb ik het nu verklapt?' Ze probeerde een bezorgd gezicht te trekken. Ik had me nog nooit zo moordzuchtig gevoeld. Ik wilde haar vermoorden. Hoe was het mogelijk dat ze zelfs nu nog alles voor me kon verpesten? Mijn man, mijn dochter, mijn huis, het nieuwe kindje dat in me groeide: niets was tegen haar bestand. En het ergste was nog wel dat ik kon zien dat ze gelukkig was. Ze had haar doel bereikt. Ze had zichzelf weer eens in het centrum van de wereld gezet.

'Phyllis?' vroeg Ned. 'Wat is er toch mis met jou?'

'Ned, wil jij een taxi voor mijn moeder bellen?' vroeg ik.

'Hoezo?' vroeg Phyllis.

'Ik breng haar wel even naar het vliegveld,' zei Ned.

'Prima. Zie je wel, mam? Is-ie toch nog een goede schoonzoon.'

Mijn moeder stond zo majesteitelijk mogelijk op, voorzover dat ging zonder make-up en in haar badjas.

'De vrouw van Caesar treft geen blaam,' zei ze, en ze liep de keuken uit.

'Afschuwelijk mens,' zei Ned tegen haar rug. Hij zei het met enig plezier. Hij had het al veertien jaar willen zeggen.

'Jezus christus.' Ik liet me op een stoel vallen. Ik was misselijk, niet zomaar een beetje, maar meer alsof iemand een giftig gas in mijn lijf gepompt had. Ik begroef mijn gezicht in mijn handen en begon zacht te huilen.

'Mam?' zei Kate.

Ze liep naar me toe en sloeg haar armen om me heen. Dit was de eerste keer in maanden dat ze me aanraakte. Ze rook naar sigaretten. Van dichtbij leek het alsof ze net wakker was geworden en heel lang en onrustig had geslapen.

'Ssst,' fluisterde ze. Haar haar viel over mijn gezicht, ik voelde haar warme adem op mijn wang. 'Niet huilen, mam. Dat is niet goed voor de baby.'

4

'EEN SNEEUWSTORM KAN ER OOK NOG WEL BIJ,' ZEGT NED. 'ALSOF
dit al niet erg genoeg is.' Hij klemt het stuur stevig vast en rijdt
de 93 op. We zijn met mijn Volvo gegaan, want die is op gladde
wegen betrouwbaarder dan de zeven jaar oude Honda die Ned
heeft gekocht toen we gingen scheiden. En hij zit achter het stuur,
want zo deden we dat altijd. Gewoontes van zeventien jaar kun
je moeilijk doorbreken.

'Kun je het wel goed zien?' Ik kijk nerveus uit het raampje. De
sneeuw, de weg, de lucht: alles heeft dezelfde tint wit.

'Ik ken deze wegen mijn hele leven al, Rachel,' zegt Ned. 'Doe
nou maar rustig.'

'Jij begon zelf over die sneeuw.'

'Dat is zo,' zegt hij kalm. Alsof hij mij wil ontzien. Ik besluit om
hem dan ook maar te ontzien en ik begin ergens anders over.

'Hoe lang denk je dat we erover doen? Hollis verwacht ons om
twaalf uur. En je weet hoe stipt ze daar zijn met afspraken.'

'We zien wel, we kunnen toch niet sneller.'

Ik kijk stiekem naar Ned. Hij heeft zijn jas uitgetrokken en op
de achterbank gegooid, naast het kinderzitje van Josh. De mou-
wen van zijn trui zitten opgestroopt tot zijn ellebogen, waardoor
je zijn sterke onderarmen kunt zien. Ik ben verliefd geworden op
die onderarmen, en zijn mooie handen met die dunne, smal toe-
lopende vingers. Kunstenaarshanden. Een kunstenaar die nu huizen verkoopt voor de makelaardij van zijn ouders, die granieten
aanrechtbladen en Italiaanse douchecabines aanprijst bij bankiers
uit Boston die tien jaar jonger zijn dan hij.

We rijden langzaam naar het noorden. Er zijn niet veel auto's
op de weg. Alleen mensen die echt ergens moeten zijn, gaan op

een dag als vandaag de weg op. De scholen zijn dicht en de meeste mensen hebben vrij. Jane en Arthur hebben vanmorgen zelfs het makelaarskantoor gesloten, terwijl ze zich met hun stoere yankee-mentaliteit vrijwel nooit iets aantrekken van het weer. Ze zijn nu thuis met Josh, die waarschijnlijk hun hele woonkamer ondersteboven haalt. In de andere auto's op de weg zitten waarschijnlijk alleen maar mensen die op weg zijn naar een ziekenhuis of een inrichting. Allemaal mensen die zich niet door zoiets banaals als het weer laten beïnvloeden.

'Hoe zullen we het aanpakken?' vraag ik.

'Hoe bedoel je?'

'Als ze haar echt van school willen sturen.'

'Kunnen we het daar niet over hebben als het zover is?'

'We moeten er in ieder geval vast over nadenken, Ned.'

'Nee, we moeten er helemaal niet vast over nadenken,' snauwt hij. 'Laten we nu eerst maar eens afwachten wat ze zeggen.'

Ik snap wel waarom hij zo boos doet, maar toch verbaast het me. Ned is zoveel jaren mijn beste vriend geweest. Deze boze kant van hem liet hij bijna uitsluitend aan andere mensen zien, vrijwel nooit aan mij.

'Ik weet gewoon niet of ze thuis wel veilig is,' zeg ik zacht. 'En ik moet ook voor Josh zorgen.'

'Daar had je dan maar eerder aan moeten denken, voordat...' Hij maakt zijn zin niet af, alsof hij weet dat hij nu te ver gaat.

'Voordat wat?'

Hij geeft geen antwoord.

'Voordat wat?' herhaal ik.

Hij zucht. 'Ik heb geen zin om erover door te gaan, Rachel.'

'Nee,' dring ik aan. 'Ik wil weten wat je wou zeggen.'

Elk woord weegt zo zwaar als een baksteen. 'Het was beter geweest als we niet...'

'Hou op. Zeg dat nou niet,' onderbreek ik hem.

'Waarom niet? Het is toch zo?'

Ned perst zijn lippen op elkaar. Een klein spiertje trilt op zijn kaak. Sinds de scheiding is hij veel magerder geworden. Hij ziet er harder, hoekiger en scherper uit. Hij heeft lijnen in zijn gezicht gekregen, verticale lijnen op zijn wangen waar vroeger kuiltjes zaten.

'Dus je bedoelt dat ik de enige was die nog een kind wilde?' Ik weet dat ik volwassener moet zijn, dat ik niet alles wat ik denk of voel er zomaar uit moet flappen. Maar Ned heeft me totaal buitengesloten uit zijn leven en dit is de eerste keer sinds tijden dat we even alleen zijn. Meestal hebben we zeer korte gesprekjes over praktische dingen als rekeningen, verzekeringen, belastingen. Dat is, afgezien van de kinderen, het enige dat ons nog bindt.

'Ik had het niet erg gevonden als Kate enig kind was gebleven,' zegt hij. 'Dat vond ik niet zo erg.'

'Nee, dat kun je nu makkelijk zeggen.'

'We hadden moeten inzien dat het een heel slecht moment was om nog een kind te krijgen.'

'Maar dat konden we toch niet weten?'

'We hadden het moeten aanvoelen. We hadden ons niet nog meer moeilijkheden op de hals moeten halen.'

'Je bedoelt dat Joshua ons alleen maar moeilijkheden heeft bezorgd?'

'Rachel, ik hou net zoveel van Joshua als jij.' Zijn stem klinkt erg gespannen. 'Wil je verdomme ophouden met alles wat ik zeg uit zijn verband te rukken?'

De sfeer in de auto is gespannen. Ik buig naar voren en draai de verwarming lager.

'Jij was anders degene die steeds zei dat ik me geen zorgen moest maken om Kate!' Ik voelde dat ik een harde, spottende uitdrukking op mijn gezicht kreeg. *'Het komt heus wel goed! Ze is gewoon aan het puberen.'*

'Maar dat wás toch ook zo!' zegt Ned. 'Ze was ook gewoon aan het puberen, het is pas uit de hand gelopen toen...'

'Hou op, Ned! Doe nou niet alsof...'

'Ik zeg alleen de waarheid!'

'En wat is die waarheid dan wel? Dat door Josh al die problemen zijn begonnen?'

'Jij zegt het, ik niet.'

'Wat is er nou verkeerd aan als je graag nog een kind wilt?' vraag ik. 'Ik had de moed in ieder geval nog niet opgegeven.'

'Hoe bedoel je, ik wel dan?'

'Ja. Jij wel. Met alles.'

'Ja, zo komen we echt verder.'

'Het is toch zo? Net als met schilderen, daar ben je ook zomaar mee opgehouden zonder erover na te denken wat dat voor gevolgen voor je zou hebben. Of voor ons.'

Ik voel me licht in mijn hoofd nu ik gezegd heb wat ik al jaren diep in mijn binnenste voel. Ook toen alles nog heel goed was tussen ons, was Neds werk een taboe-onderwerp.

Hij zwijgt een hele tijd.

'Ik weet precies wat dat voor gevolgen voor mij heeft gehad,' zegt hij.

Hij is harder gaan rijden. De kilometerteller wijst tachtig aan, en dat is veel te hard voor dit weer.

'Rij eens wat langzamer,' zeg ik.

'Bemoei je er niet mee.'

'Verdomme, Ned, je gaat nou langzamer rijden en anders laat je me uitstappen!' Mijn hart gaat tekeer. Ik zie al voor me dat we ons hier in deze witte wereld doodrijden. 'Je hebt twee kinderen. Doe even normaal.'

Dat heeft effect. Ned neemt gas terug tot we weer wat langzamer gaan. We rijden zwijgend verder. Ik begin zacht te huilen, ik geloof niet dat hij het merkt. Ik kijk door het raampje naar buiten en veeg de tranen weg met de rug van mijn hand.

'Sorry,' zegt hij na een tijdje.

Ik zeg niets terug omdat ik mijn stem niet vertrouw. Het laatste wat ik wil is dat Ned merkt dat ik zo van streek ben. Daar hebben we vandaag niks aan. We moeten ons vermannen, we moeten schrap staan voor wat ons op Stone Mountain te wachten staat.

Hij steekt zijn hand uit en legt die even op de mijne. Het voelt aarzelend en vreemd. Maar in een reflex pak ik zijn hand vast. Hij trekt zijn hand terug en legt hem weer op het stuur.

'Heeft Hollis eigenlijk nog meer gezegd? Behalve dan dat hij ons wil spreken?'

'Niet veel. En dat ze zich zorgen maken over dat pilletje dat ze in haar zak hebben gevonden.'

'Kan ik me voorstellen. Zeker omdat ze al medicijnen krijgt. Je weet natuurlijk nooit wat voor uitwerking dat dan heeft.'

'Daar had ik nog niet eens aan gedacht,' zeg ik.

'Het belangrijkste is dat zoiets nooit had mogen gebeuren. Niet op een tuchtschool.'

'Het is geen tuchtschool.'

'Weet ik wel. Wat is de politiek correcte term dan?'

'Therapeutische gemeenschap,' zeg ik.

'Juist. Je zou toch denken dat ze in een therapeutische gemeenschap beter op zouden letten.'

'Hollis zei ook iets over een vechtpartij met een ander meisje, maar dat geloof ik niet,' zeg ik. 'Dat is niks voor Kate.'

'Alsof wij nog weten wie Kate is.'

Deze woorden van Ned blijven hangen terwijl we langzaam voortkruipen door de sneeuwstorm. Het is waar wat hij zei. We kennen onze dochter niet meer. Ik zou haar blindelings kunnen vinden in een kamer met honderd meisjes, maar ik heb geen flauw idee wat zich in haar hoofd afspeelt.

'Denk je dat we erover moeten beginnen?' waag ik te zeggen. Het voelt raar, om nu toch over het onderwerp te beginnen dat we maandenlang zorgvuldig hebben gemeden.

Hij klemt zijn kaken op elkaar.

'Wat bedoel je precies?'

'Dat weet je best.'

'Nee, dat weet ik niet.'

Nu speelt hij een spelletje met me. Maar daarvan ken ik de spelregels inmiddels ook, dus ik doe er verder het zwijgen toe en luister naar het gezwiep van de ruitenwissers en de jagende wind.

'Daar is toch helemaal niks over te zeggen, Rachel?' zegt hij na een tijdje.

'Maar we moeten er wel iets mee. Je kunt je kop wel in het zand blijven steken...'

'Zo klink je net als je moeder,' zegt hij. 'Is dat ook een van haar favoriete clichés?'

'Hoe durf je dat te zeggen,' zeg ik zacht.

'Sorry. Je hebt gelijk. Hoe gaat het trouwens met haar?'

'Net als altijd.'

'Weet ze eigenlijk wat er aan de hand is?'

'Wat denk je?'

Ik heb er erg veel moeite voor gedaan om ervoor te zorgen dat Phyllis niets te weten komt van wat er aan de hand is. Als ze zich al afvraagt waarom Kate nooit de telefoon opneemt of waarom Ned nooit thuis is, dan heeft ze dat in ieder geval nooit laten merken. Waarschijnlijk valt het haar niet eens op.

'Maar als ze nou op bezoek wil komen?' vraagt Ned.

'Ik heb het al een paar keer uitgesteld. In de hoop dat het allemaal weer goed zal komen.'

Hij reageert niet op wat ik zeg.

'Alsjeblieft, Ned, wanneer komt het nou weer goed?'

'Dat weet je nooit. Met de goede medicijnen, en een goede therapeut...'

'Ik bedoel met ons.'

Hij kijkt even naar me maar richt zijn blik dan weer op de weg.

'Is er iemand anders? Heb je een vriendin?'

Ik druk mijn voorhoofd tegen het koude raampje. *Heb je een vriendin?* is niet een vraag die je ooit aan je echtgenoot zou moeten stellen.

'Nee,' antwoordt hij zacht. 'Ik heb geen vriendin.'

'Waarom kunnen we dan niet...'

Hij schudt zijn hoofd. 'Je snapt het gewoon niet, Rachel. Je begrijpt niet wat ik...'

Hij kan zijn zin niet afmaken. Ik heb met hem te doen. Hij heeft vroeger niet geleerd om zijn gevoelens te uiten. Ik kan me wel zo ongeveer voorstellen wat voor moeder Jane vroeger voor hem is geweest. Als ik afga op de manier waarop ze met Josh omgaat, dan heeft Ned vroeger uren in zijn kinderstoel gezeten tot zijn bordje leeg was, mocht hij niet huilen, niet tegensputteren. Mocht hij zich niet snikkend aan zijn moeder vastklemmen om getroost te worden.

'Alsjeblieft?' Ik draai me naar hem toe en leg even mijn hand op zijn nek. 'Als we er niet eens over kunnen praten, is het helemaal hopeloos.'

'Ik moet aan het eind van de dag met een klant naar een huis in North Hawthorne,' zegt hij. Zijn stem klinkt gesmoord. 'Ze zullen wel afzeggen vanwege het weer. Zevenhonderdvijftig duizend voor anderhalve hectare.'

'Ned?'

'Heb ik al verteld dat mijn ouders willen dat ik in de zaak kom? Ik heb dit kwartaal al zes huizen verkocht in Appaloosa Court.'

'Toe nou, Ned.'

'Godverdomme!' schreeuwt hij. Hij duwt mijn hand weg. 'Doe dat nou niet, Rachel. Ik heb...'

Hij hapt naar adem. Zo heb ik hem nog nooit meegemaakt.

'Rustig nou maar,' zeg ik zacht. 'Kalm aan.'

'Heb jij enig idee hoe afschuwelijk mijn leven op het moment is?'

'Ja, natuurlijk wel.'

'Ik moet huizen verkopen. Ik woon in Pine Dunes. Ik zie mijn kinderen nauwelijks. En iedereen denkt...'

'Lieverd, wat maakt het nou uit wat iedereen denkt?' zeg ik. 'Daar gaat het toch niet om?'

'Natuurlijk wel! Ik woon hier! Ik ben hier geboren!'

Ineens stuurt hij de vluchtstrook op en blijft vlak naast de vangrail staan. Zijn schouders schokken. Ik buig naar voren en doe de alarmlichten aan. Ze flitsen rood op tegen de sneeuw waardoor we omringd zijn: een rood knipperend teken van gevaar.

Ik strijk over zijn haar en veeg zijn warme voorhoofd af.

'Laat dat,' zegt hij.

'Waarom mag ik je niet helpen?'

'Dat kan niet.'

'Ik hou van je.'

Hij kijkt op met betraande ogen.

'Dat was vroeger zo belangrijk voor me,' zegt hij. 'Ik dacht altijd dat ik alles kon, als jij maar van me hield.'

'Je kunt nog steeds alles.'

'Nee,' zegt hij. 'Die tijd is voorbij.'

'Dat hoeft toch niet?'

'Zo simpel is het allemaal niet, Rachel.'

Hij haalt diep en rillend adem. Langzaam, met de vastberadenheid van een oude man, zet hij de alarmlichten uit, kijkt in de achteruitkijkspiegel en rijdt de weg weer op.

OP DE DIGITALE KLOK IN DE AUTO STAAT 12:43 ALS WE EINDELIJK het bord van Stone Mountain zien. Er staat een klein vlindertje op, de mascotte van de school. De meisjes komen hier kruipend aan, maar verlaten de school met gespreide vleugels, kleurig en vrij. Dat is in ieder geval het idee achter de mascotte. We rijden over de lange oprijlaan naar het negentiende-eeuwse hoofdgebouw. Er wonen hier maar een stuk of vijftig meisjes, maar het schoolterrein is enorm groot, een park bijna, alsof er zoveel ruimte nodig is voor al die emotionele problemen. Er ligt minstens een halve meter maagdelijke sneeuw. Op een gewone school zouden er zeker sporen zijn van sneeuwbalgevechten of zou er een half afgemaakte sneeuwpop staan. Hier is alleen maar een onbetreden wit tapijt, alsof de natuur hier ingetoomd kan worden.

Ned zet de auto op de parkeerplaats naast het hoofdgebouw, waar Hollis en Esposito hun kantoor hebben. Toen we Kate hier naartoe brachten, waren we ook in dit gebouw. Ik schud mijn hoofd om te proberen de beelden kwijt te raken die ik weer voor me zie: het donkere schoolgebouw in de schemering, de gele lap boven de deur waar Hollis al op ons staat te wachten. Kate's betraande gezicht als we met haar naar het gebouw lopen. Haar ogen, die lijken op die van een wild dier dat in de val is gelopen. *Nee, mamma! Nee!*

'Ben je zover?' Neds gezicht staat weer rustig en gewoon.

'Nee,' zeg ik. 'Absoluut niet.'

Maar we lopen toch naar de deur, Ned en ik, achter elkaar aan. Wat moeten we anders? De sneeuw ligt in grote hopen aan weerszijden van het pad dat is vrijgemaakt. We zien eruit als ouders die op een gewone bezoekdag naar hun dochter gaan. Ned heeft een tweedjasje aan met een beige broek en ziet eruit als een overjarige corpsbal. En ik zou Phyllis niet teleurstellen met mijn enige goede lamswollen trui, rokje tot op de knie en laarsjes. Blijkbaar hebben we vanmorgen allebei in onze eenzame slaapkamer hetzelfde besluit genomen, namelijk om er vandaag keurig uit te zien.

Ned houdt de voordeur voor me open en als we de hal binnenkomen, heb ik het rare gevoel dat we ons in een toneeldecor bevinden. De parketvloeren, de tapijten aan de muur, de leren banken en leunstoelen die gegroepeerd staan rond lage salontafels met *The New Yorker* en *The Atlantic* erop: alles lijkt zo ontworpen om de ouders te verzoenen met het idee dat ze hun dochter hier achterlaten en vele maanden geen contact meer met haar kunnen onderhouden, haar zelfs niet kunnen bellen of schrijven. Aan de linkerkant van de wachtruimte zit een vrouw achter een glimmend bureau.

'Kan ik u helpen?' Ze kijkt naar ons. Achter haar oor zit een potlood.

'Wij hebben een afspraak met Frank Hollis. Rachel en Ned Jensen,' zeg ik.

Ze kijkt in een agenda en pakt de telefoon.

'Meneer en mevrouw Jensen zijn er,' zegt ze.

Ze maakt een uitnodigend gebaar naar een leren bank.

'Hij is er over een paar minuten. Gaat u zitten.'

Ned en ik zakken weg in de diepe, leren bank. Ik voel me meteen heel klein, want ik kan met mijn voeten nauwelijks bij de grond. Hij pakt mijn hand vast en knijpt erin. Als hij me weer loslaat, pak ik *The New Yorker* en begin erin te bladeren. Ik kan me niet concentreren, dus kijk ik naar de spotprenten van beschaafde stadsbewoners met een martini in de hand die spitsvondigheden uitwisselen die ik niet eens snap. Als we in de stad waren blijven wonen, zouden we meer op die mensen hebben geleken. Ik was er altijd zo zeker van dat we de juiste beslissing hadden genomen door weg te gaan, door Kate op te voeden in een kleine stad met ouderwetsere normen en waarden. Maar nu lijken de ideeën en plannen die ik toen had ronduit lachwekkend.

'Meneer en mevrouw Jensen?' Frank Hollis steekt zijn grijze hoofd om de hoek van de mahoniehouten deur van zijn werkkamer. 'Komt u verder.'

Ned en ik springen op alsof we in een rechtszaal zitten en de rechter de zaal binnenkomt. We lopen haastig door de wachtruimte naar Hollis toe. Hij drukt ons allebei vluchtig de hand en houdt de deur voor ons open. Zijn enorme werkkamer is gemeubileerd als het kantoor van een staatsman, tot en met de ingelijste Amerikaanse vlag achter zijn stoel. Dit was de plek waar ik mijn dochter voor het laatst heb gezien. Ze spuugde naar me, schold me uit, vervloekte me. *Stomme trut! Hoe kun je me dit aandoen? Ik zeg godverdomme nooit meer een woord tegen je, trut!* En toen nam dokter Esposito haar mee. Ik keek haar na terwijl ze zijn arm wegduwde en zo trots meeliep als een fotomodel op een catwalk. Ze keek nog één keer om naar Ned en mij, met een gezichtsuitdrukking die je alleen triomfantelijk kunt noemen. *Ik heb jullie niet nodig. Ik heb niemand nodig.*

Nu staat ze met haar rug naar ons toe voor het raam. Ik wist niet zeker of ze hier al zou zijn en mijn hart springt een slag over van liefde en angst. Ze heeft een spijkerbroek en een oude trui aan, en ze ziet er nog steeds heel mager uit. Haar haar is langer en valt tot halverwege haar rug.

'Kate?' zegt Hollis.

Ze beweegt niet. Het gaat al wat minder hard sneeuwen buiten. Ze staat afgetekend tegen het halfronde raam als een poppetje in een sneeuwbol.

'Je ouders zijn er.'

Hield Hollis nou maar even zijn mond. Ging hij de kamer maar even uit, dan hadden we tenminste wat privacy. Ik wil mijn dochter vasthouden, ik wil haar overladen met kusjes.

'Kate?'

Ze haalt even haar schouders op en draait zich naar ons toe. Haar linkerkaak is opgezet en haar oog is bont en blauw.

'Jezus,' fluister ik.

'Ik zei toch dat Kate onenigheid heeft gehad,' zegt Hollis. Zijn stem klinkt van heel ver.

'Katie, Katie...'

Ik loop haastig naar haar toe en sla mijn armen om haar heen. We zeggen niets. Ik hou haar stevig vast en ze drukt haar hoofd tegen mijn schouder.

'Wilt u niet gaan zitten,' zegt Hollis.

We verzetten geen stap.

'Alstublieft. Het lijkt me het beste als...'

Ik kijk hem over Kate's hoofd heen aan.

'Het beste?' zeg ik zacht. 'Wat lijkt u het beste?'

'Katie?' Ned loopt aarzelend naar ons toe. Ik wieg haar zacht heen en weer.

'Pappa?' Ze steekt een arm naar hem uit die zó mager is dat ik hem met mijn hand zou kunnen omvatten.

'We gaan,' zegt Ned tegen Hollis. 'Waar is haar kamer? Ik ga haar spullen pakken.'

Hollis drukt op een knopje op zijn bureau en vrijwel meteen daarop gaat de deur open en loopt Bob Esposito naar binnen, de psychiater van Stone Mountain en de enige met wie ik regelmatig over Kate heb gesproken.

'Ik heb dokter Esposito gevraagd om bij het gesprek te zijn,' zegt Hollis.

'Hebt u me niet gehoord?' vraagt Ned. 'We gaan weg.'

Ik kijk Esposito aan. *Hoe kon u dit toelaten?* wil ik hem vragen, maar dat laat ik achterwege. Ik vond hem tijdens onze gesprekken heel aardig en ik dacht dat hij echt met Kate begaan was.

'We kunnen hier beter even over praten, meneer Jensen,' zegt Esposito. 'Ik weet niet of u zich realiseert wat er...'

'We komen hier binnen. En mijn dochter blijkt in elkaar geslagen te zijn. Terwijl zij onder uw toezicht stond.'

'Dat is niet helemaal...'

'Mam?' Kate klinkt weer alsof ze een klein meisje is. Haar stem is zacht en lief. 'Zullen we nu gaan?'

'Begrijpt u niet wat ze doet?' vraagt Hollis. 'Ze speelt in op uw schuldgevoel.'

'Wat een flauwekul!' roep ik uit. Ik raak voorzichtig Kate's kaak aan. 'Ze is bont en blauw!'

We staan met z'n drieën in het midden van de grote kamer. Hollis en Esposito staan aan weerszijden van ons, als twee boekensteunen die ons in bedwang moeten houden.

'Dit heeft zij zelf gedaan, mevrouw Jensen,' zegt Esposito.

'Hoe bedoelt u?'

'Vertel je het zelf, Kate?'

Ze kijkt hem wezenloos aan.

'Weet je nog waar we het over hebben gehad? Over eerlijkheid? Openheid over alles?'

'Ik weet niet wat je bedoelt.' Ze werpt hem een blik toe.

'We gaan,' zegt Ned.

'Luister, meneer en mevrouw Jensen, ik begrijp dat volkomen, het is niet meer dan logisch dat u hiervan schrikt. Maar dit is niet het volledige beeld. U denkt van wel, maar dat is niet zo.'

'Doe niet alsof ik een idioot ben,' zegt Ned.

'Dat is geenszins mijn bedoeling.'

Ik begin wat rustiger te worden door de aanwezigheid van Esposito. Hij is een kleine man met een groot hoofd. Hij kijkt me met zijn bruine ogen, die door zijn brillenglazen nog veel groter lijken, rustig aan.

'Wat is er dan gebeurd?' vraag ik. 'En waarom hebben we dit niet zien aankomen? U zei juist dat het beter ging.'

'Gaat u alstublieft even zitten,' zegt Esposito terwijl hij naar de zithoek bij de enorme open haard wijst. 'Dan zal ik u volledig op de hoogte brengen.'

'Ik wil nu weg,' zegt Kate. 'Luister toch niet naar die onzin, ze liegen jullie voor, snappen jullie dat niet? Ze zijn zeker bang dat jullie ze voor de rechter slepen.'

'Vijf minuten,' zeg ik. Ned en ik gaan op het tweezitsbankje zitten en Esposito neemt de stoel tegenover ons. Kate drentelt weer naar het raam.

'Kate? Ik vind dat jij ook bij dit gesprek hoort,' zegt Esposito tegen haar.

Ze reageert niet.

'Excuseert u me even.' Hij loopt naar haar toe en begint zacht tegen haar te praten. Ze luistert even en schudt dan haar hoofd.

'Oké.' Hij loopt weer naar ons toe. 'Ik zeg dit liever waar Kate bij is, maar ze probeert een spelletje met me te spelen, en daar doe ik niet aan mee. Daar schieten we niets mee op. Ik krijg de indruk dat zij graag...'

'Kunnen we alstublieft terzake komen?' zeg ik.

Hij zwijgt en kijkt me met die treurige bruine ogen aan. Hoeveel huilende moeders zouden er al op deze bank gezeten hebben? Op het tafeltje staat een doos tissues.

'Ik ga jullie iets vertellen wat niet gemakkelijk voor jullie zal zijn,' zegt hij.

'Het is allemaal niet zo gemakkelijk,' zegt Ned.

Esposito legt zijn handpalmen tegen elkaar en houdt zijn vingertoppen onder zijn kin.

'Zoals u weet heeft Kate toen ze net op Stone Mountain kwam de diagnose AAD gekregen: adolescent adjustment disorder. Maar na verloop van tijd zijn we ook wat andere mogelijkheden gaan bekijken, simpelweg omdat we niets mogen uitsluiten.'

'Zoals wat?'

'Mevrouw Jensen, Kate heeft dit zelf gedaan,' zegt hij.

'Wat heeft ze zelf gedaan?' vraag ik. Mijn hoofd wordt wat helderder, ik herstel van de schok, en er ontstaat wat ruimte om de mogelijkheid te overwegen dat Kate zichzelf heeft verwond.

'Ze had ruzie met een meisje van Niveau Een,' zegt Esposito. 'We proberen er nog steeds achter te komen waar die ruzie over ging. Maar ze heeft dat meisje heel erg geslagen, haar wang moest in het ziekenhuis worden gehecht.'

Kate staat stil. Ik weet niet of ze ons bij het raam precies kan verstaan. Haar zijdezachte haar valt over haar rug en glanst in het gele licht. Ergens heb ik nog wat afgeknipte lokjes haar, in een plastic zakje onder in een la. Hechtingen, ziekenhuis, drugs, vechtpartijen. Wat is er met mijn dochter gebeurd?

'Maar dat andere meisje heeft Kate ook aardig te pakken gehad,' zegt Ned.

'Nee.' Esposito schudt zijn hoofd. 'Kate heeft zichzelf na die ruzie opgesloten in de badkamer. Ze heeft een stoel gepakt en klem gezet onder de deurkruk zodat het een paar minuten duurde voordat we erin konden.'

Hij zucht en buigt zich wat naar ons toe.

'Ze heeft haar gezicht tegen de radiator geslagen. Steeds opnieuw. We moesten haar van die radiator loswrikken. Ze heeft zelfs brandwonden op haar vingers.'

Ik kijk naar Kate's handen. Er zit inderdaad verband om haar vingertoppen. Esposito zwijgt, leunt achterover en kijkt naar ons. Nu hij zijn zegje gedaan heeft, wacht hij op een reactie. Ik voel dat Ned het warm krijgt en ik vraag me af of hij zich ook zo schaamt. Het is allemaal onze schuld. Het komt allemaal door onze interactie, door ons verleden, de manier waarop we haar hebben opgevoed. Al die jaren vol speelafspraken met andere gezinnen, tientallen verjaardagspartijtjes, picknicken in de zomer, skiën in de winter: ik dacht dat we allemaal ongeveer hetzelfde soort leven leidden. Maar die mensen zitten nu niet in deze godvergeten inrichting naar een psychiater te luisteren die zegt dat hun dochter ziek is. Nee, die mensen zitten thuis, in Boston, die doen de was, smeren boterhammen of kijken naar een video.

'Wat zegt u?' Ik kan mijn eigen stem nauwelijks horen. Ik kan mijn lippen niet goed bewegen.

'We kunnen de mogelijkheid niet uitsluiten dat ze zich in een voorstadium van schizofrenie bevindt,' zegt Esposito, 'hoewel ze nog te jong is om dat met zekerheid te kunnen zeggen. Verder zijn er ook verschillende persoonlijkheidsstoornissen die dergelijke zelfverminking kunnen verklaren.'

'O, god,' hoor ik mezelf kreunen. 'Wat zegt u nu allemaal?'

'Ze moet in ieder geval hier blijven, dat is wel duidelijk,' zegt Esposito. 'We stellen haar onder huisarrest en ze mag voorlopig niet naar school. Ze heeft intensieve therapie nodig, misschien moet ze zelfs worden opgenomen terwijl we proberen om de medicatie goed af te stemmen.'

'En als we haar mee naar huis nemen?' zeg ik zonder erover na te denken. 'Dan kan ze elke dag therapie krijgen. Dan kan ik op haar letten, haar goed in de gaten houden...'

Esposito wuift met zijn handen door de lucht, sierlijk, als een dirigent.

'Simpel gezegd is ze daar te ziek voor, mevrouw Jensen,' zegt hij. Zijn grote, bruine ogen knipperen naar me. 'En ik kan niet genoeg benadrukken dat ze absoluut geen toegang tot drugs mag hebben. Die ecstasypil die we in haar zak hebben gevonden... Hallucinogene middelen zouden echt catastrofaal kunnen zijn voor iemand in haar toestand, zeker door de medicijnen die ze gebruikt.'

'Maar toch heeft ze die pil hier bemachtigd,' zegt Ned. 'Hoe verklaart u dat eigenlijk?'

'Ik vind het vreselijk om te zeggen,' zegt Esposito, 'maar dat gebeurt. Niet alleen op Stone Mountain, maar het is op al dit soort scholen een risico. Ik ben daar heel eerlijk over. Waarschijnlijk heeft een van de kinderen die pil naar binnen gesmokkeld.' Esposito zwijgt even. 'Maar als ze geïsoleerd blijft, zal het niet opnieuw gebeuren.'

'Dat vind ik niet goed genoeg,' zegt Ned. Zijn stem klinkt hees. Als ik naar hem kijk, zie ik dat hij erg geschrokken is. 'Hoe kunt u ons dat garanderen?'

'We kunnen geen enkele garantie geven. Maar ik beloof u dat ze hier veiliger zit dan waar dan ook.'

Kate draait zich om. Ik kan het bijna niet aanzien. De ene kant van haar gezicht, haar mooie gezicht, is helemaal dik en opgezwollen. Ik weet niet wat ik erger vind: het idee dat dat meisje haar dit heeft aangedaan of dat ze er zelf verantwoordelijk voor is.

'We hebben wat papieren klaarliggen die nog moeten worden ondertekend,' zegt Esposito. Hij loopt met ons naar het bureau van Hollis. 'Dit niveau van zorg is uiteraard wel kostbaarder.'

'Kunnen we nu weg?' vraagt Kate terwijl ze naar ons toe loopt.

Ik schud mijn hoofd. 'Nee, lieverd,' zeg ik zacht. Heel diep van-binnen weet ik zeker dat Esposito gelijk heeft. Ik kan het niet ver-dragen, de gedachte dat ik mijn eigen dochter niet kan bescher-men, maar het is waar. Ik zou haar moeten opsluiten op haar kamer, haar moeten vastbinden aan haar bed.

'Ik heb alles al ingepakt. Ik wil hier niet blijven,' zegt ze. 'Als-jeblieft, mamma, ik wil zo graag naar huis.'

'Het spijt me, Kate,' zegt Ned. 'Dokter Esposito denkt...'

'Esposito is een klootzak!'

'Kate!'

'Hij liegt! Snappen jullie dat niet? Ze willen gewoon jullie geld. Het kan ze geen zak schelen hoe het met mij gaat!'

Hoe kan het dat ze precies weet wat ze moet zeggen? Of ze is een briljante leugenaar, of ik zit in een wereld waarin alles schijn is. Is het mogelijk dat deze hoogopgeleide en goedbedoelende arts in werkelijkheid een soort monster is? *Hij liegt!*

Maar dit is niet de eerste keer dat ik die woorden van Kate hoor. Ik verstijf en ga langzaam staan.

'Wij denken dat het nog niet goed genoeg met je gaat en daar-om moet je hier blijven tot je veilig met ons mee kan.'

Ik kijk naar Ned en smeek hem zwijgend om steun. Hij zit nog steeds op de bank, met zijn hoofd gebogen, en hij leest de papie-ren die Hollis hem heeft gegeven.

'Je moeder en ik zijn het eens, Kate,' zegt hij zonder haar aan te kijken.

'Daar krijgen jullie nog spijt van,' zegt ze.

'Wat bedoel je daarmee?'

'Niks.'

'Kate?' Esposito loopt naar haar toe. 'Het is bijna twee uur. Tijd voor de groep.'

'Die klotegroep!' gilt ze. 'Je kan me niet dwingen!' Ze laat zich op haar knieën vallen zoals ze deed toen ze zo oud was als Josh. We moesten daar toen altijd erg om lachen. 'Burgerlijke ongehoorzaamheid,' noemden we het, als Kate haar lichaam stijf en zwaar maakte zodat we haar moeilijker op konden tillen.

'Kom, we gaan,' zegt Esposito. Hij steekt zijn hand naar haar uit. 'Neem je afscheid van je ouders?'

Ik loop naar Kate toe, ga op mijn hurken zitten en probeer haar aan te kijken. Ze wiegt naar voren en naar achteren, alsof ze een of ander rouwritueel uitvoert. Toen ze klein was, kon haar humeur vaak als een blad aan een boom omslaan. De ene minuut zat ze keihard te gillen en was haar gezicht paars van woede, maar als je haar dan even kietelde of een grapje maakte, kreeg ze soms zomaar weer de slappe lach.

'Lieverd, luister eens naar me.'

Ze geeft geen antwoord.

'Luister naar me!'

Mijn stem trilt en de tranen springen me in de ogen.

'We moeten nu weg,' zeg ik.

Ze begint nog harder te huilen maar ze kijkt niet op. Ik buig me voorover, geef haar een kus op haar hoofd, snuif haar geur op zo diep als ik kan.

'Ik hou van je,' fluister ik in haar oor. 'Vergeet dat nooit.'

Dan loop ik de deur uit en laat ik ze allemaal achter: Ned, die nog met die papieren bezig is, Esposito, die wacht tot ze met hem meegaat, Hollis, die geen woord heeft gesproken sinds Esposito het overnam. Ik loop langs de receptioniste en struikel bijna over het kleed. Ik duw de zware deur open en dan is het alsof ik een klap in mijn gezicht krijg door de ijskoude wind. Ik loop naar buiten en snak naar adem. Het is eindelijk opgehouden met sneeuwen. Het enige dat ik wil, is rennen, zo hard ik kan, over de lange oprijlaan van Stone Mountain, weg van mijn eigen kind, weg van haar beschadigde gezicht en haar glanzende, onschuldige ogen. Ik ben blij dat ik haar aan de zorgen kan toevertrouwen van deskundige artsen. Ik kan haar niet aan. En de waarheid is dat ik dat niet eens meer wil.

Ned komt naar buiten met onze jassen. Hij legt de mijne om mijn schouders en drukt hem stevig om me heen, zoals hij vroeger ook altijd deed. Ik leun tegen hem aan. Hij houdt me stevig vast. Ik ruik zijn zweet, vermengd met de geur van zijn deodorant.

'Ik heb die papieren getekend,' fluistert hij.

We staan samen op de stenen traptreden van Stone Mountain te luisteren naar de wind, naar een zware deur die aan de zijkant van het gebouw wordt geopend, naar de gedempte kreten van onze dochter. We wiegen zacht heen en weer tot we haar stem eindelijk niet meer horen.

5

'VOLGENS MIJ KAN IK ZIJN HARTJE HOREN,' FLUISTERDE KATE. IK LAG languit op bed naar het journaal te kijken en zij lag naast me met haar oor tegen mijn dikke buik gedrukt. Het was begin juni en er heerste een hittegolf. Al dagen deed ik nauwelijks iets anders dan wat liggen en proberen zo koel mogelijk te blijven. We hielden de deuren, ramen en gordijnen dicht tegen de warmte. Ik voelde me een grote, rode, zweterige berg.

Kate tilde haar hoofd op en keek me geschrokken maar lachend aan.

'Hij schopte tegen me aan!'

We hadden al het gevoel dat het een jongen zou worden en dat was inderdaad uit de vruchtwaterpunctie gebleken. En hoewel ik steeds had gezegd dat het me niet uitmaakte of het een jongen of een meisje werd, was ik toch opgelucht toen we het hoorden. Een jongetje zou veel gemakkelijker zijn, want dan was de kans veel kleiner dat Kate jaloers zou worden. Tot nu toe was er van jaloezie in ieder geval helemaal niets te merken. In de loop van de zwangerschap was haar humeur opgeklaard. Ze was nog niet de oude Kate, want zo nu en dan waren er nog wel spanningen: dan sloeg ze met de deuren en trok ze zich zwijgend terug op haar kamer, maar ze leek wel beter in haar vel te zitten dan een tijdje daarvoor. In dat voorjaar zaten we bijna elk weekend in het strandhuis van Tommy en Liza. Ik zat met een handdoek om me heen geslagen op de veranda in de zeebries terwijl Kate en Sophie samen langs de kust van Nantucket slenterden, schelpen verzamelden, en eruitzagen als twee doodnormale, gezonde tienermeisjes.

'Zie je wel!' zei Liza tegen me terwijl ze naar ze tuurde. 'Wat heb ik je gezegd?'

Ik legde mijn handen op mijn buik en keek naar Kate, in haar zeer kort afgeknipte spijkerbroek. Ze zag er sterk en al een beetje bruin uit. Ze lachte om iets wat Sophie tegen haar zei.

'Misschien had je wel gelijk,' zei ik.

'Natúúrlijk had ik gelijk. Je maakt je veel te veel zorgen,' zei Liza.

ER ZAT EEN BROMVLIEG TEGEN HET RAAM VAN DE SLAAPKAMER waardoor ik niet goed kon doezelen. De baby draaide zich om en ik voelde een scherpe pijn onder mijn ribbenkast. Kate was in slaap gevallen met haar hand op mijn buik. Haar lichte, bijna wit-blonde haar lag uitgespreid over het kussen. Ik vond het heerlijk om haar te zien slapen. Dan kon ik haar uitgebreid bekijken zonder bang te hoeven zijn dat ze daar verlegen van werd. Haar ogen bewogen, alsof ze in haar slaap naar iets op zoek was. Ze had hele fijne haartjes op haar wang en haar bovenlip, maar haar wenkbrauwen en haar wimpers waren donker. Ik streelde over haar gladde, dunne arm.

Ned was die avond op school want er was een vergadering die hij niet kon missen. Het was vlak voor de vakantie altijd erg druk. De afgelopen paar jaar ging het met zijn werk steeds beter en er was sprake van dat hij hoofd van de afdeling zou worden en misschien zelfs plaatsvervangend directeur. Gek eigenlijk: hij had nooit ambities in die richting gehad, maar het succes kwam hem gewoon aangewaaid. Hij schilderde ook nog steeds, in de schuur achter in de tuin, maar het was een hobby geworden. We hadden het nooit meer over zijn werk, over de kunsthandelaren die misschien geïnteresseerd zouden zijn in zijn werk, of over zijn boek met dia's dat hij bij een of andere galerie in Newbury Street had achtergelaten. Zijn ambities waren vervaagd, zoals een schilderij vervaagt dat lang in de felle zon heeft gehangen. En op zeker moment was hij geen beginnend kunstenaar meer, maar vooral leraar aan een middelbare school.

Ik keek naar een vroeg schilderij van hem dat boven de schoorsteenmantel in onze slaapkamer hing. Er stonden een paar licht-blauwe vierkante vormen op die bedekt waren met rijen gekrab-belde, onleesbare woorden. Ineens voelde ik iets warms tussen mijn benen: een plotselinge stortvloed van vocht. Toen Kate werd ge-boren, waren mijn vliezen niet eerst gebroken, dus ik herkende het gevoel niet en dacht zelfs even dat ik incontinent geworden was.

Kate werd wakker. Haar T-shirt was aan de zijkant doordrenkt met de warme, heldere vloeistof.

'Wat is er?' vroeg ze geschrokken.

'Mijn vliezen zijn gebroken,' zei ik kalm. 'Wil je pappa bellen?'

'Waar is hij dan?'

'Bel zijn mobiel maar.'

Kate sprong uit bed en begon zenuwachtig spullen te verza-melen die ik in het ziekenhuis nodig had, ook al stond mijn koffer-tje al dagenlang klaar. Het was een week voor de uitgerekende da-tum, maar ik had steeds het gevoel gehad dat de baby eerder geboren zou worden. Ik voelde een zware druk als ik liep, en het hoofdje duwde zwaar in mijn bekken. Ik ging staan. Ik voelde me een beetje duizelig. De weeën kwamen meteen op gang en ze wa-ren heel erg heftig. Ik liep naar de badkamer om me te verkle-den, maar bij de slaapkamerdeur bleef ik staan. Ik greep de deur-post vast en kromp ineen door de hevige pijn.

'Gaat het wel?'

'Prima, lieverd,' wist ik met veel moeite uit te brengen.

Kate had haar natte T-shirt uitgetrokken en trok met de tele-foon in haar hand een overhemd van Ned aan.

'Pappa?' zei ze in de telefoon. 'Het is zover.'

KORT NA MIDDERNACHT REDEN WE NAAR BOSTON. IK ZAT OP DE achterbank van de Volvo, Ned zat achter het stuur en Kate zat voorin in een ingewikkelde houding die ze op de yogacursus had geleerd. Het zag eruit alsof het erg pijnlijk was, maar haar gezicht stond heel sereen. Ze duwde haar vinger tegen haar ene neusgat voor een ademhalingsoefening en herhaalde dat daarna met het andere.

'Zie je het wel zitten, Katie?' vroeg Ned.

'Ja hoor.'

'Want als je er niet de hele tijd bij wilt zijn, kun je natuurlijk ook gewoon naar de wachtkamer,' zei ik terwijl ik me schrap zette tegen de volgende wee.

'Nee, ik wil het juist graag,' zei ze. Wat klonk haar stem iel in de donkere auto.

We hadden na veel discussies besloten dat Kate bij de bevalling mocht zijn. Ned had zich er eerst tegen verzet, want het leek hem veel te eng voor een meisje van veertien. Maar ik had echt het gevoel dat het juist heel goed zou zijn. Ik wilde graag dat Kate zich vanaf het begin bij de baby betrokken zou voelen. Ik wilde niet dat ze zich buitengesloten zou voelen, al was het maar heel even. Maar misschien was het wel een idioot idee. Ze was dan wel heel volwassen voor een meisje van haar leeftijd, maar toch was ze nog maar een kind.

'Weet je het echt zeker? Want anders...'

'Ja, heel zeker.'

Ned keek me in de achteruitkijkspiegel aan. *Goeie timing, Rachel*, kon ik hem bijna horen denken. *We zijn halverwege Boston en jij krijgt bedenkingen.*

Toen we eindelijk bij Beth Israel kwamen, kwamen de weeën al om de vijf minuten. We werden naar een kleine, witte verloskamer gebracht. Het raam keek uit op de binnenplaats van het ziekenhuis. Ik moest aan mijn vader denken, die op zijn achtenvijftigste stierf. Wat een raar idee dat ik toen maar een paar jaar ouder was dan Kate nu. In die laatste weken van zijn leven had ik een enorme hekel aan ziekenhuizen gekregen. Ik kon me toen absoluut niet voorstellen dat ik ooit nog eens met een gelukkige reden in een ziekenhuis zou liggen, dat ik zó sterk en gezond zou zijn dat ik een kind ter wereld kon brengen. Ik dacht alleen maar aan ellende en ongeluk. Aan de dag dat ik als een grijze, broodmagere schaduw van mezelf in een ziekenhuisbed zou liggen om te sterven. *Hoi pap,* zei ik zacht tegen mezelf. *Je krijgt er weer een kleinkind bij.*

Ik trok een ziekenhuishemd aan en klom in het bed net toen ik weer een wee kreeg.

'Ned!' kreunde ik.

Hij stond over het koffertje gebogen en haalde er de videorecorder uit.

'O, nee toch!' kreunde ik.

'Ik beloof je dat ik de geboorte niet zal filmen.'

'Dat vinden ze niet eens goed.'

'Waarom niet?'

'Volgens mij zijn ze bang voor rechtszaken.'

Ned richtte de camera op het raam en zoomde in.

'Kun je me misschien komen helpen in plaats van Truffautje te spelen?' vroeg ik.

'Fellini zul je bedoelen,' zei hij, terwijl hij de camera op mij richtte.

'Je wordt bedankt.'

Ik ging op mijn zij liggen en Kate drukte haar kleine vuisten tegen mijn onderrug terwijl ik mijn kaken op elkaar klemde en door de wee heen probeerde te komen. Kate en ik waren in geen jaren zo close geweest. Ze zag mijn blote rug, mijn harige armen, mijn niet bepaald perfecte billen die uit het dunne ziekenhuishemd tevoorschijn kwamen. Ik vroeg me af wat ze nu dacht: waarschijnlijk dat ze zelf nooit zó oud zou zijn.

'Deed het met mij ook zo'n pijn?' vroeg ze.

'Met jou was het gemakkelijker,' zei ik.

'Echt waar?' vroeg ze opgelucht.

'Ja.'

'Ach, dat ben je gewoon vergeten,' zei Ned.

Ik wierp hem een boze blik toe.

'Nee, bij haar was het echt gemakkelijker,' zei ik.

'Ademen!' zei Ned, want dat had hij nog onthouden van de opfriscursus zwangerschapsgymnastiek.

'Hou je mond,' kreunde ik.

Ik merkte nauwelijks dat er in de uren daarna steeds meer machines op me werden aangesloten. Een apparaat om de hartslag van de baby te controleren, daarna een zuurstofmasker. Om het kwartier kwam een verpleegster kijken naar de gegevens die op een lang vel papier uit de monitor kwamen. Ned filmde de berg papier die er inmiddels al op de grond lag.

'Wat doe je nou?' vroeg ik.

'De details zijn het leukst,' zei hij.

'Film mij eens!' vroeg Kate. Ze pakte een rubberhandschoen, blies hem op als een ballon en liet hem daarna los, waardoor het ding door de kamer vloog. Ze werd helemaal giechelig door de vermoeidheid.

Op de televisie die in de hoek van de kamer hing, was een herhaling van een oude soap te zien. Het geluid stond uit, maar ik keek er toch naar. Tijdens de zwangerschapscursus hadden ze gezegd dat je je ergens op moest proberen te concentreren. Daarmee werd natuurlijk iets vertrouwds bedoeld, zoals een familiefoto, een bloem, of een lievelingsschilderij. Toch keek ik geconcentreerd naar de serie, waarin een hoogblonde actrice een andere hoogblonde actrice een mep gaf.

'Wil je misschien wat ijs?' vroeg Ned.

'Of zuurtjes?' vroeg Kate.

Ik schudde mijn hoofd. Het werd nu behoorlijk erg, maar ik wilde Kate niet bang maken. Toen even later de dokter binnenkwam, probeerde ik me kalm te houden. Het was een jonge vrouw, met een witte jas over haar spijkerbroek en trui. Ze heette Lisa Sorenson, en ze zei dat we Lisa mochten zeggen, wat me tegelijk op mijn gemak stelde en verontrustte. Ze was jonger dan ik, iets waar ik maar niet aan kon wennen. Ze kwam naast mijn bed staan en keek op mijn kaart. Ze deed haar lange, bruine haar achter haar oor en fronste.

'We gaan even een testje doen,' zei ze. 'Niet iets om je zorgen over te maken.'

'Wat voor test?' vroeg Ned.

'We gaan met een zeer dun naaldje wat bloed afnemen bij de baby, van zijn hoofdje.'

Kate schoot overeind in haar oranje plastic stoel.

'Is er iets mis?' vroeg ik snel.

'Waarschijnlijk niet,' zei Lisa. 'We willen alleen zeker weten dat hij genoeg zuurstof krijgt.'

Ze ritste een plastic hoesje open en zei dat ik achterover moest gaan liggen. Ik kon me niet voorstellen dat ze een naald in het hoofdje van de baby zouden prikken. Wat waren ze toch van plan? Ik werd ineens bang, maar dat durfde ik niet te laten merken. Ned kwam naar de rand van mijn bed en pakte mijn hand vast. Hij was bleek. Zijn vingers waren ijskoud.

Het werd heel stil toen Lisa de kamer uit was gegaan. Ik probeerde rustig te blijven ademen door het zuurstofmasker dat om mijn mond en neus zat. Kate staarde naar de televisie. En Ned zat met gebogen hoofd naast mijn bed. Ik vroeg me af of hij zat te bidden. Ik voelde de baby in mijn buik bewegen. Hij was gewoon nog niet klaar om eruit te komen, dat was alles. Inademen, uitademen. Mijn hart sloeg een paar keer een slag over. Kon je eigenlijk een hartaanval krijgen tijdens de bevalling?

Ik hoorde wat er via de intercom werd gezegd en begreep wat dat betekende voordat Ned en Kate het in de gaten hadden. *Anesthesie naar* OK *tien, anesthesie naar* OK *tien.*

Ik draaide mijn hoofd om naar Ned en trok het zuurstofmasker van mijn mond.

'Dat zijn wij,' zei ik, en op hetzelfde ogenblik kwam Lisa haastig de kamer weer binnen.

'De testresultaten waren niet erg bemoedigend,' zei ze. Het klonk als een formulering die ze tijdens haar opleiding had geleerd. Nooit *slecht* zeggen, zeg maar *niet bemoedigend.*

'We gaan een keizersnede doen,' zei ze. Ze gaf Ned een pakketje met een groen operatiehemd en een groen hoofdkapje. Ned ging zitten en begon de steriele kleren aan te trekken.

'En ik dan?' vroeg Kate. 'Krijg ik niks?'

'Jij mag helaas niet mee,' zei Lisa.

'Maar dat moet!'

'Het spijt me, dat is niet toegestaan.'

'Mamma?' Kate pakte mijn hand vast. 'Wat gebeurt er allemaal?'

Ik trok haar hoofd naar beneden om haar een kus te geven. Ineens stonden er twee verplegers naast me die mijn bed wegrolden en de infuusstandaard meenamen.

'Alles komt goed, Katie,' zei ik.

'Maar ik wil bij je blijven!'

'Dat snap ik wel, maar zo zijn de regels nu eenmaal.' Ik streelde haar over haar hand.

Ze hield haar ogen opengesperd. Ik kon het alleen maar mezelf kwalijk nemen. Waarom had ik niet beter nagedacht? Hoe had ik dit kunnen laten gebeuren? De kans was groot dat er iets mis zou gaan. Ik was al achtendertig, dus mijn bevalling viel in de categorie risicovol. Ik had Kate nooit mee moeten nemen naar het ziekenhuis, we hadden haar gewoon bij haar opa en oma moeten brengen zodat ze daar rustig ons telefoontje kon afwachten. Ned had zijn poot stijf moeten houden. Hij had gelijk, ik had het mis. Ik had om moeilijkheden gevraagd, ik had het lot getart.

Ned gaf de videocamera aan Kate. 'Hier, pak aan, en zodra de baby geboren is, kun jij meteen een verslag maken.'

Kate rende mee met het bed terwijl ik naar de OK gereden werd.

'Mam, ik ben zo bang!' zei ze.

Ik stak mijn hand uit en raakte haar wang aan. 'Ik beloof je dat het goed komt, heus. Nog even en je hebt een broertje!'

'Ik wil ook mee!' riep ze, maar ze werd tegengehouden door een broeder terwijl ik door de klapdeuren werd gereden.

'Ik hou van je!' riep ik nog, maar de deuren waren alweer dicht.

Van het ene op het andere ogenblik waren we van *Het kleine huis op de prairie* terechtgekomen in ER. In de operatiekamer waren geen tekeningen van teddyberen, alleen maar grote, felle lampen, stalen tafels en glimmende witte machines. Ik lag te trillen en hield me zó stevig vast aan de zijkanten van de brancard dat ik er later vreselijke spierpijn van in mijn borst had. Ik kreeg een naald in mijn ruggengraat en een raar, dof gevoel trok naar mijn middel. Er waren allerlei mensen in de OK en ze waren allemaal druk in de weer. Ik wilde ook iets doen, ik wilde hier niet zo hulpeloos blijven liggen.

'Kunt u dit voelen?' Een drukkend gevoel, meer niet. 'En dit?'

Ned zat achter me in zijn operatiehemd en met een kapje op zijn hoofd. Hij hield mijn hand vast. Er werd een gordijn dichtgetrokken halverwege mijn lichaam.

'Gaat het wel met Kate?' vroeg ik aan Ned.

'Ja,' zei hij gespannen.

'Ze had nooit mee moeten gaan.'

'Denk daar nu maar niet aan.'

'Was er maar iemand bij haar,' zei ik klappertandend. 'Kunnen we niet iemand bellen?'

'Daar is nu geen tijd meer voor.'

Neds vingers voelden ijskoud. Ik werd in tweeën gesneden. De bovenste helft van mijn lichaam lag te trillen en had kracht om hard in Neds hand te knijpen, terwijl de andere helft werd opengesneden. Lisa keek om het gordijn heen om iets aan een van de verpleegsters te vragen. Ze zag er veel te jong uit. Er was niet één rimpel te zien in het tl-licht.

'Hoe gaat het, Lisa?' vroeg Ned. *Hoe gaat het.* Wat klonk dat gewoon. Alsof hij naar de stand van een wedstrijd informeerde.

'Alles gaat prima,' zei ze. Haar stem klonk gedempt door het gordijn.

Ik probeerde zo kalm mogelijk te blijven en ik concentreerde me op mijn ademhaling. De baby zat nog steeds in mijn buik. We hadden al een naam voor hem bedacht: Joshua, genoemd naar mijn vader. Ik probeerde met hem te communiceren, hem liefde en kracht toe te zenden.

'We zijn er bijna,' zei Lisa. De anesthesioloog legde zijn hand op mijn schouder.

Ned boog zich naar beneden zodat zijn wang tegen de mijne lag. Onze tranen vermengden zich.

'Ik hou van je, wat er ook gebeurt,' fluisterde hij.

En toen ineens, dwars door alle geluiden in de operatiekamer, klonk het gehuil van een baby. Een gezond, boos gehuil waar ik meteen weer tranen van in mijn ogen kreeg. Ned ging rechtop staan. 'Hij is prachtig,' zei Lisa.

'Kijk eens!' Ned stond naast me en hield ons kleine, prachtige zoontje vast.

Ik kon niet meer ophouden met trillen. Mijn hele leven had ik op de rand van een bodemloos donker gat gestaan. Ned was tussen mij en die rand in komen staan. Toen kregen we Kate, en zij stond er ook bij. Mijn kleine gezinnetje! En nu, met de geboorte van deze nieuwe baby, werd de afstand tussen mij en de vrije val steeds groter. Door het eerste geluidje dat Joshua Jensen maakte, werd de vloek opgeheven. De eenzaamheid die mijn moeder als een fakkel aan mij had doorgegeven, was doorbroken. Ik was nu moeder van twee kinderen. Ik had er veertien jaar over gedaan. En er was niet eens iets verschrikkelijks gebeurd: alles was prima in orde gekomen. De tranen rolden over mijn wangen in mijn haren.

Ze namen Josh mee naar de andere kant van de OK om hem te wegen en te meten en om druppeltjes in zijn oogjes te doen. Hij huilde nog steeds hartverscheurend. Zijn gezichtje was rood en gerimpeld als dat van een oud mannetje. Ik keek naar hem, voorzover ik hem tussen de groene operatiehemden kon zien. Hij had mijn donkere haren.

'Lieverd, haal je Kate op?' riep ik naar Ned.

'Ze mag niet in de OK komen,' zei Lisa. 'Sorry. Maar je mag over een paar minuten hier weg.'

De verpleegster legde Josh op mijn buik. Hij had een klein, blauw dekentje over zich heen. *Dankjewel, dankjewel, dankjewel,* zei ik steeds opnieuw, ook al wist ik niet eens wie ik nu eigenlijk bedankte. God? Lisa? Ned? Of misschien de kleine Josh zelf?

'Ik ben klaar met hechten,' zei Lisa. 'Het wordt een mooi, klein litteken, dus je kunt weer een bikini aan.' Ze streek een lok haar van haar bezwete voorhoofd.

'Wanneer, nu?' vroeg ik. Iedereen begon te lachen, giechelig van opluchting. Het was bijna misgelopen, dat dachten we allemaal, maar het was te vreselijk om dat te zeggen. De ene minuut vreesde iedereen het ergste, en de andere minuut was er ineens een gezond jongetje geboren.

Ik werd de OK uitgereden.

'We moeten Phyllis bellen,' zei ik versuft. 'En Jane en Arthur. En...'

'Ik heb haar een injectie gegeven tegen de pijn,' zei de anesthesioloog tegen Ned, alsof ik er niet bij was.

'Ik heb helemaal geen pijn,' zei ik vrolijk.

'Je bent legaal stoned,' zei Ned. 'Geniet ervan.'

Josh lag gezellig op mijn buik en was al met zijn mondje op zoek naar mijn borst.

'Ik ga Kate halen,' zei Ned. 'Ze zal wel in de wachtkamer zitten.'

Ik knikte. Het hoofdje van Josh paste in de palm van mijn hand en zijn vingertjes waren tot kleine vuistjes gebald. Ik keek naar zijn puntige kinnetje, zijn dunne halsje, zijn verkreukelde neusje. Ik werd slaperig door de morfine en ik had geen idee van de tijd. Ineens was Ned weer terug en ging naast mijn bed zitten, buiten adem.

'Ze is weg,' zei hij.

'Hoezo? Hoe kan dat nou?'

'Ik weet niet waar ze uithangt! Ik heb overal gekeken.' Hij ging weer staan en begon door de kamer te ijsberen. 'Ik snap het niet. Waar kan ze nou zijn?'

'Ze is vast wel ergens. Ze kan toch niet zomaar weg zijn?'

Ned schudde zijn hoofd.

'Een van de verpleegsters zei dat ze haar de deur uit heeft zien rennen. Ze zei dat Kate eruitzag alsof ze een spook had gezien.'

DE EERSTE PAAR UUR VAN ZIJN LEVEN WAS IK ALLEEN MET JOSH. Eerst in de uitslaapkamer, waar hij lekker tegen me aan lag terwijl ik nog in de gaten werd gehouden, en later in de eenpersoonskamer die Ned voor me had weten te regelen. Ik was enorm opgelucht over Josh maar tegelijk heel bezorgd om Kate. Ik had zó veel morfine gekregen dat het onmogelijk was om nog in paniek te raken. Ned was haar gaan zoeken en hij zou haar heus wel vinden. Josh lag inmiddels aan de borst en hij zoog heel krachtig. Hij is een sterk jongetje, dacht ik bij mezelf. Hij haalt het wel. En Kate ook.

Toen ik weer op mijn kamer lag, moest ik vechten tegen de slaap. Er kwam een verpleger binnen met een enorm bloemstuk met gele rozen. Ik wist meteen dat mijn moeder dat gestuurd had. Gele rozen waren zo ongeveer haar handelsmerk. Phyllis was gek op gele rozen sinds een vriendje haar er een keer een enorme bos van had gestuurd. Dat was nog voordat ze mijn vader kende. Phyllis was dol op materiële overdaad, misschien had dat iets te maken met de nederige afkomst die ze daarmee probeerde te verdoezelen. Haar vader was buschauffeur, en ze had haar jeugd doorgebracht in Brooklyn. Rolls-Royces, jachten, grote diamanten, jasjes van Chanel: dat soort dingen maakten een enorme indruk op haar. Mijn vader, die het financieel heel goed had gedaan, kon toch nooit tippen aan alle vriendjes die Phyllis voor hem had gehad toen ze nog carrière aan het maken was in New York City.

De verpleger zette de bloemen op de vensterbank, waardoor ik geen uitzicht meer had. Het waren lange rozen en ze kwamen bijna uit. De verpleger gaf me een klein, wit kaartje. *Lieve kleinzoon, welkom op de wereld! Veel liefs van je oma Phyllis.* Oma Phyllis. De concurrentiestrijd met oma Jane was al op gang gekomen. Dat was met Kate ook al zo geweest, en nu had ze een nieuw slachtoffer. Wat zou ze Josh allemaal gaan toesturen om opa en oma Hawthorne te overtreffen? Toen Kate twee jaar was, kreeg ze van Phyllis een elektrisch autootje. Ik herinnerde me nog goed dat Kate uit frustratie begon te gillen omdat we de batterijen eruit hadden gehaald. Maar wie liet nu een kind van twee in zo'n ding rondrijden? Of was het Phyllis daarom te doen? Was het de bedoeling om zichzelf de rol van geweldige oma toe te delen en ons af te schilderen als onaardige ouders?

Ik keek op de klok en realiseerde me ineens dat Ned al uren

weg was. Misschien moest ik hem proberen te bellen, alleen wist ik niet waar de telefoon was.

Ik wilde net op de knop naast mijn bed drukken toen er op de deur werd geklopt.

'Ben je daar?' Het onmiskenbare knauwende accent van mijn schoonmoeder. 'Mogen we binnenkomen?'

'Ja, kom maar binnen,' zei ik.

Jane en Arthur kwamen enthousiast binnen. Arthur had een enorme teddybeer bij zich. Het was vrijdagochtend en ze hadden allebei hun makelaarsoutfit aan: tweedachtige blazers met een koperen naamplaatje op de revers.

'Daar is-ie!' zei Arthur joviaal. Hij kwam naast me staan en keek naar Josh, die in mijn armen lag te slapen.

'Ik hoorde dat je het wel even moeilijk gehad hebt,' zei Jane. Ze stond naast Arthur, met haar vleeskleurige nylons en hoge hakken. Haar gezicht was een beetje rood, zoals het de laatste tijd wel vaker was. Als je goed keek, kon je de fijne adertjes op haar neus en haar wangen zien: het gevolg van de niet kinderachtige hoeveelheid gin die ze elke avond dronk.

'Alles is goed met hem, en dat is het belangrijkste,' zei ik. Ik wist dat Jane mij maar een fragiel, klein joods meisje vond, een klagerig typje dat niet opgewassen was tegen een zware bevalling. Ze had haar twee jongens, Ned en zijn jongere broertje Steven, er in minder dan twee uur uitgeperst, van de allereerste wee tot het eind.

'Kijk dat kleine gezichtje eens,' zei Jane. 'Hij heeft een echte Jensenkin.'

'Waar is Ned eigenlijk?' vroeg Arthur. Hij was alweer bij het bed weg, weg van mijn dikke, zweterige lijf. En waarom ook niet? Mijn borsten hingen zo ongeveer uit mijn ziekenhuishemd en Arthur was al niet zo'n held. Ned had me eens verteld dat hij zijn hele jeugd zijn vader nog niet één keer naakt had gezien.

'Hij is een paar uur geleden weggegaan om Kate te zoeken,' zei ik. Ik merkte dat ik met een vreemde, dikke tong sprak. Ik was in een rare bui en ik voelde me verre van helder.

'Hoe bedoel je, hij is Kate gaan zoeken? Is ze hier dan niet?' vroeg Jane.

'We hebben haar nog niet gezien sinds...'

'Daar heb je hem! Daar is de kersverse vader!' riep Arthur ineens uit. Ik keek naar de deur en daar stond Ned, samen met Kate, die eruitzag als een hond die tegen zijn zin aan de lijn gehouden werd. Ned keek erg boos.

'Wat was er nou?' vroeg ik.

'Daar hebben we het nog wel over.' Hij duwde Kate naar binnen.

'Katie, kom eens naar je broertje kijken!' zei Jane.

Maar in plaats daarvan liep Kate langs mijn bed naar het raam en ging daar met haar rug naar ons toe naar buiten staan kijken.

'Kate!' zei Arthur. 'Wil je niet...'

Ze schudde heftig haar hoofd.

'Nou, nou, jongedame...'

'Laat maar, pap,' zei Ned. 'Laat haar maar even met rust.'

Jane en Arthur keken elkaar met opgetrokken wenkbrauwen aan. Dit voorval zou ongetwijfeld 's avonds bij de borrel nog eens uitgebreid worden besproken. *Het komt allemaal door de manier waarop Rachel haar heeft opgevoed*, zou Jane zeggen. Ik was zo stoned dat ik hun gezichten niet goed scherp kon zien en de kamer heel langzaam ronddraaide. Het was niet eens een onprettig gevoel. *Veel te toegeeflijk. Net zo'n rare hippie.*

'Wie is een rare hippie?' vroeg Jane.

Mijn hand vloog naar mijn mond. Had ik dat echt hardop gezegd?

'Nee, háppy, ik voel me zo happy,' zei ik zwakjes.

Ned keek me aan alsof ik knettergek geworden was. Hij had een stoel naast het doorzichtige wiegje gezet waarin Josh nu heerlijk op zijn zij lag te slapen, met een klein rozeblauw mutsje op zijn hoofd.

'Heb je je moeder al gebeld, Rachel?' vroeg Jane.

'Ik heb ingesproken op haar antwoordapparaat,' zei Ned.

'Die bloemen zijn van haar.' Ik wees naar de gele rozen.

'Ach, ja, natuurlijk,' zei Jane. 'Mooi.'

Toen Ned en ik pas getrouwd waren, hadden Jane en Arthur geprobeerd om vriendschap te sluiten met Phyllis. Ze nodigden haar uit voor familiebijeenkomsten, ook als de moeder van hun schoondochter daar eigenlijk helemaal niet voor uitgenodigd hoefde te worden. Ze hadden met haar te doen: ze was weduwe, ze woonde in haar eentje in New York, en haar enige kind was heel ver weg gaan wonen. Hoe verschillend we ook waren, ik wist wel dat Jane en Arthur op zich heel goedbedoelende mensen waren. Ze probeerden altijd het beste te doen, niet omdat dat volgens de etiquette zo hoorde, maar gewoon omdat dat het meest natuurlijke voor hen was. En toen Phyllis zich ging misdragen, waren ze daar enorm verbaasd over. *Waarom doet ze toch zo?* vroeg Jane aan me in de jaren voordat ze mijn moeder helemaal had opgegeven. *Weet jij waarom ze zo vervelend tegen ons doet?* Ik probeerde Jane uit te leggen dat het niet persoonlijk bedoeld was omdat Phyllis tegen iedereen even vervelend was. De bakker, de slager, haar dochter, haar schoonfamilie: ze kon zich bij niemand beheersen. Het was alsof ze een emmer vol zwartgallige woede in zich droeg die voortdurend over dreigde te stromen. En nu was ze eind zeventig en had ze helemaal geen vrienden meer over.

'Komt ze ook op kraambezoek?' vroeg Jane vriendelijk.

'Ja, laat ons dat even weten, dan kunnen wij op vakantie naar de Bahama's gaan,' voegde Arthur eraan toe.

Jane gaf hem lachend een vermanende por.

'Ik weet het niet. Ik heb nog niet besloten wat ik zelf wil,' zei ik. 'De vorige keer dat ze hier was, was het echt vreselijk.'

'Kate? Ik heb chocola meegenomen, wil je ook een stukje?' vroeg Jane.

Kate's lange haren bewogen heen en weer terwijl ze haar hoofd schudde.

'Waar zat ze nou?' vroeg ik fluisterend aan Ned.

'Thuis,' zei hij. 'Ze is teruggelift naar Hawthorne.'

'Is ze gaan liften?'

Hij knikte. We hadden Kate uitdrukkelijk verboden om te liften. We wisten wel dat sommige vriendinnen van haar dat wel deden, maar ze had ons bezworen dat zij het zelf nooit zou doen.

'Hoe heb je dat ontdekt?'

'Ik kon maar een paar plekken verzinnen waar ze naartoe gegaan kon zijn. In Boston kent ze verder niemand.'

'Waar hebben jullie het over?' Kate draaide zich naar ons toe.
Ik wist wel dat we door te fluisteren haar aandacht zouden trekken. Als klein kind al kon ze het niet uitstaan als ze dacht dat ze
iets niet mocht horen.

'Wat denk je?' vroeg ik.

Haar ogen waren rood en ze was snotterig. Ze had zo te zien
urenlang gehuild.

'Katie, het spijt me zo vreselijk. Je bent natuurlijk ontzettend
geschrokken.'

Ze wilde me niet aankijken.

'Kom eens lieverd, kom eens bij me zodat ik je kan omhelzen,'
zei ik.

'Wij gaan weer,' zei Arthur. Hij en Jane waren richting deur gelopen toen het woord omhelzen viel. 'We moeten naar een bezichtiging. Tot later, jongens.'

Ned knikte en ik wuifde vanuit mijn bed. Kate kwam naar me
toe, deed het slangetje van het infuus voorzichtig opzij en ging
naast me op de rand van het bed zitten. Haar ogen waren voortdurend op haar broertje gericht, die vredig lag te slapen in zijn
doorzichtige wiegje.

'Wauw,' zei ze. 'Wat is hij klein.'

Ik zag aan haar gezicht dat er honderden gedachten door haar
hoofd gingen. Ik wist meteen dat we haar geen straf zouden geven, niet voor het weglopen en niet voor het liften.

'Het hindert niet, Kate,' zei ik zacht. 'Ik snap het wel een beetje.'

'Je moeder misschien wel,' zei Ned, 'maar ik wil toch nog wel
zeggen...' Ik wierp Ned een smekende blik toe, en hij hield verder zijn mond.

'Het was echt een verkeerde beslissing van ons,' zei ik. 'Je had nooit mee mogen maken...'

'Ik dacht dat je doodging,' zei ze, terwijl ze naar Josh keek. Haar gezichtsuitdrukking was ondoorgrondelijk.

'Het was ook heel eng, dat snap ik wel. Maar alles is nu goed.'

Ik deed ondanks mijn versufte hoofd mijn uiterste best om de juiste woorden te vinden en om haar te bereiken.

'Ik dacht dat er iets verschrikkelijks met je gebeurde,' ging ze verder. Haar stem klonk vreemd emotieloos, maar ik zag dat haar onderlip trilde.

'O, Katie,' zei ik, en ik stak mijn hand naar haar uit. Ze negeerde me en boog zich naar voren zodat ze het gezichtje van Josh door de zijkant van het wiegje kon zien.

'Zijn neus is een beetje verkreukeld,' zei ze.

'Wat denk je?' vroeg ik. 'Zullen we hem maar houden?'

Kate ging rechtop zitten en keek me ernstig aan, alsof ze niet snapte dat ik een grapje maakte.

'Ik zal erover nadenken,' zei ze.

DE EERSTE DAGEN NADAT WE MET JOSH THUIS WAREN GEKOMEN is een periode die ik nog steeds koester. Ik voelde zóveel geluk in die dagen dat, als ik al dat geluk had kunnen bewaren, het genoeg zou zijn geweest voor de rest van mijn leven. Het huis stond vol met bloemen. Ik geloof dat zo ongeveer alle makelaars van heel Massachusetts een boeket bloemen hadden gestuurd. Op elk tafeltje, elke vensterbank en alle schoorsteenmantels stonden glazen vazen met vrolijke, zomerse boeketten. Ned had een paar cd's met slaapliedjes en rustgevende muziek meegenomen en die draaide hij soms op een draagbare cd-speler in de slaapkamer. Die liedjes kan ik me nog steeds herinneren en ze hebben mijn beeld van die eerste weken van een soundtrack voorzien.

Er was allerlei drukte en activiteit om me heen, maar ik hoefde alleen maar als een bijenkoningin in mijn bed te liggen, met mijn pasgeboren baby lekker tegen me aan. Ik moest herstellen van de keizersnede, dus ik bracht het grootste deel van de tijd in bed door, in de herenpyjama die Ned voor me had gekocht. Josh had voortdurend honger en de borstvoeding ging heel gemakkelijk, veel gemakkelijker dan het de eerste keer geweest was. Eerlijk gezegd vond ik er met Kate niet zoveel aan. Ik voelde me toen net een koe en heel erg onaantrekkelijk, alsof mijn lichaam niet meer van mij was. Misschien had het iets met leeftijd te maken, maar nu genoot ik van de intimiteit, van het gevoel dat ik Josh alles kon geven wat hij nodig had, van het wonder dat mijn eigen lichaam daarvoor kon zorgen. Ik hield hem de hele dag dicht bij me. Hij sliep en hij dronk, en Ned bracht me de hele dag door yoghurt, geroosterde boterhammetjes en sloten kruidenthee. Kate had zomervakantie en we wilden haar deze zomer niet naar een zomerkamp sturen, omdat alle moeilijkheden tijdens het kamp van de vorige zomer waren ontstaan. En dus was ze bij ons thuis. Ze voelde zich rusteloos en ze verveelde zich dood. Ze zat heel vaak in de schommelstoel in de hoek van de slaapkamer zwijgend te kijken terwijl ik Josh aan het voeden was.

'Wil je hem even vasthouden?' vroeg ik elke dag, maar elke dag schudde ze haar hoofd. Achteraf zie ik in dat ze ons toen al aan het ontglippen was en dat de leegte in haar binnenste steeds groter werd. Maar ik ging me achteraf ook afvragen waarom het me geen zorgen baarde dat Kate zich de eerste week zo afstandelijk opstelde en Josh helemaal niet wilde aanraken. Maar ik bevond me in de cocon van het nieuwe moederschap: de boze buitenwereld was ver weg en wij zaten veilig en beschermd in ons eigen universum. Ik voelde me als een bergbeklimmer die net een moeilijke top heeft bereikt, en nu trots op de top zit uit te blazen zonder oog te hebben voor de moeilijke afdaling.

'Katie, waarom ga je er niet eens lekker uit?' vroeg ik.

'Ik heb niks te doen. Iedereen is weg.'

Het was inderdaad zo dat de meeste vriendinnen weg waren. Bijna alle kinderen van school zaten al lang en breed met hun ouders in een zomerhuis.

Op dat moment kwam Ned met een triomfantelijk gezicht de

slaapkamer binnen. 'Kijk eens wie hier zijn!'

Liza en Tommy staken hun hoofd om de hoek van de deur.

'Hé! Jullie zaten toch in Parijs?'

'We zijn gisteravond thuisgekomen,' zei Liza.

Ze boog zich over me heen in een wolk van Franse parfum en kuste me op mijn beide wangen.

'Wat zie je er fantastisch uit,' zei ze. 'Helemaal niet als een vrouw die net een keizersnede achter de rug heeft.'

Tommy kwam ook naar me toe en omhelsde me.

'Dus daar hebben we de kleine man!' zei hij. Tommy schoor zijn hoofd sinds hij kaal aan het worden was, en hij zag er opvallend goed uit in zijn donkerblauwe jasje, een verschoten spijkerbroek en met dat kale hoofd.

Hij streelde Josh even over zijn wang.

'Handen wassen, Tommy!' riep Liza uit.

'Wat?'

'Bacteriën! Je moet eerst je handen wassen voordat je aan de baby komt!'

Liza zag er veel ontspannener uit dan anders. Als ze haar voorhoofd fronste, was er tussen haar wenkbrauwen geen rimpel te zien. Ik vroeg me af of ze misschien zo'n behandeling had gehad waarover ik had gelezen in *Vogue* en *Harper's Bazaar*, zo'n collageeninjectie of een andere overgangsrite die tegenwoordig bij vrouwen van tegen de veertig scheen te horen. Elke maand kocht ik de modebladen en ik verslond ze dan in één keer. Dat was een heimelijk genoegen van me, ook al was het eigenlijk niet echt iets voor mij. Als ik zo'n modeblad las, was het alsof ik een reisgids las over een land waarvan ik zeker wist dat ik er nooit naartoe zou gaan.

'Kijk dat hummeltje toch!' riep ze uit terwijl ze Josh van me aannam.

Terwijl Liza de baby bewonderde, keek ik naar Kate. Haar schouders zakten omlaag en ze kromp teleurgesteld in elkaar toen Liza binnenkwam zonder haar te begroeten. Kate was altijd erg op Liza's goedkeuring uit. Liza, die altijd even charmant en aardig was, en altijd zeer dynamisch. Ik probeerde haar met een waarschuwende blik duidelijk te maken dat ze ook even aandacht aan Kate moest besteden, maar Liza merkte het niet.

'Hij lijkt sprekend op je,' zei ze.

'Wil iemand een biertje?' vroeg Ned. Hoe vaak had Ned dat niet gevraagd op een gespannen moment: wie er trek had in bier. Alsof je met de rituelen van het burgerlijk bestaan – bier, barbecues en picknicktafels, *hé, hoe gaat-ie?* – zo'n enorme onderhuidse spanning kon oplossen.

'Goed idee, makker,' zei Tommy. 'Ik ga met je mee.'

Liza ging met Josh in haar armen op de rand van mijn bed zitten.

'Wat is hij prachtig, Rach.'

'Dank je.'

Kate sprong op uit de leunstoel. Ze bleef even aan het voeteneinde van het bed staan en keek met grote, starre ogen naar ons. Ze had haar vuisten gebald.

'Wat is hij prachtig!' herhaalde ze spottend en kwaad. Toen stormde ze de slaapkamer uit en sloeg de deur zó hard dicht dat de muren trilden.

'Katie!' riep ik haar na, maar ze gaf geen antwoord. Ik probeerde te gaan zitten, maar als ik dat deed, voelde het alsof mijn hechtingen zouden openspringen, dus ik leunde maar weer achterover tegen de kussens.

'Jezus, wat was dát in godsnaam?' vroeg Liza.

'Ze heeft het een beetje moeilijk.'

'Maar ik dacht dat het net weer wat beter ging.'

'Dat dachten wij ook.'

'Denk je dat het door de baby komt?'

'Ja, en...'

'O, nee toch! En ik storm als een olifant door de porseleinkast!' Liza zag er geschrokken uit, hoewel er nog steeds geen rimpeltje te zien was. 'Wat stom van me, zeg!'

Ik zag een schaduw bewegen onder de gesloten deur. Kate was daar blijven staan en ik vroeg me af wat ze precies had gehoord.

'Het is misschien goed als je haar ook...' fluisterde ik.

Op dat moment kwam Kate weer de kamer in. Haar gezicht was rood.

'Katie!' Liza strekte haar armen uit. 'Laat me je eens bekijken, schoonheid!'

Ze streek Katie's haar uit haar gezicht en hield haar gezicht tussen haar handen vast.

'Weet je dat jij best model zou kunnen worden?' vroeg ze.

Kate's gezicht werd nu nog roder.

'Nee, echt! Ik heb een klant die een modellenbureau heeft in New York. Ik weet zeker dat ze je zó zou aannemen!'

'Echt waar?' Kate's gezicht klaarde op. 'Wil je dat voor me vragen?'

'Tuurlijk, lieverd!'

'Eh, Liza?' Ik probeerde in mijn stem te laten doorklinken dat ik dit niet zo'n goed idee vond.

Ze keken me allebei vragend aan.

'Ik geloof niet dat wij het zo'n goed idee vinden als Kate...'

'Mam!'

'Nee, Kate, dat is toch niks voor...'

'Stel je niet zo aan! Wat is er dan mis mee?' Kate keek me woedend aan.

'Nou, op de eerste plaats ben je nog maar veertien,' zei ik.

'Ja, nou en?'

'O, dit was niet de bedoeling,' zei Liza.

Ik wierp Liza een boze blik toe. Ze dacht gewoon niet na. Ze was iemand die altijd meteen zei wat ze dacht, zonder eerst over de consequenties na te denken.

'Wat maakt het jou nou uit wat ik doe?' vroeg Kate.

Josh was inmiddels weer op zoek gegaan naar mijn borst. Ik duwde mijn pijnlijke tepel in zijn mondje.

'Hoezo? Wat bedoel je daarmee?'

'Daar ben je toch veel te druk voor.'

'Zeg, Kate, ik had zoiets natuurlijk eerst aan je moeder moeten vragen,' zei Liza.

'Misschien kunnen we volgend jaar eens zien, dan...' begon ik voorzichtig.

'Hou je mond!' schreeuwde Kate. Ze begon aan haar eigen haar te trekken, en dat deed ze zó hard dat ik bang was dat er echt plukken uit zouden komen. 'Hou op! Hou op! Hou op!'

Ik drukte mijn handen op de oortjes van Josh.

'Jij verpest altijd alles!' gilde Kate tegen me. Haar gezicht was vertrokken tot een woedend masker, haar mond was een donkere spelonk. 'Waarom moet jij ook altijd alles voor mij verpesten, stomme trut!'

Ze rende de kamer weer uit en ik hoorde haar met twee treden tegelijk de trap af stormen. De voordeur sloeg met een klap achter haar dicht.

Liza ging in de leunstoel zitten. Ze zuchtte diep en keek ineens erg serieus. Ze zette haar ellebogen op haar knieën en leunde met haar hoofd op haar handen. 'Het spijt me vreselijk, Rach.'

Ik knipperde de tranen weg die in mijn ogen sprongen.

'Het is ineens veel erger geworden,' fluisterde ik. 'Ik dacht dat het beter ging, maar...'

'Volgens mij heeft ze hulp nodig.'

'Ik weet het.'

'Tommy kent iemand in Boston die heel goed schijnt te zijn. Een psychiater die gespecialiseerd is in pubers.'

'O ja?' Ik kon ineens heel moeilijk ademhalen.

'Misschien heeft ze gewoon bepaalde medicijnen nodig. Het kan best iets heel simpels zijn.'

Ik knikte.

'Vrienden van ons, Lorna en Jim, hebben hun zoon naar die man gestuurd,' ging Liza verder. 'Hij heet Zelman. Ik zal je zijn nummer wel doorgeven.'

'Wat denk jij dat het is, Liza?' vroeg ik. Josh nestelde zich lekker tegen me aan. Ik zette me schrap tegen de woorden die ze zou uitspreken. *Gewoon puberaal gedrag* was niet meer afdoende.

'Ik weet het niet. Maar ik denk wel dat er iets mis is.'

'Ja, dat weet ik ook wel,' zei ik. 'Maar wat?'

'Misschien iets hormonaals. Of misschien komt het door de geboorte van Josh.'

'Het ging allemaal wat raar bij de bevalling en daar heeft ze het heel moeilijk mee gehad,' zei ik zacht. 'Ze is heel erg geschrokken.'

'Misschien is het goed als ze eens met iemand gaat praten,' zei Liza. 'Om haar hart eens te luchten.'

'Ik hoop het,' zei ik. Ik stelde me voor dat Kate een gif in haar binnenste had, een lekkend gif dat in elk hoekje van haar lichaam sijpelde en daar jaren bleef zitten.

Ik hoorde Ned en Tommy weer naar boven komen. Ze lachten vrolijk. Ik begon geluidloos en met schokkende schouders te huilen. Liza liep naar me toe en sloeg haar armen om me heen. Ik wiegde Josh en zij wiegde mij.

6

'ZEGT U HET MAAR.' DE BARKEEPER SCHUIFT TWEE BIERVILTJES OVER de mahoniehouten bar. Gelukkig is het niet iemand die we kennen. Er werken steeds vaker kinderen uit de buurt in de restaurants en winkels van Hawthorne: kinderen die vroeger bij ons in de tuin speelden of die we door de straat zagen skaten, brengen ons nu een drankje in een restaurant of zoeken in de gereedschapswinkel de terpentine voor ons op.

'Een Bombay martini,' zegt Ned. 'En voor mijn...'

Hij aarzelt. Hij zei bijna *mijn vrouw*. Voor mijn vrouw een glas witte wijn. Voor mijn vrouw een whisky met ijs. Mijn vrouw is mijn vrouw. Ik verlang ernaar die woorden weer uit zijn mond te horen komen, weer dat gevoel te hebben dat ik bij hem hoor, dat ik de helft ben van een stel.

'Cola light, graag,' zeg ik.

Ned kijkt me aan.

'Geen alcohol?'

'Ik moet Josh straks nog ophalen bij je moeder,' zeg ik.

'Kom op, Rach. Ik heb echt een borrel nodig en ik wil liever niet in mijn eentje drinken.'

De barkeeper zet de martini voor Ned op het viltje neer. Het glas is vol tot de rand en Ned buigt zich voorover om er een slokje van te nemen, zoals een kind zich over een drinkfonteintje buigt. Ik kan me niet herinneren dat ik Ned ooit eerder overdag heb zien drinken.

Hij leunt achterover en doet zijn ogen even dicht.

'Wat een dag,' zegt hij. 'Wat een ongelofelijke nachtmerrie.'

'Schizofrenie.' Ik proef het woord in mijn mond.

'Een voorstadium daarvan. En ze hebben niet gezegd dat ze dat heeft, alleen dat ze dat niet kunnen uitsluiten.'

Ned leunt achterover en doet zijn ogen dicht. Zijn lange wimpers werpen schaduwen over zijn gezicht. Kate heeft ook zulke lange wimpers, die heeft ze van hem. Zijn mond is slap en vochtig door de slok martini. Er valt een lok rossig haar over zijn voorhoofd, dat veel rimpeliger is dan een halfjaar geleden. Hij doet zijn ogen open, buigt zich naar voren en neemt nog een slok. Is hij soms bang dat zijn handen gaan trillen als hij het glas optilt? We zijn allebei gespannen en doodmoe. We kijken om ons heen, we kijken door de ramen van het restaurant naar buiten, we kijken naar alles, behalve naar elkaar.

'In ieder geval sneeuwt het niet meer,' zeg ik.

Ik drink mijn cola op en krijg ineens zin in een borrel, maar dat kan niet. Er zijn nog maar weinig regels waar ik me in mijn leven aan moet houden, maar een ervan is dat ik nooit maar dan ook nooit drink als ik nog met Joshua moet rijden.

'Mag ik nog een cola light?' vraag ik aan de barkeeper. En dan stel ik aan Ned de vraag die ik al de hele terugweg aan mezelf heb gesteld. 'Hoe gaan we dit allemaal betalen?'

'Misschien kunnen we een studiebeurs krijgen.'

'Heel grappig.'

'Ik vraag het wel weer aan mijn ouders.'

Ned kijkt van me weg, de donkere ruimte in. In het vervagende namiddaglicht valt het licht dat buiten door de sneeuw wordt gereflecteerd door de hoge ramen naar binnen, wat een vreemde, bijna fluorescerende gloed geeft. De bar waar we aan zitten is hoefijzervormig en er is maar één andere klant, een man met een muts op, die helemaal aan de andere kant zit. Ik vraag me af wat hij hier doet. Wie zit er nou op een winterse middag om vier uur in een bar?

'Dat wil ik liever niet.'

'Ik heb weinig keus,' zegt hij kortaf.

'We zouden het aan Tommy en Liza kunnen vragen,' zeg ik bedachtzaam. Ik merk dat ik dit idee eigenlijk de hele tijd al in mijn achterhoofd heb en dat het zich tijdens de rit terug uit New

Hampshire heeft gevormd, als in een droom. Tommy en Liza met hun eindeloze voorraad geld, Tommy en Liza, die echt geld als water hebben, en die je niet kunt zien zonder daaraan te denken. Vooral wij niet.

'Nee,' zegt Ned. 'Dat wil ik niet.'

'Waarom niet?'

'Ik wil het gewoon niet.'

'Dus je wilt het liever aan je ouders vragen? Na alles wat ze...'

'Ja.'

'Maar waarom dan? Ben je te trots?' Ik kijk naar Neds gezicht en realiseer me dat ik er nu beter over kan ophouden. Natuurlijk is hij daar te trots voor en daar heeft hij alle recht toe. Het laatste wat hij wil is dat Tommy ons geld leent, en dat had ik kunnen weten. Ned heeft het de afgelopen jaren al niet gemakkelijk gehad, en het zou voor hem heel vernederend zijn om nu ook nog geld te lenen van zijn vriend. Dan gaat hij liever nog een keer voor zijn ouders door de knieën.

Ik leg mijn hand op zijn arm en voel hoe gespannen hij is.

'Het hindert niet, Ned,' zeg ik zacht. 'Ik snap het wel.'

Hij neemt een grote slok van zijn martini.

'Ik denk het niet, Rachel. Maar dat geeft niet.'

Hij stapt van zijn barkruk en loopt naar de toiletten. Als hij weg is, pakt een van de obers een muntje uit een bekertje en stopt het in de jukebox. Er klinkt een oud nummer van James Taylor door het restaurant. Ik moet denken aan de middelbare school, aan jongens met vale corduroybroeken die laag om hun magere heupen hangen, aan de verbleekte omtrek van een pakje sigaretten in hun kontzak. De ober is zelf nauwelijks ouder dan zulke jongens. Hij zingt de tekst van het nummer geluidloos mee terwijl hij de tafeltjes begint te dekken met papieren placemats en bestek.

'Rock-a-bye sweet baby James,' zingt Ned zacht terwijl hij weer op zijn kruk gaat zitten. Hij slaat zijn arm om me heen en gebaart naar de barkeeper.

'Nog een voor mij en voor haar een whisky met ijs.'

'Ned, dat kan echt niet.'

'Ik heb mijn moeder gebeld,' zegt hij. 'Josh kan daar vannacht blijven. Ze zei dat het geen enkel probleem is.'

'Maar toch...'

'Ze zorgt er wel voor dat hij zijn bordje leeg eet. Dat wil je toch wel, dat hij leert om zijn bordje leeg te eten?'

Ned heeft nog steeds zijn arm om mijn schouders.

'Wat doe je nou?' vraag ik. Ik zie ons zitten in de spiegel achter de bar. Onze hoofden boven een rij flessen. Het beeld van ons samen is heel vreemd, een beetje griezelig bijna, alsof ik twee mensen zie die ik dood had gewaand.

'Ik mag toch wel een drankje voor mijn vrouw bestellen?'

'Ned, wat doe je nou?' herhaal ik zacht. Wat ik eigenlijk wil zeggen is: *Speel niet met me. Speel niet met mijn liefde.*

Ned buigt zich naar me toe, pakt mijn kin vast met zijn duim en wijsvinger, en houdt mijn gezicht heel stil terwijl hij me kust. Ik sluit mijn ogen en geef eraan toe. Ik voel alles en tegelijk voel ik niets. Het duizelt me, alsof dit mijn allereerste kus is. Zijn ruwe wangen, de gin die ik op zijn lippen proef, zijn zachte, warme tong, en vooral die vingers waarmee hij me precies zo houdt als hij me wil hebben. Er komt een geluid uit me, een zucht.

Hij laat me los en kijkt naar me, van heel dichtbij. Ik heb Ned sinds hij is verhuisd niet meer van zo dichtbij gezien. Hij ziet eruit als een kleine jongen, zijn ogen staan vriendelijk, zacht, vragend. Ik streel zijn nek, zijn slordige haar.

'Als je dit alleen maar doet omdat...'

'Nee, Rach. Hou eens op met nadenken.'

'Dat kan ik niet,' zeg ik. Ineens rollen de tranen over mijn wangen. 'Ik kan niet ophouden met nadenken, nog niet één seconde.'

Hij veegt mijn wang af met de rug van zijn hand.

'Dat snap ik wel,' zegt hij. 'Ik ook niet.'

'Ik moet steeds maar denken aan hoe het zou zijn geweest als we niet...'

Hij legt een vinger op mijn lippen.

'Als, als, als. Daar kun je eindeloos mee doorgaan. Als we elkaar nooit hadden ontmoet. Als ik je niet had aangesproken. Als je naar

een ander café was gegaan. Als ik me die dag verlegen had gevoeld, of als ik met een ander meisje was geweest, of als...'

'Dat bedoel ik niet.'

'Nee, maar zo is het wel, Rachel. Je kunt niet zomaar een wil-
lekeurig moment kiezen. Het zijn net dominostenen. Je gooit de
eerste om, maar de rest gaat vanzelf.'

'Net zei je iets heel anders.'

'Wanneer?'

'In de auto. Toen zei je dat het allemaal mijn schuld was.'

'Ik was boos.'

'Maar je meende het wel.'

De barman zet de glazen voor ons neer. Ned laat me los en
neemt een slokje van zijn tweede martini. Er knapt iets in me. Ik
pak mijn glas whisky en drink het in twee slokken leeg. Ik hoor
nog steeds de nagalm van het geschreeuw van Kate en als ik dat
geluid niet verdrink, word ik gek. De whisky glijdt brandend naar
mijn maag.

Ik gebaar naar de ober en vraag nog een whisky. Ik wil nu even
ophouden met zo bang te zijn en me zo veel zorgen te maken, ook
al moet ik daar straks voor boeten. Ik moet even ophouden met
piekeren over de kinderen, ik moet me niet meer afvragen hoe we
thuis moeten komen als we dronken zijn, en zelfs niet wat de mensen in Hawthorne zullen denken als ze horen dat Ned en Rachel
Jensen zich op een donderdagmiddag zitten te bedrinken in de
kroeg. Het is al zó lang geleden dat ik me geen zorgen heb gemaakt en dat ik niet dat misselijkmakende angstgevoel in mijn buik
had. Ik pak mijn glas. Eén uurtje maar, denk ik. Eén dag. Eén nacht.

IK CONCENTREER ME OP DE DEURKNOP EN DOE VERWOEDE POGIN-
gen om de sleutel in het slot te steken, als een geblinddoekt kind
dat probeert de staart op de ezel te prikken. Het is ónze deur, ónze omdat ik met mijn man ben, de lange, nog steeds knappe Ned
Jensen die drie martini's later onvast naast me staat en geen poging doet om me te helpen de sleutel in het slot te krijgen.

'Help eens,' zeg ik terwijl ik hem mijn sleutelbos geef.

'Waarom heb je de deur op slot gedaan?' vraagt hij.

'Omdat ik de hele dag weg zou gaan. Bij Wilson hebben ze vorige week ingebroken. Iemand is het huis binnengelopen en heeft Chrissie's fiets meegenomen terwijl Marcia gewoon boven was.'

'Goh.'

'Ja, en toen...'

'Rach?'

'Wat is er?'

'Dat interesseert me nu echt niet.'

'O.'

'Ik wil gewoon naar binnen.'

'O.'

Door de manier waarop hij *naar binnen* zegt, word ik helemaal slap in mijn knieën.

Hij leunt tegen me aan, drukt me tegen de voordeur, en ik voel zijn erectie door zijn broek heen en door de dikke wol van mijn rok. Een auto rijdt langzaam voorbij. Ik vraag me af wie ons ziet. Binnen een paar uur weet de hele stad het: Ned en Rachel zijn weer bij elkaar. Althans: Ned en Rachel stonden te vrijen onder de buitenlamp van hun veranda, en waarom doen fatsoenlijke mensen zoiets niet ergens waar niemand het kan zien?

Hij steekt zijn hand uit en stopt de sleutel in het slot.

'Makkie,' zegt hij, terwijl hij me voor laat gaan.

Ik pak zijn hand vast en loop de trap op. Hoe vaak ben ik niet in mijn eentje naar boven gelopen en alleen naar bed gegaan, terwijl ik niets anders hoorde dan mijn eigen voetstappen op de trap en Josh die zich omdraaide in zijn bedje. Soms klonk het omslaan van een bladzijde van een boek zo hard als een donderslag. Dit huis is helemaal niet bedoeld om alleen in te zijn. De kamers en de oude muren vragen om het lawaai van een gezin.

'Wacht,' zegt Ned achter me als we de slaapkamer binnenlopen. Het bed is niet opgemaakt, de lakens zijn erg gekreukeld en bedekt met tijdschriften die ik het liefst zou wegtoveren. Ik wil niet dat Ned ziet wat ik de laatste tijd lees: *People, In Style, Us*

Weekly. Ik kan me nauwelijks nog op iets zinvollers concentreren dan de laatste roddels over de sterren uit Hollywood.

'Wat is er?'

'Ik wil naar je kijken,' zegt hij. Hij legt zijn handen op mijn schouders en draait me om. Zijn ogen zijn bloeddoorlopen door de drank, maar zijn handen zijn heel trefzeker als hij de kleine parelmoeren knoopjes van mijn vest openmaakt en het vest uittrekt.

'Veel te veel kleren,' zegt hij.

'Het vriest dat het kraakt.'

'Doe je t-shirt uit.'

Hij doet een stap naar achteren en kijkt naar me, net als toen we pas bij elkaar waren. Ned die naar me kijkt: dat was altijd een onderdeel van de verleiding. Met zijn schildersogen leek hij door me heen te kijken, dwars door mijn kleren heen. Ik had me nog nooit zo bewonderd en begeerd gevoeld. Maar ik was ook nog maar tweeëntwintig, en hoewel ik een waslijst zou kunnen maken van dingen die er volgens mij niet goed aan me waren, weet ik achteraf dat ik toen zo ongeveer perfect geweest moet zijn. Ned heeft me heel lang niet meer naakt gezien, in ieder geval lang genoeg om me met nieuwe ogen te bekijken. Als ik mijn t-shirt uittrek, ben ik me bewust van elk klein detail: de vleesrol om mijn middel die daar zit sinds de geboorte van Josh. Mijn alledaagse katoenen beha met vlekken onder de armen. Ik heb er helemaal niet op gerekend dat ik vandaag voor iemand mijn kleren uit zou trekken.

Ik reik naar achteren om de rits van mijn rok los te trekken, daarna ga ik op de rand van het bed zitten om mijn schoenen uit te doen. Hij staat daar nog steeds naar me te kijken.

'Hou op,' zeg ik. 'Kom hier.'

'Ik wil naar je kijken.'

'Niet doen, Ned.'

Ik krijg een warm gevoel, van verlangen maar ook van schaamte.

'Wat ben je mooi,' zegt hij. Zijn stem klinkt gesmoord, van diep uit zijn keel.

Hij loopt naar het bed, trekt zijn trui over zijn hoofd en gooit hem op de grond. Ik pak zijn riem vast, maak die met één hand los en trek met mijn andere hand zijn rits naar beneden. De slaapkamerdeur staat open, maar er is niemand thuis en er kan ook niemand thuiskomen. Geen kinderen, geen oppas, geen schoonfamilie. Alleen wij. Alleen Neds warme handen op mijn borsten, zijn vingers die mijn tepels strelen, een kreun als hij zijn mond naar me toe beweegt, zijn ruwe huid tegen mijn borst.

'Jezus, Rach.'

Hij laat zijn hand over mijn lichaam glijden, eigent me zich weer toe, maakt me weer van hem. Iets diep in me opent zich, laat zich weer voelen op een manier die ik jarenlang vergeten was. Al mijn verlangen was weg, doodgebloed na de geboorte van Josh, en nu dat weer allemaal terug is, weet ik nauwelijks nog wat ik ermee moet doen. Het is bijna beangstigend, het voelt bijna zoals het in het begin was, toen ik net zo oud was als Kate. Onbedwingbaar. Onbeheersbaar.

Ik trek Ned op me. Zijn heupen duwen tegen me aan. Hij is veel magerder geworden en hij voelt heel anders.

'Wacht even,' zeg ik. Ik schrik er zelf van dat ik dat zeg, want ik wil helemaal niet dat hij wacht. Maar toch zeg ik het: 'Ned, hou even op.'

Hij kijkt naar me. Zijn haar valt over zijn ogen en zijn mond hangt een beetje open.

'Wat is er?'

'Heb je het met iemand anders gedaan?' vraag ik. Ik weet zeker dat ik zal merken of hij de waarheid vertelt of niet.

Hij knippert met zijn ogen, gaat van me af en steunt met zijn hoofd op zijn handen.

'Waarom vraag je dat nu?'

'Daarom,' zeg ik. Maar ik weet het antwoord al. Als het niet zo was, zou hij dat heel verontwaardigd hebben gezegd, heel nadrukkelijk. *Natúúrlijk niet.* Diep in mijn buik krijg ik een rotgevoel. Ned kijkt me aan en knijpt zijn ogen een beetje dicht. Dat doet hij altijd als hij me iets gaat vertellen wat pijnlijk is.

'Wie dan?' vraag ik zacht. 'Zeg het eerlijk.'

'Kom op, Rach. Laat nou.'

'Vertel me godverdomme wie het was!'

'Niemand. Niemand die jij kent.'

Ik laat me achterovervallen in de kussens. Het kan niet waar zijn, maar het is wel waar. Alles waarin ik mijn leven lang heb geloofd, wordt langzaam weggehaald. Gezonde kinderen. Een trouw huwelijk. Dacht ik dat ik dat allemaal had verdiend, zulke dingen? Gezondheid, geluk, vertrouwen, dat krijg je niet zomaar. Wat ben ik een idioot geweest om te denken dat Ned al die maanden in zijn eentje in Pine Dunes precies hetzelfde deed als ik: 's avonds naar de televisie kijken en 's nachts wachten tot het weer ochtend werd.

Ik schuif een stukje op. Ik wil ineens alleen zijn in mijn grote bed, ik wil alleen maar het gezelschap van de televisie. Ik kan het niet geloven dat Ned met iemand anders naar bed is geweest.

'Toe nou, Rach,' zegt hij. Hij tekent een rondje op mijn rug.

'Laat me met rust,' zeg ik. Mijn stem klinkt zacht en ik voel me heel klein. Als het kon, zou ik in stukjes uiteen willen vallen, oplossen, verdwijnen.

'We waren toch niet meer samen,' zei hij. 'We waren in feite gescheiden. Wat moest ik dan?'

Er komen allerlei antwoorden in me op. *Wachten*, wil ik tegen hem schreeuwen. *Je had op me moeten wachten.*

Hij legt zijn hand op mijn heup en draait me naar zich toe.

'Het was maar één keer,' zegt hij. 'Echt waar.'

'O, en moet ik het nou minder erg vinden?'

'Het was alleen maar seks.'

'Hoezo, alleen maar seks?'

Ik merk dat mijn stem harder klinkt, en schriller.

'Het stelde verder niks voor. Het was gewoon iemand die ik in een bar had ontmoet.'

'Waar?'

'In Boston.'

'Hoe oud was ze?'

'Dat weet ik niet.'

'Maar hoe oud ongeveer?'

'Een jaar of dertig.'

Ik probeer dit allemaal weer even snel te vergeten en ik hoop dat ik er nooit meer aan zal denken. Het enige dat erger is dan het feit dat je man met iemand anders naar bed is geweest is dat dat met iemand was die tien jaar jonger is dan jij.

'Waar was het?'

'Rachel, hou hiermee op.'

'Ik wil het weten.'

'Bij haar thuis,' zegt hij zwakjes. 'En ik heb een condoom gebruikt.'

'O, dus eigenlijk is er niks aan de hand, bedoel je?'

Ned gaat rechtop zitten en trekt de deken om zich heen.

'Ben je van plan om hier nog lang mee door te gaan?' vraagt hij.

Ik kijk Ned wel een minuut lang onderzoekend aan. Het is zo stil in de slaapkamer dat ik het tikken van de klok in de gang kan horen. Ik vraag me af of ik ooit nog naar hem zal kunnen kijken zonder hieraan te denken: een donkere bar, een koud glas bier, en dan dat meisje. Heeft hij haar aangesproken? Is zij naast hem gaan zitten? Heeft hij haar uitgekleed, of heeft hij gevraagd of zij zich wilde uitkleden terwijl hij naar haar keek? Ik schud mijn hoofd, want ik wil die gedachte uit mijn hoofd hebben.

'Wat is er?' vraagt hij.

'Niks.'

'Waar dacht je aan?'

Ik pak zijn linkerhand en kijk naar zijn vingers. Hoewel het midden in de winter is, kan ik een heel vaag wit lijntje zien op de plek waar zijn trouwring heeft gezeten.

'Hoor eens,' zeg ik. 'Ik kan het idee niet verdragen dat...'

'Dat snap ik wel,' zegt hij. Hij trekt me naar zich toe en wiegt me zacht heen en weer. Dat is precies wat ik nodig heb, dat zachte wiegen, alsof ik iets heel kostbaars ben, alsof ik iets ben dat misschien kapot kan gaan.

'Ik hou van je,' fluistert hij.

'Ik ook van jou,' zeg ik. Hij kust me op mijn neus, mijn wang, boven op mijn hoofd. Hij overlaadt me met kussen zoals we Kate elke ochtend wakker kusten. Honderd kusjes, zeiden we dan als ze giechelend wakker werd. Te veel liefde bestaat niet. Ik doe mijn ogen dicht tegen het pijnlijke beeld van Kate als vrolijk klein meisje, uitgelaten lachend, hoofd in de nek, kuiltjes in haar wangen. De tegenstelling tussen dat beeld en het wegkwijnende spook dat we vanmiddag hebben gezien voelt als een diepe pijn, als een mes in mijn buik, op de plek waar ik voor altijd haar moeder ben.

'Wat moeten we toch beginnen?' vraag ik.

'Ssst, niet nu.'

'Maar...'

'Later.'

Hij legt me op ons bed, het bed waarin we twee kinderen hebben verwekt, het bed dat we hebben meeverhuisd van ons kleine flatje in New York naar dit oude huis, het bed van koorts, tranen, ruzies, en tienduizend nachten in elkaars armen. Hij houdt me nog steeds in zijn armen als hij in mij komt, langzaam en soepel. Ik sla mijn armen om zijn hals. Allerlei gedachten schieten door mijn hoofd. Zit Josh echt veilig bij Jane thuis? Heeft ze wel een pyjamaatje voor hem? Is Kate weer tot rust gekomen? Moesten ze haar een kalmerend middel geven? Was die vrouw met wie Ned naar bed is geweest mooi? Was ze goed in bed? Maar dan begint alles langzaam te vervagen. Ik denk niet meer maar kan alleen nog maar voelen. De tijd gaat voorbij in een vage mist van handen en vingers en monden en gefluister en onzinnig gekreun, tot uiteindelijk de wereld ophoudt met draaien. Tot de wereld is verdwenen.

HET IS NOG STEEDS DONKER ALS IK WAKKER SCHRIK UIT EEN VRE-selijke droom. In mijn droom is Joshua nog een baby en valt hij naar beneden. Hij staat afgetekend tegen een lichtblauwe hemel, zijn mollige beentjes trappelen en hij lacht vrolijk terwijl hij valt.

Hij is zich van geen gevaar bewust, want er is nog nooit iets ergs met hem gebeurd. Hij denkt dat hij vliegt. Hij wappert met zijn handjes heen en weer als een vogeltje en lacht zo vrolijk, zo puur gelukkig. Ik zit aan een stoel vastgebonden met een touw. Wie heeft me vastgebonden? Ik kan niets doen om hem te redden.

Ik word wakker van mijn eigen schreeuw die rauw uit mijn keel komt. Mijn hart bonst hevig. Ik kijk om me heen in de slaapkamer en probeer rustig te worden. Ik lig veilig in mijn eigen bed en Josh ligt in zijn bedje in de kinderkamer te slapen. Nee. Dat is niet zo, Josh slaapt bij zijn opa en oma. Waarom is hij daar? Het duurt een tijdje voordat ik dat weer weet. Mijn hart bonst nog steeds heel snel en ik heb barstende koppijn.

Ned. Ik voel aan zijn kant van het bed, want het is nog steeds zijn kant, maar ik voel alleen koele, lege lakens. Dan hoor ik het geluid van een startende motor. Ik stap uit bed en kijk naar buiten. Ned heeft de motor gestart en is bezig de sneeuw van de voorruit te vegen. Zijn auto is sinds we vanmorgen met de Volvo naar Stone Mountain gingen, bedekt met een dikke laag sneeuw. Hij beweegt langzaam, als een slaapwandelaar. Hij heeft geen idee dat ik naar hem kijk. De uitlaat blaast dikke rookwolken uit die tegen de sterrenhemel uit het zicht verdwijnen. *Ik hou van je. Ik ook van jou.* En wat onuitgesproken bleef: *Doe me niet nog een keer zo'n pijn. Nee.* Hij schraapt de voorruit schoon, mechanisch en systematisch, zoals alle stoere jongens uit New England die zijn opgegroeid in dit sneeuwstormland. Heen en weer, heen en weer. Zijn handen lagen nog maar een paar uur geleden op mijn lichaam, streelden mijn borsten, knepen in mijn tepels met precies de juiste druk, gleden over mijn buik met de zelfverzekerdheid die is gegroeid na duizend liefdesnachten.

Wat is hij toch aan het doen? Ik ga op zoek naar warme kleren. Mijn flanellen pyjama hangt over de stoel bij de kaptafel. Ik trek hem aan en pak mijn hoge gymschoenen, die ik aantrek zonder sokken. Dan ren ik de trap af, pak mijn jas van de kapstok en doe de voordeur open. Ned kijkt op als hij ziet dat de voordeur opengaat omdat er een streep geel lamplicht op de sneeuw valt.

'Wat is er?' Ik zeg het zacht, want het is midden in de nacht en doodstil.

'Ik maak mijn auto sneeuwvrij.'

'Dat zie ik.'

Daar staan we allebei, met onze armen slap langs ons lijf.

'Ga je weg?' vraag ik.

Hij knikt. 'Ik moet heel vroeg weg. Ik heb een afspraak in ons kantoor in Salem.'

'Wilde je zomaar weggaan? Zonder afscheid te nemen?'

Ik sla mijn armen om mezelf heen en druk mijn donzen jas dicht om mijn lijf.

'Rach.'

Hij loopt naar me toe en ik doe een stap naar achteren.

'Niet doen,' zeg ik. 'Ik kan het niet geloven dat je zomaar wilde weggaan. Hoe dacht je dat dat voor mij zou zijn? Hoe ik me zou voelen als ik 's morgens wakker zou worden en zou ontdekken dat je weg was? En ik me zou afvragen wat er in godsnaam allemaal was gebeurd?'

'Ik kon niet blijven,' fluistert hij. 'Ik was zo bang.'

'Waarom?'

'Dat weet ik niet.'

Er komen wolkjes adem uit onze monden die in het niets verdwijnen. Het is hopeloos, dat is wat ik denk als ik naar mijn man kijk, de man die ik mijn hele leven heb toevertrouwd. Het komt nooit meer goed. Dat is onmogelijk.

'Kom even binnen.' Ik steek mijn hand naar hem uit. Hij staat tot zijn knieën in de sneeuw. 'Het duurt uren voordat je al die sneeuw weg hebt.'

Hij kijkt naar zijn auto en dan weer naar mij. Hij weet dat ik gelijk heb. Hij komt hier zo niet weg. Het is in de loop van de nacht een stuk kouder geworden en de sneeuw op de voorruit is veranderd in een dikke, harde ijslaag.

Hij loopt achter me aan naar binnen. Ik loop door naar de keuken en zet een ketel water op. Ned komt achter me aan en gaat aan de keukentafel zitten. Hij buigt zich voorover en begint zijn veters los te maken. De gesmolten sneeuw druppelt op de grond. Ik had altijd een enorme hekel aan zulke dingen: natte, modderige schoenen op de vloer, pakken sinaasappelsap die op het aanrecht bleven staan, koffievlekken in de gootsteen. Ik vond het heel irritant als Ned en Kate dingen vies maakten en ik het achter hen kon opruimen.

'Cafeïnevrije Earl Gray, Lipton of kamille?' vraag ik. Mijn stem trilt een beetje.

'Rach.'

'Zeg dat niet.'

'Rachel.'

Ik draai me om en kijk naar hem.

'Probeer jij mij kapot te maken?' vraag ik. 'Is dat wat je wilt?'

'Nee!' Hij kijkt geschokt bij die gedachte.

'Waarom heb je dan met me gevreeën als je toch van plan was om er midden in de nacht vandoor te gaan?'

'Ik wist het toen nog niet.'

'Wat wist je niet?'

Hij slikt en kijkt de andere kant op. Ik vraag me af wat hij nu denkt, terwijl hij in deze keuken zit waarin we zo'n groot deel van ons leven hebben doorgebracht, waarin we 's ochtends koffie dronken, de krant lazen, of toen Kate nog klein was samen met haar op zaterdagochtend naar een tekenfilm keken. Ik heb hier niets veranderd sinds Ned is verhuisd. Er hangt nog steeds een boodschappenlijstje in zijn handschrift op de koelkast, naast een foto waarin hij met Josh in zijn armen ligt te slapen. Zijn verzameling gedroogde wensbotjes in een glazen pot: alles is nog net zoals toen hij hier nog woonde. Ik heb waarschijnlijk het rare bijgeloof dat als ik alles maar zo laat en het huis in een soort schijndood laat verkeren, Ned misschien op een dag weer terug zal komen alsof er niets is gebeurd. *Schatje, ik ben thuis!* Dan zal ons leven verdergaan, niet alsof er niets is gebeurd, maar wel met het trotse gevoel dat we ons verdriet hebben overwonnen. Dat we het noodlot hebben afgewend. Dat het ons bijna te pakken heeft gehad.

'Ik ben ook gek,' zeg ik.

'Dat mag je niet zeggen.'

'Het is wel zo.'

De ketel begint te fluiten. Het is zo'n moderne, gestroomlijnde ketel die een hard, metalig geluid maakt als het water kookt. Het was een cadeau van Jane en Arthur dat ik het liefst zou wegdoen. Ik vergeet dat het metaal heel heet wordt en ik grijp het handvat vast.

'Au!' Ik laat de ketel weer op het fornuis vallen.

'Gaat het?'

Ik wapper met mijn hand door de lucht. 'Shit!'

Ned gaat staan en haalt twee bekers uit de kast.

'Ga zitten,' zegt hij. 'Ik zet wel even thee.'

Ik ga zitten op de stoel waar Ned op zat en kijk naar hem terwijl hij in de keuken in de weer is. Hij brengt me een theedoek die hij met koud water heeft doordrenkt en wikkelt die om mijn hand. Hij kijkt niet naar mijn gezicht, maar drukt de koude doek tegen mijn hand.

'Zo,' zegt hij. 'Dat helpt wel.'

Ik doe mijn ogen dicht en probeer de woorden tegen te houden die in me opborrelen. *Blijf alsjeblieft bij me*, wil ik zeggen. *Ga niet weg. We vinden wel een oplossing.* Maar ik weet dat ik ze toch niet zal zeggen. Ik kan niets zeggen. Ik wil niet smeken. Daar voelen we ons beiden alleen maar beroerder door.

'Laten we het nog even over Kate hebben,' zeg ik. Heel zakelijk. Want dat kan ik heel goed. Als iemand een pistool tegen mijn hoofd zou zetten en zou vragen om mezelf in één seconde te beschrijven, zou het eerste woord waar ik aan dacht *moeder* zijn. Dat ben ik sinds de dag waarop Kate werd geboren. Ik zou mezelf nog op allerlei andere manieren kunnen beschrijven – de vrouw van Ned, de dochter van Phyllis, de beste vriendin van Liza, kunstrestaurateur, geëxporteerde New Yorker – maar er is maar één ding dat ik echt ten diepste ben.

'Ik heb je toch verteld dat ik het aan mijn ouders zal vragen,' zegt Ned. 'Ik zie ze morgen.' Hij kijkt op zijn horloge. 'Of liever gezegd straks.'

Hij zet een beker dampende thee voor me neer.

'Dat bedoel ik niet.'

'Wat bedoel je dan wel?'

Hij trekt een stoel onder de tafel vandaan en gaat naast me zitten. Ik kijk naar zijn handen, de handen waarmee hij me een paar uur geleden heeft bemind. Waarom heb ik het gevoel dat ik hem nu niet meer kan aanraken?

'Doen we er wel goed aan?' vraag ik. 'Om haar daar achter te laten?'

'We hebben geen keus.'

'Dat is niet zo.'

'Rachel, je moet onder ogen zien dat ze heel ziek is.'

'Ik weiger om dat zomaar aan te nemen. Ze kennen haar niet.'

'We hebben dit toch allemaal al uitgebreid besproken.'

'Maar ik zou toch best...'

'Dat wordt je ondergang.'

Ik hou mijn beker onder mijn neus en adem de zoete geur van de thee in. Ik zeg niet wat ik denk: dat het nu ook al mijn ondergang is. Ik moet toch mijn eigen dochter beter kunnen maken.

'Ze is zo ongelukkig,' zeg ik.

'Dat is niet echt het goede woord.'

'Ziek dan.'

'Ze zou hier niet eens veilig zijn, Rachel, dat weet je toch wel?'

Ik knik. Ik weet dat het zo is. Ik herinner me nog goed dat ik altijd als een beschermengel om Kate heen zweefde toen ze nog een peuter was en ze net als alle andere peuters vooral werd aangetrokken tot gevaarlijke dingen. De oven, het toilet, de messenla. Maar ik maakte me nooit echt zorgen, omdat ik er immers was om haar te beschermen. Niemand zegt het tegen je als je net een kind krijgt, maar het allermoeilijkste van het ouderschap komt pas veel later, als je kind groot genoeg is om zichzelf iets aan te doen en je helemaal niets meer kunt doen om het te beschermen.

'Dan wil ik Tommy om dat geld vragen.'

'Nee.'

'Het maakt voor hem helemaal niets uit. Hij besteedt waarschijnlijk nog meer aan het liggeld voor die boot van hem.'

'Daar gaat het niet om.'

'Dat weet ik wel. Maar ik wil het liever niet weer aan Jane en Arthur vragen.'

'Luister,' zegt Ned. 'Ik heb deze week drie huizen verkocht. Het gaat financieel heel goed. Misschien kan ik het zelf wel betalen.'

'Dat lukt je nooit, Ned. Laat die trots van je toch eens varen.'

'Hou er toch over op, trut,' zegt hij.

Ik krimp in elkaar door de woede waarmee Ned dit zegt. Hij heeft me nog nooit eerder uitgescholden, zelfs niet als hij zó kwaad was dat hij borden of glazen kapotgooide.

'Ik heb juist helemaal geen trots meer, Rachel. Ik probeer alleen maar te doen wat het beste is voor mijn gezin.'

Ned strijkt zijn haar achterover en begint zijn schoenen weer aan te trekken. Ik zie de woede in zijn gespannen lichaam. In de loop der jaren heb ik de signalen leren herkennen en heb ik geleerd om dan niets tegen hem te zeggen. Hij pakt zijn beker en zet hem in de afwasmachine, alsof hij elk spoor van zijn aanwezigheid wil opruimen.

'We hebben het er later nog wel over,' zegt hij stug. 'Ik moet nu echt weg, sorry.'

Deze keer hou ik hem niet tegen. Ik wacht tot ik de voordeur met een zachte klik hoor dichtgaan en dan loop ik met mijn thee naar boven. Als ik in de slaapkamer ben, schuif ik het gordijn opzij om naar hem te kijken. Zoals ik al had verwacht, laat hij zijn ingesneeuwde auto staan. Ik zie hem in het grijze ochtendlicht de heuvel op lopen in de richting van Pine Dunes, met gebogen hoofd en zijn handen diep in zijn jaszakken.

'S OCHTENDS RIJD IK NAAR MIJN SCHOONOUDERS. JANE EN ARTHUR wonen in een dure, lommerrijke buurt van Hawthorne, vlak bij de golfclub. Ik ben hier al een tijd niet meer geweest en als ik door het nieuwste gedeelte van de wijk rijd, ben ik even gedesoriënteerd. Rond het terrein van de golfclub staan tientallen Mc-Mansions: neoklassieke, neofederale en neozuidelijke landhuizen met veranda's die uitkijken op bulldozers en hijskranen die bezig zijn met het volgende huis. Op een klein, groen bord met gouden letters staat de naam van de nieuwe buurt: REGAL RIDGE. Sommige huizen hebben een zwembad in de tuin, maar ze staan allemaal vrij dicht op elkaar. Ned heeft me verteld dat het project vooral zo goed loopt door de nabijheid van de golfclub en dat dat als pluspunt in de onderhandelingen wordt gebruikt. Lopend naar de golfbaan! Eten op de club!

Vroeger bedachten Ned en ik vaak samen met Jane en Arthur de namen voor hun nieuwe projecten, zoals ouders ook brainstormen over de naam van hun toekomstige kinderen. En hoewel Jensen Makelaars erg veel geld betaalde aan hun reclamebureau, bedachten Ned en ik vaak de namen die het uiteindelijk werden.

'Als jij een bankier uit Boston was met drie kinderen, wat voor straatnaam zou je dan leuk vinden?' vroeg Ned peinzend.

'Waarom drie kinderen?' vroeg ik.

'Anders koop je niet zo'n groot huis,' zei Ned terwijl hij op de brochure tikte van de huizen met zes en zeven slaapkamers.

'Oké,' zei ik. 'Wat dacht je van Abercrombie Court?'

'Niet slecht.' Ned schreef het op. 'Of misschien White Oak Bluff?'

'Nee, dat klinkt niet.'

'Je hebt gelijk. White Oak Terrace dan?'

'Hickory Manor.'

'Ik heb het!' Ned sprong quasi-enthousiast op en liet een dramatische stilte vallen. 'Snowcrest,' zei hij plechtig.

'Snowcrest? Meer niet?'

'Nee, gewoon Snowcrest. Klinkt als een klok.'

Het was een vreemd, machtig gevoel om die namen te bedenken. Want wat er ook met ons zou gebeuren: de namen van de straten, lanen en boulevards die we bedachten zouden nog steeds bestaan als wij er niet meer waren.

De huizen rond de golfclub maken een eindje verderop plaats

voor fraaie landhuizen van rond de eeuwwisseling. Want hoewel Jane en Arthur een neiging hebben tot kitsch en nep, wonen ze zelf heel mooi: een prachtig landhuis van meer dan honderd jaar oud met hoge, witte pilaren. De oorspronkelijke stijl van het huis is bewaard gebleven, hoewel het grondig is gemoderniseerd met alleen de allerbeste spullen: keukens en badkamers van Poggen-pohl, een Sub Zerokoelkast, zelfs een zeer geavanceerd ingerich-te wasmachineruimte die, zo liet Jane zich ontvallen, maar 15.000 dollar had gekost. Ik zette de auto op de oprit, opgelucht dat ik Jane's Range Rover nog zag staan, naast de kleine sportwagen van Arthur. Ik was bang geweest dat ze vroeg was vertrokken en Josh al naar de crèche had gebracht.

Ik zette de auto naast die van Jane. De oprit was al helemaal sneeuwvrij gemaakt: zodra het ophoudt met sneeuwen, laten ze iemand met een sneeuwschuiver komen. Het pad naar de voor-deur is zelfs zó schoon dat je de oude straatstenen weer kunt zien. Als ik naar de voordeur loop, realiseer ik me ineens dat ik er waar-schijnlijk heel slecht uitzie. Ik heb een kater, ik heb heel slecht geslapen, ik heb een wijde trui aan over het t-shirt dat ik de he-le nacht al aan heb en een oude spijkerbroek die ik van de grond heb opgeraapt. Ik wilde graag op tijd hier zijn, maar nu ik er ben, besef ik ineens dat mijn schoonmoeder me met een afkeurende blik zal bekijken. Ik haal een hand door mijn haar en bel aan.

'Goedemorgen!' Jane doet open. Ze heeft de blazer aan die ze meestal draagt, en het bordje JENSEN MAKELAARS zit al op de re-vers gespeld. Haar grijze haar, dat ze eens per week in de kapsa-lon laat doen, is al met de hairspray bewerkt.

'Mamma!' roept Josh terwijl hij door de lange gang op me af-stormt. 'Mamma! Mamma! Mamma!'

Ik buk me en vang hem op. In zijn korte leventje ben ik nog nooit eerder een nacht bij hem vandaan geweest. Hij slaat zijn armpjes om mijn hals en ik druk hem lekker tegen me aan.

'Hallo, lieverd,' zeg ik zacht in zijn oortje. 'Mamma heeft je ge-mist.'

Ik weet dat je zoiets eigenlijk niet moet zeggen. In alle kinder-

psychologieboeken staat dat je kinderen alleen maar een schuldgevoel bezorgt als je zegt dat je ze mist. Want stel dat ze jou niet
hebben gemist? Maar ik kan het toch niet laten. Ik voel een constant verlangen naar mijn kinderen.

'Hoe ging het?' vraag ik aan Jane.

'Prima,' zegt ze. 'Joshua, zeg eens tegen je moeder wat je voor
ontbijt hebt gehad?'

Josh kijkt haar aan alsof hij haar niet begrijpt.

'Wat heb je gegeten?' zegt ze.

'Cornflakes!' roept hij enthousiast.

'En...'

'Mamma, kom eens,' zegt hij. Hij laat zich op de grond zakken,
pakt mijn hand en trekt me mee naar de studeerkamer van Jane
en Arthur. Arthur zit in een zwarte, leren leunstoel met zijn neus
in de *Wall Street Journal*. Achter hem aan de muur hangen een
stuk of zes ingelijste foto's van het gezin Jensen uit de tijd dat Ned
en zijn broer op de middelbare school zaten. Twee jongens met
slordige haren. Ze zien eruit als iets minder knappe versies van
Kate.

'Hallo, Arthur,' zeg ik.

Hij mompelt hallo en ritselt met zijn krant. Hij weet niet zo
goed hoe hij zich tegenover mij moet gedragen sinds Ned is verhuisd. Hij vindt het allemaal erg gênant: de scheiding, Pine Dunes,
en een kleindochter op een tuchtschool zoals hij het noemt. Jane
vindt dat waarschijnlijk ook wel, maar zij kan het beter verber-
gen. Toen ik Ned nog maar pas kende, had ik het gevoel dat Arthur een soort vaderfiguur voor me zou kunnen zijn. Ik miste
mijn eigen vader heel erg en Arthur leek me geknipt voor die rol:
hij had een bos zilvergrijs haar, twinkelende blauwe ogen, en de
leuke kuiltjes in zijn wangen die Kate ook heeft. Hij rookte pijp
en was net zo'n fanatieke honkbalfan als mijn eigen vader, hoewel hij voor de Red Sox was en mijn vader voor de Yankees. Maar
daar hielden de overeenkomsten op. Arthur maakte het meteen in
het begin al heel duidelijk dat hij die rol niet wilde spelen. Hij
was altijd heel aardig, maar op een wat afstandelijke manier, waar-

door ik me nog eenzamer voelde.

'Toren!' Josh wijst naar een stapel Winnie de Poeh-blokken die hoger is dan hij.

Ik weet wat er nu komt, maar ik hou hem niet tegen.

'Béng!' roept Josh en met één zwaai van zijn hand gooit hij de toren om. De houten blokken vliegen alle kanten uit en een klein blok met Iejoor erop komt tegen de krant van Arthur.

Arthur doet langzaam de krant omlaag en knipoogt naar Josh.

'Pappa!' zegt Josh stralend. Hij is te jong om in de gaten te hebben dat zijn grootouders nu wel genoeg van hem hebben. 'Nog een keer, nog een keer!'

'Niet, niet nog een keer. Pappa moet aan het werk,' zegt Arthur.

'Werk,' herhaalt Josh.

'Ja. Oma en opa moeten huizen verkopen.'

'Hoe gaat het, Arthur?' vraag ik. Ik probeer zo luchtig mogelijk te klinken, maar dat lukt niet. Ik klink schril en gestrest.

'Prima,' zegt hij. En dan zwijgt hij. Er valt een erg lange stilte en Josh begint aan de knoppen van de televisie te prutsen. Arthur heeft me nog steeds niet aangekeken. Ik vraag me af hoeveel ze precies weten. Wat heeft Ned gisteren tegen ze gezegd toen hij ze uit de kroeg opbelde?

'Joshie, hou op,' zeg ik. Ik haal zijn vingers van de volumeknop.

'Nee!' schreeuwt hij.

'Hier, moet je eens kijken...'

Ik pak een woonmagazine van de salontafel en begin het door te bladeren.

'O, wat een mooi huis!' zeg ik. Josh kijkt me aan alsof hij precies weet dat dit een slappe smoes is.

Ik hoor het getik van Jane's schoenen op de houten vloer.

'En, hoe was het gisteren op school?' vraagt ze. Ze staat in de deuropening en ze heeft haar jas al dichtgeknoopt.

'Goed,' zeg ik. 'Maar ik wil liever niet...'

Ik gebaar naar Josh. Ik wil niet dat hij hoort dat we het over Kate hebben. Jane's mond verstrakt, maar ze zegt niets. In de loop der jaren heb ik haar even goed leren doorgronden als mijn eigen moeder. Ze keurt deze hele toestand af. Wie kan haar dat kwalijk nemen? Ik keur het zelf ook af.

'Artie, wil jij even op Josh letten?' vraagt ze. 'Ik moet even iets met Rachel overleggen.'

Arthur kijkt niet erg blij, maar hij gaat toch bij Josh op de grond zitten. Als ik met Jane meeloop, roept Josh me na.

'Mamma, nee!'

'Heel even maar, Joshie,' zeg ik. 'Mamma komt zo terug.'

Jane en ik lopen terug naar de keuken. Ze loopt naar de gootsteen, trekt een paar huishoudhandschoenen aan en begint de koffiepot te poetsen. Ze heeft nog steeds haar jas aan.

'Vertel eens, hoe ging het precies?' vraagt ze.

'Heeft Ned jullie dat nog niet verteld?'

Daar geeft ze niet eens antwoord op. Ik weet niet goed wat ik moet zeggen. Als Phyllis me dit zou vragen, zou ik het wel weten. Ik zou keihard liegen, ik zou zomaar iets zeggen om haar op een afstand te houden. Maar met Jane is het anders. Jane en Arthur liggen me niet zo, maar het zijn geen slechte mensen, integendeel. Hun leven is tot nu toe van een leien dakje gegaan. Ze hebben een zaak opgebouwd, twee gezonde jongens grootgebracht, ze zijn nog steeds bij elkaar en wonen in hun geboortestad. Ze begrijpen helemaal niets van deze hele toestand en het doet hun veel pijn. Ze begrijpen niet dat wanneer je alles goed doet, er toch nog heel veel fout kan lopen.

'Kate zit in moeilijkheden,' zeg ik.

'Hoe kan ze nou in moeilijkheden komen op een tuchtschool?' vraagt Jane op de voor haar gebruikelijke botte manier.

'Het is een beetje een moeilijke situatie.'

'Draai er maar niet omheen, Rachel. Ik heb er toch recht op om te weten hoe het gaat?'

Ik vraag me af of ze dat recht ontleent aan haar liefde voor Kate of aan het schoolgeld dat zij betalen. Allebei waarschijnlijk.

'Ze heeft zichzelf verwond, Jane.'

Jane houdt op met schrobben en draait zich om.

'Ze heeft haar hoofd tegen een radiator geslagen en ze heeft haar handen verbrand,' zeg ik.

'O, lieve god,' zegt ze met tranen in haar ogen. 'En wat nu? Kunnen we iets doen?'

Ik schud mijn hoofd. 'Nee.' Ik zeg een tijdje niets. 'Misschien zou je voor haar kunnen bidden.'

'Ik wil naar haar toe.'

'Ze mag geen bezoek. Wij waren daar alleen maar omdat ze ons gevraagd hadden om te komen.'

'Mochten jullie Kate wel zien?'

'Ja. En verder wilden ze overleggen met ons, en ze wilden...' Ik aarzel.

'Wat wilden ze? Meer geld, zeker.'

'Nee, dat was het eigenlijk niet...'

'Natuurlijk willen ze meer geld.'

Ik hoor de deur van de studeerkamer opengaan en het geluid van de voetjes van Josh in de hal. Hij komt de keuken binnen en trekt aan mijn trui.

'Mamma, huis!' zegt hij.

Arthur loopt Josh achterna en haalt verontschuldigend zijn schouders op.

'Hij wilde niet bij me blijven,' zegt hij. 'Hij wilde naar zijn moeder.'

'Ja, natuurlijk wilde hij naar zijn moeder,' zegt Jane kortaf. 'Het was de bedoeling dat je hem wat zou afleiden.'

Arthur kijkt haar verbaasd aan.

'Wat is er?' vraagt hij.

'De school wil meer geld,' zegt Jane. 'En Kate...'

'Alsjeblieft!' zeg ik op scherpe toon. 'Ik wil het er liever niet over hebben waar Josh bij is.'

'Mamma, huis!'

'We gaan, Joshie,' zeg ik. Ik pak zijn tuitbeker en zijn luiertas.

'Hij begrijpt toch helemaal niet waar we het over hebben,' zegt Jane.

'Ik wil het risico niet nemen,' antwoord ik.

Arthur schraapt zijn keel.

'Rachel.'

Ik kijk naar mijn schoonouders. Ze staan naast elkaar in hun perfecte woonkeuken en ze zien er ineens zo klein uit. Klein en oud. Arthur staat een beetje krom en zijn ogen staan moe.

'Je weet toch dat we je altijd willen helpen.'

'Dat weet ik, Arthur.'

Ik til Josh op, pak de luiertas en loop naar de deur.

'Zeg maar dag opa, dag oma!' fluister ik in zijn oortje.

'Dag opa, dag oma!'

'Hou je ons alsjeblieft wel op de hoogte?' zegt Jane nog. 'Van Ned horen we zo weinig.'

'Zal ik doen.'

'Rachel? Weet je zeker dat het niet beter is om...'

Ik doe de deur achter me dicht, maar niet snel genoeg.

'...haar weer mee naar huis te nemen?'

7

TOEN JOSH EEN PAAR WEKEN OUD WAS, GING OP EEN DAG DE DEUR-
bel en stond Kate op de stoep, samen met Skip Jeffries. Skip was
een oude schoolvriend van Ned die in Hawthorne was gebleven
en bij de politie was. Hij was in uniform en hij zag eruit alsof hij
zich niet bepaald op zijn gemak voelde.

'Hallo, Rachel,' zei hij. Toen keek hij naar Josh, die ik in een
draagdoek bij me droeg. 'Daar heb je de kleine!' zei hij. Hij glimlachte verlegen.

'Wat is er aan de hand, Skip?'

'Eh... We hadden een probleempje in Main Street,' zei Skip. 'Wil
jij het zelf aan je moeder vertellen, Kate?'

Kate schudde haar hoofd.

'Kom binnen.'

Ik liet hem binnen. Ik was eerlijk gezegd bang dat de buren
hem zouden zien.

'Het schijnt dat Kate een paar spullen in haar tas heeft gestopt
bij de cvs,' zei Skip.

'Hoe bedoel je?'

Hij zuchtte en keek boven mijn hoofd, alsof hij het tegen een
groter iemand had.

'Ze heeft een paar vulpennen meegenomen, wat koelkastmagneetjes...'

'Meegenomen? Je bedoelt gestólen?'

'Het lijkt er inderdaad op dat ze winkeldiefstal heeft gepleegd,
ja.'

'Kate? Is dat zo?' Ik keek haar aan.

Ze liep langs me heen, stormde de trap op en sloeg de deur
van haar slaapkamer keihard achter zich dicht.

'Ze gaan er geen werk van maken,' zei Skip. 'Ze wilden alleen dat ik het jullie zou vertellen.'

'Ik kan het haast niet geloven,' zei ik. Maar het probleem was, dat ik dat juist wel kon. Het ging weer veel slechter met Kate, sinds de geboorte van Josh een paar weken geleden. Ze praatte nauwelijks tegen ons en elke poging om haar in een gesprek te betrekken werd afgestraft met ijskoude blikken vol haat. Ned en ik hadden een afspraak gemaakt met de psychiater in Boston die Liza ons had aangeraden.

'Maak je er maar niet te veel zorgen over, Rachel,' zei hij. 'Zulke dingen gebeuren wel vaker.'

'Echt waar?'

'Natuurlijk.' Hij maakte aanstalten om weer weg te gaan. 'Dit is allemaal routinewerk voor me, je zou eens moeten weten.'

EEN PAAR DAGEN LATER GINGEN WE ZWIJGEND OP WEG NAAR BOS-ton, naar de psychiater met wie we een afspraak hadden. Josh zat in zijn stoeltje achterin en ik zat naast hem. Hij dronk nog niet uit de fles, dus ik kon hem niet bij Jane achterlaten, zelfs niet een paar uurtjes.

Na een kwartiertje verbrak Ned de stilte.

'Ik moet er ineens aan denken dat ik op school wel eens spij-belde en dan samen met Bruce Wertz met de bus naar Kenmore Square ging. Dan kochten we voor één dollar het allergoedkoop-ste kaartje voor de Red Sox.'

'Waarom moet je daar nu aan denken?'

'Ik weet het niet, misschien wel omdat ik als kind dus ook wel van die gekke dingen deed.'

'Dit is wel even iets anders.'

We zwegen weer een tijd.

'Ja, ik denk dat je gelijk hebt.'

'Ze heeft geluk gehad dat Skip en jij oude schoolvrienden zijn.'

Josh gaf een kreetje.

'Nog geen maand oud en nu al naar een psychiater,' zei Ned.

'We gaan toch niet voor hem!'

Ned keek me aan. 'Het was een grapje, Rach. Een grapje. Snap je?'

Toen we er waren, moesten we minstens een kwartier naar een parkeerplaats zoeken in de buurt van het adres dat we hadden gekregen. Toen we eindelijk een plekje hadden gevonden, moesten we nog een stukje lopen. Er stond een prettige bries en we liepen langs de goed onderhouden gevels van de grote herenhuizen, met keurig gesnoeide buxushaagjes in de voortuin. De blauweregen stond in bloei en de heerlijk geurende paarsblauwe bloemenranken klommen tegen de imposante gebouwen omhoog. Josh lag lekker knus in zijn draagdoek tegen me aan en Ned en ik liepen hand in hand. Een oude vrouw met twee boodschappentassen glimlachte in het voorbijgaan naar ons. We leken een gelukkig gezinnetje zoals we daar liepen te wandelen. Ik kneep in Neds hand en keek naar hem op. Hij tuurde naar de huisnummers. Ik wilde iets tegen hem zeggen, iets geruststellends, maar ik wist niets. Alles wat ik kon bedenken, klonk zo onecht.

'Hier is het.' Hij wees op een klein, koperen naambordje dat aan de gevel van een groot herenhuis hing. Er stond op: MARVIN W. ZELMAN, JEUGDPSYCHIATER. We liepen door de geopende smeedijzeren poort naar de deur en Ned belde aan. Ik vroeg me net af waar de W voor stond toen de deur met een zoemend geluid opensprong. We liepen naar de wachtruimte, maar we zaten nog niet toen dokter Zelman zijn hoofd al om de hoek van de deur stak.

'Meneer en mevrouw Jensen?' vroeg hij. 'Komt u verder.'

We liepen achter Zelman aan naar zijn spreekkamer. Ik maakte de draagzak los en haalde Josh eruit. Hij was half in slaap.

'Kies maar waar jullie willen zitten,' zei Zelman, en hij maakte een uitnodigend gebaar naar de verschillende zitmogelijkheden: een sofa, verschillende comfortabele leunstoelen, een leren ligstoel. Was dat een test? Ned en ik gingen naast elkaar op de bank zitten en ik nam Josh op schoot. Zelman ging in de stoel tegenover me zitten en sloeg zijn benen over elkaar. Hij pakte een schrijfblok en een pen. Zelman was een kleine, wat gezette man met donker krullend haar en een duur uitziend montuur met dikke glazen.

'Als ik het goed heb begrepen, overweegt u een behandeling voor uw dochter.'

We knikten.

'Vertel maar eens wat er precies aan de hand is.'

'We hebben ontdekt dat ze steelt,' flapte ik er meteen uit.

'Eén keer maar,' vulde Ned aan. 'Maar dat is niet de reden, we hadden toen al deze afspraak gemaakt.'

'De politie bracht haar thuis,' ging ik verder. 'Ze had koelkastmagneetjes gestolen.'

'Ik denk dat ze het op het moment nogal moeilijk heeft, als puber,' zei Ned. 'We dachten dat het goed zou zijn als ze eens met iemand zou praten.'

Zelman keek op zijn schrijfblok. 'Mevrouw Jensen vertelde me in het telefoongesprek dat uw dochter veertien is.'

'Ja.'

'En deze baby is uw enige andere kind?'

We knikten.

Zelman maakte wat aantekeningen. Ik vroeg me af wat hij precies opschreef.

'Ik maak me echt zorgen,' zei ik. 'Al een hele tijd is ze zo anders. Ze is zichzelf niet meer.' Ik wist dat Ned kwaad op me zou worden, want hij had de neiging om de zaak te bagatelliseren. Maar daar zag ik niets in. We konden deze man veel beter precies vertellen wat er aan de hand was, want anders hadden we net zo goed niet kunnen komen.

'Wat bedoelt u precies met een hele tijd?' vroeg Zelman.

Ik dacht even na.

'Bijna een jaar. We dachten eerst dat ze gewoon wat aan het puberen was...'

Hij schreef weer iets op.

'Maar de laatste tijd loopt het echt uit de hand.'

Ik keek om me heen. De spreekkamer was heel onpersoonlijk

ingericht, in beige kleuren. Er stond een kleine boekenkast met boeken over psychiatrie. Op de onderste plank stonden wat mandjes met speelgoed. Ik vroeg me af hoe jong zijn jongste patiënten waren.

'Gebruikt ze drugs?' vroeg Zelman.

Ned en ik gaven tegelijk antwoord.

'Misschien,' zei ik.

'Dat denk ik niet,' zei Ned.

We keken elkaar een beetje geïrriteerd aan.

'Dus dat weten jullie niet,' zei Zelman terwijl hij ons om beurten aankeek.

'Nou ja, we hebben het daar natuurlijk wel eens met Kate over gehad,' zei ik. Ik voelde ineens een enorme, irrationele woede jegens Ned. Hij deed de hele tijd maar alsof er helemaal niets aan de hand was. Ik wist dat hij het allemaal net zo beangstigend vond als ik en ik begreep niet waarom hij dat niet wilde toegeven. 'Maar ze liegt tegen ons. Dus ik weet het niet.'

'Vertel eens wat meer, hoe gedraagt ze zich verder?' vroeg Zelman.

'Chagrijnig. Ze heeft woede-uitbarstingen. En ze sluit ons buiten.' Ik voelde de tranen achter mijn ogen branden. Ik slikte een paar keer, ik wilde verdomme niet gaan huilen.

'Ze eet niet veel,' zei Ned. 'Ze zit altijd maar wat met haar eten te spelen.'

Zelman knikte en schreef door.

'En hoe was ze voordat ze een jaar geleden veranderde?'

'Toen was ze perfect,' zei ik.

Zelman keek op van zijn schrijfblok en keek me door zijn brilmontuur van schildpad vragend aan. 'Perfect?' herhaalde hij.

Ik begon te blozen. Dat was natuurlijk helemaal het verkeerde woord.

'Nou ja, perféct,' zei ik. 'Dat nou ook weer niet. Maar ze was gewoon een hele aardige, vrolijke, lieve meid.'

'En hoe deed ze het op school?'

'Uitstekend,' zei Ned. 'Altijd negens en tienen. En ze is ook erg goed in sport. Ze is aanvoerder van het hockeyteam van school.'

'Op dit moment?' Zelman trok een wenkbrauw op.

Ned knikte.

Zelman schoof zijn stoel een stukje naar achteren en sloeg een bladzijde van zijn schrijfblok om.

'Nu wil ik graag een paar vragen stellen over jullie familiegeschiedenis,' zei hij. 'Laten we met u beginnen, mevrouw Jensen. Leven uw ouders nog?'

'Mijn vader is drieëntwintig jaar geleden overleden,' zei ik. 'En mijn moeder woont levend en wel in New York.'

Zelman kon er niet om lachen.

'Waar is uw vader aan gestorven?'

'Longkanker,' zei ik.

'Komen er in uw familie van vaders- of moederskant verder nog ziektes voor, behalve de kanker die uw vader had?'

'Nee.'

'Psychische aandoeningen?'

'Aan vaderskant komen wel depressies voor,' zei ik. 'Zowel mijn vader als mijn grootvader leden aan depressies.'

'Zijn ze daarvoor behandeld?'

'Nee.'

'En uw moeder?'

Ned lachte even nerveus, en Zelman keek naar hem.

'Sorry,' zei Ned. 'Ik lachte omdat Rachels moeder... nou ja, ze is in feite een geval op zich.'

Ik wierp Ned een woedende blik toe. Wij maakten onderling vaak grapjes over mijn moeder, maar niet ten overstaan van vreemden.

'Ze is nogal moeilijk, laten we het daar maar op houden,' zei Ned.

Zelman keek weer naar mij.

'Vindt u het goed dat hij zo over uw moeder praat?' vroeg hij. Ik zag voor het eerst een glimlachje op zijn gezicht.

'Hij heeft wel gelijk,' zei ik. Ik nam Ned in bescherming, maar eigenlijk was ik erg boos. 'Ze is ook moeilijk. Ze schijnt een bor-

147

derlinepatiënte te zijn. Ik geloof dat narcistische persoonlijk-heidsstoornis de juiste term is.'

'Is ze daarvoor in behandeling?'

'O, nee. Ik hoorde dit van een vriend van me die therapeut is.'

'Juist.'

Hij bleef maar schrijven.

'En u, meneer Jensen? Hoe is het met uw familie?'

'Mijn beide ouders leven nog,' zei Ned. 'Ze drinken veel, maar dat is dan ook alles.'

'Geen psychische problemen?'

'Niet dat ik weet.'

Terwijl Ned en Zelman het hadden over de vlekkeloze familie Jensen, en ik met de slapende Josh op schoot zat, kreeg ik een vreemd gevoel. Het was alsof ik niet goed meer kon zien. Het leek alsof de kamer opgedeeld werd in duizenden fragmenten. De sub-tiele beigetinten, de houten jaloezieën, het speelgoed en de kaf-ten van de dikke boeken: het leek alsof ik er door een caleido-scoop naar keek. Ik begon te transpireren. Ik kreeg een raar, bonzend gevoel in mijn hoofd. Het was net alsof een onzichtba-re hand me bij de keel greep en me daarmee wilde dwingen om de afschuwelijke waarheid te vertellen. Het maakte niet uit wat ik deed. Hoe goed ik ook mijn best had gedaan: het deed er niet toe. Ik kwam uit een ziekelijke en gestoorde familie en ik had het allemaal doorgegeven aan mijn dochter.

'Rach?' Ned legde zijn hand op mijn schouder. 'Gaat het wel?'

Ik knikte. Ik durfde mijn mond niet open te doen omdat ik bang was dat alles er dan uit zou komen. Het vergif in me, het vergif dat zich had opgehoopt door mijn levenslange gevecht te-gen de zielige, ziekelijke en eenzame Phyllis. Ik knipperde mijn tranen weg en probeerde weer scherp te zien.

'Ik wil Kate er natuurlijk zelf ook eens over horen,' zei Zel-man. 'Laten we beginnen met één gesprek, dan kunnen we eens zien of we met elkaar overweg kunnen.'

Hij ging staan, liep naar zijn bureau en keek in een agenda. 'Volgende week dinsdag om kwart over vier, kan dat?'

'Prima,' zei ik. Ik deed Josh weer in zijn draagzak en stond op. Ik voelde dat Ned geruststellend zijn hand op mijn rug legde.

'En u begrijpt natuurlijk wel dat alles wat Kate me vertelt strikt vertrouwelijk is,' zei Zelman terwijl hij ons uitliet. 'Ik kan daar niet met u over spreken, tenzij ze mij daar uitdrukkelijk toestemming voor geeft.'

'Maar stel dat ze iets gevaarlijks doet?' vroeg ik. 'Waarschuwt u ons dan wel?'

'Als ze zichzelf of een ander in gevaar brengt, zal ik zeker contact met u opnemen.'

Zelman gaf Ned een hand en daarna mij. Het was een vlugge, professionele handdruk, maar hij had een warme blik. Ik vroeg me af of Kate hem aardig zou vinden.

'Ik hoop dat u haar kunt helpen,' zei ik zacht.

Hij knikte even en deed de deur achter ons dicht.

'Het spijt me,' zei Ned toen we terugliepen naar de auto. 'Ik had dat natuurlijk nooit mogen zeggen over je moeder.'

'Geeft niet,' zei ik. Ik was blij dat hij zijn verontschuldigingen had aangeboden.

Ik leunde op zijn arm. Ons hele leven al hadden Ned en ik een sterk maar onuitgesproken vertrouwen in elkaar. We waren, en dat is echt waar, vrijwel altijd lief voor elkaar.

'Wil je een kopje koffie?' vroeg hij.

Ik streelde over het hoofdje van Josh.

'Nee, we kunnen beter naar huis gaan.'

We liepen langzaam, als een ouder echtpaar, als mensen die niet zeker zijn van de grond onder hun voeten.

JOSH WAS ZEVEN MAANDEN TOEN WE BESLOTEN DAT HET WEER EENS tijd werd voor een uitstapje naar de stad. Met de stad bedoelden we niet Boston maar New York, de stad die we hadden verlaten, de stad die nog steeds de dromen van onze jeugd leek te kunnen waarmaken. En het was natuurlijk ook de stad waar Phyllis woonde, in hetzelfde huurappartement in Central Park West waarin ik was opgegroeid: een gigantische dubbele flat die mijn moeder door een of ander foutje in het systeem al die tijd voor een schijntje kon huren. We hadden Phyllis sinds haar rampzalige bezoek aan Hawthorne nog maar één keer gezien. Ze was de vorige zomer heel kort op bezoek geweest, toen Josh zes weken oud was.

Het was december en dat vond ik altijd de beste tijd in New York. Ik dacht dat het leuk zou zijn voor Kate om de kerstboom in het Rockefeller Center te zien, de kerstetalages van Lord & Taylor en Barney's. Ze had New York nog nooit in deze swingende, dynamische kersttijd gezien en het leek me zo leuk voor haar om dat ook eens mee te maken. Ze was al een tijdje in therapie bij Zelman, en hoewel ik niet vond dat het echt beter ging, was ze wel wat kalmer geworden. Ze kreeg minder vaak een uitbarsting en er waren geen incidenten meer zoals toen met Skip Jeffries. Of die verandering te danken was aan de gesprekken met Zelman of aan de antidepressiva die hij had voorgeschreven wist ik niet. In ieder geval had ik de hoop dat een uitstapje ons allemaal goed zou doen.

Wat betreft het bezoek aan mijn moeder denk ik dat er inmiddels alweer zóveel tijd was verstreken dat ik opnieuw was vergeten hoe erg het was om bij haar te zijn. Want diep in mijn hart was ik nog steeds dat kleine, wat zielige meisje dat de goedkeuring van haar moeder wilde, die goedkeuring nódig had. Ik maakte mezelf wijs dat ze het natuurlijk heerlijk zou vinden om Ned, Kate, en vooral de nieuwe baby te zien. Ze zou best begrijpen dat ik nu een leven voor mezelf had opgebouwd, een leven dat ook goed was al verschilde het van het hare. Ik was de enorme teleurstelling vergeten die me altijd overviel zodra ik haar zag. Ik was vergeten dat het onmogelijk voor me was om op een normale, natuurlijke manier met haar te praten, op de manier zoals ik altijd met alle andere mensen praatte. Als ik bij Phyllis was, deed zich altijd het rare fenomeen voor dat ik me ervan bewust was hoe ik praatte, dat mijn mond de woorden vormde die ik zei. Het was een raar, verlammend gevoel. En ik vond het vreselijk dat ik niet die ongemakkelijke gevoelens terzijde kon schuiven en een manier kon bedenken om het wel fijn te vinden bij haar.

'Tada!' zei Phyllis toen ze de deur van haar appartement had geopend. 'Kom binnen, lieve kinderen, kom binnen!'

Ned keek me met een opgetrokken wenkbrauw aan alsof hij zich afvroeg wie zij nu aan het imiteren was. Ze had een of andere zijden Indiase jurk aan, zo'n gewaad dat in een dure catalogus wordt aangeprezen als een outfit waarin je thuis gezellig en toch chic mensen kunt ontvangen. Het ding wapperde om haar dunne gestalte. En ze had haar haar knalrood geverfd. Het was me in de loop der jaren opgevallen dat mijn moeder zich met steeds fellere kleuren ging omringen, alsof haar eigen vervalende uiterlijk kon worden opgevijzeld door een oranje kussen of een felgroene trui.

'Laat me mijn fantastische kleinzoon eens bekijken!' kirde Phyllis. Ned droeg Josh bij zich in de Baby Björn. Josh was de vijf uur durende rit van Hawthorne naar New York erg onrustig geweest, en dat was hij eigenlijk nog steeds. Hij schopte met zijn voetjes en maakte tegensputterende geluidjes.

'Hij lijkt sprekend,' verzuchtte Phyllis. Ze aaide Josh met haar beringde hand over zijn krullen. 'Ongelofelijk.'

'Op wat, oma?' vroeg Kate, terwijl ze haar grote rugzak afdeed en op de marmeren vloer van de hal liet kletteren.

'Op *wie*,' corrigeerde Phyllis haar.

Kate's gezicht betrok een beetje. 'Op wie.'

'Op mijn kant van de familie, natuurlijk,' zei Phyllis.

'Ruik ik koffie?' vroeg Ned.

'Zou ik mijn schoonzoon de beste koffie van de wereld willen onthouden?'

Ik merkte dat op mijn gezicht alweer het masker verscheen dat ik altijd droeg als ik bij mijn moeder was. Kate kwam naast me staan en kneep me als teken van medeleven even in mijn zij. Het enige voordeel van de aanwezigheid van Phyllis was dat het Kate en mij altijd dichter bij elkaar leek te brengen.

'Ga je je andere kleinkind nog begroeten?' kon ik niet nalaten om te vragen.

'Ik zei toch hallo!' zei Phyllis kortaf.

'Dat zei je niet!'

'Wel! Toch, Kate?'

Phyllis probeerde Kate aan te kijken, die zich nu achter me verscholen hield. Ik had haar willen beschermen, maar het resultaat was dat ze nu in het middelpunt van de belangstelling stond. Iets wat ze juist niet wilde.

'Hallo, oma,' zei Kate zacht.

'Hallo, *bubeleh.*' Phyllis liep met haar wapperende gewaad om me heen. Als ze de indruk wilde wekken een warme moederkloek te zijn, ging mijn moeder vaak over op Jiddisch, de taal van haar rondborstige boerenvoorouders. Ze pakte Kate's beide handen vast en keek haar met haar speciale blik aan. Een intense, doordringende, onderzoekende blik die tegelijkertijd naar binnen gericht was. Alsof ze niet zag waar ze naar keek.

'Hallo.'

'Wat een *shaineh punim!*' zei Phyllis. 'Heb je nog steeds dat afschuwelijke ding in je navel?'

Er viel een pijnlijke stilte. Alleen het zachte gemekker van Josh was te horen.

'Hij heeft honger,' zei ik. Ik begon hem uit de Baby Björn te halen.

'Wil je wat melk? Ik heb denk ik alleen magere melk,' zei Phyllis.

'Nee, ik heb zelf meegenomen,' zei ik terwijl ik naar mijn blouse wees.

'Ach, nee toch, Rachel. Je gaat me toch niet vertellen dat je nog steeds...'

'Hij is nog maar zeven maanden, mam! Iedereen geeft tegenwoordig minstens een halfjaar borstvoeding.'

'Dat kan toch nooit gezond zijn.'

'Het is juist wel heel erg gezond!'

Phyllis haalde vol afkeer haar neus op, draaide zich om en liep naar de keuken.

'Mijn god,' zei ik zacht.

'We hoeven hier niet te blijven, dat weet je,' zei Ned.

Ik ging op de bank zitten, maakte de drie bovenste knoopjes van mijn blouse open en deed mijn voedingsbeha open.

'Waar moeten we dan naartoe?' vroeg ik.

'We kunnen toch in een hotel gaan,' zei Kate. Ze klonk hoopvol.

'Dat kunnen we niet betalen, lieverd,' zei ik.

'Een paar nachtjes maar,' zei Ned.

'Zet het maar uit je hoofd. We hebben twee kamers nodig, en weet jij wel hoe duur de hotels hier zijn?'

'Liza en Tommy zitten op het moment toch ook in New York?' vroeg Kate. 'Waar logeren zij eigenlijk?'

'In het Pierre,' antwoordde ik.

'Was je eigenlijk nog van plan om bij ze langs te gaan?' vroeg Ned.

'Ik weet het niet.'

Ik legde Josh tegen mijn zachte buik en begon hem te voeden. Ik probeerde me te ontspannen. De borstvoeding ging altijd veel beter als ik me rustig voelde. Een paar dagen bij Phyllis en ik zou zo droog worden als de Sahara.

'Hebben jullie het over een hotel?' vroeg Phyllis toen ze met twee bekers koffie terugkwam in de kamer. Maar voordat we een antwoord konden bedenken, zag ze dat ik met Josh op haar bank zat.

'Niet op de Ultrasuede!' riep ze schril. 'Rachel, alsjeblieft!'

'Waar moet ik dan zitten?' vroeg ik. Ik probeerde zo rustig mogelijk te blijven.

'Dáár.' Ze wees naar een leren stoel met een chromen onderstel die ik nog nooit eerder had gezien. Het ding zag eruit alsof het geschikter was voor een of andere sadomasochistische activiteit dan om een kind in te voeden, maar ik stond toch maar op, met Josh in mijn armen, en ging erop zitten.

'Dank je,' zei Phyllis.

Ze wendde haar blik af van mijn blote borst en keek naar buiten, naar de kale takken van de bomen in Central Park. Ik vond dit als kind altijd al een erg mooi uitzicht. Het appartement was

op de zesde en zevende verdieping van een vooroorlogs flatge-
bouw: hoog genoeg om geen last te hebben van het verkeersla-
waai maar ook weer niet zó hoog dat je je geen deel voelde uit-
maken van de stad. Als kind zat ik vaak in de vensterbank van de
studeerkamer van mijn vader (die na zijn dood werd omgetoverd
tot 'de roze kamer') en keek dan naar de mensen in het park. Ik
mocht van mijn ouders niet naar het park, zelfs niet met mijn
vriendinnen. Het was alsof ik een geweldige achtertuin had waarin ik niet mocht spelen. Maar ik vond het niet zo erg, ik had in
ieder geval absoluut geen zelfmedelijden. Ik wist niet dat het leven ook anders kon zijn. Ik was eraan gewend om alleen te zijn,
om vooral in mijn hoofd te leven. Ik dacht dat iedereen hetzelfde, geïsoleerde leven leidde. Ik bedacht vaak verhalen over de mensen die ik in het park zag. Ik stelde me voor dat ze, als ze naar
huis gingen, in een leeg huis kwamen waar ze alleen in een kamer gingen zitten.

'Ik heb voor jou en Ned de blauwe kamer boven in orde gemaakt. En voor Kate de roze kamer. De baby kan wel in de studeerkamer, dacht ik.'

'De baby slaapt nog bij ons, mam.'

'O.'

'Is dat niet goed?'

Ned keek me aan alsof hij wilde zeggen dat ik er niet op in
moest gaan.

Phyllis ging op het randje van de maagdelijk witte bank zitten.
'Jawel.'

'Je bedoelt iets anders.'

'Ik dacht alleen dat je hem dan misschien verwent.'

Er kwamen allerlei mogelijke antwoorden in mijn hoofd op, allemaal even hatelijk. *Jij bent wel de laatste van wie ik opvoedingsad-
vies kan gebruiken*, wilde ik het liefst zeggen.

'Ja, hoor,' zei ik in plaats daarvan. 'We verwennen hem ontzettend.'

Phyllis keek naar Kate. 'En hoe is het met mijn kleine bakvis?'

Kate keek me vragend aan.

'Dat is een uitdrukking, lieverd,' legde ik uit.

'Zeggen ze dat tegenwoordig niet meer?' vroeg Phyllis.

'Nee,' zei Kate.

'Wat zeggen ze dan?'

'Ik weet het niet.'

Kate zag er geïrriteerd uit, niet op haar gemak. Ze was weggekropen in een hoekje van de bank, alsof ze probeerde te verdwijnen.

'Leer me eens een paar nieuwe woorden, Kate. Ik wil graag modern zijn.'

'Wat voor woorden? Vet cool?'

'Vet wat?'

'Laat haar maar even, mam.'

'Mag ik even naar buiten?' vroeg Kate terwijl ze opstond. Ze zag eruit alsof ze op ontploffen stond. Maar ik wilde haar niet alleen naar buiten laten gaan. Het appartement van Phyllis bevond zich in een prachtige buurt, maar een paar straten naar het noorden waren goedkope huurhuizen waar veel drugsdealers zaten. Ik wilde niet dat Kate in moeilijkheden zou komen en bovendien was ze nog maar veertien.

'Ik ga wel even mee,' zei Ned. Hij zette zijn beker neer. Ja, dat zou ik ook wel willen als ik hem was. Als hij met Kate naar buiten ging, zouden ze vast uren wegblijven en dan zou ik met Phyllis en de baby opgesloten zitten.

'Ik ga wel, ik kan ook wel wat frisse lucht gebruiken,' zei ik. Ik was net klaar met voeden en ik gaf Josh aan Ned, die keek alsof hij me wel kon vermoorden. Ik kon me niets ergers voorstellen dan hier nu alleen achterblijven met Phyllis. Voor Ned was dat ook bepaald geen pretje, maar ik moest er even uit omdat ik anders knettergek zou worden.

'Weet je het zeker?' vroeg hij. Wat hij eigenlijk bedoelde, was: *Dan kom je wel bij me in het krijt te staan.*

'Heel zeker,' zei ik. 'Kom mee, lieverd.'

'Gaan we even winkelen?'

'Ja, waarom niet.'

KATE EN IK LIEPEN SAMEN IN WESTELIJKE RICHTING NAAR BROAD-way. Het was een koude middag. Iedereen liep weggedoken in zijn jas haastig over straat. Dat was ik vergeten: dat iedereen in New York altijd zo doelbewust op weg leek te zijn naar iets heel belangrijks. Een lange vrouw hield haar bontjas aan de bovenkant dicht en haastte zich onder een markies vandaan naar de stoep-rand, waar ze in een taxi stapte die voor het rode licht te wach-ten stond.

'Heb je het wel warm genoeg, Kate?' vroeg ik.

'Ja hoor.'

'Vind je het leuk om hier te zijn?'

Ze haalde haar schouders op. Haar lange, blonde haar woei steeds in haar gezicht. Ze deed het bij elkaar en stopte het in de kraag van haar jas.

'Jawel.'

Het was lang geleden dat Kate en ik iets samen hadden gedaan. Ik wilde het liefste haar hand vastpakken of mijn arm om haar heen slaan, maar dat deed ik maar niet. Ik stopte mijn handen in mijn jaszakken en probeerde te bedenken waar we het over kon-den hebben. Ik wilde dat het luchtig en vrolijk zou zijn tussen ons, zodat ze niet weer zo chagrijnig of kwaad zou worden. Op eieren lopen, dat was wat we bij haar deden. En zorgen dat ze op tijd de kleine, gele pilletjes innam die Zelman haar had voorge-schreven.

Kate's stemming klaarde op toen we op de hoek van 86th Street en Broadway kwamen en ze een Banana Republic aan de ene kant van de straat zag, een Gap ertegenover en een Club Monaco een stukje verderop. Die winkels had je ook in de North Shore Mall waar ze vaak met haar vriendinnen rondhing. Ik was altijd bang dat ze nog een keer winkeldiefstal zou plegen en dat ze dan niet zou worden thuisgebracht door een oude schoolvriend van Ned. Maar dat gebeurde niet. Nog niet, in ieder geval.

'Zullen we even naar binnen gaan?' vroeg ze terwijl ze naar de Banana Republic wees.

'Ik dacht dat je naar The Gap wilde.'

'Het kan toch wel allebei?'

Ik beet op mijn tong.

'Ik wacht wel voorin.' Kate keek me opgelucht aan en begon in een rek met legerbroeken vlak bij de kassa te kijken. Ze doorzocht het rek met een bijna professionele vaardigheid, zoals een croupier geld uittelt. Ik keek vanaf een afstandje naar haar terwijl ze tussen de andere klanten stond met haar blonde haren over haar jack, haar gezonde, rode wangen. Als je haar zo zag, zou je niet denken dat zij winkeldiefstal had gepleegd, had gelogen, zó hard tegen ons had geschreeuwd dat ik bang was dat ze zou ontploffen. Maar zulke dingen kon je aan de buitenkant ook niet zien, bij niemand.

'Ze hebben mijn maat!' Ze kwam naar me toe met de eerste, echte lach die ik die dag bij haar had gezien. 'In North Shore waren ze uitverkocht.'

'Wil je hem passen?' vroeg ik.

'Nee, hij past wel,' zei ze. Ze drukte de broek dicht tegen zich aan alsof ze bang was dat iemand hem haar zou afpakken.

'Goed,' zei ik. Ik gaf haar een briefje van honderd dollar. Toen ze het had aangepakt, vroeg ik me af of ze wist dat wij daar geen onuitputtelijke voorraad van hadden. Sinds de geboorte van Josh stonden we er financieel niet zo best meer voor en haar therapie was ook al zo duur. Hoewel we Kate altijd duidelijk hadden gemaakt dat wij niet heel rijk waren, wist ik zeker dat ze dacht dat dat wel zo was. Dat kwam doordat Jane en Arthur zo rijk waren, altijd dure auto's kochten en verre reizen maakten. Hun namen kwamen in heel Hawthorne voor: het Jensen Park, het Jensen Sportveld, de Jensen Zomerconcerten. Ik denk dat Kate het idee had dat wij in die rijkdom deelden maar dat stiekem voor haar verborgen hielden.

Ze gaf me vijftien dollar wisselgeld terug.

'Moeten we niet eens terug? Pappa wordt vast helemaal gestoord,' zei Kate. Ze had haar doel bereikt. Ik realiseerde me met een pijnlijk gevoel dat ze geen minuut langer alleen met mij wilde doorbrengen dan absoluut noodzakelijk was.

'Pappa redt zich heus wel.'

'Dokter Zelman zegt...'

Ik keek Kate verbaasd aan. Ze had het nooit over Zelman.

'Wat wilde je zeggen?' Ik probeerde zo neutraal mogelijk te klinken.

'Niks.'

We liepen verder over Broadway.

'Alleen dat we niet goed communiceren.' Ze trok de rits van haar jack dicht.

'Niet goed communiceren,' herhaalde ik langzaam.

Ik keek de andere kant op, zodat Kate mijn gezicht niet kon zien. Het was spitsuur. De mensen stapten haastig taxi's in of uit of liepen met boodschappentassen of attachékoffertjes over straat. Achter de oude, stenen muren van die gebouwen waren duizenden mensen met hun eigen leven bezig, en even had ik het gevoel dat hun leven veel gelukkiger en georganiseerder was dan het mijne.

'Denk je dat je iets hebt aan die gesprekken met dokter Zelman?' waagde ik het te vragen.

'Ik weet het niet.' Ze zweeg even en beet op een vingernagel. 'Misschien.'

Ineens klonk een enorm getoeter omdat een dubbeldekker Columbus probeerde in te draaien. We liepen door 86th Street, vlak bij de synagoge waar mijn vader altijd naartoe ging toen ik nog klein was. De synagoge was er nog steeds en er waren nog geen appartementen met gebrandschilderde ramen in gemaakt. Een oudere man stond de traptreden schoon te vegen. In een kleine vitrine stond aangegeven wat er die week te doen was: ZATERDAG 9.00 UUR BAR MITSWA DAVID PERLMUTTER. THEMA DIENST: WAAR IS GOD ALS JE HEM NODIG HEBT?

Toen we naar de Upper West Side verhuisden, was ik zes jaar oud en ging ik vaak met mijn vader naar deze synagoge, waar ik naar de liederen luisterde in een taal die ik niet kon verstaan. Toen ik een jaar of elf was, wilde ik, dankzij de campagne die Phyllis had gevoerd om mij te laten integreren, niet meer naar de synagoge. In plaats daarvan hing ik op zaterdagochtend met mijn vriendinnen rond. Ik heb geen bar mitswa gedaan en geen Hebreeuwse les gevolgd. Tegen de tijd dat ik ging studeren, deed mijn vader niets meer aan zijn geloof. In plaats daarvan speelde hij op zaterdag squash. Dan kreeg hij een woedende uitdrukking op zijn gezicht terwijl hij de bal steeds weer door de ruimte sloeg.

'Katie.' Ik zuchtte. 'Ik wil alleen maar dat je gelukkig bent.'

Kate keek naar een groepje tieners die net iets ouder waren dan zij. Ze waren uit de bus gestapt en stonden in een groepje bij elkaar. Ze staken een sigaret op. De broeken van de jongens waren zó wijd dat ze bijna afzakten, en de meisjes zagen er ouder en vroegwijzer uit dan de vriendinnen van Kate thuis. Ze hadden donkere lippenstift op en ze droegen hun haar strak naar achteren, als ballerina's.

'Ik vind mijn leven afschuwelijk,' zei ze.

'Dat vind ik heel erg voor je.'

Ik waagde het om even snel naar haar te kijken. Er rolde een traan over haar wang, die ze boos wegveegde. Ze voelde zich zo ongelukkig. Ik wilde het liefste mijn handen in haar lijf stoppen, alles weer op orde brengen, en het kleine zaadje van ongeluk weghalen dat daar zo oncontroleerbaar aan het woekeren was.

'Hoe komt dat dan precies?' vroeg ik. 'Als je het vertelt, kun je misschien...'

'Dat kan ik niet.'

'Waarom niet? Je hebt toch alles wat je je maar kunt wensen?' Ik kon mijn tong wel afbijten. Dat was natuurlijk het laatste wat ze wilde horen. Ik herinnerde me dat ik op haar leeftijd ook zoiets te horen kreeg. Hersens, schoonheid, geld, kansen. Die dingen betekenden niets als je je van binnen rot voelde.

Ze ging wat sneller lopen, met gebogen hoofd.

'Het spijt me, Katie, dat had ik niet moeten zeggen. Ik weet wel dat dat niet helpt.'

Een ouder echtpaar, grijs en gebogen, kwam uit een delicatessenzaak. Ze schuifelden langzaam naar de stoeprand en begonnen de drukke weg over te steken. Niemand die hen hielp of zelfs maar op hen lette. Ik dacht tegelijkertijd aan Jane en Arthur, die zo'n geluk hadden dat ze in het relatief rustige Hawthorne woonden, en aan mijn eigen ouders, voor wie het zo jammer was dat ze niet samen oud hadden kunnen worden.

Kate kroop nog wat verder weg in haar jack. Ze klappertandde van de kou.

'Gaat het wel goed met jou en pappa?' vroeg ze. Die vraag kwam voor mij volledig uit het niets. Natuurlijk ging het goed met Ned en mij! Ik snapte niet waarom Kate zoiets aan me vroeg.

'Waarom vraag je dat?'

Ze haalde haar schouders op en keek naar haar voeten.

'Je vader en ik houden van elkaar, Katie,' zei ik. 'Dat is al heel lang zo en dat zal ook altijd zo blijven. Daar hoef je je echt geen zorgen om te maken.'

Ze zei niets. Haar haar hing als een gordijn voor haar gezicht.

'Heb je me wel gehoord?' Het leek me ineens heel belangrijk dat ze dit goed begreep. 'Kate?'

'Ja,' zei ze zacht. Ze maakte eindelijk oogcontact. De uitdrukking die ze op haar gezicht had, was zo doods, zo volslagen leeg, zo zonder enig aanknopingspunt, dat ik me op slag uitgeput voelde.

'Laten we maar naar huis gaan,' zei ik.

TOEN WE WEER BIJ MIJN MOEDER WAREN, WILDE IK IN MIJN TAS naar de sleutel gaan zoeken, maar ik realiseerde me dat ik helemaal geen sleutel had. Ik belde dus aan en hoorde zware voetstappen in de gang. Ned deed open. Hij zag er gek genoeg heel vrolijk uit, ook al had hij anderhalf uur met Phyllis doorgebracht.

'Raad eens wie hier zijn?' vroeg hij.

'Wie dan?'

Kate en ik liepen achter Ned aan door de gang naar de kamer, waar ik stemmen hoorde. Niemand kwam ooit bij Phyllis op bezoek, helemaal niemand. Het enige 'bezoek' dat ze kreeg, waren de mensen die werk voor haar deden: de man van de gordijnen, de tapijtreiniger, de vrouw die ze inhuurde om haar te leren bridgen. Toen we dichterbij kwamen, werden de stemmen duidelijker en hoorde ik een bekende schaterlach.

'Heb jij ze gebeld?' vroeg ik.

'Ja, en het bleek dat ze vanavond niets te doen hebben. Dus ze zijn meteen gekomen.'

Liza zat in een perfect op maat gemaakt zwart pak op de Ultrasuede bank met Josh in een dekentje tegen zich aan. Toen ze me zag binnenkomen stond ze op. Ze had haar haar in rommelige lokken laten knippen en een coupe soleil genomen. Steeds als ik Liza zag, leek het alsof ze weer een beetje jonger geworden was. Nog even en ze zou in cafés haar identiteitsbewijs moeten laten zien. Intussen werd ik steeds slonziger en ouder.

'Hallo, schat.' Ze kuste me op beide wangen.

Tommy sloeg zijn armen om Kate heen.

'Hoe is het met mijn kleine meid?' vroeg hij.

Phyllis zat tegenover Liza te *kvellen*, zoals ze het in het Jiddisch zou zeggen. Ze was dol op Liza en ze wilde dat ik meer op haar leek: een fotomodel, getrouwd met een triljonair.

'Wat een verrassing,' zei ik met een geforceerde lach. Ik voelde me erg depressief na het uitstapje met Kate.

'Als het niet uitkomt...' zei Liza snel.

'Nee, nee, natuurlijk wel.'

'Mooi,' zei Tommy. 'Ik heb een tafel besteld bij Danube.'

'Een tafel besteld,' verzuchtte Phyllis. 'Wat een fantastisch moderne uitdrukking.'

'We kunnen niet,' zei ik.

'Dat zei ik ook al,' zei Ned, 'maar Tommy wil daar niets over horen.'

'We hebben geen oppas,' zei ik.

'Kun je geen oppascentrale bellen?' vroeg Liza.

'Nee, ik wil niet dat een vreemde op Josh past.'

'Misschien kan je moeder...' begon Ned, maar hij deed er het zwijgen toe nadat ik hem een waarschuwende blik had toegeworpen.

'Heb je geen zin om met ons mee te gaan, Phyllis?' vroeg Liza.

'O, nee, ik kan echt niet,' zei Phyllis, 'maar wel heel aardig van je om me te vragen.' Ze glimlachte veelbetekenend naar Ned.

'Misschien kunnen we hier blijven en Chinees bestellen,' zei ik.

'Chinees!' zei Liza lachend alsof ik iets heel idioots had gezegd.

'Maar jullie hebben toch geen oppas nodig, ik pas wel op Josh,' zei Kate ineens.

'Nou, Kate, ik weet niet of...'

'En ik ben er natuurlijk ook nog,' zei Phyllis. 'Ik ben tenslotte ook al bijna veertig jaar moeder.'

Ned en ik keken elkaar vragend aan. Het werd zo stil in de kamer dat ik de wandklok van Phyllis kon horen tikken. Kate had Josh een paar keer naar bed gebracht, en Ned en ik waren ook al een keer samen naar de film geweest, maar dat was niet in een vreemd huis in een vreemde stad.

'Ik vind het wel lief dat je het aanbiedt.' Ik dacht koortsachtig na. Het was misschien goed om Kate die verantwoordelijkheid te geven, om haar te laten merken dat we haar vertrouwden. Ze hoefde Josh alleen maar in zijn kampeerbedje te leggen en daarna kon ze beneden televisie gaan kijken. Dat kon ze toch wel aan? Misschien zou ze het wel heel erg leuk vinden om dat te doen. En hoewel ik het niet bepaald een geruststellend idee vond dat mijn moeder ook in de buurt zou zijn, was het natuurlijk wel goed als er een volwassene in huis was.

'Ik weet het niet...'

'Ik wil echt graag, hoor!'

'Misschien eventjes dan,' zei ik aarzelend. 'Waar is dat restaurant eigenlijk?'

'In Tribeca,' zei Tommy. 'Kom op, mijn chauffeur staat beneden te wachten.'

'Wat vind jij, Ned?' Ik keek naar hem. Waarom zei hij eigenlijk niets? Hij hield zich erbuiten, iets wat hij meestal deed als de situatie hem te gespannen werd. 'Heb jij er ook een mening over?'

'Ik denk dat het een prima idee is.'

'Ga nou maar,' zei Phyllis. 'Jullie gaan toch niet naar de noordpool?'

Onze tassen stonden nog steeds onuitgepakt onder de trap. 'Ned, help jij me even om onze spullen naar boven te brengen?'

Ned liep achter me aan met de bagage. Aan de muur naast de trap hingen foto's van de reizen die mijn moeder na de dood van mijn vader had gemaakt. Op elke reis had ze een voorbijganger gevraagd om een foto van haar te maken met op de achtergrond een of ander belangrijk monument. Er waren dus foto's van Phyllis voor de Taj Mahal, Phyllis voor Buckingham Palace, Phyllis met een hoofddoekje om bij de Klaagmuur. Bovenaan hing de enige foto in huis van mijn vader. Hij lachte, met lachrimpeltjes naast zijn ogen, en hij had een pijp in zijn hand. Ik raakte de foto even aan.

Ik liep samen met Ned naar de blauwe kamer en deed de deur achter me dicht.

'Vind je echt dat het kan?' vroeg ik.

'Ik zou niet weten waarom niet,' antwoordde hij. 'Het is misschien wel goed voor haar.'

Hij keek op zijn horloge.

'Het is nu zes uur. Hij gaat over een uurtje naar bed en dan slaapt hij in ieder geval tot we weer terugkomen. En anders kan ze hem altijd een flesje opvolgmelk geven.'

'Dat heb ik liever niet.'

'Kom op, Rach, een flesje zo nu en dan is toch niet het einde van de wereld?'

Ik ging op het bed zitten.

'Ik ben alleen zo moe,' zei ik. Ik moest bijna huilen. Een avond uit met Liza en Tommy kostte veel energie, en na vijf uur in de auto met Josh, die heel onrustig was in zijn autostoeltje, en Kate, die per se hiphopmuziek wilde horen, was ik wel aan mijn bed toe.

'Alsjeblieft?' vroeg Ned.

Ik keek hem aan. Ned had veel meer behoefte aan deze extravagante uitstapjes met Tommy en Liza dan ik. In de loop der jaren waren we in elk fantastisch restaurant aan de hele East Coast geweest, en of we nu in een herberg in Kennebunkport of in een viersterrenrestaurant aan de Upper East Side zaten: het was altijd precies hetzelfde. Zodra Tommy binnenkwam, liep het personeel zich het vuur uit de sloffen om het ons naar de zin te maken. De gerant kwam aangespurt, de beste fles wijn van de kaart werd op tafel gezet, de chef-kok kwam uit de keuken met allerlei heerlijkheden en kwam vaak aan het eind van de avond nog even bij ons aan tafel zitten. We zaten tot heel laat grappa te drinken, of vreselijk oude port, of een of andere belachelijk dure cognac, terwijl Tommy en de chef-kok zaten te kletsen over welke importeur dit jaar de beste morellen had. Niet dat het niet leuk was, hoor. Het was leuk zolang het duurde, net zoals het leuk is om stoned te zijn ook al weet je dat je je de volgende ochtend afschuwelijk zult voelen.

Ik haalde mijn make-uptasje uit het zijvak van mijn weekendtas en pakte de rouge. Alles wat ik had meegenomen leek ineens zo oud en saai. Het tasje zelf was stoffig en plakkerig door de geknoeide oogschaduw, poeder en lippenstift. Ik zag dat ineens heel goed, net zoals ik ineens heel duidelijk zag dat de truien die ik had meegenomen uit Hawthorne oud en mottig waren. In Hawthorne kon me dat niet schelen, maar nu ik in New York was, vooral met Liza in de buurt, was ik me pijnlijk bewust van de vijftien pond overgewicht die ik sinds de zwangerschap nog had, en de wallen onder mijn ogen door al die slapeloze nachten. Mijn haar viel als een vieze dweil om mijn hoofd. Ik had dringend behoefte aan een metamorfose. Misschien kon ik Liza zover krijgen dat ze me meenam naar een of ander duur kuuroord voor een uitgebreide schoonheidsbehandeling.

'Niet doen.'

Ned keek me afkeurend aan.

'Wat?'

'Je zit aan je gezicht te prutsen.'

'Sorry,' zei ik, met gedempte stem door de speldjes die ik in mijn mond had. Ik deed wat rouge op mijn wangen en wat camouflagecrème onder mijn ogen. Daarna stak ik mijn haar op met een haarspeld en deed ik lange oorbellen in.

'Waarom doen we onszelf dit eigenlijk aan?' vroeg ik.

'Omdat het leuk is,' zei Ned. 'Omdat we in geen zeven maanden uit eten zijn geweest.'

Hij boog zich over me heen naar de spiegel, kneep wat gel uit een tube op zijn handen en smeerde het in zijn haar. Het was lang geleden dat ik op een andere manier naar hem had gekeken dan als de vader van mijn kinderen. Hij had gelijk. Het was vast goed voor ons om er eens even uit te gaan.

'Dag knappe man,' zei ik, terwijl ik hem vastpakte.

'Dag knappe dame,' zei hij.

IK DENK VAAK TERUG AAN DIE AVOND, AAN DE MOMENTEN DIE heel gevaarlijk op elkaar gestapeld werden als de kaarten van een kaartenhuis. Dan probeer ik te bedenken of ik een van die kaarten weg zou kunnen halen zonder dat het evenwicht verstoord wordt. Het is een ziekelijk spelletje dat ik met mezelf speel, net als de ziekelijke spelletjes die Kate tegenwoordig met zichzelf doet. Ik haal het scheermes van mijn herinneringen over mijn vel, probeer elk beeld zo voorzichtig mogelijk te tekenen, maar bloeden doet het toch.

Wat zou er zijn gebeurd als Kate en ik langer waren weggebleven? Als het te lang had geduurd en Tommy en Liza hadden besloten om dan maar met z'n tweeën uit eten te gaan? Of als Kate niet had aangeboden om op Josh te passen? Soms ga ik hier zelfs nog iets verder mee. Stel dat ik Liza nooit had ontmoet en we dus geen vriendinnen waren geweest? En nog verder: stel dat mijn vader een andere weg had gekozen op de dag waarop hij het mooie meisje met het donkere haar ontmoette dat later mijn moeder zou worden? Of als hij door een toeterende auto was afgeleid en de andere kant had uitgekeken, of net op het moment dat ze voorbijkwam op zijn horloge had gekeken? Als je een hoek omslaat, wordt alles anders. Alles wat we doen, is van belang. Alles.

'Daar is mijn chauffeur,' zei Tommy toen we buiten kwamen. Hij wees naar een Lincoln Navigator die langs de stoep stond te wachten. De chauffeur was door het getinte glas niet te zien.

'Dat is geen auto meer, maar een pooierbak,' zei Ned.

'Ik vind hem schitterend,' zei Phyllis. Ze was mee naar beneden gegaan om ons uit te zwaaien.

'Dit is onze chauffeur, François,' zei Tommy.

We zeiden allemaal hallo, behalve Phyllis, die de man een slap handje gaf en *enchanté* zei.

We stapten in, wuifden, en reden Central Park West op. François reed door het drukke verkeer naar 79th Street, sloeg de West Side Highway in zuidelijke richting in en toen stond het verkeer ineens vast. Voor ons zagen we alleen maar eindeloze rijen rode remlichten en in de verte een zwaailicht.

'Geweldig,' zei Tommy.

'Sorry, meneer.'

'Niet jouw schuld, kerel.'

We zaten een tijdje zwijgend in de auto. Tommy begon te prutsen aan de cd-speler voorin. Er klonk een vrouwenstem door de auto, begeleid door een muziekje met een zware bas.

'Wie is dat nou weer?' vroeg Ned.

'J.Lo,' zei Tommy.

Ned keek hem vragend aan.

'Jennifer Lopez,' zei Liza.

'Ja hoor, ik wíst het wel!' Ned sloeg zich op de knieën.

'Wat?'

'De geheime ambitie van Tommy Mendel.'

'O ja? Wat dan?'

'Jij wilt zo'n muziekbaron worden,' zei Ned.

'Hou op, zeg!'

'Jawel! Die auto, de zonnebril die je draagt ook al is het avond...'

'Ik heb toevallig een ooginfectie.'

'Ja, ja.'

De automobilist achter ons begon te toeteren. Tommy deed het raampje omlaag en stak zijn middelvinger op.

'Tommy!' riep Liza uit. Ze begon te giechelen, hoewel de ordinaire kant van Tommy haar vaak erg hinderde.

'Stomme klootzak,' zei Tommy. 'Zulke mensen zouden ze toch moeten afschieten.'

Er werd opnieuw getoeterd en deze keer keken we allemaal achterom. De automobilist achter ons, een magere man in een Volkswagen, stak nu ook zijn vinger op naar ons.

'Wat volwassen, zeg,' zei Tommy. 'Compensatie omdat hij zo klein is zeker.' Hij draaide zich om naar François.

'Weet je een manier om hier weg te komen?' vroeg hij.

'Nee, we moeten gewoon maar wachten, meneer.'

Op dat moment ging mijn mobiele telefoon. Eerst wist ik niet eens waar het geluid vandaan kwam. Iedereen greep naar zijn eigen mobiel, zelfs François.

'Het is de jouwe, geloof ik,' zei Ned.

Ik ging op zoek in mijn tas, de enige tas die ik had, een enorm geval. Mijn telefoon lag onder mijn portemonnee, sleutels, papieren zakdoekjes en billendoekjes. Ik pakte hem en klapte hem open.

'Hallo?' Aan de andere kant hoorde ik alleen gekraak. Even dacht ik dat iemand een verkeerd nummer had ingetoetst. Dat gebeurde wel eens vaker. 'Hallo?' herhaalde ik.

Toen hoorde ik ineens de stem van Kate. Ze was aan het gillen.

'Kate?' vroeg ik. 'Kate, wat is er?'

Ze bleef maar schreeuwen. Ze probeerde te praten, ze probeerde iets tegen me te zeggen, maar ze kon het niet. Ik hoorde nog iets anders, een ander geschreeuw. Het klonk hoger. Josh. Dat was Josh die zo aan het gillen was. Ik dacht alleen maar dat we nog maar een kwartier weg waren. Dat er in een kwartier toch niks ergs kon gebeuren.

'Katie?' Mijn stem trilde. Het werd doodstil in de auto. Iedereen staarde me aan.

'Hij is gevallen,' wist Kate eindelijk uit te brengen.

'Gevallen? Waar dan? Hoe kan dat nou?'

'Het spijt me!'

'Kate?' Als ik haar naam maar bleef herhalen, zou ze wel wakker worden, net als een comapatiënt. Ze zou ophouden met gillen en hyperventileren en me kunnen vertellen wat er nou aan de hand was.

Ik zag dat Tommy iets tegen François zei. De chauffeur drukte op de claxon, gaf gas en reed met een scherpe bocht de West Side Highway af, een zijstraat in. Overal om ons heen klonk getoeter, maar wij zaten veilig afgeschermd in het zachte, paarsige interieur van Tommy's auto. Alles ging ineens heel langzaam en ik kreeg het ijskoud. Ik had mijn trillende lichaam verlaten en zweefde weg in een nachtmerrie. Ned had mijn arm vastgepakt en schudde me door elkaar.

'Wat is er gebeurd?' vroeg hij. Hij was bleek en hij keek me met opengesperde ogen aan.

Ik gebaarde dat hij even moest wachten.

'Heeft hij iets, Kate? Kun je zien of hij...'

'Hij is op zijn hoofd gevallen,' jammerde ze.

Ik hoorde opnieuw gekraak en daarna kwam de stem van mijn moeder.

'Rachel? Ben je daar?'

'Mamma, hang op en bel de ziekenauto. Bel een ambulance. Doe je dat?'

Ik hoorde zacht gesnik en toen iets wat ik niet verstond.

'Wat zeg je?'

'Dat heb ik al gedaan.' Ze huilde in mijn oor.

'Doe voorzichtig met hem. Wacht maar gewoon af tot de ambulance er is. Hoor je me?'

Aan de andere kant van de lijn bleef het stil.

'Hallo?' schreeuwde ik in de telefoon. 'Hallo?'

Ik klapte mijn mobiel dicht.

'De verbinding is weg,' zei ik.

Iedereen in de auto begon door elkaar heen te praten. Allerlei woorden echoden door de auto, woorden als *ongeluk* en *ziekenhuis* en *ambulance*. Het leek me niet mogelijk dat ik hier rustig achter in de auto van Tommy had gezeten en naar de Hudson keek terwijl een paar kilometer verderop mijn baby op de grond viel. Hoe had dat zomaar kunnen gebeuren zonder dat ik het wist? Had ik dan niet een vreselijke pijn in mijn hoofd moeten voelen, als signaal dat er thuis iets vreselijks gebeurde?

'Hij is op zijn hoofd gevallen,' zei ik.

'Was hij bewusteloos?' vroeg Liza. 'Heeft hij gehuild? Dat is het allerbelangrijkste. Het is niet zo goed als ze bewusteloos raken. Ik weet nog dat Sophie een keer heel hard haar hoofd heeft gestoten aan de keukentafel, weet je dat nog, Tommy? Ik dacht echt dat ze een hersenschudding had, maar er was niets aan de hand.'

'Ja, hij huilde, dat heb ik zelf gehoord,' zei ik.

Liza boog zich over Ned heen en klopte me geruststellend op mijn arm.

'Dan is het vast niet zo erg,' zei Liza. 'Kate heeft vast alleen maar...'

Liza maakte haar zin niet af. Ned en ik pakten elkaars hand vast. Ik voelde een energiestroom tussen ons lopen. Toen ging de mobiele telefoon van Ned.

'Ja?'

Hij luisterde een tijdje en wreef met zijn ene hand in zijn ogen.

'Phyllis, wil jij hem alsjeblieft even aan me geven?'

Hij zweeg weer. Ik hield mijn oor vlakbij Neds telefoontje en ik hoorde lawaai en, nog steeds, dat hoge gegil.

'Phyllis? Geef me die agent even aan de lijn.'

Agent? Ik zag dat Tommy en Liza elkaar met een snelle, angstige blik aankeken. Ik voelde een golf van angst door mijn lichaam gaan. Ik wilde mijn vuist door het raampje slaan, de auto uitspringen en naar mijn kind rennen.

'Ja.' Ned pakte mijn hand weer vast. 'Ja, prima, dat is goed.'

'Wat is er aan de hand?' vroeg ik. Ik hield het bijna niet meer uit. 'Ned?'

'Welk ziekenhuis?' vroeg hij.

'O, mijn god!' jammerde ik.

Liza keek me met een rustige blik aan, alsof ze me daarmee zou kunnen kalmeren. Van iedereen in de auto kende zij me het langst.

Toen mijn vader stierf, had zij me getroost. Ze was bij me op de dag waarop ik Ned ontmoette. Wat raar, dat we elkaar niet vaak meer zagen en dat ze er nu ook weer was, nu, in deze... deze crisissituatie. Ik wilde het geen crisis noemen, ik wilde blijven geloven dat het allemaal wel meeviel, hoewel het met de minuut duidelijker werd dat ons leven hierna nooit meer hetzelfde zou zijn. Op de een of andere manier wist ik toen al dat wat er ook zou gaan gebeuren, ons leven vanaf nu heel anders zou zijn. Zelfs als alles goed zou blijken te zijn, zou er toch iets kapot zijn gegaan. We waren niet veilig. Niets was veilig.

Ze brengen hem naar Mount Sinai,' zei Ned.

'Waarom niet naar Lenox Hill?' vroeg Tommy. 'Lenox Hill is veel beter.'

'Omdat ze hem naar Mount Sinai brengen,' snauwde Ned.

'Sinai is ook heel goed,' zei Liza. 'Vooral de kinderafdeling, die schijnt uitstekend te zijn.'

Ik vroeg me af hoe ze dat wist, en ook of dat eigenlijk wel waar was.

'Wat zei die agent?' vroeg Tommy.

'Waarom was de politie er?' vroeg ik. 'Wat heeft de politie daar te zoeken?'

'Die halen ze er altijd bij in zulke gevallen,' zei Liza.

'Hij zei dat als het zijn kind was, hij er meteen mee naar het ziekenhuis zou gaan,' zei Ned.

NA VIJF MINUTEN, MAAR HET KUNNEN ER OOK TIEN OF TWINTIG geweest zijn, kwamen we in het ziekenhuis aan. Ik had mijn ogen dicht en probeerde te bidden. Maar daar had ik niet veel ervaring mee, en ik had eigenlijk alleen maar het gevoel dat ik mijn gebeden een zwart gat instuurde, een enorme leegte waar niemand was en niemand luisterde. Ik probeerde me te troosten met het idee dat wat er ook gebeurd was, het in ieder geval nu voorbij was en ik niets meer kon doen. Het ergste was niet te weten wat er aan de hand was, maar over een paar minuten zou ik bij mijn zoontje zijn en zouden we horen wat er was gebeurd. Dat te weten was altijd beter dan deze onzekerheid, die mijn fantasie op hol deed slaan.

Tommy sprong als eerste uit de auto en rende naar binnen. Net iets voor Tommy, alsof hij een restaurant of een chic hotel binnenging waar iedereen voor hem klaar zou staan.

'Patiënt Jensen,' blafte hij tegen de zwarte, oudere vrouw die achter de balie zat. 'Joshua Jensen. Waar is hij?'

Ze staarde hem aan alsof ze probeerde te bedenken of ze iets moest zeggen van de brutale manier waarmee hij haar aansprak. Ze had waarschijnlijk niet veel zin om hem te helpen, maar van de andere kant was dit een ziekenhuis, geen autoshowroom.

'Hoe zegt u?' vroeg ze.

'Jensen. Een baby,' zei Ned. Hij was naast Tommy gaan staan. 'Dat is mijn zoon.'

De vrouw keek van Tommy naar Ned, zuchtte diep, en keek op de lijst met patiënten.

'Loop maar naar die deur, dan mogen jullie naar binnen,' zei ze. We renden alle vier naar de deur.

'Alleen de ouders.' Haar stem werd versterkt door de intercom.

'Ik hou van je,' zei ik tegen Ned toen we naar binnen liepen. Het was misschien raar om dat nu te zeggen, maar ik had daar toch behoefte aan, en ik had het gevoel dat hij er misschien wel behoefte aan had om het te horen.

Ik zag Josh door een kier in het gordijn dat om een van de ziekenhuisbedden getrokken was. Er stond een verpleegster over hem heen gebogen die bezig was zijn bloeddruk te meten met een kleine armband. Ik liep naar hem toe. Ik durfde hem niet aan te raken, want ik was bang dat ik hem pijn zou doen of iets zou beschadigen. Hij had een enorme bult op zijn voorhoofd, een blauwgroene zwelling. Hij had zijn oogjes dicht en er kleefden tranen aan zijn wimpers.

'Is hij wel bij bewustzijn?' vroeg Ned aan de verpleegster. Zijn stem trilde en hij kon nauwelijks uit zijn woorden komen.

'Dat wisselt steeds,' zei ze.

Ik pakte voorzichtig zijn handje vast en begon het te strelen. Josh reageerde op mijn aanraking: hij haalde diep en trillend adem. Zijn handje balde zich tot een vuist.

'De dokter komt zo,' zei de verpleegster.

'Is hij nog niet onderzocht?'

'Nee, hij is net binnengebracht.'

Toen pas zag ik Kate. Ze zat aan de andere kant van het gordijn op een metalen vouwstoel. Ze zat met haar hoofd gebogen te huilen en bewoog steeds naar voren en naar achteren.

'Kate?' Ik liep naar haar toe. Zij was ook mijn kind, en hoewel ik haar van kwaadheid wel tegen de muur kon kwakken, wilde ik haar tegelijk ook vasthouden en troosten.

Ze keek me aan met een betraand en smartelijk gezicht. Ik ging naast haar zitten.

'Wat is er nou precies gebeurd?' vroeg ik.

'Ik ben gevallen...'

Ze was heel erg aan het hyperventileren en ze was zó bleek dat ik de aderen onder haar huid kon zien. Haar pupillen waren heel groot. Ik deed mijn tas open, want daarin zat een plastic zakje met pakjes melkpoeder. Ik haalde de pakjes eruit en gaf Kate het plastic zakje.

'In de zak ademen,' zei ik. 'Hou de rand over je mond en haal dan een paar keer adem.'

Drie bedden verderop werd een gordijn opzijgeschoven door een jonge, Indiase man in een witte jas. Op het bed zag ik een kind liggen, omringd door allemaal apparaten. De dokter liep snel naar Josh toe. Hij tilde zijn ene ooglid op en daarna het andere en keek naar de ogen terwijl hij er met een lampje in scheen. Toen voelde hij voorzichtig aan de bobbel.

'Hoe oud is hij?'

'Zeven maanden,' zei Ned.

'En wat is er precies gebeurd?' De arts legde twee vingers op het polsje van Josh en voelde zijn hartslag. Ned, Kate en ik stonden aan het voeteneinde van het bed.

Ned en ik keken afwachtend naar Kate. Maar ze zei niets. Ze

172

stond daar maar, stokstijf. Ze staarde naar Josh, met een gezichtsuitdrukking die ik niet goed kon peilen.

'Kate,' zei Ned.

'Ik droeg hem naar beneden,' zei ze. 'Ik had hem net zijn pyjama aangetrokken.' Ze begon weer te huilen.

'Het ging allemaal zo snel.' Ineens hoorde ik de hoge stem van
mijn moeder achter me. 'Het is allemaal mijn schuld, ik had hem
geen seconde uit het oog mogen verliezen...'

'Daar hebben we nu niks aan, Phyllis,' zei Ned.

'Van hoe hoog is hij gevallen?' vroeg de dokter.

'Ik weet niet, misschien zes of zeven treden,' zei Kate.

'En er ligt geen vloerbedekking op die trap,' zei Ned.

'Ik wilde er altijd nog eens een loper op leggen,' mompelde
mijn moeder.

'We gaan een CT-scan maken,' zei de arts. 'Is hij allergisch voor
bepaalde medicijnen?'

'Niet dat we weten,' zei ik.

'Hoezo?' vroeg Ned. 'Wat wilt u hem dan precies geven?'

'Hij krijgt even een roesje,' zei de arts.

'Maar hij is toch...'

'Voor het geval hij wakker wordt. Hij moet absoluut stil liggen
voor de röntgenfoto.'

'Denkt u dat hij iets heeft?' vroeg ik. 'Er is toch niks ergs?'

'Dat weten we pas na de CT-scan,' antwoordde de arts.

Hij maakte samen met een broeder de vergrendeling los en reed
Josh met bed en al weg. Josh zag er zo klein uit in dat grote, metalen bed op die witte lakens. Ik keek naar zijn donkere krullen,
zijn prachtige mondje dat net een klein, rood rozenknopje leek.
Ik zag zijn borst op en neer bewegen en zijn oogleden trillen. Ik
moest aan mijn vader denken, zoals altijd als ik in een ziekenhuis
was. Mijn vader was nog niet oud toen hij stierf, maar hij had wel
de leeftijd waarop ziekte en dood niet volslagen absurd zijn. Maar
dit, Josh die naar de afdeling radiologie werd gereden, bewusteloos en met een enorme bult op zijn hoofd, dit was onaccepta-
bel.

Ik hoorde mijn moeder achter me kreunen.

'Kate, wil je alsjeblieft even met oma naar de wachtkamer gaan?' vroeg ik. Mijn stem was griezelig kalm. Ik wist dat ik Phyllis hiermee kwetste, maar zij was de laatste die ik nu in mijn buurt kon verdragen.

'Maar ik wil mee,' protesteerde mijn moeder.

'Tommy en Liza zijn daar ook,' zei ik. 'Zij zorgen wel voor je.'

'Jullie moeten hier wachten,' zei de broeder toen we bij een klapdeur kwamen. Ik zag een glanzende, witte machine staan, een futuristisch apparaat met een tunnel in het midden.

'Wij gaan mee,' zei ik.

'Dat is niet veilig, mevrouw. Er is daar veel straling.'

'Ik wil toch bij mijn zoon blijven,' zei Ned.

De broeder bleef staan en keek Ned even onderzoekend aan. Toen haalde hij zijn schouders op.

'Goed dan,' zei hij. 'Een van jullie beiden mag mee.'

Ned ging mee naar binnen, en ik ijsbeerde door de gang heen en weer. Mijn benen voelden zwaar, alsof ik door mul zand liep. Ik zag steeds maar een angstbeeld voor me van Josh die door die monsterlijke machine werd opgeslokt. De minuten tikten weg. Wat zagen ze in dat kleine hoofdje van hem?

'Mam?' Kate kwam bij me. Haar ogen waren dik en rood, maar ze zag er iets kalmer uit. 'Hoe lang duurt het, hebben ze dat gezegd?' vroeg ze.

'Nee, ik weet het niet.'

'Waar is pappa?'

'Binnen, bij Josh.'

'Weten ze al...'

'Ze weten nog niets, Kate.'

'Maar ze denken toch niet...'

Ze wilde vreselijk graag horen dat het wel goed zou komen. Ze was niet anders van me gewend: alles wat kapot of beschadigd was, kon weer worden gemaakt. Kusje erover, zei ze vroeger altijd als ze met een gestoten elleboog of een geschaafde knie bij me kwam. Maar nu was een kusje niet genoeg. Ik kon haar niet troosten. Baby's konden ook gewond raken en doodgaan. Dat gebeurde zo vaak. Waarom zou ons dat bespaard blijven? Ik moest in beweging blijven. Ik liep naar een balie, waar niemand zat, en zag een telefoon staan. Ik nam de hoorn van de haak, luisterde naar de gesprekstoon, en legde de hoorn weer terug. Wie zou ik moeten bellen? Niemand. Iedereen die belangrijk voor me was in de wereld, bevond zich binnen de muren van dit ziekenhuis.

Kate ging op de ijskoude vloer zitten en sloeg haar armen om haar benen. Ik wist dat ik me op haar moest concentreren, maar dat kon ik niet. Achteraf realiseer ik me dat ik eigenlijk woedend op haar was, onwaarschijnlijk woedend, omdat ik nu voor de zwaarste test van onvoorwaardelijke moederliefde werd gezet. Een van mijn twee kinderen had mijn andere kind in ernstig gevaar gebracht. Hoe kon ik dat ooit vergeven?

Ik zag alleen maar Josh voor me: zijn gezichtje zag ik door al het andere heen voor me. Hij had naar me gelachen toen we weggingen om uit eten te gaan. Hij had zijn mollige armpjes naar me uitgestoken toen ik hem nog een kusje gaf. *Dag Joshie! Tot straks!* Ik snoof altijd zijn geur op. Die heerlijke babygeur van hem, alsof ik hem daardoor meer bij me had. *Hij lijkt sprekend op jou! Geen druppel Jensenbloed, zo te zien!* In Hawthorne werd ik vaak aangesproken op straat door mensen die de kuiltjes in zijn wangen bewonderden, zijn zwarte krullen, zijn diepliggende, donkere ogen die sprekend mijn ogen waren.

Kate praatte tegen me, maar ik had niet geluisterd. Ze keek me vragend aan.

'Sorry. Wat zei je?'

'Dat het een ongeluk was,' zei ze.

'Ja, natuurlijk.'

'Het was echt een ongeluk, echt waar,' herhaalde ze nog eens, heel nadrukkelijk.

'Dat weet ik toch!'

'Maar je gelooft me niet!' Ze schreeuwde bijna en haar ogen stonden wild. Twee verpleegsters die door de gang liepen, keken nieuwsgierig naar ons.

175

'Ssst!' zei ik.

Ze zat aan de velletjes rond haar vingernagels te pulken. Ze had altijd al op haar nagels gebeten, maar dit was erger. De huid lag hier en daar helemaal open.

'Hou eens op.' Ik pakte een van haar handen vast.

'Ik kan er niet mee stoppen.'

Ze wurmde haar hand los en begon weer aan de roze velletjes te trekken. Ze veegde boos de tranen uit haar ogen. Haar onderlip trilde. Ze leek wel een klein meisje.

Er kwamen twee mannen naar ons toe. Ze hadden allebei een pak aan, zodat ik eerst dacht dat het misschien administratief medewerkers van het ziekenhuis waren, of misschien vertegenwoordigers in radiologische apparaten. Maar toen schraapte een van hen zijn keel en sprak ons aan.

'Bent u mevrouw Jensen?'

'Ja,' zei ik.

De andere man deed een leren hoesje open waar een politiepenning in zat.

'Ik ben rechercheur Roter van het Sixty-sixth Precinct. Wij zouden uw dochter graag een paar vragen willen stellen.'

'Mij?' vroeg Kate. Haar wangen begonnen te gloeien.

'Wat wilt u haar dan vragen?' vroeg ik terwijl ik mijn arm om haar heen sloeg.

'Dat is de standaardprocedure. In gevallen waarbij een baby betrokken is.'

'Laat maar mam, het geeft niet,' zei Kate. Ze stak haar kin naar voren en keek de mannen vragend aan. Elke spier in haar lijf leek te zijn aangespannen, alsof ze een veer was die elk moment kon springen.

'Kun jij ons vertellen wat er precies is gebeurd?'

'Ik ben van de trap gevallen in het huis van mijn oma. Ik had mijn broertje in mijn armen.'

'Was er verder nog iemand thuis?'

'Mijn oma, die was in de keuken.'

'Waar is zij nu?'

'In de wachtkamer,' antwoordde ik. 'Is dit echt nodig?'

'Wij willen haar ook graag een paar vragen stellen,' zei een van de rechercheurs, die zich vervolgens weer tot Kate richtte. 'Vertel maar verder.'

'Ik verloor mijn evenwicht. Ik was op sokken en de trap was nogal glad.'

De andere agent schreef iets op in zijn notitieboekje.

'Er ligt geen tapijt op die trap,' zei ik. 'Ik zeg al jaren tegen mijn moeder...'

'Laat u maar, mevrouw,' onderbrak de rechercheur me. Hij keek weer naar Kate. 'Vertel maar verder.'

'Toen heb ik hem laten vallen.' Haar stem klonk zachter. 'Hij viel uit mijn armen. Ik weet niet hoe dat kan, maar hij gleed gewoon weg. Pas na vier of vijf treden had ik hem weer te pakken.'

'Heb je jezelf ook bezeerd?'

Ze trok haar trui omhoog. Ik zag een nare schaafwond op haar elleboog.

'Kate, daar moet je even naar laten kijken!' zei ik. Er zat aangekoekt bloed op de wond.

'Dat geeft niet,' zei ze.

'Goed, dank je wel,' zei de rechercheur. De ander klapte zijn notitieboekje dicht. 'Meer hoeven we voorlopig niet te weten.'

Ik keek hen na. Kate zat naast me te trillen. Ik trok haar tegen me aan en wiegde zacht heen en weer, terwijl ik Hebreeuwse gebeden uit mijn jeugd prevelde waarvan ik niet wist dat ik ze kende.

'Wat betekent dat?' vroeg ze.

'Dat weet ik niet meer,' zei ik. Ik kneep mijn ogen stijf dicht en probeerde kracht te vinden in mijn binnenste. Ik was als een bergbeklimmer op zoek naar iets stevigs om me aan vast te houden en te voorkomen dat we allemaal zouden vallen.

'Rachel?'

Ik deed mijn ogen open. Ned stond voor me.

'Ze zijn klaar.'

'Wat hebben ze gezegd?'

'Niks. De arts moet de resultaten bekijken.'

De broeder rolde het bed met Josh door de klapdeuren en we liepen achter hem aan door de gang terug naar de afdeling spoedeisende hulp. Josh was bewusteloos en zijn hoofdje lag opzij. Er was een witte, katoenen deken over hem heen gelegd. Zijn voetjes, met zijn donkerblauwe sokjes, staken eronderuit.

Ik keek naar zijn voetjes, zijn kleine, perfecte voetjes, toen ik ineens weer de stem van mijn moeder hoorde. Waarom had Liza haar niet in de wachtkamer gehouden?

'Ik wil nu ogenblikkelijk weten waar ze zijn! Ik laat me niet steeds afschepen!'

Het voelde helemaal verkeerd dat ze hier was. Ik kon het niet verdragen.

'Daar is mijn kleinzoon!'

Ze rende op ons af en blokkeerde de doorgang. Ze boog zich over het bed heen tot ze haar hoofd vlak boven het hoofdje van Josh hield. Ik was even bang dat ze nog voorover zou vallen.

'Mam, alsjeblieft.'

Ik trok haar weg en keek haar aan. Ik had haar nog nooit zó van streek gezien, zelfs niet toen mijn vader op sterven lag.

'Wat hebben ze gezegd, Rachel? Vertel het me alsjeblieft!'

'We moeten nog op de arts wachten,' zei ik.

'Maar je kunt toch niet maar wat afwachten! Je moet die mensen laten weten dat je er bent! Anders...'

'Phyllis, hou alsjeblieft op. Alles is onder controle.'

'Ja, dat denk jij! Maar ik loop al wat langer mee en ik heb gemerkt...'

'Mam, je mag hier niet eens komen,' onderbrak ik haar.

'Mag ik hier niet komen?' Ze keek me met opgetrokken wenkbrauwen aan.

'Je moet terug naar de wachtkamer. Ga maar naar Tommy en Liza.'

Op dat moment had ik echt met mijn moeder te doen. Ze zag er zo oud en kwetsbaar uit. En zo vreselijk bang. Maar ze maakte het nu alleen maar erger.

'Jensen?' De arts kwam naar ons toe. Hij had de röntgenfoto's bij zich.

'Uw zoon heeft een contusie opgelopen.'

'Wat betekent dat precies?'

'Een kneuzing.'

Heel even voelde ik me opgelucht. Een kneuzing, dat was toch niet zo erg? Maar toen zag ik hoe de dokter keek. Ernstig, met een gefronst voorhoofd. Hij gebaarde naar twee metalen stoelen.

'Gaat u even zitten,' zei hij.

Dat was geen goed teken. Dat was helemaal geen goed teken. Als een dokter zei dat je even moest gaan zitten, wist je dat je in de puree zat.

'Uw zoon heeft een ernstige val gemaakt,' zei de dokter. 'We moeten maar afwachten en kijken wat er gebeurt.'

'Hoezo, afwachten?' vroeg Ned. 'Waar moeten we dan op wachten?'

'We houden hem hier, op de kinder-IC. Er bestaat de mogelijkheid dat hij nog een bloeding krijgt en in shock raakt.'

'Maar het komt toch wel goed met hem?' vroeg Kate. Ze hield zich vast aan de metalen spijlen van het bed.

'Dat weten we dus nog niet,' zei de arts.

'O, mijn god,' kreunde Phyllis. 'Mijn kleinzoon, mijn lieve, kleine...'

'Haal haar hier weg,' siste Ned.

'Mam, ik neem je nu mee naar de wachtkamer,' zei ik terwijl ik weer opstond.

'Maar het móét toch goedkomen!' zei Kate. Haar stem klonk schril. 'Dat moet gewoon!' Ze pakte de arts bij zijn witte mouw vast en begon eraan te trekken. 'Hij moet beter worden, daar moet u voor zorgen!' Ze raakte haar zelfbeheersing kwijt.

Ik had het moeten zien aankomen. Het ging allemaal zo langzaam en voorspelbaar, alsof het een choreografie was.

'Kate, hou op,' zei Ned.

Ze begon te gillen, net zoals ze aan de telefoon had gedaan. Ze was kapot, mijn dochter, ze kon zich gewoon niet meer beheersen. Iedereen staarde naar ons. De arts liep van haar weg. De verpleegster achter de balie keek op, met haar pen nog halverwege in de lucht. Een vrouw in een regenjas, die zelf ook op een uitslag zat te wachten, schudde haar hoofd en bedekte haar oren met haar handen. Ned was in twee grote stappen bij Kate, pakte haar bij haar smalle schouders en schudde haar door elkaar. Ze trok zich los, gleed uit en viel. Ze kwam met haar hoofd keihard tegen het metalen bed van Josh aan.

Ze hield op met gillen. Ze legde haar hand op haar kaak en keek geschokt naar ons op.

Neds lip begon te trillen. 'Sorry, lieverd, dat was niet de bedoeling.'

Er kwam een druppel bloed uit Kate's neus. Het sijpelde over haar mond en haar kin naar beneden.

'O, god.' Hij snikte.

'Je haat me,' zei Kate zacht.

'Nee, Katie, natuurlijk niet!'

'Natuurlijk haat je mij,' herhaalde ze.

'Nee, nee, nee!' Hij liep naar haar toe om haar te omhelzen, maar er was iets in haar ogen wat hem daarvan weerhield. Ik zag dat ook. Want daar, in het felle tl-licht van het ziekenhuis, loste het kleine meisje dat ze ooit was op in het niets, samen met de kanten van haar persoonlijkheid die tot nu toe hadden gezorgd voor haar gezondheid en veiligheid.

8

DE PARKEERPLAATS VAN HET KINDERDAGVERBLIJF STAAT VOL MET
SUV's en MPV's. De moeders van Hawthorne voeren hun och-
tendritueel uit: veiligheidsriemen losmaken, buggy's en luiertassen
uit de kofferbak halen, lunchtassen uit de auto halen, kusjes toe-
werpen. Ze zien er goed uit, de moeders van Hawthorne: fit door
de sportclubjes waar ze twee keer per week naartoe gaan, korte
no-nonsense kapsels, keurige vinger- en teennagels die ze regelmatig in een salon in de stad laten doen. Er zijn er een paar die
naar me wuiven als ik met de Volvo aan kom rijden. Ik zet de
alarmlichten aan en haal Josh uit zijn stoeltje.

'Hallo, Rachel.' Maggie Conover komt naar me toe. Haar dochter, Zoë, zit bij Josh in de groep. 'We hadden het er net met een
paar moeders over dat we aan het eind van het jaar iets leuks wilden organiseren, een afscheidsfeestje. Heb jij zin om straks ook
even naar Starbucks te gaan om daarover te brainstormen?'

'Eh...' Ik strijk het haar uit mijn gezicht. 'Ja, leuk.'

Ik ben stomverbaasd dat ze me heeft gevraagd.

'Oké, leuk, dan zien we je daar straks.' Maggie loopt haastig terug naar haar Ford Explorer en rijdt weg. Ik til Josh op, pak zijn
rugzakje met de lunch die ik voor hem gemaakt heb en loop met
hem naar binnen. Ik draag hem op mijn heup en kijk naar de
mollige plooien in zijn hals, de zachte lijn van zijn kaak, het vochtige mondje dat zó perfect is dat ik er soms een kus op moet geven.

'Wat ben je toch heerlijk,' fluister ik zacht tegen hem. 'Wat een
heerlijk, zalig ventje.'

Hij begint vrolijk te giechelen.

'Ik ga je opeten,' fluister ik in zijn oortje.

'Eten,' zegt hij, en hij begint smakgeluidjes te maken.

Ik breng hem naar zijn lokaal en hij loopt naar binnen.

'Dag Joshie!' roep ik.

Hij hoort me niet meer en loopt naar de trein. Hij zegt nooit dag, zoals de andere kinderen van zijn leeftijd wel doen. Ik hou mezelf voor dat dat gewoon zijn persoonlijkheid is, dat hij het niet leuk vindt om hallo of dag te zeggen, maar ik word er toch steeds weer wat ongerust over. *Laat er niks met hem zijn, laat er alsjeblieft niks met hem zijn.* Ik draai me snel om zodat hij niet ziet dat de tranen me in de ogen springen. Ik vind het altijd weer naar om hem hier achter te laten. Als ik wegrijd, moet ik altijd weer een akelig, leeg gevoel overwinnen, een soort onzichtbare, geheime muur. Hoe gaat het met hem zonder mij? Hij is nog lang niet zover als de andere peuters, dat is gewoon zo. De leidsters zeggen dat ik me geen zorgen moet maken, maar als hij bij me is, maak ik me constant zorgen. Zijn ogen staan te peinzend, te dromerig. En hij herhaalt alleen maar dingen in plaats van zelf zinnen te gaan vormen, zoals de andere kinderen. Daarom moet ik hem af en toe even kwijt, zodat ik een paar uurtjes kan vergeten dat ik moeder ben, tot ik op mijn horloge kijk of een kind hoor schreeuwen, en het me ineens herinner. Ik weet dat dat mij op de been houdt, dat ik er af en toe even aan ontsnap. Want als ik altijd met mijn liefde voor Josh en Kate zou leven, zou ik er gek van worden. Ik zou opbranden door mijn intense gevoelens, er zou niets van me over blijven dan een hoopje rokende as.

Ik rijd naar het centrum. Een afscheidsfeestje had Maggie het genoemd. Mijn god. Nog een wonder dat ze het geen eindexamenfeestje noemde. Ik had zin om Ned op te bellen en er eens smakelijk met hem over te lachen. De kameraadschap die ik met Ned had, was de belangrijkste reden dat ik me nooit alleen voelde in Hawthorne. Het waren altijd zulke dingen waar we vreselijk om konden lachen. *Moet Josh ook zo'n cape om en een baret op? Of hebben ze speciale luiers?* Maar ik kan beter niet bellen. Sinds hij bij me is blijven slapen, wil ik hem niet te veel pushen. Na die nacht heeft hij zich op een afstand gehouden, en dat kan ik hem niet kwalijk nemen. Hij is bang om te hopen, bang om teleurgesteld te worden. Ik zou het liefste mijn hand naar hem uitsteken en zeggen: *Ik ben ook bang, maar laten we het toch proberen.* Ik wil tegen hem zeggen dat het eigenlijk wel een zekere vrijheid geeft dat het ergste nu toch al gebeurd is. Maar in plaats daarvan houd ik mezelf ook op afstand. Eerst één week, nu al twee.

Ach, verdomme. Ik sta voor het rode stoplicht en pak mijn mobiele telefoon. Het is negen uur. Ik bel hem op zijn mobiel en mijn vingers toetsen zijn nummer behendig in.

'Hallo, met Ned. Je kunt een bericht voor me inspreken.'

'Hallo.' Ik sla linksaf een zijstraat in om te parkeren bij een meter. 'Ik wil graag met je praten. Toen je laatst bij me was...'

Ik weet niet wat ik verder moet zeggen. Wat wilde ik nu eigenlijk zeggen over die avond? Dat het geweldig was? Verschrikkelijk? Dat ik wil dat hij elke nacht naast me slaapt, dat ik zijn zoekende handen mis? Dat ik wil horen dat hij mijn naam roept in zijn dromen? Dat ik hem nooit meer wil zien? Dat ik mijn leven over wil doen en dan het gedeelte wil overslaan waarin wij elkaar hebben ontmoet, en dat ik nieuwsgierig ben naar hoe mijn leven zou zijn zonder hem? Dat ik niet op vierentwintigjarige leeftijd het idee had dat dit mijn toekomst was, en dat die toekomst Ned heette?

'Bel je me?' vraag ik, en ik verbreek de verbinding. Ik zet de auto voor de chocoladewinkel, de winkel waar Ned altijd bonbons voor me haalde voor mijn verjaardag, onze trouwdag, Valentijnsdag, en soms ook zomaar. Dee Dretzin, de aardige eigenaresse van de zaak, komt net over de stoep aangelopen. Ze loopt langzaam, een beetje alsof ze door het water moet waden. Haar man is kortgeleden overleden aan een hersentumor. Wat moet het moeilijk zijn om iemand te verliezen met wie je vijftig jaar lang lief en leed hebt gedeeld. Ik kijk vanuit mijn auto naar haar terwijl ze haar sleutels uit haar jas haalt en naar binnen gaat.

Ik leg mijn hoofd op het stuur. Alles in de wereld lijkt ineens zo treurig. Maar één ding weet ik zeker: als ik alles over kon doen, zou ik er toch voor kiezen om Ned opnieuw te ontmoeten op die dag in de East Village, nu meer dan vijftien jaar geleden. Ook met wat ik nu weet, ook op dit moment nu ik me afvraag hoe het allemaal verder zal gaan. Ik had het toch niet willen missen om moeder te zijn van Kate? En van Josh? Ik kan toch niet al die gelukkige jaren verloochenen door ze achteraf niet te willen? Want wat waren ze gelukkig, die jaren. Elke minuut van elke dag.

Ik schrik als mijn telefoon gaat. Dat gebeurt steeds als ik word gebeld. Ik weet wel dat dat heel begrijpelijk is, maar toch vraag ik me af of ik me ooit nog normaal zal kunnen voelen.

'Hallo?' vraag ik gehaast.

'Ja,' zegt Ned aan de andere kant van de lijn. 'Jij belde net.'

'Klopt.'

'Waar ben je?'

'Ik sta in Pine Street. In mijn auto, voor de winkel van Dee.'

'Wat doe je daar?'

'Ik zit moed te verzamelen om naar Starbucks te lopen en daar een dubbele half-cafeïnevrije karamel-cappuccino te gaan drinken met Maggie Conover en consorten.'

'Hoe dat zo?'

Ik hoor aan zijn stem dat hij geamuseerd is, dus ik vertel verder.

'Eindexamenfeestje,' zeg ik. 'Afstudeerborrel van de crèche.'

'Dat meen je niet.'

'Ze willen dat ik ook meedenk.'

Stilte.

'Ze willen me erbij betrekken.'

'Dat is nieuw.'

'Ja. Gek, hè?'

'Ze willen waarschijnlijk gewoon aardig tegen je doen omdat...'

Hij zwijgt. De rest van de zin blijft ergens tussen ons in hangen. Door wat er tussen ons is gebeurd? Door Kate? Of Josh?

'In ieder geval,' zegt Ned, 'heb ik net een huis verkocht. Dus dat is wel mooi.'

'Gefeliciteerd!' Ik weet niet zeker of ik wel enthousiast genoeg klink.

'Achthonderd mille. En er is nog geen spade in de grond gezet.'

'Nieuwbouw?'

'Ja. In een project waar ik nu de verantwoordelijkheid voor heb gekregen.'

Nu weet ik echt niet meer wat ik moet zeggen. Ik had gehoopt dat Ned weer zou gaan schilderen, omdat dat het enige is wat hem echt ter harte gaat. Misschien is een carrière in de kunst te veel gevraagd, maar hij zou toch nog in ieder geval kunnen gaan lesgeven. Dat is iets waar hij echt om geeft. Dit niet. Als hij doorgaat in de makelaarswereld, wordt hij op een ochtend wakker en ziet hij in de spiegel het roze, pafferige gezicht van zijn vader.

'Ach, Ned.'

'Ik verdien er heel veel geld mee,' zegt hij. Hij klinkt geïrriteerd, maar ik ga toch door.

'Het gaat toch niet alleen om geld.'

'Op dit moment wel.'

'We kunnen best een andere manier vinden om aan dat geld te komen. Dat weet ik zeker. Als jij zo'n heel project moet begeleiden, dan weet ik zeker dat je...'

'Duizend per week extra,' zegt Ned. 'Dat is wat ik extra verdien.'

'Luister, ik heb er nog eens over nagedacht...'

Hij zegt niets. Ik vraag me af waar hij nu is. Dat is het rare van mobiele telefoons: je kunt je geen beeld meer vormen van de plek waar iemand is.

'Ik vind dat we het niet moeten doen.'

'Wat?'

'Die school.'

'Ach, kom op, Rach. We hebben toch geen keus?'

Ik hoor muziek op de achtergrond. Een dichtslaande deur.

'Waar zit je nu?'

'In een café in Haverhill.'

Ik heb zin om hier weg te rijden en naar Haverhill te scheuren. Het is maar een kwartiertje rijden. Maar als ik daar ben, is hij vast al weg.

185

'Natuurlijk hebben we wel een keus, Ned. Volgens mij is een onderdeel van het probleem juist dat wij dat vergeten zijn.'

'Ik moet weg,' zegt hij.

'Wacht even, we moeten hier wel even over praten.'

'Niet nu.'

'Wanneer dan wel?'

'Later.'

'Maar wanneer dan?'

Wat heb ik hier toch een hekel aan, om hem als een zeurende ouwe taart vast te moeten pinnen. Ineens voel ik een withete woede in me opkomen. Ik kan mijn eigen beslissingen wel nemen, over Kate, over Josh, en over de rest van mijn leven.

'Vanavond,' zegt hij. 'Ik kom na mijn werk bij je langs.'

Mijn woede smelt meteen weer weg.

'Oké,' zeg ik. 'Dan zie ik je straks wel.'

Ik hang op en stap uit de auto. Dee, die inmiddels achter de toonbank staat, ziet me uitstappen en zwaait naar me. Ik weet zeker dat ze het weet, van Ned en mij. Iedereen weet het. Dat is een van de dingen die ik van de grote stad mis: dat je over straat kunt lopen en vrijwel zeker weet dat er alleen maar vreemden zijn. Het heeft iets comfortabels als niemand weet wie je bent en wat je aan het doen bent.

Ik loop naar Starbucks, op de hoek van de straat. Vijf jaar geleden kon je in dit stadje nergens fatsoenlijk koffiedrinken en als je boodschappen wilde doen, moest je helemaal naar het winkelcentrum aan de rand van de stad. Nu is er een Starbucks, er zijn drie winkels van Gap: Baby Gap, Gap Kids en zelfs een zaak die Gap Body heet. En ik heb gehoord dat er in de gereedschapswinkel van meneer Bagley een Banana Republic komt. Binnenkort hoeven ze alleen nog maar een dak boven het centrum te maken en het is één groot winkelcentrum geworden.

Maggie Conover zit met twee andere moeders aan een tafeltje bij het raam. Als ze me zien, lachen en wuiven ze naar me. Nu kan ik niet meer terug. Ik ga eerst naar de toonbank en bestel een dubbele espresso. Ik ken die andere twee vrouwen niet, maar zij hebben ook een kind bij Josh op de groep. Ik loop naar hun tafeltje en ineens voel ik me alsof ik weer een puber ben en op de middelbare school voor het eerst in de kantine kom. Wat zij in ieder geval over mij weten is het volgende: haar tienerdochter zit op een tuchtschool, haar zoon heeft een paar jaar geleden een nare val gemaakt. Zoontje is een beetje traag, misschien achter in zijn ontwikkeling? Niemand zegt iets. O ja, ze woont gescheiden van haar man. Hij is een Jensen, van dé Jensens. En die man... Dat is nog weer een heel ander verhaal.

Ik glimlach en ga zitten. Ik krijg spierpijn in mijn gezicht van die geforceerde lach.

'Rachel, ken je Patty Baker en Sarah Jane Phillips?'

Iedereen begroet elkaar. De drie vrouwen hebben al een vel papier voor zich op tafel liggen met aantekeningen – aantekeningen! – over het feestje. Sarah Jane is een lange, slanke vrouw die is getrouwd met de plaatselijke oogarts. Patty ziet eruit alsof ze ooit jong en knap was, maar na al die kinderen, een stuk of vier geloof ik, totaal is verlept. Ze heeft een tuinbroek aan met een schaap op haar kontzak. Ik kan er niks aan doen, maar ik vind ze meteen onsympathiek en ik heb het idee dat dat wederzijds is. Hoe zouden ze mij ook aardig kunnen vinden? Ik hou me altijd heel afzijdig van de andere moeders op de crèche, want ik ben veel te bang om me te mengen in de wereld van normale moeders die praten over hun normale kinderen. Soms hoor ik ze wel eens: *Evan vraagt me elke avond minstens tien keer of ik hem* Welterusten Maan *wil voorlezen! Molly kent alle letters van het alfabet al!* Ik begrijp die gesprekken wel: het is geen opschepperij, maar ze zijn gewoon trots op hun kinderen. Maar ik kan er niet aan meedoen, ik kan alleen maar geforceerd glimlachen. Ze willen mijn treurige verhaal toch niet horen: *Josh kijkt soms zo peinzend in de verte, alsof hij er eigenlijk niet bij is, weet je wel? Kijkt Evan ook wel eens zo? Of Molly?*

'We zaten dus te denken,' zegt Maggie terwijl ze op haar papier kijkt, 'aan het thema eendjes.'

'Eendjes,' herhaal ik.

'Baby-eendjes, juffen-eendjes, mamma-eendjes,' zegt Patty. 'Allemaal in een eendjespak.'

'Van die poezelige gele pakken,' zegt Sarah Jane. 'Dat lijkt me zó gezellig.'

Ik knik. Wat moet ik anders? Ik probeer me voor te stellen dat ik Josh in een poezelig, gezellig eendenpak moet hijsen.

'Jij doet toch iets met kunst?' vraagt Maggie.

'Ik ben conservator.'

'Kun je schilderen?'

'Nee, niet zo goed.'

'We dachten aan een achtergrond van een weiland of zo, iets groens met bloemen of zo.'

'En dat zou ik moeten schilderen?' vraag ik.

Ze knikken.

'We hebben het pas in juni of zo nodig, maar ik dacht dat we nu wel vast plannen konden gaan maken,' zegt Maggie.

'Oké,' zeg ik langzaam.

'Fantastisch!'

Voor dit gesprekje, dat we ook in twee minuten op de parkeerplaats van de crèche hadden kunnen voeren, is dus een echte vergadering nodig, compleet met aantekeningen. Ik leun achterover en luister naar wat ze voor de rest van het feest verzinnen. Yoga voor moeder en kind, spelletjes, muziek. *Weten jullie wel hoeveel geluk jullie hebben?* wil ik tegen ze schreeuwen. Ik was vroeger ook niet dankbaar genoeg, dat besef ik nu maar al te goed. *Mijn zoon is op zijn hoofd gevallen en dat was geen speeltuinongelukje. Begrijpen jullie dat?*

Ik drink in twee slokken mijn espresso op en raap mijn tas van de grond.

'Rachel, ga je nu al weg?' vraagt Maggie. Ze houdt haar handen onder haar kin gevouwen en ze kijkt me heel verwachtingsvol aan, alsof ze naar het begin van een spannende film kijkt.

Ik zet mijn tas op schoot, klaar om te vluchten.

'Heb je zin om vanmiddag met Josh naar ons speelgroepje te komen?' vraagt Patty. 'Dat zouden we erg leuk vinden.'

'Nee, sorry, ik moet werken,' zeg ik. 'Maar toch bedankt.'

Ik pak mijn jas van de stoel, neem vlug afscheid en ga ervandoor. Ik tel het aantal stappen tot de deur. Als ik eenmaal buiten ben, loop ik gehaast over de stoep naar mijn auto. Ik wil hier ontzettend graag weg, weg uit deze stad, weg van iedereen die denkt dat hij iets over mij of over mijn leven weet. Ik zag het wel op het gezicht van de andere moeders: ze hadden met me te doen. Ned had gelijk, ze hebben medelijden met me. Daarom hebben ze me gevraagd om mee te doen. *Laten we haar er ook bij betrekken*, kan ik ze bijna horen zeggen. *Misschien kunnen we vragen of ze iets wil schilderen voor het feest.*

Ik haal mijn autosleutels tevoorschijn.

'Rachel?'

Ik draai me om. Dee Dretzin staat in de deuropening van haar winkel, zonder jas. Ze heeft een klein papieren zakje vast.

'Hallo, Dee.'

Ik heb zin om te gaan gillen.

'Kijk, ik heb iets voor je,' zegt ze. 'Het zijn je lievelingsbonbons.'

De tranen springen me in de ogen.

'Ach, dat had je toch niet hoeven doen.'

Ik neem het zakje van haar aan. Ik weet wat erin zit: melkchocolade met karamel, witte chocolade pralines en amandelbonbons.

Ik kan geen woord uitbrengen. Als ik mijn mond opendoe, komt er vast alleen maar gejammer uit. Ik veeg mijn ogen af en schud mijn hoofd, alsof ik daarmee alle woede en verdriet kwijt kan raken.

'Ach, meis toch,' zegt ze. Ik voel een zachte hand op mijn wang. Het is een heel moederlijk en voor mij totaal onbekend gebaar. 'Wil je even binnenkomen?'

Ik ga naar binnen, de winkel in, en leun tegen de glazen winkeldeur. Voordat ik het weet, sta ik te snikken.

'Stil maar.' Ik word getroost door een vrouw die ik nauwelijks ken. 'Wat er ook is, je komt er wel doorheen.' Ze geeft me een paar bemoedigende schouderklopjes door mijn dikke, wollen jas heen.

'Sorry,' snik ik door mijn tranen heen.

'Welnee, je hoeft je niet te verontschuldigen,' zegt ze.

'Maar jij hebt toch ook je eigen problemen.'

'Iedereen heeft zijn eigen problemen,' zegt Dee. 'Maar weet je? Je bent sterker dan je denkt, dat is echt zo.'

IK HEB EEN VRIENDIN NODIG. DAT IS HET ENIGE WAT IK NOG DENK als ik mijn tranen heb gedroogd, vijf bonbons heb opgegeten en weer op weg ben naar huis. Ik heb mezelf de laatste jaren zo geïsoleerd. Dat gebeurt natuurlijk wel vaker als je werkt en druk bent met de kinderen. De rest van de tijd wordt opgeslokt door het heen en weer rijden van de kinderen, boodschappenlijstjes, huishoudelijke taken, belastingen. Toen ik nog studeerde, voordat ik Ned leerde kennen, had ik wel tien vriendinnen. We zaten uren aan de telefoon te kletsen, of we gingen bij elkaar op de koffie en merkten dan dat de uren zomaar voorbijvlogen. Van al die vriendinnen zijn er nog maar drie die ik elk jaar een kerstkaart stuur. En een ervan is natuurlijk Liza.

Ik druk een sneltoets in.

'Met de secretaresse van Liza Mendel.'

Wat heb ik daar toch een hekel aan. Ik vind het niet leuk meer om Liza te bellen omdat ze steeds weer een andere secretaresse heeft die nooit weet wie ik ben.

'Is Liza er?'

'Met wie spreek ik?'

'Rachel Jensen.'

Stilte.

'En weet zij waar u voor belt?'

'Het is persoonlijk. Ik ben een vriendin van haar,' zeg ik, iets te kortaf. Het is niet de schuld van die secretaresse. Wat mij vooral hindert is dat Liza daar veilig weggestopt in haar chique kantoor hoog boven State Street zit, maar dat wil ik liever niet toegeven.

'Momentje alstublieft.'

Ik rij langzaam, met één hand aan het stuur. Ik luister naar een muzakversie van de Sonate in A majeur van Mozart. En als ik langs de supermarkt kom, vraag ik me af of we nog genoeg sojamelk in huis hebben. Dan komt Liza aan de telefoon.

'Hé, schat!'

'Hé, Liz.'

'Hoe gaat-ie?'

Ik kijk op het autoklokje. Het is kwart over tien.

'Heb jij toevallig tijd om met mij te lunchen?' vraag ik.

Liza en ik lunchen nooit samen. Ik vraag het niet, en zij biedt het niet aan. Tijd is geld voor haar. Wat rekent ze nu per uur? Vierhonderd dollar? Vijfhonderd? Bovendien ga ik overdag liever niet naar Boston, tenzij ik daar zelf voor mijn werk moet zijn. Veel te veel verkeer.

'Eens kijken... ik geloof het wel,' zegt Liza. 'Ik was van plan om naar Pilates te gaan, maar...'

'Ik wil je plannen niet in de war sturen.'

'Welnee, het lijkt me juist leuk om je te zien.'

'Weet je het zeker?'

Ik parkeer de auto voor mijn huis. De post is al geweest, want er steekt een dik pak enveloppen en tijdschriften uit de brievenbus.

'Zullen we om twaalf uur afspreken? Dan reserveer ik een tafeltje bij Olive.'

'Dat is wel een beetje chic, Li.'

'We hebben het verdiend, toch? Bovendien is het toch op kosten van de zaak.'

'In dat geval... Goed dan.'

Ik loop haastig naar binnen. Ik heb haast geen tijd meer om iets fatsoenlijks aan te trekken en me een beetje op te knappen. Ik haal een zwarte rok, een zwarte trui, een zwarte panty en zwarte schoenen uit de kast en trek alles aan. Nu zie ik er een beetje uit als een New Yorker, maar dat is altijd nog beter dan een trui met de aardbeienyoghurt van Josh. Je kunt aan alles zien dat ik een moeder ben. De Volvo met een kinderzitje vol sapvlekken, de haastig opgesmeerde lippenstift, de cornflakes die altijd aan me blijven plakken, wat ik ook draag. Als ik me 's avonds uitkleed, vallen er altijd kruimeltjes cornflakes op de grond. Ik ga in mijn la op zoek naar lippenstift, ik doe wat eau de cologne op en ga op weg.

LIZA ZIET ME NIET METEEN ALS IK HET RESTAURANT BINNENKOM. ze geeft net een hand aan een man in een pak. Hij buigt zich een beetje naar haar toe alsof ze een magneet is. Liza praat altijd vrij zacht, zodat je wat dichterbij moet komen om haar te verstaan.

De gerant brengt me naar het tafeltje.

'Daar is ze!' Liza strekt haar armen naar me uit en ik geef haar een kus. Ik heb even het rare gevoel dat ik een kind ben. Liza is een jaar jonger dan ik, maar ze geeft me altijd het idee dat ik de jongste ben. Ze drukt haar wang tegen de mijne, eerst aan de ene kant en dan aan de andere.

Ik ga aan het tafeltje zitten.

'Nou,' zeg ik. 'Wat leuk om je weer eens te zien.'

'Vind ik ook!'

'Je ziet er geweldig uit,' zeg ik.

'Dank je.'

Ze bekijkt me eens goed, alsof ik een schilderij in een museum ben, of een meubelstuk dat ze overweegt aan te schaffen. Ik kan daar wel tegen. Liza bekijkt me altijd zo nauwkeurig, dat was vroeger ook al zo. Ik vind het niet erg omdat ik wil weten wat ze ziet.

'En jij ziet er waardeloos uit.'

Ik knik en glimlach. 'Dank je. Vooral niet diplomatiek zijn.'

Ze neemt een slokje water, leunt achterover in haar stoel en doet haar armen over elkaar. Dat is haar advocatenpose.

'Het is waar.'

'Ik heb een rotochtend gehad.'

'Je hebt een paar rotjaren gehad, lieverd.'

Ik bijt een stukje van een broodstengel af.

'Wat was er vanmorgen dan?'

'Ik heb koffiegedronken met de Hawthorne Mammies.'

'Wat klinkt dat eng.'

'Ja, lach maar. Het was echt vreselijk.'

'Ik snap ook niet waarom jij in dat gat blijft wonen.'

Ik zucht eens diep. Daar gaan we weer. Het vijfstappenplan van Liza Mendel voor een nieuw leven.

'Waar zou ik dan heen moeten?'

'Naar Boston. Of terug naar New York. Jij hoort in de grote stad thuis. Je bent daar alleen maar gaan wonen voor Ned. Zelf zou je dat nooit hebben gedaan, en dat weet je best.'

'Nee, maar ik zit daar nu vast. Ik kan echt niet zomaar weg.'

'Natuurlijk wel! Ik zou niet weten waarom niet.'

Het kwam gewoon niet in Liza's hoofd op dat er misschien financiële redenen waren waarom Ned en ik al die tijd in Hawthorne waren blijven wonen. Dat wij door de nabijheid van Arthur en Jane en de korting die we op het schoolgeld kregen veel goedkoper uit waren dan ergens anders.

'We kunnen het gewoon niet betalen.'

'Dat is onzin. Als je zo redeneert, wordt het een self-fulfilling prophecy. Toen Tommy en ik net begonnen, leefden we ook heel erg boven onze stand. We deden alsof we heel succesvol waren, en toen werden we dat ook echt. Je moet natuurlijk wel in jezelf geloven en iets durven ondernemen. Je moet doen alsof, dat leer je ook altijd in die zelfhulpcursussen, weet je wel?'

Dit zegt ze allemaal in één adem en daarna doet ze de menukaart open alsof het onderwerp hiermee is afgesloten.

'De tonijntartaar is hier heel lekker.'

'Liza?'

Ze kijkt me over de rand van de menukaart aan.

'Je snapt er verdomme geen zak van.'

Haar perfecte wenkbrauwen schieten omhoog.

'Waar heb je het over?'

'Je snapt gewoon niet wat er met mij aan de hand is,' zeg ik. Mijn gezicht begint te gloeien. 'Mijn leven is op het moment...'

'Ssst. Praat eens wat zachter.'

Ik probeer mezelf onder controle te houden. Het is niets voor mij om in het openbaar te huilen. Om mijn stem te verheffen in een restaurant. Maar toch doe ik het nu allebei tegelijk.

Ik haal diep adem en probeer rustig te blijven. 'Mijn leven is niet meer zo elastisch en flexibel als vroeger. Ik ben geen vijfentwintig meer. Ik heb twee zieke kinderen. Ik weet niet hoe het verder zal gaan met ze, maar...'

'Wacht eens even, wat is er dan met Joshie?'

Ik heb dit nog nooit hardop gezegd. Ik heb er eindeloos over nagedacht, ik heb me ontzettend veel zorgen gemaakt, maar ik heb er nog nooit met iemand over gesproken.

'Hij praat nauwelijks. Hij is al twee jaar, maar hij zegt nauwelijks een woord.'

'Ach, lieverd, Einstein...'

'Weet ik, weet ik. Einstein ging pas praten toen hij drie jaar was. Maar Einstein is niet als baby van de trap gevallen en op zijn hoofd terechtgekomen.'

'Wat zeggen de artsen daarover?'

'Dat ik me geen zorgen moet maken.'

'Nou dan, zij zijn toch de deskundigen!'

'Ja, maar hij is míjn kind, Liza. Hoe zou jij het vinden als Sophie...'

Ze reikt over het tafeltje en pakt mijn hand vast, waarbij ze bijna het vaasje bloemen omvergooit.

'Het spijt me. Ik ben een ongevoelige trut.'

'Inderdaad.'

We beginnen allebei te lachen.

'Ik ben met Ned naar bed geweest,' zeg ik.

'Wát?' Ze begint bijna te gillen.

'Sssttt,' zeg ik.

'Maar hoe dan?'

'Nou, we deden onze kleren uit en toen...'

'Hou op, zeg! Ik bedoel hoe het kwam. En wat nu?'

'Ik weet het niet. Het is twee weken geleden gebeurd en sindsdien hebben we elkaar niet meer gezien.'

'Denk je dat het weer goedkomt?'

'Ik hoop het wel.' Ik haal mijn schouders op. 'Hij is nu aan zet.'

'Wat fantastisch, Rachel!'

'Ja. Ik ben met mijn echtgenoot naar bed geweest. Spannend, hè?'

'Natuurlijk wel!'

Er staat ineens een ober bij ons tafeltje. Liza bestelt de tonijn-tartaar voor ons allebei.

'Wil je een glas wijn? Dat kan ik wel gebruiken, geloof ik.'

'Nee, dank je. Ik moet nog rijden.'

'Goh.' Liza leunt achterover en doet haar armen weer over el-kaar. 'En hoe gaat het met Kate?'

'Slecht. Nog slechter dan toen ze net op Stone Mountain zat. Ik heb het gevoel dat we haar weer naar huis moeten halen.'

Misschien is dat wel waarom ik Liza wilde zien, waarom ik met een vriendin wilde praten. Er zijn veel dingen in mijn leven die ik niet in de hand heb, maar dit wel: hoe het nu verder moet met Kate.

'Wat zeggen ze op school?'

'Ze willen haar nog meer beveiligen en nog meer therapie ge-ven. Het wordt een stuk duurder en...'

'Als geld het probleem is...'

'Nee, dat is het niet. Ik weet gewoon niet of we er wel goed aan doen.'

De ober brengt Liza een glas wijn. Ze draait met het glas, ruikt aan de wijn, en neemt een slok.

'Wat vindt Ned ervan?'

Ik zucht.

'Ik geloof dat hij het ook niet weet. Hij vindt het net zo moei-lijk als ik, maar hij denkt...'

De ober komt met twee borden met daarop een rozig bergje rauwe tonijn.

'Hij denkt dat ze beter daar kan blijven. Dat we thuis niet voor haar veiligheid kunnen instaan.'

'Als dat zo is, dan hebben jullie geen keus,' zegt Liza. Ze spren-kelt wat citroen over de vis. Ik heb absoluut geen trek meer.

Ze legt haar vork neer en kijkt me aan.

'Ik weet het ook niet,' zegt ze. 'Ik vind het zo erg, Rachel. Hadden wij maar nooit...'

'Hou op, dat moet je niet zeggen.'

'Dat weet ik wel, maar toch is het zo. Wij hebben jullie naar Zelman gestuurd. Misschien was het wel heel anders gelopen als we...'

'Achteraf is het altijd gemakkelijk praten,' zeg ik. Maar ik weet dat ze gelijk heeft. Als Liza dokter Zelman niet had aangeraden, was deze nachtmerrie ons misschien bespaard gebleven. Maar dat zullen we nooit weten. Misschien moest dit allemaal wel gebeuren. Misschien was het ons karma, of het lot.

'Wij hebben jullie ook nog mee uit eten genomen, die avond. En ik weet dat jij eigenlijk niet wilde. Je wilde haar liever niet achterlaten bij...'

Liza neemt een grote slok wijn.

'Ik begrijp eigenlijk niet dat je mij nog wilt zien.'

In al die tijd dat ik Liza ken, heb ik nog nooit meegemaakt dat ze aan zichzelf twijfelde of zichzelf met zulke gedachten kwelde. Maar nu zit ze tegenover me te huilen, in het openbaar, in het volle zicht van haar collega's die ook in het restaurant zitten.

'Het is jouw schuld niet,' zeg ik. Ik pak haar hand even vast.

'Weet je wat ik denk?' Ze dept haar tranen weg. 'Of je Kate nu wel of niet weer naar huis haalt, ik denk dat ze in ieder geval moet weten dat je van haar houdt.'

'Ze weet dat wij van haar houden,' zeg ik zacht.

'Maar weet ze ook dat je het haar vergeeft?'

Ik zeg niets.

'Is dat eigenlijk wel zo? Heb je het haar wel vergeven?'

Nu zit ik gevangen. Ik ben in de val gelokt door mijn oudste en beste vriendin en ik moet antwoord geven op een vraag die ik mezelf niet eens durf te stellen.

'Dat weet ik niet,' zeg ik. 'Dat weet ik echt niet, Liza.'

9

TIJDENS DE KERSTDAGEN DIE WE DOORBRACHTEN IN HET MOUNT
Sinai Hospital lag er een dun laagje sneeuw over New York. We
bleven vier dagen in het ziekenhuis, waar de bloeding in het hoofdje van Josh in de gaten werd gehouden. Ned en ik ijsbeerden door
de gangen van de kinderafdeling, en we voerden privé-onder-
handelingen met elke god die we daarvoor konden strikken. Als
ik mijn ogen sloot, zag ik alleen maar het tere, beschadigde weefsel in het hoofdje van Josh.

De afdeling was versierd met papieren kerstbomen en chanoe-
kadreidels en op de balie van de verpleegsters stond een rij waxi-
nelichtjes. Ik kroop samen met Josh in zijn bed, heel voorzichtig
zodat de kleine infuusnaald in zijn arm niet losraakte. Ik ging in
de foetushouding liggen en legde hem lekker tegen me aan. Om
het uur kwam er een verpleegkundige die zijn oogleden open-
hield om te kijken of zijn pupillen wel wijder werden. Terwijl ik
bij Josh was, stond Ned de helft van de tijd buiten het ziekenhuis
met zijn mobiel te bellen, tussen de winkelende mensen die met
hun kerstcadeautjes op weg waren naar huis. Hij belde iedereen
die we kenden om uit te zoeken wie de allerbeste kinderneuroloog in het land was.

'Volgens mij zijn we hier wel in goede handen,' fluisterde ik tegen hem. We waren tenslotte in een van de beste academische ziekenhuizen van New York.

'Ik wil het zeker weten,' zei hij. Zijn haar zat in de war en hij
had een baard van drie dagen. Hij leek wel een gestoorde daklo-
ze.

'Maar ik denk echt...'

'Hou op, Rach. Ik wil dit gewoon doen, oké?'

Ik begreep het wel. Ned probeerde wanhopig om zelf ook nog iets in de hand te houden. Ik probeerde dat zelf ook, maar dan op een andere manier. Soms deed ik om een uur of drie 's nachts mijn ogen open en keek ik in het griezelige duister naar Josh die tegen me aan lag te slapen. Ik lag vlak naast hem en ik probeerde naar hem te blijven kijken zonder met mijn ogen te knipperen. Ik mocht niet in slaap vallen. Ik had het rare idee dat ik hem zou kunnen redden als ik maar naar hem bleef kijken. Dat de dam in zijn hoofdje het dan niet zou begeven, dat het weefsel zou genezen in plaats van doorbreken.

Pas de ochtend na het ongeluk ging ik voor het eerst de IC af om beneden in het restaurant iets te eten. Liza stond voor een koffieautomaat met een plastic bekertje koffie in haar hand.

Ze greep me bij mijn arm.

'Hoe gaat het?' vroeg ze.

'We weten nog niks,' zei ik.

'Maar het komt toch wel goed?'

'Dat weten we nog niet,' herhaalde ik. Toen barstte ik in huilen uit. Ik wilde haar zó graag een ander antwoord geven, een ander bericht. *Het was echt kantje boord*, wilde ik zeggen, *maar nu gaat het uitstekend.* Ze pakte me vast en drukte me tegen zich aan. Ik voelde haar hart kloppen. Zij waren hier ook de hele nacht geweest, Tommy en Liza, in de wachtkamer van de IC. Om een uur of drie 's ochtends had Tommy Phyllis naar huis laten brengen door zijn chauffeur.

Liza pakte me bij mijn arm en liep met me het restaurant uit.

'Laten we even een luchtje scheppen en ergens echte koffie gaan drinken,' zei ze. Ik wist dat dat het enige was wat ze kon: kleine dingetjes organiseren. Ze haalde een zonnebril uit haar tasje en bedekte haar rode ogen. In het vroege ochtendlicht zag ze er uitgeput uit. Haar zwarte pak dat er de vorige avond nog zo oogverblindend uitzag, had nu iets begrafenisachtigs. Ik wilde haar dat jasje het liefst van het lijf rukken. *Wat doen we hier?* wilde ik schreeuwen.

'Luister,' zei ze terwijl ze met me naar een croissanterie aan

Madison liep. 'Ik vind dat Tommy en ik Kate mee naar huis moeten nemen. Ze hoort hier niet.'

'Ik weet het niet, Liza. Dan is ze zo ver bij me vandaan.'

'Maar het is nog maar een kind! Het is allemaal wel erg veel voor haar. Ik vind dat ze hier niet aan moet worden blootgesteld. Ze is bang, ze is in de war...'

Ik vroeg me af wat Liza precies wist. Kate was weggevlucht uit de IC toen Ned haar door elkaar had geschud. Ze was huilend langs Tommy en Liza gerend. Wat had ze tegen hen gezegd?

'Tommy en ik kunnen haar terugbrengen naar Hawthorne en daar bij haar blijven.'

'En Sophie dan? En je werk?'

'Sophie logeert bij haar vriendin in Newton. En ik hoef pas maandag weer naar kantoor.'

We liepen door 98th Street met een beker koffie in de hand. Iedereen in de buurt leek op weg te zijn naar het ziekenhuis. Artsen met groene kleren aan, verpleegkundigen in het wit. Een hoogzwangere vrouw die ondersteund werd door een magere man. Een oude vrouw in een rolstoel die werd geduwd door een verzorgster.

'Je bent een goeie vriendin, Liza,' zei ik. 'Ik zal het met Ned overleggen.'

Liza wierp me een snelle, steelse blik toe toen ik Ned noemde. In die blik zag ik meteen dat Kate haar had verteld over het incident op de IC.

'Dan kan ze ook meteen weer naar Zelman,' zei ze. 'Ik denk dat dat heel belangrijk is, zeker nu.'

Ik was zó moe dat mijn botten zeer deden. Ik vond het heel moeilijk om me op Kate te concentreren, want ik werd volledig in beslag genomen door mijn zorgen om Josh.

ONZE VRAGEN OVER DE LANGETERMIJNEFFECTEN VAN DE VAL VAN Josh waren nog niet beantwoord toen we hem de dag na Kerstmis eindelijk uit het ziekenhuis mee mochten nemen naar huis.

Het directe gevaar was godzijdank voorbij (en ik bedankte God daar echt voor, want ik had in het ziekenhuis een even plotseling als tijdelijk geloof gekregen), maar de artsen konden ons niet vertellen hoe het verder zou gaan. We wilden het liefste horen dat er helemaal niets met Josh aan de hand was, maar er was niemand die dat zei. We kunnen er niets over zeggen, zeiden ze, met hun handpalmen omhoog en met een gezicht alsof we blij moesten zijn met wat ze voor ons hadden gedaan. Daar waren we ook wel blij mee, maar we waren tegelijkertijd ook erg bang. Hoe konden we nu leven met deze onzekerheid? *Jullie hebben geen idee hoeveel geluk jullie hebben gehad*, had de behandelend arts gezegd. Ik had zin om hem een dreun te geven. Hij had de zachte kin en de glanzende ogen van een verwend en vertroeteld kind. Wat had hij nou ooit in zijn leven meegemaakt?

Geluk, geluk. Ik pakte een rompertje en het fleece skipak uit de tas met spullen die Ned bij Phyllis had opgehaald en begon Josh aan te kleden. Ik probeerde me te concentreren op wat ik deed, maar steeds moest ik weer kijken naar die enorme bult op zijn hoofd, dat blauwgroene gezwel dat op zijn perfecte voorhoofdje zat. Voorzichtig zette ik hem een gebreid mutsje op. Hij grijnsde naar me, met dat mondje met die twee parelwitte tandjes.

'Mamma houdt van je,' kirde ik. 'Mamma houdt van Joshie.'

'Hebben we alles?' vroeg Ned. Hij keek om zich heen. We waren de afgelopen vier dagen nauwelijks van de kinderafdeling af geweest. We hadden er gegeten, geslapen, en mijn moeder had ons er schone kleren gebracht. Ik keek nog even rond in de kamer, alsof het een hotelkamer was waar we weggingen.

Ik tilde Josh op en hield hem dicht tegen me aan terwijl we door de gang naar de lift liepen. Met elke stap kwamen we dichter bij de gewone wereld. De schuifdeuren gingen open en zoals afgesproken stond Phyllis vlak bij de uitgang op ons te wachten in onze Volvo. Ze had ons ervan overtuigd dat ze best met onze auto dwars door de stad naar het ziekenhuis kon rijden, en dat was klaarblijkelijk gelukt. Ik moest toegeven dat ze zich kranig had gehouden de afgelopen dagen. Na de hysterische reactie van de eerste avond was ze een stuk rustiger geworden en leek ze te begrijpen dat zij niet in het middelpunt stond van deze toestand.

'Ik heb wat broodjes voor jullie meegenomen,' zei ze. 'Voor onderweg.'

'Bedankt, mam,' zei ik. Ik deed de deur open en zette Josh in het autostoeltje.

'Roggebrood met pastrami, van Barney Greengrass,' zei ze.

'Mijn lievelingsbroodjes,' zei Ned.

'Bellen jullie even als jullie er zijn?' vroeg Phyllis. 'Anders maak ik me zorgen.'

Ned en ik omhelsden haar en keken toe terwijl ze zich over Josh boog en hem een kus op zijn hoofdje gaf, naast zijn bult.

'Lieve *kepelah*,' mompelde ze. Toen ze weer rechtop ging staan, had ze tranen in haar ogen.

Toen we wegreden, keek ik nog even om. Phyllis stond op de hoek van Fifth Avenue en 96th Street en wuifde ons na.

'Nou, ze leek wel een echt mens,' zei Ned.

'Ja, hè? Vond ik ook.'

Ned reed in de richting van de FDR Drive. Hij reed voorzichtiger dan anders. Daar gingen we, op weg naar huis met achter in de auto ons slapende kindje. Ik pakte Neds hand.

'Zal het goed komen?' vroeg ik.

'Met ons bedoel je?' Hij kneep even in mijn hand. 'Natuurlijk komt het goed!'

'En met Katie?'

Ned liet mijn hand los en schakelde terug toen we de FDR Drive naderden.

'Op een dag lijkt dit allemaal alleen maar een boze droom,' zei hij.

Ik slikte de vraag in die ik hem wilde stellen. *Hoe weet je dat nou? Daar kun je toch helemaal niets over zeggen?* Het had geen zin om al mijn twijfels en angsten te uiten. Hij zou er alleen maar een rotgevoel van krijgen. In ons huwelijk was hij altijd de optimist en ik de pessimist. We hielden elkaar altijd goed in evenwicht, maar zoiets hadden we natuurlijk nog nooit meegemaakt. Mijn hele leven al was ik op mijn hoede voor allerlei rampen en ik wist nu dat dat een soort bijgeloof was. Als ik me maar genoeg zorgen maakte, zouden die zorgen ons wel beschermen. Maar al die jaren van zorgen hadden me niet geholpen. Ik keek naar Joshua, die vredig lag te slapen met zijn hoofdje opzij. Het moest goedkomen met hem. Dat moest.

Ik dacht aan thuis. Over vijf uren waren we er, als er tenminste niet te veel verkeer was. Het was een goeie timing. Aan het begin van de middag zou Liza met Kate naar Boston gaan voor een spoedafspraak met dokter Zelman. Als wij thuiskwamen, zouden we dus nog even rustig de tijd hebben om Josh te verzorgen en in zijn bedje te leggen, onze tassen uit te pakken en wat eten te maken. Als ik iets lekkers op het vuur had staan en een paar wassen zou draaien, zou alles misschien weer veilig en gewoon zijn, in ieder geval gewoon genoeg.

Ik keek bijna voortdurend naar Josh. Hij bleef maar slapen, helemaal tot Stamford, New Haven, Hartford. Ik keek naar zijn rustig bewegende borst. Ik kreeg steeds meer het verlangen om hem wakker te maken.

'Denk je dat het wel goed is dat hij zo lang slaapt?' vroeg ik aan Ned.

'Als dat niet zo was, zouden ze hem vast niet hebben laten gaan,' zei Ned.

'Jij hebt veel meer vertrouwen in die artsen dan ik.'

'Wat moet ik anders?'

We zwegen. Vertrouwen hebben in mensen was nooit mijn sterkste punt geweest. Ik was achterdochtig, cynisch, ik vroeg me altijd af of mensen misschien verborgen motieven hadden, of geheime agenda's. Ik had eigenlijk alleen echt vertrouwen in Ned en in het wereldje dat we hadden gecreëerd.

'Ik heb trouwens een afspraak gemaakt met dokter Kaufman in het kinderziekenhuis in Boston,' zei Ned. 'Hij schijnt de allerbeste kinderneuroloog van de stad te zijn.'

'Voor wanneer?'

'Volgende week maandag.'

'Waarom dan pas?'

'Omdat je niet zomaar een neuroloog kunt bellen en zeggen dat je de volgende dag langs wilt komen.'

'Oké, oké, het was maar een vraag, hoor.'

'Bovendien kan hij nu toch niets doen. We moeten gewoon afwachten, dat zei hij zelf tegen me toen ik hem belde.'

'Heb je hem dan gesproken?'

'Ja, een paar keer zelfs.'

'Waarom heb je me dat niet verteld?'

'Ik wilde daar niet over beginnen toen we nog in het Sinai waren. Die artsen vinden het nooit prettig als ze merken dat je een second opinion wilt vragen.'

Hij had gelijk. Zoals gewoonlijk wist Ned veel beter hoe je dit soort dingen het beste kon aanpakken, en wat je beter wel en juist niet kon zeggen. Ik was altijd veel stekeliger. Zelfs als ik juist heel aardig probeerde te zijn, klonk ik vaak veel norser dan ik wilde.

Ik streelde hem over zijn nek.

'Sorry.'

'Hoezo?'

'Ik weet wel dat ik een beetje korzelig doe.'

'Ik toch ook? Dat komt gewoon door alle stress.'

'Je bent de allerliefste man van de hele wereld.'

Hij lachte. De eerste lach die ik in vier dagen op zijn gezicht had gezien.

'Probeer je maar een beetje te ontspannen nu Josh nog slaapt,' zei hij. Hij zette een klassieke zender op en er klonk een mooie, rustige prelude van Chopin door de auto. Ik deed mijn ogen dicht en ik voelde dat ik inderdaad wat tot rust kwam.

Toen ik een tijd later wakker werd, waren we nog steeds op de snelweg, maar we stonden stil. Ik keek gedesoriënteerd om me heen.

'Waar zijn we?'

'Bij Massachusetts, vlakbij de tolpoorten,' zei Ned. 'Ik geloof dat er verderop een ongeluk is gebeurd of zo.'

'Fantastisch. Precies wat we nodig hebben.'

Josh bewoog in zijn stoeltje en begon te huilen.

Ned keek me aan. 'Die is wakker.' Ik draaide me om.

'Hallo, Joshie,' zei ik zacht. 'Hallo, lieve kerel van me.'

Josh kneep zijn oogjes stijf dicht en zijn gezicht werd rood.

'O jee,' zei ik.

'Wat is er?'

'Hij zit te poepen.'

'Als we voorbij de tolpoort zijn, zal ik even stoppen bij een benzinepomp, dan kun je hem verschonen.'

Maar de tolpoort was nog niet eens in zicht en we stonden nog steeds stil. Waarschijnlijk duurde het nog minstens een halfuur. Josh begon te huilen, zoals hij altijd deed als hij een vieze luier had. Ik kreeg een lichte vorm van moederpaniek, zo'n gevoel dat Ned niet scheen te kennen. Ik kon het niet verdragen als Josh huilde. Het geluid ging dwars door me heen en ik had er alles voor over om het te laten ophouden. Ik voelde een bijna fysieke behoefte om hem te troosten.

'Wat doe je nou?'

'Wat denk je?'

Ik was bezig om tussen de twee voorstoelen door naar achteren te kruipen.

'Je kunt hem toch niet in de auto verschonen?'

'Waarom niet? We staan toch stil?'

'Rachel, je kunt hem niet in de auto verschonen en je kunt ook niet uitstappen tot we ergens aan de kant staan.'

Josh begon nog harder te huilen.

'Oké, dan laat ik hem wel gillen tot hij begint te spugen.'

'Doe niet zo boos tegen me.'

'Ik ben niet boos.'

De file begon weer langzaam in beweging te komen. In de verte zag ik de zwaailichten van een sleepwagen.

'Nou, dat viel wel mee.'

Josh bleef maar huilen. Hij keek me aan alsof hij wilde vragen: *Waarom krijg ik geen schone luier?* Ik kon het hem niet uitleggen.

Geen wonder dat kinderen hun ouders gaan haten. Ned stopte bij de eerste parkeerplaats die we tegenkwamen. Ik stapte uit, haalde Josh uit zijn zitje en begon hem op schoot te verschonen. Het kon me niet schelen of ik poep op mijn kleren kreeg, ik wilde alleen maar dat het gehuil zou ophouden. Zijn beentjes trappelden in de lucht en hij was met opengesperde mond aan het krijsen.

'Ssst,' siste ik. 'Bijna klaar.'

Hij gooide zijn hoofd naar achteren en kwam bijna tegen de zijkant van de deur aan.

'Joshie, niet doen!' zei ik geschrokken, waar hij natuurlijk nog harder van moest huilen.

Ik maakte de luier vast en zette hem weer in zijn stoeltje. Ik voelde de tranen achter mijn ogen prikken en ik begon bijna zelf te huilen. Wanneer was alles toch ineens zo moeilijk geworden?

TOEN WE EINDELIJK THUIS WAREN, HADDEN WE ZEVEN UUR IN DE auto gezeten en was het halverwege de middag. Ik zag Tommy's auto aan de overkant van de straat geparkeerd staan. Verdomme. Liza was dus al terug met Kate. Ik probeerde een paar keer diep adem te halen en de zorgen en angsten uit mijn hoofd te verdrijven.

'Ga jij maar met Josh naar binnen, dan neem ik alles wel mee,' zei Ned.

Ik liep met Josh in mijn armen naar de voordeur. Wat voelde het vreemd om weer thuis te komen. Alles leek zo anders, maar toch waren we nu weer in ons eigen vertrouwde huis, met de krakende voordeur en de post van de afgelopen week in een keurig stapeltje op het haltafeltje, wat ongetwijfeld het werk was van Liza.

'Hallo?' riep ik. 'Is er iemand thuis?'

Ik zette Josh op mijn heup en keek even in het stapeltje post. Het waren vooral rekeningen. Een paar aanmaningen. En reclame, eindeloos veel reclame. Folders voor babykleding, tienerkleding, catalogi vol huishoudelijke apparaten en nep-Provençaals servies, en de catalogus van Martha Stewart, die ik altijd heel graag bekeek. Ik had er nog nooit iets uit besteld, maar ik had het idee dat ik dat misschien later nog wel eens zou kunnen doen: lintenbakjes, taartversieringen, koekvormpjes van boompjes en vogels. Er moesten vrouwen bestaan die al die huiselijke spulletjes kochten en ook echt gebruikten. Ik wilde ook wel eens tot mijn ellebogen in het bloem en de suiker zitten en nergens anders aan hoeven te denken dan de perfecte koekjes.

'Hallo?' riep ik nog eens. 'Katie? Liza?'

Ik had de voordeur opengelaten voor Ned, en ik zag hem in zijn groene jack en met zijn skimuts op zijn hoofd kalmpjes aan de auto uitpakken. Hij had geen haast om naar binnen te gaan.

'Kom, dan gaan we vast naar boven,' zei ik tegen Josh.

Elke traptrede kraakte toen ik naar boven liep. We moesten de trap nodig repareren: dat stond al tien jaar op onze klussenlijst, maar het was er nog nooit van gekomen. Het rook anders in huis dan anders. Ik probeerde te bedenken hoe dat kwam, en ik kwam tot de conclusie dat het naar niets rook. Er was een tijd geen eten gekookt in huis. Waarschijnlijk waren Tommy en Liza elke dag met Kate uit eten geweest en hadden ze zelfs geen ontbijt gemaakt.

Ik liep door de gang naar de kamer van Josh. Het was fijn om weer thuis te zijn. Misschien waren Kate en Liza een eindje gaan wandelen of zoiets. Ik zette Josh op zijn commode en trok zijn skipak uit. Hij had het waarschijnlijk veel te warm gehad in de auto, misschien had hij daarom wel zo lang geslapen. Hij kreunde een beetje toen ik hem zijn mutsje afzette en ik vroeg me af of hij misschien pijn had. Het moeilijkste vond ik bijna nog wel dat hij dat helemaal niet kon vertellen. Ik tilde het verband een beetje op en keek naar de bult.

'Arme, arme lieverd van me,' zei ik, en ik boog me voorover om er een voorzichtig kusje op te geven. Op dat moment viel er een schaduw over de commode. Ik draaide me om. Liza stond in de deuropening.

'Hé!' zei ik. 'Ik dacht dat jullie weg waren!'

Ze liep de kamer in en ging naast me staan. Ze had mijn kleren aan: een oude roze coltrui en een vervaalde spijkerbroek die maar tot haar enkels kwam. Ze had haar gezicht niet opgemaakt, haar ogen waren dik en rood en ze had zo te zien in geen dagen haar haar gewassen. Ik had Liza in al die tijd dat ik haar kende nog nooit zo gezien. Als ze ziek was, als ze ruzie had met Tommy, zelfs als er iemand in haar familie was overleden: het lukte haar altijd weer om eruit te zien alsof ze zo uit een modetijdschrift was weggelopen.

'Jezus, Liza, wat is er aan de hand?' vroeg ik. Ze zei geen woord maar stond alleen maar wat op haar benen te wiebelen.

'Is er iets?' vroeg ik weer.

Ze streelde Josh over zijn hoofdje. Ik zag dat er een traan over haar wang rolde.

'Liza, wat is er nou, verdomme?'

Eindelijk keek ze me aan.

'Er is toch niks met Kate? Vertel op, waar is Kate?'

Ze schudde haar hoofd. 'Ze is op haar kamer. Nee, er is niks, tenminste... Ga maar even met haar praten.'

'Li, kom op zeg! Ik heb zeven uur in de auto gezeten en ik ben ontzettend bezorgd om Josh. Doe nou niet zo geheimzinnig en vertel gewoon wat er aan de hand is.'

Ik hoorde dat Ned beneden de laatste tassen in de gang zette en de deur achter zich dichttrok.

'Het is echt verschrikkelijk,' fluisterde Liza. 'Echt afschuwelijk. Ik vind het allemaal zo erg, Rachel.'

'Wat dan? Waar heb je het toch over, zeg nou alsjeblíeft wat er aan de hand is!'

'Ik weet wel dat het niet waar is,' zei ze. 'Maar er komen vast allerlei problemen van en ik weet gewoon niet...'

Ik gaf Josh aan Liza en liep naar de deur. 'Ik weet echt niet waar je het over hebt, maar je maakt me ontzettend bang,' zei ik.

Ik liep door de gang naar de kamer van Kate. Mijn knieën waren slap. Meestal hoorde ik wel muziek uit Kate's kamer komen, maar vandaag was het doodstil. De deur stond op een kiertje.

'Kate?' Ik duwde de deur open. Ik wilde niet zomaar komen binnenvallen. 'Katie?'

Ik zag dat ze op haar bed lag, met haar gezicht naar de muur. Er hing nog een poster van Babar naast haar bed die we daar een keer hadden opgehangen toen ze nog maar heel klein was. Tussen de lijst waren allerlei foto's gestoken: Ned en Kate in een avonturenpark, Kate en Sophie Mendel in een bikini op het strand. Haar haar lag uitgewaaierd op haar kussen. Ze had blote voeten en haar knieën waren opgetrokken tot haar kin.

Ik liep de kamer binnen en ging aan het voeteneinde van haar bed staan. Ze had haar ogen dicht en ze lag te snikken.

'O, lieve schat van me,' zei ik terwijl ik naast haar ging zitten. 'Lieve, lieve meid van me.'

Ze begon nog harder te huilen. Ik ging achter haar op het bed liggen, sloeg mijn armen om haar heen en hield haar vast.

'Nee-e-e!' jammerde ze.

'Ze hebben gezegd dat het helemaal in orde komt met Josh,' zei ik.

Ik had het idee dat ik het in deze omstandigheden best wat rooskleuriger kon voorstellen dan het in werkelijkheid was. Kate voelde zich natuurlijk heel erg schuldig over wat er was gebeurd en ik wilde haar het gevoel geven dat het niet haar fout was. Het was een ongeluk. Het had iedereen kunnen overkomen.

'We zijn nu allemaal weer thuis. Het was naar, maar het is nu voorbij, stil nou maar,' fluisterde ik in haar oor. 'Stil maar, Katie, stil maar.'

Maar ze bleef maar huilen. Ik had nog nooit meegemaakt dat ze zó hard moest huilen, zelfs niet in het ziekenhuis. Ik pakte haar haren vast en begon het zachtjes met mijn vingers te kammen, iets wat ik vroeger wel eens deed om haar te troosten. Maar ze duwde me weg.

'Kate, je moet je moeder vertellen wat er aan de hand is.' Liza was de kamer binnengekomen en ze stond achter ons, met Josh in haar armen.

'Ga weg,' zei Kate gesmoord.

'Ik ga niet weg,' zei Liza. 'Kate, ik vind dat je je moeder moet vertellen wat je ook aan dokter Zelman hebt verteld.'

Kate ging op haar buik liggen en verborg haar gezicht in het kussen.

'Wil je me iets vertellen?' vroeg ik.

'Ga weg!' snikte ze.

Ik keek omhoog naar Liza. Ik begreep er helemaal niets van. Meestal had ik wel een idee wat er aan de hand was: ik zette me schrap tegen allerlei rampen die ons misschien zouden kunnen overkomen. Zelfs de val van Joshie was iets waar ik eigenlijk al een beetje op was voorbereid. Ik wist dat baby's konden vallen. Of stikken. Of zomaar doodgingen in hun wiegje. Dat wist ik allemaal. Maar ik had geen idee wat er met Kate aan de hand was. En waarom had Liza het ineens over dokter Zelman? Wat had hij hiermee te maken?

Beneden hoorde ik Ned fluiten. Het was een gewoonte van hem, iets wat hij zelf niet eens in de gaten had. Ik hoorde dat hij van de woonkamer naar de keuken liep en daar de babyspullen begon uit te pakken die we hadden meegenomen: flesjes, de borstkolf, biologische pap.

'Als jij het niet aan je moeder vertelt, doe ik het,' zei Liza. Ze zei het op een advocatentoontje: formeel en strak.

'Donder op,' zei Kate. 'Het gaat jou niks aan.'

Liza haalde diep adem.

'Goed dan,' zei ze langzaam. Ze haalde nog een keer diep adem en begon snel te praten, alsof ze het eruit wilde gooien. 'Gisteren heeft Kate aan dokter Zelman verteld dat haar vader...' Ze zweeg. 'Jezus, ik kan het gewoon niet over mijn lippen krijgen.'

'Wat, Liza? Waar heb je het over?'

'Dat Ned haar seksueel heeft misbruikt,' zei ze.

De woorden tolden door mijn hoofd. Kate's vader. Ned? Ik lag naast Kate op het bed. Haar lichaam lag nu doodstil, alsof ze een dier was dat zich gedeisd probeerde te houden.

'Kate?'

Ze bewoog niet.

'Kate? Dat is echt het belachelijkste verhaal dat ik ooit heb gehoord,' zei ik zacht. Er is een bepaald punt waarop iets te ver gaat. En dat punt was nu bereikt. 'Kijk me aan,' zei ik.

Toen ze zich niet bewoog, trok ik haar aan haar schouders. 'Raak me niet aan!'

'Wat? Wat is dit, Kate? Heb je zoiets ergens gelezen? Of bij Oprah gezien? Hoe kom je hier in godsnaam bij?'

Kate's gezicht was rood en haar ogen waren opgezet van het huilen. Ze ging rechtop zitten, in kleermakerszit.

'Het is waar,' zei ze kalm.

'Natuurlijk is het niet waar,' zei ik. 'Doe niet zo idioot.'

'Rachel.' Liza keek me waarschuwend aan. Toen keek ze weer naar Kate. 'Lieverd, vertel ons maar wat er precies is gebeurd. Alles wat je weet, alles wat je je kunt herinneren.'

'Liza!' Ik ontplofte bijna. 'Hoe kun je nou in godsnaam denken...'

Ze keek me weer op dezelfde manier aan. Ineens snapte ik wat ze aan het doen was. Ze was niet voor niets advocate: ze probeerde Kate aan het praten te krijgen zodat ze zichzelf zou tegenspreken.

'Hij kwam 's avonds naar mijn kamer,' zei Kate. Haar stem klonk heel mechanisch.

'Wanneer?' vroeg ik.

'Altijd.'

'Altijd? Hoe bedoel je, altijd? Elke avond?'

'Nee, soms.'

'Sinds wanneer dan?' vroeg Liza.

'Sinds mijn twaalfde,' zei ze. Ze dacht even na. 'Nee, mijn elfde.'

'Wat is het nu, elf of twaalf?'

'Elf,' zei Kate.

'En wat bedoel je precies met misbruik? Kun je daar wat duidelijker over zijn?'

'Hij zat aan me,' zei ze.

'Waar?' vroeg Liza.

Ik onderbrak haar. 'Liza, vind je het echt nodig om...'

'Heeft hij je gepenetreerd?' vroeg Liza onverstoorbaar.

Kate zweeg even, alsof ze probeerde te bedenken hoe ver ze kon gaan.

'Nee.'

'Waarom kom je nu ineens met dit verhaal, Kate?' vroeg ik. 'Waarom ineens nu?'

Ze gaf geen antwoord. Ik had nog steeds het idee dat ik haar wel kon bereiken, haar op andere gedachten kon brengen voordat dit idiote verhaal naar buiten kwam. Ze leek wel een robot, die alles en iedereen kapot wilde maken. Ik keek naar haar bed, dat ik op een antiekmarkt had gekocht, haar bureau, dat Ned zelf had gemaakt van een stuk kersenhout dat was overgebleven van een project van Jensen Makelaars. De poster van het vrolijke olifantje Babar was langzamerhand overgenomen door allerlei posters van popsterren van wie ik nog nooit had gehoord: bleke jongens met piercings in hun onderlip, platte buiken die boven hun lage heupbroeken te zien waren, en lege, lege ogen. Waar droomde Kate van, als ze hier 's avonds in haar bedje lag?

'Lieverd,' ging ik verder. 'Je bent in de war door dat ongeluk met Joshie, misschien was je zó in de war dat je om je heen bent gaan slaan naar alles en iedereen.'

'Het is godverdomme echt waar!' schreeuwde Kate.

Ik ging staan en liep naar de deur. Het enige dat ik nog kon bedenken was dat ik naar Ned wilde. Ik wilde hem zien, hem even aanraken, om me ervan te vergewissen dat hij echt nog steeds degene was die ik kende.

'Er is nog iets anders, Rachel,' zei Liza. Ze wiegde Josh in haar armen heen en weer.

'Wat dan?'

'Zelman moet zulke dingen rapporteren,' zei ze. 'Dat is wettelijk verplicht.'

Ik werd duizelig. Ik moest me aan het hoofdeinde van Kate's bed vasthouden.

'Hij moet zulke dingen rapporteren...' herhaalde ik langzaam. Ik draaide me weer om naar Kate. Ik probeerde helder te blijven denken. Mijn dochter was dus de vijand. 'Kate, wil je hier alsjeblieft mee ophouden?' Ik hoorde een smekende toon in mijn stem, waar ik meteen spijt van had.

Beneden begon Ned weer te fluiten. Ik luisterde naar het geluid dat ik altijd zo leuk had gevonden. Hij was de keuken aan het opruimen: ik hoorde het geratel van bestek dat uit de vaatwasser werd gehaald. Ik zag hem voor me terwijl hij daar in de keuken bezig was. Hij had zijn jas over een stoel gegooid en hij had waarschijnlijk zijn trui uitgetrokken omdat het warm was in huis. Ons huis. Een huis waarin dit kon gebeuren, waarin dit zelfs maar kon worden gezegd, moest een huis zijn waarin iets heel erg fout zat.

'Kate, luister goed naar mij.' Ik stond zó te trillen, dat ik nauwelijks een woord kon uitbrengen. 'Als blijkt dat jij dit allemaal hebt verzonnen...'

Ze staarde me aan. Ik werd koud vanbinnen. Ik had het gezegd: áls.

10

ALS IK NA DE LUNCH MET LIZA WEER THUIS BEN, PAK IK DE BOOD-
schappen uit. Ik heb mijn trui en mijn jas nog aan. Ik laat de verwarming overdag op zeventien graden staan tot Josh terug is van
de crèche, daarna zet ik hem pas wat hoger. Ik weet niet eens of
ik daarmee veel bespaar op de energierekening, maar het valt in
ieder geval te proberen. Ned denkt dat ik niet in de gaten heb
hoeveel schulden we hebben en dat we met drie pasjes al geen
geld meer kunnen opnemen, maar ik kan er weinig aan doen, behalve bezuinigen op kleine dingen. Advocaten, artsen, psychiaters,
twee huishoudingen: als je leven in duigen valt, kom je voor enorme kosten te staan.

Ik zet de sojamelk en de pasta in de voorraadkast en de pakken diepvrieserwtjes en maïs in de vriezer. Dat zijn de enige twee
groenten waar Josh iets van wil weten. Ik heb al drie bonbons op
– puur met amandel en twee karamel – als ik het zakje met de
rest in een la stop. Dan zet ik een ketel op voor kamillethee. Ik
ben nerveus en gespannen geworden in de stad en ik kan dat slecht
hebben. Na veertien jaar Hawthorne ben ik erg gesteld geraakt
op rust en stilte.

Een halfuur. Over een halfuur moet ik naar de crèche om Josh
op te halen en daarna heb ik geen tijd meer voor mezelf. Ik moet
boven nog een paar klusjes doen, maar ik heb er geen energie
meer voor. De ketel begint te fluiten, en ik giet het hete water in
een grote beker. Dan staar ik uit het raam. Het is grijs weer. Het
vogelhuisje hangt leeg te zwaaien aan een tak van de eik, en het
gras tussen ons huis en de schuur is bedekt met een laag smeltende sneeuw van de sneeuwstorm van twee weken geleden. De
achterdeur is sinds het begin van de winter niet meer open ge-

weest. Ik zit bijna altijd in de keuken of de slaapkamer. Zelfs mijn atelier is een vreemde ruimte aan het worden. Soms loop ik door het huis, strijk ik met mijn vinger over een schilderijlijst of een stoel, en vraag ik me af wie ik vroeger eigenlijk was. Zat ik vroeger soms echt rustig op de bank een boek te lezen zonder me zorgen hoeven te maken over iets anders dan wat we moesten eten of hoeveel ik voor een restauratie moest rekenen? Wie was die vrouw eigenlijk, die urenlang meubels verplaatste in de kamer tot alles precies goed stond?

Een eenzaam vogeltje gaat even op het voerhuisje zitten en vliegt weer weg. Als je naar buiten kijkt, lijkt het wel zo'n idyllische kaart met perfecte landschappen in New England: er is geen voetstap te zien en de grote, rode schuur lijkt aan de horizon te drijven, als een groot schip in een rustige zee. Kate doemt op in die witte sneeuwvlakte, in een felblauw skipak. Ze is acht of negen jaar en ze is bezig om een sneeuwpop te maken. Ze heeft allerlei groenten uit de keuken gehaald om ogen, een neus, oren en jasknopen van te maken. Achter haar, waar het gras langzaam afloopt naar de schuur, staat Ned sneeuwballen naar haar te gooien met mooie, sierlijke bogen. Kate duikt weg, lacht uitgelaten en roept iets wat ik niet kan verstaan. En ik sta naar ze te kijken, naar mijn dochter en mijn man, terwijl ik gezellig in mijn warme keuken sta. Boven ligt mijn werk op me te wachten. We zijn allemaal samen, veilig en beschut in ons warme huis, midden in de winter.

Ik duw de achterdeur open en loop met mijn beker thee in de hand naar buiten. Ik sta tot mijn knieën in de smeltende sneeuw die toch ijskoud voelt door mijn sokken en schoenen heen. Ik vraag me af of ik voetafdrukken achterlaat. Wat moet ik dan tegen Ned zeggen als hij dat vanavond ziet? Maar misschien ziet hij het niet, het is dan natuurlijk al donker en ik kan de buitenlamp uitdoen.

Ik stop de sleutel in het oude slot en probeer hem om te draaien. Eerst lukt het niet, maar ik blijf het proberen tot de deur met een luid en kreunend gekraak opengaat. Mijn ogen moeten wennen aan het duister in de schuur. Tegen alle muren staan doeken en op een werktafel in het midden van de ruimte ligt een doek met een laken eroverheen. Daarnaast een paar open potten verf, een palet en een paar kwasten in een glas. Het lijkt alsof degene die hier aan het werk was even boodschappen is gaan doen en nooit meer is teruggekomen. Ik loop langzaam naar binnen, om een paar gaten heen die in de vloer zitten, naar de werktafel. Mijn adem vormt een wolkje in de koude lucht. Sinds Ned is verhuisd, is hier niemand meer geweest, afgezien van de muizen dan, want op de grond liggen veel muizenkeutels.

Met bonzend hart til ik een hoekje van het laken op dat op het doek ligt. Ik vind het een beetje eng om te kijken, alsof er misschien een lijk onder verborgen ligt in plaats van een schilderij. De laatste keer dat Ned me zijn werk liet zien, was ik er niet zo weg van. Stom genoeg heb ik dat toen ook tegen hem gezegd. Hij was aan het experimenteren met non-figuratief werk op grote doeken, terwijl zijn talent, en talent heeft hij zeker, veel meer op het figuratieve vlak ligt. Dat hij niet meer figuratief schilderde, had volgens mij meer te maken met de mode dan met artistieke overwegingen.

'Je moet niet je ziel aan de markt verkopen,' zei ik toen tegen hem. We woonden nog maar een paar jaar in Hawthorne en ik had gezien dat Ned steeds onzekerder en nerveuzer werd over zijn werk. Het leek wel alsof hij voor mijn ogen verschrompelde. Ik werd boos als ik zag wat hij toen maakte. Het waren grote, haastige en afgezaagde schilderijen.

'Jij hoeft me niet te vertellen wat ik moet schilderen, Rachel,' snauwde hij. 'Je hebt geen idee wat ik allemaal doormaak.'

'Je hebt gelijk,' zei ik. 'Maar één ding weet ik wel: je moet afgaan op wat je zelf vanbinnen voelt. Dat is het enige waar je als kunstenaar iets aan hebt.'

'En als ik nou niks voel?' Zijn ogen schoten vuur. 'Als ik me helemaal leeg voel vanbinnen? Wat dan?'

IK TIL HET LAKEN OP EN DOE MIJN OGEN OPEN. DAN STOKT DE
adem me in de keel. Het schilderij dat Ned daar heeft achtergelaten, het laatste schilderij waaraan hij heeft gewerkt voordat hij
er helemaal mee ophield, is een wat vaag maar realistisch schilderij van mij. Ik ben hoogzwanger, van Josh, en ik lig op mijn zij in
bed te slapen. De dekens liggen maar half over me heen, zodat
mijn borsten en mijn dikke buik te zien zijn. Ik heb mijn arm
over mijn ogen tegen het felle ochtendlicht dat door een raam
boven me naar binnen stroomt. Het schilderij is een beetje on-
scherp, alsof het een foto is die niet goed is genomen. Het is allemaal een beetje vaag, spookachtig bijna, een schaduw in kleur.
Hele stukken van het schilderij zijn nog niet af. Een hoek, een
stuk van mijn voeten, het gordijn.

Ik loop door de schuur en bekijk de schilderijen. Al zijn meest
recente werk is op dezelfde manier geschilderd en het is allemaal
van ons gezin. Ik herken sommige schilderijen van video-opnames die Ned heeft gemaakt. Ik weet nog dat hij avond aan avond
achter de computer zat en daar iets met die opnames deed, maar
ik dacht dat dat gewoon voor de lol was. Nu begrijp ik dat hij
toen al bezig was met het maken van deze prachtige, vervaagde
portretten, waarvan er niet één helemaal af is. Waarom heeft hij
ze niet afgemaakt? Op een van de schilderijen zit Kate op het
bankje in de voorkamer heel geconcentreerd in een boek te lezen, met gefronste wenkbrauwen en haar haar achter haar oren.
Op een ander schilderij zitten Kate en ik 's avonds laat aan de
keukentafel te praten. Er brandt geen licht, alleen het licht van de
maan valt naar binnen. Op elk schilderij ontbreekt een stuk. Daar
sta ik in een overall en op klompen voorovergebogen in de tuin
te werken, maar een groot stuk van de tuin is weg, zodat het is
alsof ik in het niets sta te werken.

Ik voel me een beetje duizelig en ik ga op een stoel in de hoek
van het atelier zitten. Ik begin langzaam te beseffen dat die schilderijen helemaal niet onvoltooid zijn. Dit is precies zoals Ned het
heeft bedoeld. Ze zijn af. Waarom heeft hij me hier niets van laten zien? Ik weet nog goed dat hij ineens zoveel energie had toen

ik zwanger was van Josh. Voor het eerst sinds jaren zat hij weer vaak in zijn atelier te werken, en hij had vaak die afwezige blik in zijn ogen die hij vroeger ook altijd had als hij goed bezig was.

Maar hoe kon hij die schilderijen zomaar achterlaten in die onverwarmde, vochtige schuur? Had hij zelf niet in de gaten wat hij had geschilderd? Hij had de wereld opengebroken in die portretten. Ik ga staan en zet mijn beker thee op de stoel, want ik vertrouw mezelf niet met mijn trillende handen. Als er al een reden te vinden is voor het feit dat Ned nauwelijks succes heeft gehad met zijn werk, afgezien dan van de grillige, onberekenbare kunstwereld, dan is het misschien dat hij zich nooit heeft kunnen bevrijden van een bepaalde ernst. Die ernst in zijn schilderijen grenst aan het sentimentele: de toeschouwer kan nooit het schilderij binnengaan, omdat het werk zelf al veel te emotioneel is. Het werk was te vol van gevoelens om nog iemand toe te kunnen laten. Maar dit werk is heel anders. De combinatie van die vage beelden en de onvoltooide stukken dwingen de toeschouwer juist wel om het schilderij binnen te gaan. Ik loop door het atelier en draai alle doeken om, zodat ze met de voorkant naar buiten staan. Als er niet meer genoeg ruimte is, zet ik ze ook tegen de tafel en de deur.

Voor het eerst in jaren heb ik zin in een sigaret. Daar sta ik, midden in de ruimte, en ik probeer alles in me op te nemen. Het werk is erg goed en origineel. Ik ben bevriend met een paar galeriehouders in New York, die altijd beleefd naar Ned informeren als ze me bellen voor een restauratie. Ik kan er zó een bellen om een tentoonstelling voor Ned te regelen. Het zou niet de eerste keer zijn dat een kunstenaar pas op latere leeftijd wordt ontdekt. Dit werk zou Ned ook nooit eerder hebben kunnen maken. Daar zijn de doeken veel te volwassen voor, veel te gevoelig en instabiel. Ik loop langzaam door het atelier. Op een van de schilderijen ben ik nog maar pas zwanger van Josh. Ik zit in de leunstoel in onze slaapkamer te prutsen met een geborduurd kussen dat ik nooit zal afmaken. Dan Kate met een paar vriendinnen van haar. Ze zijn op de veranda iets aan het knutselen en steken de koppen bij elkaar. Door die dunne, lange halzen lijken ze wel veulentjes. Ik kan me dat moment niet eens herinneren. Hoe heeft Ned dat zo goed kunnen vastleggen? Voor mij was het leven iets wat steeds maar gebeurde, iets wat nauwelijks bij te benen was. Maar Ned kon het blijkbaar stopzetten en echt eens goed bekijken. Hij kon de beelden vastleggen in zijn geheugen en daarna opnieuw tot leven brengen in zijn werk.

Ik zal nooit echt doorbreken, Rachel. Ik hoor het Ned nog zeggen, zo duidelijk alsof hij naast me staat. *Ik ben gewoon niet goed genoeg, dus laten we maar niet meer doen alsof.* Dit was een van de weinige onderwerpen waar we gegarandeerd ruzie over kregen. En dat kwam omdat ik diep vanbinnen altijd geweten had dat hij het wel kon maar dat hij ergens door werd geblokkeerd. En ik had altijd de geheime angst gehad dat dat iets te maken had met onze verhuizing naar Hawthorne. Als we in de stad waren gebleven en daar een leven hadden opgebouwd, zou hij contact hebben kunnen houden met andere kunstenaars, zou hij naar vernissages hebben kunnen gaan en een netwerk hebben kunnen opbouwen. Maar in plaats daarvan ging hij naar barbecues en voetbalvelden en ging hij om met buren en vrienden met wie hij kletste over investeringen en buurtaangelegenheden en de sportvereniging van de kinderen.

Mijn oog valt op een velletje papier dat opgevouwen onder het doek op tafel ligt. Met een schuldig gevoel til ik het doek op en pak ik het papiertje. Het is al erg genoeg dat ik hier ben, want onze ateliers hebben we altijd als privé-terrein beschouwd, maar nu ga ik ook nog Neds aantekeningen bekijken die duidelijk niet voor mijn ogen zijn bestemd. Toch vouw ik het papiertje open, ik kan het gewoon niet laten. Ik wil mijn man binnenstebuiten keren. Ik wil de ontbrekende stukjes vinden en ze tegen het licht houden. Ik wil kijken hoe ik ze weer op hun plek kan leggen zodat we weer heel kunnen worden.

Op het papier staat een lijst titels van de twintig of dertig schilderijen in de schuur. Eerst ben ik teleurgesteld, want ik had op iets veelzeggenders gehoopt: een fragment uit een dagboek, een brief, of iets anders persoonlijks. Maar als ik de titels lees, realiseer ik me dat dit precies is waar ik naar op zoek was. *Kate met vriendinnen. Keukentafel #1. Keukentafel #2. Slapende Rachel. Rachel bij het raam. Kate in de sneeuw.* Zo gaat het nog een tijd door. De titels zijn heel simpel en eenduidig, net als mijn man. Hij heeft geen geheim leven, geen duistere gedachten die hij voor zichzelf houdt. De laatste titel op de lijst is *Rachel in bloei.* Ik slik mijn tranen weg als ik naar het schilderij kijk dat bij deze titel hoort. Ik ben hoogzwanger, het is een paar dagen voor de geboorte van mijn zoontje. Ned heeft me waarschijnlijk bekeken terwijl ik lag te slapen. Hij heeft me mooier gemaakt dan ik toen was: mijn buik is prachtig bol, mijn tepels steken donker af tegen de melkwitte kleur van mijn borsten. Ik kan me die laatste dagen, toen we nog voor even een gezin van drie waren, nog goed herinneren. De rust in huis, de kinderkamer die helemaal klaar was in afwachting van de baby.

'Ik snap niet dat je dat kunt doen,' zei mijn moeder in die tijd een keer tegen me.

'Dat ik wat kan doen?'

'Dat je alle spullen al in huis hebt. Het wiegje, de lakentjes, de kleertjes.'

'Ik ben niet bijgelovig, mam.'

'Jullie denken zeker dat er niks mis kan gaan.'

Ik hield de hoorn ver van mijn oor vandaan.

'Nee,' zei ik. 'Maar ik wil mijn leven niet leiden in de veronderstelling dat er waarschijnlijk iets ergs zal gaan gebeuren.'

Ik zei dat wel, maar in werkelijkheid had ik die veronderstelling wel. En ik vocht er elke dag tegen.

'Wacht maar. Als je oud genoeg bent, weet je wel wat ik bedoel.'

Ik was bijna veertig. Hoe oud moest ik eigenlijk worden voordat Phyllis mij als een volwassene zou beschouwen?

Ik kijk weer naar *Rachel in bloei*, naar het stuk aan de rechterkant van het doek dat ontbreekt. Mijn voet en een stuk van het bed zijn weg. Plotseling kan ik dat niet goed verdragen en ik krijg de neiging om het af te maken. Voordat ik iets doe waar ik later spijt van krijg, leg ik het laken weer over het schilderij, pak mijn beker en loop het atelier uit.

Het huis aan de overkant van het grasveld is verlicht en bedekt met sneeuw. Aan de dakgoten hangen ijspegels, zo groot als dolken. Midden op het veld blijf ik staan. Er staat een felle wind en mijn voeten zijn ijskoud, maar ik kan even niet meer bewegen. Ik heb het gevoel dat ik iets vergeten ben in de schuur. Ik loop terug naar de oude, verweerde deur, draai de sleutel om in het slot en loop weer naar binnen. Snel pak ik twee grote doeken en een kleinere, meer kan ik niet dragen, en neem ze mee terug naar binnen. Intussen probeer ik steeds te bedenken wanneer Ned precies is opgehouden met schilderen. Is hij nog wel eens teruggegaan naar zijn atelier nadat hij *Rachel in bloei* had geschilderd?

Ik zet *Kate met vriendinnen* op een kastje in de keuken, ver weg van het fornuis of de koelkast of iets anders dat het doek zou kunnen beschadigen. Dan haal ik een oud waterverfschilderij van de muur in de voorkamer en hang ik *Kate in de sneeuw* ervoor in de plaats. *Rachel in bloei* zet ik boven in de slaapkamer op de schoorsteenmantel. Ik doe het licht aan, want het is al bijna donker buiten. Het wordt altijd pas zo donker tegen vieren. Ik ren naar beneden. Hoe heeft dit kunnen gebeuren? Ik ben een uur te laat om Josh op te halen van de crèche.

DE AUTO SLIPT ALS IK WEGRIJD. HET IS VRIJ DRUK, VOORAL DOOR de moeders die hun dagelijkse rondje balletles, pianoles of gymnastiekschool maken. En de pappa's zijn op weg naar huis. Ik zie ze achter het stuur van hun auto zitten, nog eventjes alleen voordat ze worden bestormd door hun kinderen, door *Schat, wil jij de buitenlamp even repareren* en *Kijk eens, pappa, ik kan een handstand!* De man in de auto naast me voor het stoplicht doet zijn stropdas los. Zijn gezicht staat slap en uitgeput. Hij merkt dat ik naar hem kijk en hij trekt zijn gezicht gauw weer in de plooi. Zag Ned er wel eens zo moe uit als hij van zijn werk naar ons reed? Zó moe en oud?

Het licht springt op groen, maar de auto voor me blijft staan. Ik wil toeteren, maar bedenk me nog op tijd. Niemand toetert in Hawthorne. Niemand heeft ooit haast om ergens te komen. Dertig seconden maakt nu ook niet veel meer uit. Joshie zit daar veilig op de crèche, ze laten hem heus niet alleen. Zou een van de juffen bij hem zijn gebleven? Of misschien een van de andere moeders?

Eindelijk rijdt de auto door en kan ik verder. Als ik bij de crèche kom, zie ik nog maar twee auto's op de parkeerplaats staan: een busje dat waarschijnlijk van een van de leidsters is, en de Subaru van Ned. Natuurlijk, ze hebben hem natuurlijk gebeld. Ik ben meer dan een uur te laat. Ik ren naar binnen en loop door de gang naar het lokaal van Josh. Door de glazen deur zie ik Ned op een klein stoeltje zitten met Josh op schoot. Op het tafeltje ligt een stuk papier en ze zitten samen te tekenen. Ned geeft Josh een rood krijtje en leidt zijn hand over het papier.

Ik doe de deur open, maar ze merken het geen van beiden. Emily, de juf, kijkt op van haar bureau en lacht naar me. Ze ziet er helemaal niet geïrriteerd uit, waar ik haar erg dankbaar voor ben.

'Wat heb je gemaakt, Joshie?' vraagt Ned. 'Is dat een huis?'

Josh schudt zijn hoofd.

'Is het een hondje?'

Hij schudt weer zijn hoofd.

'Vertel het maar aan pappa.'

Josh pakt een groen krijtje en begint door het rode te krassen.

'Kom op, Joshie, zeg eens iets,' moedigt Ned hem aan.

Josh gooit de krijtjes op de grond en begint tegen te stribbelen.

'Hallo,' zeg ik zacht.

'Waar was je?' vraagt Ned terwijl hij naar Josh blijft kijken.

'Sorry, ik werd opgehouden,' zeg ik. Ik wil geen ruzie met Ned waar Emily bij is.

'We zaten maar te wachten. Ik was bezorgd.'

'Mamma!' Josh komt naar me toe en slaat zijn armpjes om mijn benen. Ik til hem op en knabbel aan zijn oortje.

'Ga je mee, Joshie?'

Ned pakt zijn jas en de jas, sjaal en handschoenen van Josh.

'Sorry dat we je hebben laten wachten,' zeg ik tegen Emily.

'Geen probleem, mevrouw Jensen,' zegt ze, ook al heb ik haar minstens honderd keer gevraagd om me Rachel te noemen.

We lopen door de gang naar de parkeerplaats. Ned loopt snel, ik kan zijn grote stappen haast niet bijhouden.

'Ik was de tijd vergeten, het spijt me.'

'Ze hebben me op mijn mobiel gebeld, ik was net op weg naar een bezichtiging in North Hawthorne.'

'Ik zei toch dat het me spijt.'

'Die klanten staan daar nu voor niks te wachten, Rach. Ze waren al weg en ik kon ze niet meer bereiken.'

'Hè, verdomme.'

'Domme, domme, domme,' zegt Joshie me na.

'Nou, geweldig hoor. Dat joch zegt bijna geen woord, maar vloeken kan hij wel.'

'Wat ben jij in een rothumeur.'

'Ik kan het me niet veroorloven om klanten voor niks te laten komen.'

'Hoe laat moest je daar zijn?'

'Vijf uur.'

Ik kijk op mijn horloge.

'Als je nu meteen gaat, ben je maar een paar minuten te laat.'

'Mijn tank is bijna leeg en als ik nog helemaal naar een pomp moet...'

'Dan gaan we toch met de Volvo,' zeg ik.

'Hoezo, we?'

'Joshie en ik kunnen je toch even brengen?'

Ik raak buiten adem door zijn snelle pas.

'Vergeet het maar.'

'Dat is toch juist een goed idee? Wij wachten wel in de auto terwijl jij het huis laat zien.'

'Dat wil ik niet.'

'Waarom niet?'

'Ik wil het gewoon niet, punt uit.'

'Verdomme, Ned, doe niet zo moeilijk. We gaan gewoon.'

'Domme!' zegt Josh weer.

Nu beginnen we allebei te lachen.

'Goed dan,' zegt Ned. Hij houdt de deur open voor mij en Josh. Het is nu echt donker buiten en het ruikt naar een haardvuur. 'Kom mee, laten we dan maar snel gaan.'

HET HUIS IN NORTH HAWTHORNE MAAKT DEEL UIT VAN EEN VAN de eerste projecten van Jensen Makelaars. Begin jaren tachtig zagen Jane en Arthur al aankomen dat de nieuwe snelweg het veel gemakkelijker zou maken om naar Boston te forenzen, en kochten ze twintig hectare grond van een boer. Ze hielden die grond twintig jaar in bezit en bouwden er toen deze wijk op, met straten die ze naar mensen in de familie noemden: Jane Street, Arthur Way, Edward Drive, Steven Circle. En, ten slotte, Rachel Court. Er staan hier nepkoloniale huizen met glooiende gazonnen en driedubbele garages, met daarachter de bossen en de moeraslanden. Het is stikdonker als we bij het huis aan Arthur Way aankomen. In het huis brandt licht.

'Daar zijn ze,' zegt Ned. 'Zet de auto maar op de oprit.'

'Willen ze het huis niet bij daglicht bezichtigen?'

'Zij heeft het al gezien en hij kan overdag niet vrij nemen.'

'Laat me eens raden, zeker een bankier?'

'Doe niet zo snobistisch, Rach.' Hij zegt een tijdje niets. 'Hij is trouwens advocaat.'

Ik begin te lachen. Ik kan er niks aan doen.

'Hoor eens, als je zo doet...'

'Sorry. Ik zal niet meer lachen.'

Ned doet het autoportier open. 'Komen jullie maar even binnen in de keuken,' zegt hij. 'Het is veel te koud om in de auto te wachten.'

Ned wuift naar de mensen die in de auto zitten te wachten en gebaart dat hij er zo aan komt. Dan doet hij de voordeur van Arthur Way 12 open en laat ons binnen.

'Doe maar of je thuis bent,' zegt hij. 'De bewoners zijn op skivakantie.'

De keuken is een paradijs voor Josh. Hij ploft meteen op de grond bij een emmer duplo. Er ligt overal speelgoed op de grond en de eetkamer is in gebruik als speelkamer. Er staat een speelkeukentje, een grote speeltent, en een poolbiljart met daarop een houten Brio-trein, compleet met conducteur, kleine, houten boompjes en tientallen treintjes. Ik loop door de speelkamer alsof het een museum in een ver buitenland is. Wie zijn die mensen die hier wonen? Op de familiefoto's aan de muren staan drie kleine, pezige jongetjes en hun blonde ouders, die zóveel op elkaar lijken dat ze zelf ook wel broer en zus zouden kunnen zijn.

De achterdeur gaat open en Ned komt binnen met meneer en mevrouw Advocaat.

'Ik heb uw vrouw dit al verteld,' hoor ik Ned zeggen met een stem die zó nep klinkt dat ik hem haast niet herken, 'maar de grote badkamer is vorig jaar gerenoveerd voor twintigduizend dollar. Er ligt een granieten vloer in, er is een glazen douchewand gemaakt en een bubbelbad.'

Josh kijkt op van zijn duplo. 'Pappa!' zegt hij.

Het is al maart, maar op de koelkast hangen nog steeds een stuk of vijftig kerstkaarten. Er zijn veel kaarten bij met een gezinskiekje erop. GELUKKIG NIEUWJAAR! GELUKKIG KERSTFEEST! FIJNE FEESTDAGEN! Ik zie een foto van drie kinderen van vier of vijf jaar met een sneeuwbril op. Ze zitten samen op een besneeuwde helling en lachen naar de camera. Ik ga op zoek naar een foto van een gezin met één kind, maar die is er niet bij.

'En dan is hier,' zegt Ned met die quasi-robuuste stem, 'de keuken.'

Ik kijk op en zie dat Ned me met een waarschuwende blik aankijkt.

'Hallo,' zegt de man.

'Dit zijn mijn vrouw en mijn zoon,' zegt Ned.

'Hallo,' zegt de vrouw.

'Let maar niet op ons,' zeg ik.

'Hindert niets, hoor,' zegt de vrouw. Ze gaat op haar hurken bij Josh zitten en glimlacht naar hem.

'Dag, jongetje. Hoe heet jij?'

Josh kijkt niet op van zijn toren.

'Ben je je tong verloren?'

'Hij is een beetje verlegen,' zeg ik.

'Hoe oud is hij?'

'Twee.'

Er komt een andere blik in de ogen van de vrouw. Het is niet voor het eerst dat ik merk dat een volslagen vreemde denkt iets aan mijn kind te kunnen zien. Wat zou ze denken? Dat hij autistisch is? Of een hersenbeschadiging heeft? Ik heb zin om tegen haar te schreeuwen dat ze zich met haar eigen zaken moet bemoeien, maar zij kan het natuurlijk niet helpen.

'Is hij jullie oudste?' vraagt ze.

'Nee, we hebben ook een dochter van zestien.'

Ze kijkt me verbaasd aan. 'Dat bestaat niet!'

Ik lach en zeg: 'Wat een compliment.'

'Dat is een Viking-fornuis,' zegt Ned. Ik had me niet kunnen voorstellen dat Ned ooit nog eens zoiets zou zeggen. *Dat is een Viking-fornuis.* Hij lijkt wel zo'n engerd uit een woonprogramma.

Het echtpaar loopt achter Ned aan de keuken uit naar de gang en dan geluidloos over de gestoffeerde trap naar boven. Jane en Arthur hebben het goed bekeken toen ze deze huizen lieten bouwen. Elk jaar hebben ze meer grond erbij gekocht en nog meer projecten laten bouwen, en die huizen gingen als warme broodjes over de toonbank. Hun motto: JENSEN IS KWALITEIT. De meest recente huizen die ze hebben laten bouwen zijn helemaal vreselijk: ze hebben plafonds zo hoog als in een kathedraal, gashaarden, en verzonken bubbelbaden in de achtertuin. En satellietverbindingen. Ik zou zelf de voorkeur geven aan de iets oudere huizen; die zijn simpel en duidelijk en pretenderen niet iets anders te zijn.

'We willen graag drie kinderen,' hoor ik de vrouw boven aan de trap zeggen.

'Fantastisch,' zegt Ned.

Ik hoor dat er een toilet wordt doorgetrokken.

'Goede waterdruk,' zegt de man.

'Mam, kijk eens!' Josh pakt iets glinsterends van de vloer. Ik buig me voorover en zie wat het is: een stukje van een doordrukstrip nicotinekauwgum.

'Tja,' zegt de man terwijl hij de trap afloopt. De rondleiding over de bovenverdieping is afgelopen. 'Het is wel een leuk huis.'

'En ook scherp geprijsd,' zegt Ned. Ik heb zin om hem de keuken in te trekken en tegen hem te zeggen dat hij niet zo hard zijn best moet doen. Op deze manier verpest hij het zelf. Ik vind het rot voor hem, maar hij is een slechte makelaar. Vreselijk. De man die die vage, realistische portretten heeft geschilderd, kan geen huizen verkopen. De enige reden dat hij makelaar is, is het feit dat hij de zoon van Jane en Arthur is. Hij is een Jensen en JENSEN IS KWALITEIT.

'We gaan erover denken,' zegt de man. De kus des doods. *We nemen nog contact op. We bellen u. Laat eens iets van je horen.*

Ned laat ze uit en komt dan weer terug in de keuken.

'God, wat is het hier een bende,' zegt hij. 'Ze hebben een complete varkensstal achtergelaten! Hoe kan ik nou een huis verkopen als het zó'n puinhoop is!'

Hij gebaart naar het speelgoed dat overal op de grond ligt en naar de halve kom cornflakes die nog op het aanrecht staat.

'Ik vind het er wel huiselijk uitzien,' zeg ik.

Hij gaat op een kruk zitten en wrijft in zijn ogen.

'Ze doen het niet.'

'Nee, ik denk het ook niet.'

'Shit.'

'Shit,' herhaalt Josh.

'Heeft dat joch een voorkeur voor vieze woorden?' vraagt Ned.

Hij staat op en gaat naast Josh op de vloer zitten.

'Tijd om naar huis te gaan, vuilbek.'

'Nee!'

'Dit is niet jouw speelgoed.'

'Nee!'

Ned tilt hem op, maar Josh spartelt tegen. Zijn gezicht staat kwaad en wordt steeds roder. Hij lijkt wel een beetje op een oud mannetje. Ned tilt hem hoog in de lucht en laat hem dan zogenaamd vallen. Dan kijkt hij naar mij.

'Nou, wat zullen we doen?' vraagt hij. Wat bedoelt hij nu precies? Of we samen gaan eten? Samen de nacht doorbrengen? Weer een gezin gaan vormen? In het zachte licht van deze vreemde keuken wil ik een kommetje van mijn handen maken en hem daarmee opscheppen, alsof hij water is. Dan wil ik hem mee naar huis nemen, voorzichtig, zodat ik niet knoei. Hij lijkt zo fragiel, zo gemakkelijk te verliezen.

'Ned, ik...'

'Ja?' vraagt hij. Josh slaat zijn armpjes om hem heen en geeft hem dikke, natte kussen op zijn oor. Binnen twee seconden is hij van een lastige peuter veranderd in een giechelig lief jochie. Kon ik mijn stemming maar zo snel veranderen.

'Niks. Zullen we gaan? Dan ga ik eten koken voor ons.'

Ned draagt Josh door de garage naar buiten en doet de deur op slot. Ik doe rillend mijn jas dicht. Het is veel te koud om stil te staan. In alle andere huizen aan Arthur Way wonen grote, gezellige families. Ik kan niet naar binnen kijken, maar ik stel me voor dat de ouders die ik net op die foto's heb gezien met hun drie of vier kinderen rond de tafel zitten en elkaar vertellen over hun dag. Iedereen is gezond, zelfbewust en vol vertrouwen in de toekomst. Meer van hetzelfde, dat is wat ze zullen krijgen. Meer van hetzelfde graag. Gezondheid, geluk, en vrede, net zoals op die nieuwjaarswensen staat.

'Rach? Kom je?'

Ned houdt de deur voor me open. Josh zit al in zijn autostoeltje.

We rijden zwijgend de Jensen-wijk uit en bereiken via de slingerende landweggetjes North Hawthorne. Links staat de enige overgebleven boerderij in de omtrek. Timothy Schools, die een paar jaar geleden weduwnaar is geworden, is de enige boer die zijn land niet heeft verkocht aan Jane en Arthur. Zijn oude, houten huis is in duisternis gehuld, behalve een klein buitenlampje. Het is vast niet gemakkelijk voor hem, helemaal in zijn eentje en omringd door de gelukkige gezinnetjes in hun McMansions.

'Hoe gaat het eigenlijk met Tim Schools?' vraag ik aan Ned. Hij haalt zijn schouders op en kijkt naar de heuvelachtige akkers.

'Hij is gek,' zegt Ned. 'Weet jij hoeveel geld hij op zijn rekening zou kunnen hebben?'

'Misschien gaat het hem niet om geld.'

'Welnee, het is gewoon tactiek van hem. Hij denkt dat hij nog meer kan binnenhalen als hij nog even wacht. De prijzen gaan nog steeds omhoog.'

'Sinds wanneer ben jij zo...'

'Wat, zo realistisch?' Ned grijpt stevig het stuur vast. 'Welkom in de echte wereld, Rach. Wij hebben misschien nooit zoveel om geld gegeven, maar op een dag moet je toch volwassen worden.'

Ik kijk vanuit mijn ooghoeken naar Ned terwijl we over de rotonde in het centrum van North Hawthorne rijden, op weg naar huis. Zou die man die die fantastische schilderijen heeft gemaakt nog ergens bestaan, diep verborgen op een geheime plek in de man die naast me zit? En zou die man misschien heel hard om hulp roepen?

NED ZIET *KATE IN DE SNEEUW* METEEN ALS HIJ MET JOSH IN ZIJN armen binnenkomt. Ik zie dat hij een verbaasd gezicht trekt, maar hij zegt niets. Ik loop om hem heen naar de keuken en zet een pan water op terwijl hij Josh naar bed brengt. Ik hoor de houten vloer kraken en ik weet dat hij nu naar de slaapkamer loopt, waar *Rachel in bloei* naar het onopgemaakte bed kijkt. Ik voel me tegelijk opgetogen en bang. Ik weet niet hoe hij zal reageren; op zijn schilderijen die hij al zo lang niet meer heeft gezien en op het feit dat ik in zijn atelier ben geweest en daar in zijn spullen heb geneusd.

Ik pak een doos spaghetti, een blikje tomaten, wat basilicum en een teentje knoflook. Het is een tijd geleden dat ik zin had om eten te koken. Ik kijk naar het schilderij van Kate en haar vriendinnen: ze zitten aan een picknicktafel in de schaduw en maken een ingewikkeld macramé. Eigenlijk zou het schilderij *Kate, vóór* moeten heten. Maar toch laat ik me door het schilderij meevoeren naar die zomerse dag en hoor ik het heldere en doordringende gelach van de meisjes. De kan met ijsthee staat net buiten het kader van het schilderij en ik kan de gebakken vis op de grill bijna ruiken.

'Waar ben jij mee bezig?' vraagt Ned.

'Ik maak pasta.'

'Rachel.'

Ik hou op met knoflook snipperen, leg het mes neer en kijk naar hem.

'Het is je beste werk tot nu toe,' zeg ik zacht.

Hij geeft geen antwoord en staart naar het schilderij van Kate en haar vriendinnetjes.

'Zie je dat dan zelf niet?' vraag ik. Ik ben bang dat ik het nu heb verpest. Dat hij nu zó kwaad op me zal worden dat hij weggaat en nooit meer terugkomt.

'Wat was ze toch lief,' zegt hij geëmotioneerd. 'Ik weet nog goed wat ik toen probeerde vast te leggen; die ongelofelijke liefheid. Hoe oud waren ze toen? Een jaar of zeven?'

'Maar kijk nou eens goed naar die doeken, Ned.'

Hij wuift mijn woorden weg.

Ik loop naar hem toe en hou hem bij zijn bovenarmen vast zodat hij niet weg kan lopen.

'Die doeken zijn briljant. Je was daar echt met iets belangrijks bezig, iets wezenlijks.'

Hij gaat aan de keukentafel zitten met zijn rug naar *Kate met vriendinnen* toe.

'Dat is nu allemaal voorbij,' zegt hij.

'Dat is niet waar.' Mijn stem klinkt een paar tonen hoger en ik merk dat ik mijn zelfbeheersing begin te verliezen. 'Je bent een slechte makelaar, je was best een goede docent, maar je bent een getalenteerde kunstenaar. Dat kun je niet zomaar aan de kant zetten! Geloof mij nou maar, ik heb er echt wel kijk op!'

'Zullen we gaan eten?' zegt hij.

Ik loop naar het fornuis en ga de knoflook fruiten. Dan doe ik de gehakte tomaten erbij. Ik kan beter niet verder aandringen, niet nu. Ned moet gewoon een tijdje naar zijn eigen schilderijen kijken. Hij is een kunstenaar: als hij zichzelf de kans geeft, moet hij zelf ook de kwaliteit zien van het werk dat hij daar in die schuur heeft achtergelaten.

'Ruikt lekker,' zegt hij.

Hij gaat achter me staan en slaat zijn armen om me heen. Ik leun tegen hem aan, en zo blijven we lange tijd staan, tot het water kookt.

'Bedankt, Rachel,' fluistert hij. Ik weet niet of hij me bedankt voor het eten of omdat ik zijn schilderijen uit de kou heb gehaald. Maar dat vraag ik maar niet.

HET IS TIEN UUR. WE ZITTEN AAN DE KEUKENTAFEL. WE HEBBEN DE spaghetti op en de fles wijn is bijna leeg. Er brandt een kaarsje en de honingkleurige spetters kaarsvet zitten op het donkere metaal van de kandelaar. Josh ligt boven te slapen. Je zou je heel even kunnen voorstellen dat er niets is gebeurd, dat ons leven zonder onderbreking is doorgegaan, dat Kate ook boven is en op haar bed huiswerk ligt te maken. Zo was het toch bedoeld? Dag na dag, avond na avond, tot onze kinderen groot waren en zelf kinderen hadden?

'We moeten echt eens overleggen over Kate,' zeg ik.

'Daar worden we het toch niet over eens,' zegt Ned.

'Misschien niet, maar we kunnen in ieder geval naar elkaar luisteren.'

Ned schuift zijn stoel naar achteren en legt zijn handen in zijn nek.

'Ze zit daar niet lekker in haar vel,' zeg ik.

'Nee, natuurlijk zit ze niet lekker in haar vel, Rachel. Ze is...'

'Laat me eens uitpraten.'

'Sorry.'

'Ik vind de sfeer op die school zo bestraffend. En die artsen, ik vind ze zo koel. Ik zie echt niet in hoe ze daar beter moet worden. Je was er toch zelf ook bij: ze zijn zó snel met het stellen van de vreselijkste diagnoses. Volgens mij behandelen ze haar daar als een of andere gek. Ik denk dat ze alleen kan genezen, voorzover dat dan mogelijk is, als ze weer thuiskomt. Ze moet weten dat we van haar houden.'

'Ach, dat weet ze toch wel!'

'Dat vraag ik me dus af, Ned. Ze heeft natuurlijk hele vreemde dingen gedaan en ik denk dat zij zich niet kan voorstellen dat wij nog van haar houden. Waarschijnlijk denkt ze alleen maar dat zij ons leven heeft verpest.'

Ned kijkt me aan. Zijn blik is koel.

'Misschien denk jíj dat wel,' zegt hij zacht.

'Wat bedoel je?'

'Misschien ben jij diep in je hart wel net zo kwaad op haar als ik.'

'Dat ben ik wel geweest, maar dat is over. Ik wil nu alleen nog maar dat wij als gezin...'

'Wat?' vraagt Ned. 'Dat het weer wordt zoals vroeger?'

'Nee. Ik weet wel dat dat niet meer kan.'

Ik sta op en loop naar het aanrecht. Ik kan ineens niet meer stil blijven zitten.

'Ik wil gewoon dat ze weet dat wij haar niet hebben opgegeven. Dat we haar niet hebben weggestuurd omdat het te moeilijk werd voor ons.'

'Maar dat is wel zo,' zegt Ned. 'Het ís toch ook te moeilijk geworden.'

Hij verdeelt de rest van de wijn over onze glazen. Ik word woedend van zijn kalme manier van doen.

'En dus hebben we haar maar weggedaan,' zeg ik.

'Je moet het niet verdraaien, Rachel. We hebben haar naar de allerbeste therapeutische school van het land gestuurd, maar jij doet alsof we haar in een bos aan een boom hebben vastgebonden.'

'Zo praat je daar niet over!'

'Het lijkt wel of je dit gebruikt om jezelf te straffen,' zegt Ned.

'Waarom ga jij eigenlijk niet schilderen in plaats van je met mij te bemoeien!' flap ik er ineens uit.

'Niet van onderwerp veranderen.'

'Daar gaat het niet om, Ned, maar je kunt er toch niet zomaar mee ophouden!'

'Ik dacht dat we het over Kate hadden.'

Ik zucht eens diep. 'Je hebt gelijk. Dat is ook zo.'

'Wat wilde je nu eigenlijk precies zeggen?'

'Ik wil dat ze weer thuiskomt. Ik wil dat we weer een gezin worden.'

Ned strijkt zijn haar naar achteren.

'Als jij dat echt wilt, zal ik je niet tegenhouden. Maar je moet je wel realiseren wat er kan gebeuren. We kunnen haar niet vertrouwen, ze moet de godganse dag in de gaten worden gehouden. En ik vraag me af of ze op school weer zal worden toegelaten. Het zal echt heel moeilijk worden, voor iedereen.'

'Jij bent er niet eens, dus jij hoeft mij niet te vertellen dat het moeilijk zal worden.'

'Misschien wel. Misschien zal ik hier dan wel vaker zijn.'

'Misschien? Wat bedoel je met misschien? Je woont hier wel of je woont hier niet.' Ik was duf geworden door de wijn, maar ook veel directer.

'Als ik hier weer zou komen wonen...' begint Ned, maar dan onderbreekt hij zichzelf. 'Vertrouw jij mij, Rachel?'

'Hoezo?'

'Ik wil weten of je mij vertrouwt. Of je erop vertrouwt dat ik voor je zal zorgen. En voor Kate en Josh.'

'Natuurlijk vertrouw ik je.'

Ik denk er met een schuldgevoel aan dat ik in zijn atelier in zijn spullen zat te snuffelen, op zoek naar... naar wat eigenlijk? Ik ken hem al twintig jaar. Wat denk ik dan niet te weten over hem?

'Dat is niet altijd zo geweest.'

'Wel.'

'Niet. Toen met Kate...'

Zijn gezicht is bleker dan anders en ik zie een paar rode vlekken in zijn hals. Dit is voor het eerst dat hij erover begint. Ik heb al op honderden manieren geprobeerd om hem erover aan het praten te krijgen, maar dat is tot nu toe nooit gelukt.

'Dat was wel iets anders, Ned.' Ik weeg mijn woorden zorgvuldig af, voorzover dat nog mogelijk is in mijn beschonken toestand. 'Ik had geen keus. Ik moest er toch rekening mee houden dat...'

'Nee.' Zijn gezicht verstrakt weer. 'Je kende me toch? Je had toch kunnen weten dat het onmogelijk was wat ze zei?'

'Natuurlijk wist ik dat wel, maar je moet toch proberen het te begrijpen. We waren net terug uit het ziekenhuis met Josh, en Kate vertelt dat idiote verhaal. Wat moest ik dan? Ze is mijn dochter, ik moest haar toch serieus nemen? Ik kon het toch niet zomaar van tafel vegen? Ik had gewoon even tijd nodig.'

Ned schudt zijn hoofd.

'Wat bedoel je?' Ik hoor dat mijn stem een beetje smekend klinkt en dat probeer ik te voorkomen. 'Wat had ik dan anders gemoeten?'

'Als het andersom was geweest, had ik je onvoorwaardelijk geloofd. Niet meer en niet minder. Ik zou geen seconde aan je hebben getwijfeld.'

'Dat weet je niet.'

'Laten we erover ophouden,' zegt Ned. Hij schuift zijn stoel naar achteren en loopt om de tafel heen naar me toe. *Blijf alsjeblieft.* Dat wil ik zeggen. Maar ik doe het niet. In al die jaren dat ik hem ken, heb ik geleerd dat het geen zin heeft om te proberen hem over te halen. Hij doet mijn haar naar achteren en houdt het in zijn handen vast. Dan buigt hij zich voorover en kust me. Ik voel zijn adem zacht op mijn wang.

11

EEN LEUGENTJE. ZO MOET HET VOOR KATE HEBBEN GELEKEN. IETS
wat ze eruit flapte in de schijnbaar veilige cocon van de kamer
van haar psychiater. Misschien heeft ze zelfs nooit nagedacht over
vertrouwelijkheid en geheimhouding. Waarom zou ze? Welk kind
van veertien denkt er nu zo diep na over mogelijke gevolgen? Voor
haar was het een proefballonnetje, een ideetje om zichzelf te bevrijden van het knellende korset van schuldgevoel en schaamte.
Op een bepaalde manier snapte ik wel waarom ze het had gedaan.
Ook al was ons leven in duigen gevallen: ik begreep dat Kate nog
maar een kind was en geen idee had wat ze had aangericht.

Maar Ned snapte dat niet.

'Katie? Waar heb je het over?' Hij stond midden in Kate's kamer, met ons allemaal om zich heen: Liza, Joshie, Kate.

Kate keek hem niet eens aan. Ze was weer op haar bed gaan
liggen, opgerold, met haar rug naar ons toe.

'Ik ga wel even weg,' zei Liza. Ned stond als aan de grond ge-
nageld. Ik wilde mijn armen om hem heen slaan, ik wilde mijn
man beschermen tegen mijn dochter. Maar dat kon ik niet. Ik kon
me niet bewegen. Ik was gevangen tussen de twee mensen van
wie ik het meeste hield.

'Kate? Waarom zeg je dat?' Neds stem trilde. Ik was enorm geschrokken en bang.

'Liza, wil jij even op Josh passen?' vroeg ik zacht. 'Alsjeblieft?'
Ze knikte.

'Ik neem hem wel mee naar zijn kamer.'

'Dank je.' Wat waren we beleefd tegen elkaar.

'Blijkbaar heeft Kate dat verhaal aan dokter Zelman verteld.'

'Het is geen verhaal,' zei Kate. Haar stem klonk gesmoord door de deken die ze over haar hoofd had getrokken.

'Kijk me eens aan, Kate.'

Ze bewoog niet eens toen Ned haar dit zo smekend vroeg.

'Hou alsjeblieft op met deze onzin.'

Nog steeds geen beweging. Het was om gek van te worden. Ned en ik keken elkaar hulpeloos aan. En toen liep Ned naar het bed toe. Ik weet niet wat hij van plan was. Ik had alleen het idee dat het een ramp zou worden als hij haar aanraakte.

'Ned!' zei ik. 'Niet doen!'

Mijn stem klonk scherp en hij keek me verbaasd aan, zoals een kleuter ook kan kijken die iets niet begrijpt. Ik probeerde hem te beschermen. Ik had een paar minuten langer de tijd gehad dan hij om het tot me te laten doordringen dat de spelregels waren veranderd en dat hij zijn dochter beter niet kon aanraken nu.

'Kate, je vader en ik gaan nu naar beneden. Ik ga eten koken. We hebben een ontzettend vermoeiende dag achter de rug.' Ik zei het heel monotoon, alsof ik een robot was uit die film over de Stepford Wives. 'Kom je straks ook beneden eten?'

'Ik heb geen honger.'

'Oké,' zei ik. 'Dan niet.'

IK BLEEF DIE NACHT WACHTEN TOT IEDEREEN IN HUIS SLIEP. JOSH was eerst wat onrustig, maar later lag hij tevreden te slapen en hij had kennelijk geen last van het verband om zijn hoofdje. Kate was na een paar uur huilen eindelijk stil. Ze had de deur van haar kamer dichtgedaan, waarschijnlijk op slot, om ons buiten te sluiten. Liza en Tommy waren weer terug naar Boston. En Ned was in slaap gevallen terwijl hij in bed naar de televisie lag te kijken. Hij had de hele avond met een glazige blik voor zich uit zitten staren, als iemand die een ongeluk heeft gehad en in shock is, of als iemand die een spook heeft gezien. *Waarom doet ze zoiets?* We snapten nog wel dat ze zich heel erg schuldig en verantwoordelijk voelde voor wat er met Josh was gebeurd. Maar dit... Waarom ze alles verdraaide en met dit belachelijke verhaal haar vader beschuldigde was ons een groot raadsel. En toch was ik kwaad op Ned, ook al kon hij er niets aan doen. Ik had het onzinnige gevoel dat Ned dit op de een of andere manier over zichzelf had afgeroepen. Hij was soms heel driftig. Als Kate hem uitdaagde, reageerde hij daar onmiddellijk op. Hij werd soms heel kwaad op Kate, hij had een paar keer echt tegen haar geschreeuwd. En in het ziekenhuis had hij haar door elkaar geschud.

Ik stapte uit bed, heel zachtjes om Ned niet wakker te maken, en liep op mijn tenen naar beneden. Daar doolde ik rond en probeerde ik antwoorden te vinden in de vorm van de dingen: de schaduwen die de stoelen op de brede planken van de keukenvloer wierpen, de kier die altijd tussen de witte gordijnen te zien was omdat ze niet helemaal goed sloten, het kleine streepje buitenwereld dat naar binnen tuurde. In de voorraadkast bewaarde ik een pakje sigaretten voor noodgevallen, achter een pot cranberry's. Het pakje lag daar al minstens een halfjaar. Ik trok mijn jack over mijn nachthemd en ging naar buiten.

En toen begon ik eindelijk te huilen. Daar, midden in de ijskoude nacht, zonder dat iemand me kon horen. Wat was er toch met ons aan de hand? Ik kon me niet voorstellen dat wij ooit nog uit deze crisis zouden komen. Ik zocht wanhopig naar een oplossing, maar ik voelde alleen maar een diepe angst. Ik was bang dat ik iedereen zou kwijtraken.

'Rachel?' Ned deed de deur open. Hij stond op blote voeten en in zijn pyjama in de deuropening. 'Wat doe je nou?'

Ik liet hem de sigaret zien die ik aan het roken was.

'Je wordt nog ziek als je daar in de kou staat.'

Mijn oogleden waren bevroren en mijn kaken voelden stijf. Ik was bang om iets terug te zeggen, bang omdat er alleen maar geschreeuw uit mijn mond zou komen.

'Laat mij maar even,' zei ik.

Ned knikte langzaam. 'Jij denkt dat ik het heb gedaan.'

'Ned...'

'Dat is toch zo? Of niet?'

'Nee! Natuurlijk denk ik dat niet! Ik denk dat zij erg in de war is, maar verder weet ik helemaal niets!'

Ned sloeg zijn armen om zich heen. Zijn adem maakte wolkjes in de koude buitenlucht.

'Durf jij met je hand op je hart te zeggen dat ik niets verkeerds heb gedaan?' vroeg hij zacht. En ineens werd ik ontzettend kwaad op hem. Snapte hij dan niet in wat voor onmogelijke positie ik me bevond? Zij was mijn dochter. Daardoor, en alleen daardoor, was er een greintje twijfel bij mij ontstaan. En dat deed me pijn, steeds als ik ademhaalde. *Het kan toch niet waar zijn?*

'Nee, dat durf ik niet,' zei ik. 'Hoe kan ik dat nou zeker weten?'

Ned knikte weer, dreigend langzaam.

'Ik ga nu weer naar binnen,' zei hij. 'En ik slaap vannacht wel op de bank.'

'Ned, toe nou.' Ik trapte mijn sigaret uit in de sneeuw.

'Wat? Denk jij dat ik naast jou in bed kan liggen terwijl ik weet wat jij van mij denkt? Terwijl jij denkt dat ik een of ander monster ben?'

'Dat denk ik helemaal niet, Ned. Je moet begrijpen dat het voor mij ook een absurde situatie is. Ik heb gewoon tijd nodig om het allemaal even te verwerken.'

'Je zou niet mogen twijfelen.'

'Maar ze is wel mijn dochter.'

'O, is ze nu ineens jóúw dochter?'

'Nee! Nee, zo bedoelde ik het niet.'

'Zo bedoelde je het wel.'

Hij liep weg en deed de deur achter zich dicht. Hoewel het ijskoud was, bleef ik nog een paar minuten buiten. Ik probeerde rust te vinden door naar de sterrenhemel te kijken, en naar de dikke sneeuwlaag op het gras. In vijftien jaar hadden we nog nooit apart geslapen. Als iemand vijf uur eerder aan mij zou hebben gevraagd of het mogelijk was dat het zo slecht tussen ons ging dat we niet eens samen in één bed wilden slapen, zou ik in lachen zijn uitgebarsten. Natúúrlijk niet, zou ik hebben gezegd. Ned en ik kunnen overal over praten.

TOEN IK DE VOLGENDE OCHTEND WAKKER WERD, WAS HET NOG steeds donker. Het duurde heel even voordat ik weer wist wat er was gebeurd. Ik draaide me op mijn buik om weer verder te slapen en stak mijn arm uit naar Ned. Pas toen ik de koude, lege plek aan zijn kant van het bed voelde, kwam alles weer terug. De val van Josh. De lange rit terug uit het ziekenhuis. Het bleke, betraande gezicht van Liza. En Kate, die met een felle blik in haar ogen zonder een spier te vertrekken een hele stroom leugens uitkraamde.

Ik ging op de rand van het bed zitten, stak mijn voeten in mijn slippers en liep naar de kamer van Josh. Ik had hem midden in de nacht nog een voeding gegeven en toen ging het prima met hem, maar ik wilde nu toch weer even bij hem kijken. In het ziekenhuis kwam er elk uur een verpleegkundige die met een zaklamp in zijn ogen scheen. Ik kon de verleiding bijna niet weerstaan om hem wakker te maken terwijl ik naar hem stond te kijken. Hij lag lekker te slapen op zijn rug, met zijn beentjes wijd uiteen zoals de poten van een krab. Het eerste ochtendgloren gaf een blauwgrijzig licht in de kamer. Zijn hoofdje lag opzij en er lag een klein beetje speeksel op het lakentje.

Ik liep op mijn tenen de kamer uit en deed de deur dicht. Ik wilde naar beneden om de studeerkamer op te ruimen voordat Kate wakker werd, want ik wilde niet dat ze zou merken dat haar vader en ik apart geslapen hadden. Maar toen ik op de trap was, zag ik dat er licht brandde in de keuken. Ned was dus al op. Hij had waarschijnlijk al de voordeur open gehad en de krant opgeraapt, de *Globe*, die elke ochtend vroeg in een blauwe, plastic hoes voor de deur werd gegooid.

Maar Ned was het niet die in de keuken zat. Het was Kate. Ze zat in elkaar gedoken aan tafel, tegen de muur. Haar haar hing voor haar gezicht en ze hield haar hoofd gebogen.

'Waarom ben je al op?' vroeg ik. Ik dacht koortsachtig na wat ik moest zeggen als ze vroeg waarom haar vader op de bank had geslapen.

'Zomaar.'

Ik liep naar de studeerkamer en zag dat de bank keurig netjes was. De deken en het kussen lagen op de leunstoel. Had Ned hier wel geslapen? En waar was hij eigenlijk?

'Pappa moest zeker vroeg naar school,' zei ik toen ik weer in de keuken kwam. Normaal doen, dat leek me nu het beste. Ik goot water in het koffiezetapparaat. Meestal zette Ned koffie. Ik bleef een tijdje met mijn rug naar Kate staan en probeerde rustig te ademen.

'Mam?'

Haar stem was heel zacht, maar ik reageerde alsof ze om hulp had geschreeuwd. En toen pas zag ik de theedoeken die ze om haar onderarmen en polsen had gewikkeld, en de spetters bloed op de tafel en de grond.

'Kate!' schreeuwde ik. Wat had ze gedaan? Ik durfde de theedoeken niet van haar armen te halen omdat ik bang was voor wat ik zou zien. Wat had ze in godsnaam gedaan?

'Het is niet zo erg,' fluisterde ze. 'Ik heb mezelf alleen een beetje gesneden.'

'Wanneer? Hoe lang zit je hier al?'

'Ik weet het niet. Niet zo lang.'

'We gaan naar het ziekenhuis.'

'Dat hoeft niet...'

'We gaan toch.' Ik probeerde kalm te blijven. Eerst moest ik naar boven om Josh te halen. Ik kon hem wel in zijn pyjamaatje meenemen in de auto. Of kon ik een van de buren opbellen?

'Kijk maar.'

Kate deed de theedoeken los en toen zag ik dat het inderdaad niet nodig was om naar het ziekenhuis te gaan. De sneden in haar onderarmen waren maar heel oppervlakkig en er kwam niet veel bloed uit.

Ik ging zitten, want ik voelde me ineens zo slap in mijn benen.

'Jezus, Kate, waarom heb je dat gedaan? Wat is er toch met jou aan de hand?'

Boven begon Josh te huilen. *Haal me uit bed!* probeerde hij me duidelijk te maken. Hij voelde maar één ding, en dat was dat hij honger had. Hij wilde de borst van zijn moeder. Wat hij wilde, was in ieder geval simpel.

'Ik moet even Josh uit bed halen, oké? Blijf hier zitten tot ik terug ben.'

Kate knikte. Ik rende naar boven en pakte mijn mobiele telefoon uit de slaapkamer. Ik was bang dat ik niet goed zou worden, zó snel bonsde mijn hart. Zou dat echt kunnen? Zou ik echt een hartaanval of een beroerte kunnen krijgen? Ik was negenendertig jaar. Kon je een hartaanval krijgen als je negenendertig was?

'Ned, met mij.'

Ik had Ned gebeld op zijn werk.

'Het is nu totaal uit de hand gelopen met Kate,' zei ik tegen zijn antwoordapparaat. 'Ben je daar? Wil je alsjeblieft opnemen als je me hoort?'

Ik smeekte mijn eigen man om de telefoon op te nemen. Ik wist zeker dat hij er was. Waarschijnlijk was hij midden in de nacht al weggegaan. Hij had een mooi, groot kantoor op school, met een groot boograam dat uitkeek op het binnenplein. Ik stelde me voor dat hij in zijn oude, krakerige leunstoel lag te slapen, omringd door doorgebogen planken vol boeken.

Ik boog me over het wiegje van Josh heen en hield de telefoon tussen mijn oor en mijn schouder.

Eindelijk hoorde ik Neds slaperige stem. 'Hallo.'

'Kate heeft zichzelf in haar armen gesneden,' zei ik. 'Het is niet heel ernstig, maar...'

'Hè? Waar dan?' Hij klonk meteen klaarwakker. 'Waar heeft ze zich gesneden?'

'In haar polsen. Ze...'

'O, nee... Dat kan toch niet waar zijn?'

'Ze heeft niet heel diep gesneden, maar...'

'Ik ben onderweg.'

Josh voelde warm en knus aan tegen mijn borst.

'Kom, we gaan naar beneden, Joshie,' zei ik zacht. 'We gaan naar Katie.'

Het was op dat moment dat het in me opkwam dat ik mijn

twee kinderen uit elkaar moest houden. Dat het beeld van zijn zus, met haar kapotgesneden armen en de witte theedoeken die als een schilderij van Jackson Pollock waren bespat met bloed, misschien in het hoofdje van Josh zouden blijven hangen. Maar ik had weinig keus. Ik werd verscheurd door mijn beide kinderen. Ik hield Josh goed vast en liep voorzichtig, met één trede tegelijk, de trap af. Kate zat nog precies zoals ik haar had achtergelaten. Ze was veel te slap of veel te bang om op te staan. Ik ging tegenover haar zitten, deed mijn ochtendjas open, en begon Josh te voeden.

'Mammie?'

Ze had me al in geen tijden meer zo genoemd.

'Ja, lieverd?'

'Het spijt me.'

De tranen drupten uit haar ogen en ze veegde ze weg. Ik vroeg niet wat haar precies speet.

'Wat moeten we nu doen?' vroeg ze.

'Ik weet het niet.'

Ik zat zelf ook te huilen.

De telefoon ging. Ik dacht dat het Ned was, die terugbelde. Wie anders belde er om, wat was het, halfacht 's ochtends?

'Waar zit je?' zei ik meteen.

'Hallo?' Ik hoorde een onbekende mannenstem aan de andere kant van de lijn.

'O, sorry, met wie spreek ik?'

'Rachel, met Dan Henderson. Is Ned thuis?'

'Nee, maar hij kan hier elk ogenblik zijn.'

Dan was plaatsvervangend directeur van de school waar Ned werkte en hij was een van zijn beste vrienden. Ze speelden een paar keer per week samen squash en ze gingen ongeveer eens per maand samen naar de kroeg. Maar Dan belde haast nooit naar huis, zeker niet zo vroeg.

'Wat is er, Dan?' vroeg ik.

'Ik... niets. Wil je vragen of Ned mij terugbelt?'

'Oké,' zei ik langzaam. Ik vroeg niet door. Ik wist het. Op de een of andere manier had dit allemaal met elkaar te maken. Ik hoorde de spanning in Dans stem, maar ik wist toen nog niet dat dit iets was wat ik in de stem van al onze vrienden en kennissen zou horen.

Ik had net opgehangen toen Ned binnenkwam. Zijn jas hing open en zijn gezicht was rood van de kou.

'O, Katie toch.' Hij keek hoofdschuddend naar onze dochter. Ze keek niet naar hem maar staarde alleen maar naar de vloer. 'Wat doe je jezelf toch allemaal aan?'

Hij schoof een stoel aan de kant en ging naast haar staan.

'Laat me je armen eens zien.'

Ze kromp in elkaar.

'Raak me niet aan,' fluisterde ze.

'Kom op, zeg, hou eens op met die flauwekul.'

Ned probeerde voorzichtig Kate's arm onder de tafel vandaan te pakken.

'Raak me niet aan!' schreeuwde ze, maar Ned liet zich niet afschepen. Hij ging op zijn hurken zitten en hield haar hand vast. Hij keek haar recht in haar gezicht, met een hele rustige blik.

Op dat moment begon ze te gillen. Ik had nog nooit eerder zoiets gehoord. Het was het gegil van iemand die elke controle had verloren, en het was zo hard dat ik bang was dat de buren de politie zouden bellen. Josh verstijfde in mijn armen en begon zelf ook te huilen.

'Kate!' riep ik geschokt.

Ned liet haar hand los, ging staan en liep achteruit alsof er een geweer op hem gericht was.

'Hou eens op,' zei hij.

'Nee!' gilde ze nog harder.

Ik liep de kamer uit met Josh in mijn armen. Mijn eerste impuls was om hem weg te halen uit deze waanzin. Hij begon nog harder te huilen en hield me met zijn armpjes om mijn hals vast.

'Stil maar, Joshie,' fluisterde ik. 'Stil maar.' Ik liep de trap op naar zijn kamer en deed de deur dicht tegen het geschreeuw van Kate. Ik legde Josh op zijn speelmatje en ging op de grond naast hem zitten. Ik weet niet meer hoe lang ik daar heb gezeten. Ik keek naar Josh, die naar de zwart-witte knuffels keek die aan een balk boven zijn speelmat hingen. Na een tijdje hield Kate op met schreeuwen, waarschijnlijk omdat ze volkomen uitgeput was. Daarna hoorde ik het geluid van borden en pannen en het gepruttel van het koffiezetapparaat. Ned ging ontbijt maken, want we moesten toch eten. Dat was wat Ned waarschijnlijk dacht, dat we maar gewoon moesten gaan eten. Door die normale geluiden ging ik vanzelf aan allerlei praktische dingen denken. Ik had Zelman drie keer gebeld, maar ik kreeg steeds zijn antwoordapparaat. Moesten we niet met Kate naar een gewone dokter? Misschien had ze wel een of andere psychotische reactie op haar antidepressiva. Dat was toch best mogelijk?

Toen de telefoon weer ging, realiseerde ik me ineens dat ik Ned nog helemaal niet had verteld dat Dan Henderson had gebeld. Ik hoorde dat Ned beneden opnam.

'Hé, hallo, hoe gaat het?'

Daarna een lange stilte.

'Hoe bedoel je, dat ik moet komen?'

Weer een stilte. Het gerinkel met borden en bestek was gestopt.

'Maar het is vakantie, waarom wil McGrath me dan nu spreken? Wat is er aan de hand, Dan?' Ned klonk voorzichtig, op zijn hoede. 'Oké, ik kom eraan.'

Ik wist niet wat ik moest doen en waar ik heen moest gaan. Naar beneden, naar Ned, want hij was vast erg geschrokken. En Kate, ik moest haar ook troosten, ik moest voor haar zorgen, want ze was mentaal en fysiek gewond. En dan was Joshie er nog, die vrolijk op zijn speelmat lag te trappelen, ondanks die enorme bult op zijn hoofd. Ik wilde hem geen seconde alleen laten. Ik wilde mezelf het liefst in stukken verdelen zodat ik voor iedereen kon zorgen die me nodig had.

Ik tilde Josh op en liep naar de keuken. Ned en Kate zaten rustig aan tafel roerei te eten.

'Dat was Henderson,' zei Ned.

Ik wilde bijna zeggen dat ik dat al wist, maar deed dat niet.

'Hij wil dat ik naar school kom voor een geheime vergadering.'

'Waarover?'

'Dat weet ik niet. Het is geheim.'

Kate's ogen vlogen tussen ons heen en weer. Ik vroeg me af of ze nu besefte dat de bal die zij in de lucht had gegooid onbeheersbaar heen en weer stuiterde en naar elke hoek van ons leven schoot. Henderson wist het. De school wist het. Iemand had ze op de hoogte gebracht. Dat kon natuurlijk best, want die mensen stonden allemaal met elkaar in verband. Liza hoefde het maar aan één persoon te vertellen. Of Tommy. Of dokter Zelman.

'Besef jij eigenlijk wel wat je hebt gedaan, Kate?' vroeg Ned kauwend op een stuk brood.

Ze gaf geen antwoord.

'Je hebt ons leven kapotgemaakt,' zei Ned. Hij was griezelig kalm, net zoals toen hij naast haar stoel was gehurkt om naar haar armen te kijken.

'Ned, niet doen.'

'Maar dat is toch zo, Rachel?'

'Ze is nog maar een kind.'

'Jullie moeten niet over mij praten alsof ik er niet bij ben,' zei Kate woest.

'Je bént er ook niet bij,' zei Ned. 'Mijn dochter, de dochter die ik tot nu toe heb gekend, is hier niet.'

Kate begon weer te huilen.

'Wat denk je nu dat er gaat gebeuren, Kate? Hoe denk je dat we straks onze rekeningen moeten betalen? Wie moet er nu eten kopen, schoolgeld betalen, kleren voor je kopen?'

Neds lippen waren wit van kwaadheid, maar hij bleef heel rustig praten. Ik zag dat hij zijn uiterste best moest doen om zich te beheersen.

'Je moet dokter Zelman bellen om hem de waarheid te vertellen,' zei Ned.

Kate schoof met haar vork stukjes brood met roerei over haar bord.

'Je moet echt zorgen dat dit weer goed komt,' zei Ned. 'Voorzover het daar nog niet te laat voor is. Ik vind het prima als je mij haat, want jij bent een kind en ik ben je vader, en soms haten kinderen hun ouders. Maar ik vind het niet goed als je mij beschuldigt van dingen die niet waar zijn. Ik geloof niet dat jij beseft wat je hebt gedaan.'

'Nee, inderdaad.' Kate keek Ned recht in zijn gezicht aan.

'Kate...' begon ik, maar Ned stak zijn hand op.

'Laat mij maar, Rachel.'

'Best,' zei ik, en ik stormde de keuken uit, liep met Josh naar de slaapkamer en zette de televisie aan. Ik hoorde lawaai beneden, slaande deuren en geschreeuw, maar ik bleef naar het televisiescherm staren zonder iets te zien. Josh had een tube handcrème van mijn tafeltje gepakt en probeerde de dop eraf te draaien.

'Nee, Joshie.' Ik pakte hem de tube af, waarop hij begon te huilen.

'Oké, toe dan maar.' Ik gaf hem de tube terug. Wat maakte het ook eigenlijk uit?

Ik wachtte tot het stil was voordat ik me weer naar beneden waagde. Ned zat aan de keukentafel met zijn bord roerei nog voor zich.

'Waar is Kate?' vroeg ik.

'Weg.'

'Hoe bedoel je, weg?' Ik keek hem aan alsof hij krankzinnig was. 'Hoe kon je haar nou zomaar weg laten gaan?'

'Ik kan haar moeilijk tegenhouden! Wat moest ik dan doen, haar vastpakken?'

'Ned, ze heeft vanmorgen in haar polsen zitten snijden. Je mag haar toch niet alleen laten, ze kan toch...'

Mijn hart begon te bonzen. Ik rende naar boven en trok een spijkerbroek, een trui en mijn schoenen aan.

'Jij moet op Josh letten,' zei ik buiten adem toen ik weer beneden was en mijn portemonnee en de sleutels pakte.

'Dat kan niet. Ik moet naar McGrath.'

'Shit.' Ik sloeg met mijn hand op de tafel.

'Sorry. Maar ik was zo boos op haar...'

245

'Ze is nog maar een kind, Ned. Ze is nog maar een tiener.'

Ik trok Josh zijn jasje aan, maar toen ik hem zijn mutsje op probeerde te zetten, begon hij hevig tegen te spartelen.

'Kom op, Joshie, werk eens even mee.' Ik deed hem in de draagzak en liep naar de deur. Maar voordat ik wegging, draaide ik me om en keek ik Ned aan.

'Ned?'

'Ja?'

'Het komt toch wel goed, allemaal?' vroeg ik.

Hij keek me lange tijd aan.

'Ja, tuurlijk,' zei hij. Maar hij zei het niet overtuigd, alsof hij het niet zelf was die dat zei. Mijn hele gezin, Ned, Kate, en zelfs Joshie, was weggevlucht naar een plek waar ik ze niet meer kon bereiken.

'Luister, ik neem mijn mobiel mee. Bel me meteen als je bij McGrath geweest bent, goed? Dan bel ik jou als ik Kate heb gevonden.'

Ned zocht in zijn jaszak.

'Waar zijn verdomme mijn autosleutels?'

'Ned?'

'Ja?'

'Je belt me, goed?'

'Doe ik.'

DE TROTTOIRS LAGEN VOL MET NATTE SNEEUW, MET DAARONDER een gevaarlijk glad laagje ijs. Ik liep heel voorzichtig en zette mijn schoenen stevig neer. Op alle voordeuren van de huizen in Liberty Street hingen kerstkransen en in veel bomen hingen van die kleine kerstlampjes, die overdag uit waren maar die je wel kon zien hangen. Ik kwam langs het huis van Baskin, met zoals elk jaar zeer overdadige kerstversieringen. Op het grasveld zat de kerstman in zijn slee met een rendier ervoor.

'Kate!' Ik zette mijn handen aan mijn mond en riep zo hard ik kon. 'Katie!'

Ze was vast zomaar het huis uit gelopen zonder dat ze wist waarheen, dat wist ik bijna zeker. De meeste schoolvriendinnen waren voor de vakantie naar huis en de vriendinnen die in de stad woonden, waren met hun ouders op wintersport. Het was drie dagen voor nieuwjaar en het was doodstil in de stad.

Stew, de postbode, reed langzaam in zijn bestelauto de heuvel op. Hij wuifde naar me toen hij mij en Josh zag, en ik gebaarde naar hem dat ik hem iets wilde vragen.

'Stew, heb jij Kate gezien?'

Hij schudde zijn hoofd.

'Nee, sorry. Maar ik zal kijken of ik haar ergens zie. Moet ze naar huis komen?'

'Ja,' zei ik.

Ik sloeg de hoek van Liberty en Main om en liep door het centrum. Ik keek op elke logische plek naar binnen: de Dunkin Donuts, Bruegger's Bagels, zelfs de videotheek van Hawthorne waar ze wel eens met haar vriendinnen rondhing. Waar zat ze nou? Ik kreeg allerlei angstvisioenen van bloeddruppels in de sneeuw, van mijn Katie die ergens in de sneeuw lag en zichzelf iets aandeed.

'Wat moeten we nou doen, Joshie?' Ik liet hem paardje rijden op mijn arm in een poging om hem te vermaken. Ik was blij dat hij nog maar een baby was. Hij had in ieder geval geen idee wat er aan de hand was.

Ik liep snel door de bibliotheek: misschien zat ze in het achterzaaltje, waar ze leunstoelen hadden. Misschien lag ze daar zelfs wel ergens in een hoekje te slapen. Maar ik zag haar nergens. Ik liep helemaal door Main Street naar de school en zag dat die er heel dicht uitzag. Alleen in het kantoor van Henderson brandde licht. Daar zat Ned nu. Het schoolterrein was akelig stil, zo zonder leerlingen.

Na een uur had ik overal gezocht. Ik belde Ned op zijn mobiele telefoon, maar ik kreeg zijn voicemail.

'We gaan naar de politie, Josh,' fluisterde ik. Hij was eindelijk in slaap gevallen, lekker warm tegen mijn borst. 'We gaan de politie vragen om Kate te zoeken.'

Skip Jeffries zat achter de balie van het politiebureau. Dat was een geluk. Hij keek op toen Josh en ik uit de kou binnen kwamen.

'Rachel Jensen! En de kleine. Ik heb gehoord dat jullie nogal geschrokken zijn in New York.'

Ik keek hem verbaasd aan. Ik verbaasde me er nog steeds over hoe snel geruchten zich hier verspreidden, zeker als het om vervelende zaken ging.

'Hoe weet jij dat nou weer?' vroeg ik.

Hij haalde zijn schouders op en bekeek me eens goed. Ik zag er waarschijnlijk vreselijk uit. Ik had gehuild en mijn stem was helemaal schor omdat ik een uur lang in de kou Kate had geroepen. Ik voelde me koud en stijf, ook al hield ik Josh dicht tegen me aan.

'Ik kan Kate nergens vinden,' zei ik.

Skip legde zijn pen neer.

'Hoe bedoel je? Sinds wanneer?'

'Niet zo lang, een paar uur. Maar het is wel ernstig, Skip.'

'Hoezo?'

'Ze...'

Ik zweeg. Ik wilde het niet hardop zeggen, hier in het politiebureau. *Ze heeft zichzelf gesneden.* Maar ik moest wel.

'Ze heeft zichzelf vanmorgen pijn gedaan,' zei ik zacht. Ik keek om me heen om te zien of iemand anders op het bureau ons kon horen. 'En toen is ze weggerend. Ik maak me heel erg zorgen.'

'Hoe heeft ze zichzelf dan bezeerd, Rachel?'

'Ze heeft zichzelf gesneden.' Ik begon opnieuw te huilen. 'In haar polsen.'

'Oké, dan zal ik een paar mannen op pad sturen om haar te zoeken,' zei Skip. 'Nu direct. Maak je geen zorgen, we vinden haar wel.'

VAN HET POLITIEBUREAU WAS HET MAAR EEN KLEIN EINDJE LOPEN naar het kantoor van mijn schoonouders. De Range Rover van

Jane stond op de parkeerplaats en de Jaguar van Arthur stond er-
naast. Die auto's waren de enige poenige uitspatting die Jane en
Arthur zichzelf veroorloofden. Klanten die op zoek waren naar
een huis van een miljoen, wilden graag rondgereden worden in
dure auto's. Ik maakte Josh los en liep door de hal van het kantoor, langs de foto's van allerlei dure panden die te koop stonden: een Victoriaans huis in Marlborough, een hotel in Nantucket, de gebruikelijke bungalows langs de golfbaan en een enorm
pand in aanbouw. In de hal rook het naar luchtverfrisser met citroen.

'Kijk eens wie we daar hebben!'

'Hallo, Gladys.'

Ik begroette de receptioniste die al sinds jaar en dag voor Jane
en Arthur werkte.

'Kijk dat kleine schattige beertje nou eens!'

Gladys kietelde Josh onder zijn kin.

'Gaat het goed met hem? Ik hoorde dat hij een valpartij had
gemaakt.'

'Ja, het gaat prima.'

'Op je bolletje gevallen, hè? Arme kleine schat van me.'

Ik wist dat ze er niets mee bedoelde, maar toch ergerde ik me
aan haar.

'Het gaat príma met hem, Gladys.'

Ze keek me verbaasd aan. 'O, sorry.'

'Nee, nee, ik moet sorry zeggen. Ik heb nogal een rotweek achter de rug.'

Ze keek gekwetst, waar ik een rotgevoel van kreeg.

'Het komt gewoon doordat iedereen zo meeleeft, maar ik...'

'Ik snap het wel. Je maakt je zorgen om hem. Dat is toch ook
logisch? Jij bent zijn moeder!'

Dit was meer inlevingsvermogen dan ik van haar had verwacht,
en ik was even bang dat ik daar, in het kantoor van Jensen Makelaars, in tranen zou uitbarsten.

'Is Jane er?'

'Ja hoor, ze is in haar kantoor.'

Ik liep over de dikke vloerbedekking in de gang naar het kantoor van Jane. Door de glazen deur zag ik dat ze in haar leren bureaustoel zat, met haar gezicht naar het raam. Ze had haar voeten op een voetenbankje en ze praatte in de telefoon.

Ik klopte aan en ze gebaarde dat ik binnen mocht komen, zonder eerst te kijken wie het was.

'Dat weet ik wel, Louisa, maar zo is de markt op het moment nu eenmaal. Idioot, hè?' Ze begon te lachen, draaide zich om in haar bureaustoel en zag me staan. 'Dat noem ik altijd de wet van Jensen. Op het moment dat je belangstelling hebt voor een bepaald pand, is er altijd wel iemand die toevallig ook net geïnteresseerd is.'

Jane gebaarde naar de bank die tegen de muur stond en wuifde met haar keurig gemanicuurde handen naar Josh. 'Mijn schoondochter komt net binnen met mijn kleinzoon. Ik praat straks nog wel met je, als ik een reactie heb van de eigenaar, oké?'

Ze hing op en rolde met haar ogen.

'Klanten,' zei ze. 'Die oude boerderij van Troubh aan Goose Neck Road, daar vragen ze twee miljoen voor. Ongelofelijk, vind je niet?'

Ze ging naast Josh op de grond zitten.

'Daar hebben we mijn lieve schat,' zei ze. 'Laat me dat lieve snoetje van je eens zien.'

Ze wilde zijn muts afdoen, maar hij begon meteen te huilen.

'Het is nog een beetje gevoelig,' zei ik. 'Maar het gaat verder prima met hem.'

'Natúúrlijk gaat het prima met hem!'

'Kate is hier niet toevallig geweest vanmorgen?' Ik vroeg het zo terloops mogelijk.

'Nee, hoezo?'

Jane keek me over haar gouden brilmontuur heen onderzoekend aan. Ze had dezelfde doordringende blauwe ogen als Ned, maar haar blik was kouder. Ik werd altijd een beetje bang van die blik. Ik vroeg me af wat ze al wist. Jane wist alles wat er in Hawthorne gebeurde. Arthur en zij wisten altijd precies wie er ontslagen was, wie was overleden en wie op het punt stond failliet te gaan.

'We zitten in moeilijkheden,' zei ik, en ik liet me op de bank vallen. De kamer begon te draaien, de familiefoto's aan de muur vervaagden en vervormden, vielen uit elkaar alsof het puzzelstukjes waren.

'Wat voor moeilijkheden?'

Ik haalde diep adem en probeerde me schrap te zetten.

'Kate beschuldigt Ned ervan dat hij haar heeft lastiggevallen.'

Dat was eruit. Ik zag dat Jane bleek werd van schrik. Voor het eerst vond ik dat mijn schoonmoeder er oud en breekbaar uitzag.

'Lieve god,' zei ze.

Ze liep terug naar haar bureau en ging weer zitten.

'Lastiggevallen... hoe dan?'

'Seksueel,' zei ik. 'Seksueel lastiggevallen.'

Jane trok zó wit weg, dat ik bang was dat ze zou flauwvallen, of erger.

'Waarom zegt Kate zoiets?'

Ik schudde mijn hoofd. 'Dat weet ik niet.' Ik voelde me eigenlijk wel opgelucht nu ik het had gezegd. Nu was het niet meer alleen mijn probleem, maar het probleem van de hele familie. Op de een of andere manier zouden we ons er wel doorheen slepen.

'Heb je het al aan iemand anders verteld?'

Ik kon de radertjes in Jane's hoofd bijna horen draaien. Ze was weer helemaal bij haar positieven.

'Nee, ik niet, maar...'

'Goed zo.' Jane pakte een pen en begon ermee op het bureau te tikken.

'Jane...'

'We moeten hulp zoeken voor Kate. Het is duidelijk dat ze dat nodig heeft.'

'Jane,' zei ik weer.

Ze hield op met tikken. 'Wat is er?'

'Ik denk dat dit meer gevolgen heeft dan jij nu denkt,' zei ik langzaam.

'Hoe bedoel je?'

'Dan Henderson heeft me vanmorgen gebeld. Ze hebben op school...'

'Je gaat me toch niet vertellen dat ze het op school ook al weten? Hoe kan dat nou?'

'Kate heeft het aan haar dokter verteld.'

'Welke dokter?'

Ik was even vergeten dat we Jane en Arthur niet hadden verteld dat Kate elke week naar dokter Zelman ging. Dat was hun zaak niet, vonden we. Grootouders hoefden niet alles te weten.

'Ze is in therapie. Bij iemand die Liza en Tommy ons hebben aangeraden.'

'O, fantastisch!' Jane keek me woedend aan. Ze streek haar haar naar achteren met hetzelfde gebaar waarmee Ned dat altijd deed. Toen keek ze me zó doordringend aan, dat ik mijn blik moest afwenden.

'Is het waar?' vroeg ze.

'Wat?'

'Je weet wel. Dat. Heeft hij het gedaan?'

'Jezus, Jane, jij bent zijn moeder! Hoe kun je zoiets in vredesnaam geloven?'

'Ik zei niet dat ik het geloof. Ik wil alleen weten wat jíj denkt.'

Gladys stak haar hoofd om de hoek van de deur.

'Mevrouw Jensen, uw afspraak van halftwaalf is er.'

'Hou ze even aan de praat, Gladys. Geef ze maar thee.' Jane zei het zonder haar receptioniste aan te kijken.

Ik probeerde na te denken. Dus Neds eigen moeder twijfelde aan hem? Maar als zij al twijfelde, moest ik dat dan ook niet doen? Een moeder stak toch altijd haar hand in het vuur voor haar kind? Hoe kon ik Ned nog vertrouwen als zijn eigen moeder hem niet eens vertrouwde?

'Hij heeft haar met geen vinger aangeraakt, Jane,' zei ik zacht tegen mijn schoonmoeder. 'En ik vind het vreselijk dat je dat vraagt.'

'Ik vroeg het niet,' antwoordde Jane. 'Maar ik wilde zeker weten dat we elkaar goed begrepen.'

'We begrijpen elkaar uitstekend,' zei ik. Terwijl ik dit zei, begon me ineens iets te dagen. De familiebanden van de Jensen waren heel erg sterk. Jane zou zonder meer alle troepen inschakelen om dit probleem uit te schakelen, maar ze moest wel zeker weten wie er aan haar kant stond en wie niet.

'Ik ga Buzz Hall bellen,' zei Jane. Buzz was de advocaat van de familie.

'Waarom?' vroeg ik. 'Is het niet beter om...'

'Ned heeft natuurlijk een advocaat nodig,' zei Jane.

Ik dacht aan Kate. Waar zou ze nu zijn? Aan het liften naar Boston? Zat ze ergens verstopt op een plek die ik nooit kon vinden? Ik voelde diep vanbinnen dat ik alleen maar wilde dat ze in veiligheid was, wat ze ook had gedaan.

'Mevrouw Jensen?' Gladys kwam weer binnen.

'Niet nú, Gladys,' snauwde Jane.

Ik stond op. 'Ik moet weg,' zei ik. Josh was weer in slaap gevallen in de draagzak, maar ik voelde hem onrustig bewegen. 'Ik moet Kate zoeken.'

'Hoezo? Is ze weg?'

'Ze is vanmorgen kwaad het huis uit gelopen.'

Jane begon weer met haar pen te tikken.

'Wat een puinhoop, Rachel,' zei ze.

'Ja.'

'Misschien moet je haar naar zo'n school sturen,' zei Jane. 'De kleindochter van Trish Dovell zit ergens in New Hampshire, daar wordt ze flink aangepakt.'

'Dat doen we niet,' zei ik zwakjes. Ik trok mijn jas aan en wikkelde hem om Josh heen.

'Denk er maar eens over,' zei Jane. Ze liep naar me toe en omhelsde me. Toen gaf ze Josh een kus op zijn wang. 'Maak je maar geen zorgen.'

IK LIEP MET JOSH TERUG NAAR HUIS. DE ZON SCHEEN VERBLINDEND op de witte sneeuw. Ik probeerde te bedenken wat er precies was gebeurd en welke telefoontjes ertoe hadden geleid dat Ned was gevraagd om op school te komen. Zou Zelman de politie hebben gebeld? Wie had anders de school ingelicht? Iemand die werd beschuldigd van seksueel misbruik, mocht natuurlijk niet meer lesgeven.

Toen ik op de heuvel was, zag ik in de verte ons huis liggen. De jongen die altijd de sneeuw voor ons ruimde, was tijdens mijn afwezigheid geweest, want het pad was vrij. Terwijl ik doorliep, moest ik denken aan de eerste keer dat ik het huis zag, nu alweer vijftien jaar geleden. We zaten bij Jane en Arthur in de auto en ik was vier maanden zwanger van Kate.

'Die daar,' zei Jane. 'Het is een opknapper, maar bouwkundig is het in orde.'

Ned en ik zaten hand in hand op de achterbank en hij kneep in mijn hand terwijl we naar het oude, houten huis keken. Meteen toen we het huis zagen, wisten we allebei dat we daar wel wilden wonen, dat het goed was om uit de stad weg te gaan. Het rustige plattelandsleven zou ons best bevallen. Ned zou alle tijd van de wereld hebben om te werken, zonder de financiële problemen die hem vaak frustreerden. En ik zou een mooi atelier kunnen maken op zolder en daar aan mijn opdrachten kunnen werken. We waren zó vastbesloten om ons niet van ons stuk te laten brengen door de verhuizing, dat de overduidelijke gebreken van het huis ons helemaal niet opvielen: het kapotte houtwerk, de inzakkende vloeren (*originele elementen waar wel iets aan moet gebeuren*, zei Jane, die het niet kon laten om makelaarsjargon uit te kramen.) Wat wij zagen, als beelden uit een droom die we samen hadden, waren onze kinderen – zouden we alleen dit kind krijgen, of misschien twee, of drie? – en de maaltijden die we in de zonnige keuken zouden bereiden, de oude kleden en de diepe, comfortabele stoelen waarin we zouden wegzakken om al die geweldige boeken te lezen waar we in New York nooit aan toekwamen. *Matisse woonde ook niet in een stad*, fluisterde Ned in mijn oor. Hij wees naar een mooi glas-in-loodraam. *Gauguin ook niet*, fluisterde ik terug. Er was zelfs een open haard in de slaapkamer, en ik stelde me voor dat we heerlijk in bed lagen te vrijen bij het flakkerende licht van het haardvuur. Ik had nog geen idee hoe het was om een baby te hebben: ik dacht niet aan de traphekjes die we boven aan de trap moesten bevestigen, of de ramen die we moesten beveiligen, en ik wist ook nog niet dat open haarden en kleuters niet zo goed samengaan. Het was niet de realiteit die ik voor me zag, het was een fantasie over onze toekomst, een gelukkig, probleemloos bestaan in een oud huis op het platteland: romantisch, gezellig, en veilig. Ned kon gaan schilderen in de schuur achter het huis, een mooie ruimte die zeker vijf keer zo groot was als zijn atelier in Chinatown.

Josh was wakker toen ik thuiskwam. Hij had genoeg van de kou. Zijn neus was roze en zijn oogjes traanden.

'Kom, dan doen we eerst dit eens even uit.' Ik haalde hem uit de draagzak en trok hem zijn skipak uit. 'Dat is beter, of niet?'

Hij lachte naar me, en liet zijn twee parelwitte tandjes zien.

Boven sloeg een deur dicht. Ik had de auto van Ned niet op de oprit zien staan, maar misschien was hij naar huis komen lopen.

'Ned?' riep ik naar boven.

Er kwam geen antwoord.

'Ned, lieverd, ben je boven?'

Weer niets.

'Kate?'

Stilte.

'Kom mee, Joshie.'

Ik hees Josh op mijn heup en liep de trap op. Er kwam muziek uit de kamer van Kate en de deur was dicht. Ze was dus godzijdank thuis. Ik deed de deur open en keek in haar kamer. Ze lag op de grond. Ik bleef een tijdje naar haar staan kijken en liep toen met Josh naar zijn kamer om hem in zijn bedje te zetten. Daar kon hij in ieder geval geen kwaad en soms vond hij het zelfs wel leuk om daar een tijdje rustig te zitten en naar de mobiel boven zijn hoofd te kijken.

'Mamma komt zo terug,' fluisterde ik. Ik deed hem het gebreide mutsje af en keek onder het verband. De bult zag er, voorzover dat mogelijk was, nog akeliger uit dan eerst. Ik snapte nu pas goed waarom mensen bulten en tumoren wel eens vergeleken met alledaagse dingen. Een tumor ter grootte van een sinaasappel. Een bobbel zo groot als een erwt. Deze bult was zo groot als een golfbal.

Ik boog me vooruit en gaf Josh een kus op zijn lipjes.

'Ik hou van je,' zei ik.

Toen liep ik naar de kamer van Kate. Ze lag nog steeds met haar rug op de grond en met haar haar als een halo uitgespreid om haar hoofd. Ze had haar ogen open en ze staarde naar het plafond terwijl de muziek door de kamer dreunde.

Ik liep naar de stereo en zette het geluid zachter.

'Kate?'

Haar ogen stonden glazig en heel even schrok ik. Had ze iets ingenomen? Maar nee, ze knipperde alweer, en ik haalde opgelucht adem.

'We moeten praten,' zei ik.

Ze bewoog niet. Kennelijk had ze besloten om me weer dood te zwijgen. Ik bleef naar haar staan kijken en vroeg me af waar mijn vrolijke, gelukkige meisje van vroeger was gebleven. Eigenlijk had Kate nooit echt op een klein meisje geleken. Vanaf de tijd dat ze een peuter was, waren haar trekken al zo duidelijk dat je je precies kon voorstellen hoe ze eruit zou zien als ze dertig was. Heel mooi, een echte hartenbreekster, zoals Ned wel eens zei. Nou, dat klopte wel aardig, want ze had ons hart gebroken. Ik keek naar de verzamelde spullen uit haar jeugd, van de oude teddybeer van Steiff die ze van Jane en Arthur had gekregen toen ze werd geboren tot de poster van een jongen uit een televisieserie waar ze een tijdje dol op was geweest. Op een plank stonden al haar hockeytrofeeën.

Ik kreeg de neiging om wild met mijn armen om me heen te gaan slaan en alles op de grond te gooien.

'Dit verhaal is nu ook naar buiten gekomen,' zei ik. 'Pappa is op school op het matje geroepen.'

Ik zweeg. Ze gaf geen enkele reactie, laat staan een teken van berouw.

'Ze gaan hem waarschijnlijk schorsen,' ging ik verder.

Nog steeds geen sjoege.

'Je hebt ons kapotgemaakt.' Mijn stem klonk harder. *Rustig blijven*, zei ik tegen mezelf. *Rustig blijven, anders krijgt ze alleen maar haar zin.* Ik boog me over haar heen tot mijn gezicht vlak boven het hare was. 'Jij maakt je eigen ouders kapot!' schreeuwde ik. 'Hoe kun je daar zo kalm onder blijven!'

Ze fronste haar voorhoofd, maar dat was dan ook alles.

'Alsjeblieft, Katie.' Ik veranderde van tactiek. 'Katie, zeg alsjeblieft iets tegen me.'

Ze gaf geen antwoord. Ik stond op, het bloed steeg me naar het hoofd, en ik pakte de telefoon die op haar bureau stond.

'Ik ga dokter Zelman bellen,' zei ik met trillende stem.

Maar ik kreeg opnieuw de voicemail. Logisch, want hij had ook nog niet gereageerd op mijn drie telefoontjes van vanmorgen.

'Dokter Zelman, nogmaals met Rachel Jensen,' zei ik. 'Ik sta hier naast Kate. Ze ligt op de grond en ze reageert absoluut niet op me. Wilt u me meteen terugbellen als u dit hoort? Ik weet niet meer wat ik moet doen.'

Ik legde de hoorn weer op de haak.

'Ik heb hem gebeld,' zei ik. Ik had het gevoel dat ik moest blijven praten. 'Kate? Zo kunnen we toch niet doorgaan.'

Er rolde een grote traan uit haar ooghoek langs haar gezicht in haar haar. Ik was er tegelijk opgelucht en ongelofelijk verdrietig door.

'O, Katie toch.' Ik ging naast haar op de grond liggen en hield haar stevig vast. 'Wat is er toch met je gebeurd dat je zó verdrietig bent.' Ik kon haar hart voelen kloppen in haar magere ribbenkast. Ze was zo koud dat ik het niet kon laten om haar nog dichter tegen me aan te houden. Ik wilde haar warm maken, vanbinnen en vanbuiten. We bleven liggen tot haar hartslag rustiger werd en haar ademhaling regelmatiger. Mijn arm was onder haar in slaap gevallen, maar ik wilde me niet bewegen. Ik hoorde de voordeur dichtslaan. Ned was thuis. Hij liep de trap op en bleef in de deuropening naar ons staan kijken. *Ik kom zo*, zei ik geluidloos, want ik durfde niet eens te fluisteren. Ik had mijn dochter veilig in mijn armen. Diep in mijn hart wist ik dat het lang zou duren, langer dan ik kon verdragen, voordat ze zich weer door mij zou laten vasthouden.

HET WERD STEEDS STILLER IN HUIS IN DE MAANDEN DAARNA, ZO stil en rustig dat het wel leek alsof er niemand woonde. In de voorkamer stonden dozen met spullen uit Neds kantoor op school: meer dan tien jaar aan boeken en papieren die haastig in die dozen waren gestopt. We liepen als geesten door het huis, rouwend om wie we vroeger waren. Overal zagen we daar nog herinneringen aan: kaartjes voor een concert van Yo-Yo Ma in Boston op het prikbord in de keuken, folders van Club Med die ik had besteld omdat het me leuk leek om in het voorjaar op vakantie te gaan, recepten van lasagne en hachee.

Kate ging weer terug naar school, maar ze had het daar erg moeilijk. Alle kinderen wisten dat Ned niet meer op school was. Ze hadden allemaal geruchten gehoord: hij was ontslagen, hij had ontslag genomen, hij was er een tijdje tussenuit. En ze vroegen steeds aan Kate: *Waar is je vader? Waarom is hij niet op school?* Ik weet niet wat ze als antwoord gaf, maar op een bepaald moment stopten ze met hun vragen. Vanaf dat moment praatten ze überhaupt nauwelijks meer met haar. Dat was nadat er een stukje in de *Courier* had gestaan over de beschuldigingen tegen Ned. Nu wist elke boer en elke postbode in de wijde omtrek wat er bij ons aan de hand scheen te zijn.

Zelman belde eindelijk terug en we voerden een paar lange gesprekken met hem, die allemaal op hetzelfde neerkwamen: we moesten Kate op een therapeutische school doen, omdat dat volgens hem de enige oplossing was. Hij had niet het gevoel dat ze thuis veilig was en bovendien zou haar toestand nog kunnen verslechteren door de spanningen in huis. Van de mogelijke alternatieven – een survivalkamp, een psychiatrisch ziekenhuis – vond Zelman een therapeutische school de beste en vriendelijkste manier om haar te helpen.

Het was inderdaad een feit dat ons gezin niet meer een erg gezonde of productieve omgeving was. Ik wist dat Ned Kate zo veel mogelijk ontweek. Hij was bang voor haar. Wat zou ze hem nog meer kunnen aandoen? En hoewel hij dat nooit met zo veel woorden zei, had ik het gevoel dat hij bang was voor de woede die hij voor haar voelde. Hij zat meestal in de leunstoel bij de haard in onze slaapkamer, met de deur dicht. Dan luisterde hij naar muziek op de kleine stereo die we daar hadden. Hij had vaak een boek op schoot, maar ik zag hem nooit een bladzijde omslaan. Zo af en toe deed hij een klusje in huis, maar dat deed hij als Kate er niet was. Dan smeerde hij de piepende voordeur of zette hij de vuilnis buiten.

PAS IN HET VROEGE VOORJAAR BEGON IK MET NED OVER HET IDEE om Kate ergens naartoe te sturen. Ik zat op de grond naast de leunstoel in de slaapkamer en ik streelde zijn been en zijn hand. Nu er meer tijd was verstreken, was zijn verdriet tastbaar geworden. Zijn schouders waren opgetrokken en zijn rug was heel gespannen.

'Zelman vindt dat we Kate uit huis moeten plaatsen,' zei ik zacht.

'Uit huis? En waar moet ze dan heen?'

'Naar zo'n school. Waar ze in therapie kan.'

De woorden smaakten als vergif in mijn mond, maar ik moest dat vergif wel slikken. Ik had geen keus. 'Ik ben bang dat ze zichzelf iets zal aandoen als ze hier blijft. We kunnen haar niet voortdurend in de gaten houden. Zelman zegt dat hij wel ergens...'

'Wat heeft die zak hier nou mee te maken?' vroeg Ned.

'Hij is er al bij betrokken. En misschien kan hij ons wel helpen om ergens een plek voor haar te krijgen. Het is niet zo gemakkelijk om snel iets te vinden, denk ik.'

'Hoezo, wat weet jij daar nou van?'

'Ik heb er veel over gelezen, op internet.'

'O.'

'En ik heb het er ook met Liza over gehad, en zij dacht dat de allerbeste plek voor Kate...'

'Ja, Liza weet er natuurlijk weer alles van.'

'Luister nou, Ned, we hebben echt alle hulp nodig die we kunnen krijgen.'

'Wat voor hulp?'

'Dat zeg ik net, om een plek voor Kate te vinden. Er zijn ellenlange wachtlijsten voor zulke scholen.'

'Ongelofelijk.'

'Ja. En dan nog iets: het gaat ook een hoop geld kosten. Misschien kunnen je ouders...'

'We gaan mijn ouders niet om geld vragen,' zei Ned.

'We hebben weinig keus.'

'Ik kan de Fischl verkopen.'

Eric Fischl had samen met Ned op de kunstacademie gezeten. Zijn grote schilderijen werden voor minstens een half miljoen verkocht, en Ned had er eentje in zijn atelier hangen.

Ned pakte mijn hand vast. Dat was voor het eerst in weken dat hij me uit zichzelf aanraakte. Hij schraapte zijn keel.

'Rachel.'

Er was iets in zijn stem waar ik van schrok.

'Ik moet je twee dingen vertellen.' Hij haalde diep adem. 'Ten eerste dat ik een appartement in Pine Dunes heb gehuurd.' Hij streelde met zijn vinger over de palm van mijn hand.

'Hoezo? Voor wie?'

'Voor mij.'

'Ik snap het niet.'

'Ik ga hier weg. Voor een tijdje.'

Hij hield mijn hand stevig vast, alsof hij bang was dat ik weg zou lopen.

'Dat wil ik niet.'

'Nee, dat weet ik. Maar het moet toch.'

De stoel kraakte toen hij ging verzitten.

'En ik ga voor mijn ouders werken.'

Ik schudde mijn hoofd, om te proberen de woorden kwijt te raken die hij tegen me had gezegd. Alsof het stukken rondvliegend puin waren.

'Hè?'

'Ik ga voor de makelaardij werken. Ik ben aan het studeren voor het makelaarsexamen.'

'Ned.' Ik maakte me los en ging staan. 'Dat kun je niet menen.'

'Ik moet wel, Rach.' Zijn stem was rustig, afgemeten. Hij had hier al een tijdje over nagedacht. Lang genoeg om plannen te maken.

'Dat geloof ik niet. Ik kan niet geloven dat je dat echt gaat doen.'

'We zullen het geld hard nodig hebben. En ik kan daar veel geld mee verdienen.'

'Ik kan toch ook meer gaan werken?' zei ik. 'Ik zou best een baan kunnen nemen.'

'Daar gaat het niet om.'

'Hoe bedoel je?'

Ik ging voor Ned staan, die in zijn stoel bleef zitten. Ik voelde me wanhopig. Ik was in staat om hem fysiek tegen te houden als hij nu het huis uit zou lopen.

'We kunnen zo niet doorgaan.'

'Hoe bedoel je? We hebben toch geen ruzie, we zijn alles gewoon op een rijtje aan het zetten.'

'Rach, er zijn hele belangrijke dingen waar we niet eens over praten. En we kunnen daar niet over praten omdat er niets over te zeggen valt.'

'En Josh dan? Ben jij van plan om zomaar uit zijn leven te verdwijnen?'

'Natuurlijk niet! Ik kan hem toch veel blijven zien. En jou ook. Wie weet wordt het juist veel gemakkelijker.'

'Gemakkelijker.' Mijn stem klonk vlak.

'Voor een tijdje.' Ned ging staan, en ik deed een stap achteruit.

'Tot het wat beter gaat allemaal.'

'Maar wanneer is dat dan?'

Hij liep naar de deur. Ineens realiseerde ik me dat hij van plan was om nu meteen weg te gaan.

'Ga je nu al?' vroeg ik. 'Toe, laten we in ieder geval nog samen eten.'

Hij schudde zijn hoofd. 'Ik moet echt gaan, Rachel.'

Hij gaf me een papiertje met daarop een adres en een telefoonnummer. Ik liep hem achterna de trap af, naar beneden, door de voordeur naar buiten. Ik liet de deur openstaan, want Josh lag beneden te slapen.

'Ned...'

'Laat me maar, Rach. Het is voor mij ook moeilijk.'

Hij drukte me even tegen zich aan. Ik voelde dat zijn hart snel klopte. Toen liep hij weg, stapte in zijn aftandse auto en reed weg.

DE VOLGENDE OCHTEND WAS KATE NET NAAR SCHOOL TOEN ER werd gebeld. Op de nummerherkenning zag ik dat het Zelman was.

'Ik heb fantastisch nieuws,' zei hij. 'Ik heb gesproken met een collega van me, Frank Hollis, de directeur van Stone Mountain. Hij vertelde dat er een plaats is vrijgekomen vanwege een annulering.'

Ik durfde me niet af te vragen wat de reden van die annulering was.

'Misschien is het allemaal wat overdreven,' zei ik. 'Kate is daar misschien niet...'

'Mevrouw Jensen,' onderbrak Zelman me. 'Ik geloof niet dat u het begrijpt. Dit is echt een grote kans. Stone Mountain is de allerbeste instelling van de hele oostkust.'

Ik wilde bijna vragen of hij de beschuldigingen van Kate geloofde. Dacht hij echt dat Kate het slachtoffer was van seksueel misbruik?

'Hoe heeft dit toch kunnen gebeuren?' vroeg ik. 'Hoe kan het nou dat ze ineens zo in de war is geraakt?'

'Misschien is het wel helemaal niet zo snel gebeurd. Meestal bouwt zoiets zich langzaam op,' zei Zelman.

Ik voelde me een beetje duizelig.

'Mijn man is gisteren vertrokken,' zei ik.

'Het spijt me dat te horen,' zei hij na een tijdje.

'Denkt u niet... Zou het niet beter zijn als...'

'Nee.' Hij onderbrak me. 'Nee, ik kan dit niet genoeg benadrukken. Kate moet echt uit huis.'

'En wat nu?' vroeg ik.

'Ze verwachten haar vanavond,' zei Zelman.

'Maar hoe moet ik haar dan daarheen brengen?' vroeg ik. Ik werd ineens erg kwaad over dat onverstoorbare toontje van de dokter.

'Het lijkt mij het beste dat u en uw man haar vanmiddag uit school halen en haar dan zelf brengen,' zei Zelman. 'Het is ongeveer twee uur rijden.'

'Ik denk niet dat ze wil.'

'Ik zal wat valium voorschrijven, tabletjes van vijf milligram. Dat kunt u haar geven zodra ze in de auto zit.'

'Het klinkt allemaal zo afschuwelijk,' zei ik zacht. 'Alsof we haar ontvoeren.'

'Ik snap dat dat zo lijkt,' zei Zelman. Zijn stem klonk nu wat aardiger. 'Maar zo is het echt het beste voor haar.'

OM HALFVIJF ZATEN NED EN IK ACHTER DE TRIBUNE VAN HET SOFT-balvveld te wachten tot Kate klaar was met haar training. Ik ving af en toe een glimp van haar op door de houten banken van de tribune heen. Ze had het blauw-witte trainingspak van Hawthorne aan en ze droeg een haarband. Ze was erg geconcentreerd aan het spelen. Ik zag de lange spieren van haar benen aanspannen toen ze een bal ving en een meisje op het tweede honk uittikte. Wat zag ze er gezond uit. Het kon toch niet waar zijn dat we haar zomaar gingen wegsturen?

Ned schraapte zijn keel. 'Ik denk niet dat ze dit erg zal waarderen,' zei hij.

'We vragen gewoon of ze instapt,' zei ik vastberaden. 'Zoals Zelman zei.'

Ik had de weinige spullen die ze mee mocht nemen naar Stone Mountain in haar weekendtas gedaan: een paar warme truien, spijkerbroeken, ondergoed, sokken en gymschoenen. Er zaten nog kleine labels met haar naam in haar sokken en ondergoed uit de tijd van het zomerkamp. Ik had haar tandenborstel en een tube tandpasta in haar toilettas gedaan. Mijn handen trilden en waren klam van het zweet en mijn spieren waren gespannen. Ik had het gevoel dat we de juiste beslissing hadden genomen, de enige die we in deze omstandigheden konden nemen, maar wat moesten we beginnen als dat niet zo was? Onder in de tas deed ik haar oude teddybeer. Die zou ze toch wel mogen hebben daar?

'Hoe is je nieuwe huis?' vroeg ik aan Ned.

'Toe, Rachel.'

'Nee, ik wil het echt weten.'

'Het is donker en deprimerend en het stinkt.'

'Mooi zo.'

'Nou, dat is ook niet aardig.'

Kate kwam het veld af en ritste haar trainingsjack dicht. Haar houding veranderde, zoals altijd, toen ze ons zag staan.

'Wat is er?' vroeg ze.

'Laten we even in de auto stappen, lieverd,' zei ik.

Ik pakte haar arm vast en liep met haar naar de parkeerplaats. Ze duwde mijn hand weg.

'Waar gaan we heen?'

Ik wilde niet tegen haar liegen, maar ik wilde ook niets zeggen voordat ze veilig achterin zat met de riem om en de deuren op slot.

'Wij vinden dat jij hulp nodig hebt, Kate.'

Ze staarde naar de nagel van haar duim. Haar haar viel voor haar gezicht.

'Ik ben toch al in therapie,' zei ze.

'Dokter Zelman is het met ons eens dat je nog meer hulp nodig hebt,' zei ik.

'Wat bedoel je daarmee?'

We stapten in de auto en ik drukte op het knopje van de centrale deurvergrendeling. Ik hoopte dat ze het niet merkte.

'Er is een plek hier niet zo ver vandaan...' begon Ned.

'Het is maar voor korte tijd,' onderbrak ik hem. Ned keek me aan. De waarheid was dat we helemaal niet wisten hoe lang ze daar zou blijven.

Ze keek ons aan en haar gezicht werd bleek.

'Vergeet het maar.'

'Het valt heus wel mee, Kate. Het is gewoon een school, maar dan met nog wat extra faciliteiten.'

'Ik heb al een school.'

'Maar daar kun je niet blijven, Kate,' zei ik.

'Maar het is al eind maart! Over twee maanden is het zomervakantie!'

Ze stak haar kin de lucht in, iets wat ik al van haar kende toen ze nog maar een heel klein meisje was.

'Dat is ook zo, maar dit is iets wat nu moet.'

'Maar waarom dan? Ik heb niks gedaan waar ik me voor schaam!'

'Daar heeft het niets mee te maken, Katie.'

Ze keek kwaad naar Ned. 'Jíj bent degene hier die een probleem heeft.'

'Daar gaan we weer,' mompelde hij. Hij gaf gas en reed weg.

'Klootzak.'

'Daar schieten we niks mee op,' zei ik.

Ze probeerde de deur open te maken. 'Ik ga niet mee.'

'We gaan er niet over discussiëren, Kate.'

'Jullie kunnen me niet dwingen.'

'Toe nou,' smeekte ik. 'Probeer het dan alleen een tijdje.'

'Laat me eruit!'

Ik ging in mijn tas op zoek naar de valiumpillen die ik bij de apotheek had opgehaald en gaf haar er eentje, met een flesje mineraalwater.

'Hier,' zei ik. 'Neem dit maar.'

'Wat is dat?'

'Een klein beetje valium, daar word je rustig van.'

'Ik wil helemaal niet rustig worden!' schreeuwde ze. 'Laat me er godverdomme uit!'

Ze begon aan de deur te trekken.

'Dat lijkt me niet zo'n goed idee onder het rijden, Kate,' zei Ned kalm.

'Dat kan me niet schelen! Ik ga er niet heen en jullie kunnen me niet dwingen!' schreeuwde ze.

'Iedereen denkt dat dit echt het beste voor je is.'

Ze keek Ned woedend aan. 'Dit is zeker allemaal jouw idee, of niet?'

'Nee, toevallig niet.'

En toen stopte Kate tot mijn verbazing het pilletje in haar mond en dronk het flesje water in één keer leeg. Misschien besefte ze dat ze in feite weinig keus had.

'Maar ik blijf daar niet lang, als jullie dat maar weten,' zei ze.

'Oké, schat, dat is goed,' zei ik. Ik zei iets over de tas die in de kofferbak lag. Ik klom over de armleuning naar achteren en ging naast haar zitten.

'Rachel, wat doe je nou?' vroeg Ned.

Ik wist dat het gevaarlijk was wat ik deed, maar ik wilde bij Kate zijn. Er waren heel strenge regels voor contact tussen ouders en kinderen en ik had geen idee wanneer ik haar weer zou zien. Ze zat zacht te snikken en ik streelde haar over haar haar, en haar warme, natte wang, ook al duwde ze me weg. Toen we op de snelweg waren, was de valium gaan werken en viel ze met haar hoofd tegen mijn schouder in slaap. Haar trekken verzachtten en ze zag er weer uit als een jong meisje. Hoe vaak had ze niet achter in de auto liggen slapen als we terugreden van een bezoek aan familie of vrienden, of als we van vakantie terugkwamen? Toen ze nog klein was, deden we vaak het nummerbordspel, waarbij we zo veel mogelijk nummerborden uit andere staten probeerden te tellen. *Kijk mamma, een uit Alabama! En daar een uit Oregon!* We zongen gekke liedjes, stopten bij kraampjes langs de weg, aten ijsjes en dronken limonade, draaiden alle raampjes omlaag en joelden tegen de wind die door de auto blies. We vertelden elkaar flauwe moppen en we haalden nooit de clou voordat Kate al ontzettend hard begon te lachen. Dat was alles wat we wilden: haar aan het lachen maken.

We reden via Route 93, die zwart glom in de schemering van dit voorjaar in New England. Er waren niet veel andere auto's op de weg, maar wel veel vrachtwagens: enorme bakbeesten die veel te hard reden. Even later gingen we de snelweg af en reden we door het heuvelachtige landschap van New Hampshire, de staat waarin we onze dochter aan de zorgen van vreemden zouden toevertrouwen.

12

ALS IK WAKKER WORD MET NEDS ARM OM MIJN HEUP, DENK IK DAT
ik nog droom. Ik doe mijn ogen dicht en probeer de droom kwijt
te raken. Ik wil de dag niet beginnen met die doffe pijn van de
teleurstelling die ik elke ochtend voel sinds hij een jaar geleden
is weggegaan. Maar dan hoor ik gesnurk: een zacht keelgeluid waar
ik vroeger soms helemaal gek van werd, en ik doe mijn ogen weer
open. Zijn gezicht is een paar centimeter bij me vandaan. Niemand anders mag hem van zo dichtbij zien, denk ik heftig. Niemand anders.

'Ben jij hier?' fluister ik terwijl ik nog wat dichter naar hem toe
kruip tot onze neuzen elkaar bijna raken.

Hij doet langzaam zijn ogen open. 'Daar lijkt het wel op.'

Hij kust me met zijn zachte lippen. Onze adem vermengt zich.
Ik kijk naar hem terwijl we zoenen. Ik realiseer me dat ik dat het
meest heb gemist: het gevoel dat Ned altijd zo dicht bij me is als
nu. Vijftien jaar lang heb ik de wereld door de ogen van Ned gezien, alsof hij altijd bij me was. Wat ik ook deed – werken, Kate
naar een vriendinnetje brengen, eten koken – Ned was altijd bij
me, hij hing als een onzichtbare jas om me heen. Ik kreeg er een
veilig gevoel door in de wereld, een gevoel dat me zomaar, zonder aankondiging, werd afgepakt.

'Kom je...'

Ik wilde vragen of hij nu weer hier komt wonen, maar ik doe
het toch maar niet.

'Wat?' Ned leunt op zijn elleboog.

'Niets. Wil je koffie?'

Hij gaat weer liggen. 'Graag.'

Ik loop naakt naar de kast en pak mijn ochtendjas. Ik probeer me geen zorgen te maken over mijn lichaam, over mijn rimpels en vetrollen en putjes. Alsof hij mijn gedachten kan lezen, zegt Ned op dat moment: 'Je bent mooi.'

Ik wuif het compliment weg. 'Hou op.'

'Nee, echt.'

Hij kijkt naar me, met zijn schildersogen, en ik kijk naar *Rachel bloeit*. Een man die zijn vrouw ziet als ze op haar mooist is, wat wil een vrouw nog meer?

Het bloed stijgt naar mijn hoofd. Ik trek mijn ochtendjas aan en knoop de ceintuur dicht.

'Ik ga koffiezetten,' zeg ik.

Hij blijft me aankijken en dan voel ik het weer: de band tussen ons is nooit echt verslapt. Het gevoel is net zo sterk als vroeger.

'We komen er wel doorheen, Rach.' Dat is voor het eerst dat hij dit zegt. Steeds heb ik de cheerleader moeten spelen, degene die zei dat het wel goed zou komen.

'Ik hoop het,' maar dat is natuurlijk niet wat hij wil horen. 'Natuurlijk komt het goed,' ga ik verder. Maar zeker weten doe ik het niet. Hoe kan ik ooit nog iets zeker weten? Mijn vertrouwen in de wereld was al niet erg sterk, maar is de afgelopen tijd diep geschokt. Ik weet nu dat je een fijn leven kunt hebben, dat je enorm je best kunt doen om een goede moeder en vrouw te zijn, maar dat je wereld dan toch zomaar in kan storten. God zit daarboven niet keurige porties verdriet en pijn af te wegen, en misschien hebben wij wel een veel te grote portie gekregen. Josh is nog een groot vraagteken, heeft de dokter gezegd. En Kate een nog veel groter vraagteken. Wat gaat er met Ned en mij gebeuren als een van onze kinderen het niet redt?

'Ik kom zo terug.'

Ik loop naar de keuken, maar in de deuropening blijf ik stokstijf staan. De keuken staat vol met nog veel meer schilderijen van Ned. Overal staan ze: op de kastjes, tegen de muren, op de stoelen. Hij moet ze midden in de nacht uit zijn atelier hebben gehaald. De tranen springen me in de ogen als ik het zie. Hij snapt het dus, hij ziet het zelf dus ook. Hij weet dat die schilderijen de moeite waard zijn. En hij heeft ze hier in huis gezet. Een geschenk.

Het is nog geen zeven uur. Door het keukenraam zie ik de eerste roze strepen licht. Josh ligt nog te slapen. Meestal wordt hij 's ochtends pas wakker als de zon tegen halfacht op zijn slaapkamerraam schijnt. Ik pak de melk uit de koelkast voor in mijn koffie. Ned drinkt zijn koffie zwart. Ik bekijk een van de schilderijen nauwkeurig en probeer er een aanwijzing in te zien over de toekomst, zoals ik talloze keren heb gedaan sinds we Kate in het voorjaar naar Stone Mountain hebben gestuurd. Op het schilderij zijn we in de tuin van Jane en Arthur. Kate en ik liggen in een hangmat die tussen twee dennenbomen hangt. Kate is een jaar of twaalf, dus het moet in het jaar zijn voordat ik zwanger werd van Josh. Ik was zevenendertig. Mijn haar was lang en los, een wilde bos krullen zoals Ned het graag ziet, en ik heb een spijkerbroek en een oud T-shirt aan. Geen make-up. Als ik naar het schilderij kijk, zie ik vooral Kate. Ze lacht en ze ligt dicht tegen me aan in de hangmat. Haar haar vermengt zich met het mijne. Het is een beeld uit ons leven waar ik geen speciale herinnering aan heb. Er waren zo veel van die gemakkelijke, intieme momenten. Niks bijzonders. Ik probeer op Kate's gezicht een aanwijzing te zien, een hint van wat er nog gaat komen, maar ik zie alleen maar het onschuldige, open gezicht van een meisje dat zich volkomen op haar gemak voelt.

Ik zet het schilderij tegen een stoel en schenk melk in mijn koffiekopje. Dan zet ik het kopje in de magnetron om de melk op te warmen. *We komen er wel doorheen, Rach.* Ik weet nog dat ik na het overlijden van mijn vader dacht dat er best een hiernamaals kon bestaan. Dat hij me misschien nog wel kon zien, waar hij dan ook was. Het was niet moeilijk om dat te geloven, want je kon tenslotte maar nooit weten. Dat gevoel is de rest van mijn leven bij me gebleven en in de loop van de tijd werd het een deel van me, een soort onredelijke hoop dat uiteindelijk alles goed zou komen. Aan die hoop hield ik me vast, als wapen tegen de donkere wolk die altijd in de buurt was en me dreigde te verzwelgen. Wanneer had die wolk dat uiteindelijk toch gewonnen? Was dat langzamerhand gebeurd of op een bepaald moment? Toen Kate terugkwam van dat zomerkamp? Toen Josh was gevallen? Toen Kate Ned van seksueel misbruik had beschuldigd? Nee, het was later. Ondanks al die moeilijkheden, had ik mijn hoop aanvankelijk niet verloren. Dat was pas gebeurd, dacht ik nu, toen Ned was vertrokken. Toen ik onder ogen moest zien dat het onbreekbare toch kapot kon gaan.

Ik ga weer naar boven en geef Ned een beker koffie. Josh wordt wakker. Ik hoor zijn dekbedje en de geluidjes die hij altijd maakt als hij net wakker is. Ik doe zijn deur open en kijk naar binnen.

'Goedemorgen, Joshie,' zing ik zacht.

Hij lacht naar me vanuit zijn spijlenbedje. Hij is oud genoeg voor een echt bed, maar ik ben er zelf nog niet aan toe om die stap te zetten.

'Heb je lekker geslapen?' vraag ik.

Hij lacht weer, strekt zijn armpjes naar me uit en slaat ze om mijn nek. 'Uit,' zegt hij. 'Wil uit bed.'

Ik krijg een brok in mijn keel als ik hem dit hoor zeggen. Bijna een hele zin! Wat ben ik daar blij mee!

'Raad eens wie er is?' zeg ik terwijl ik hem uit bed til. 'Raad eens wie hier nog meer is?'

'Oma?' vraagt hij.

'Nee.'

'Opa?'

'Nee.'

Ik draag hem door de gang naar de slaapkamer en zet hem op de grond. Hij kijkt naar Ned, die in bed koffie zit te drinken.

'Pappa!' roept hij. 'Pappa!'

'Hé, kerel van me,' zegt Ned terwijl hij naast zich op het bed klopt. 'Kom maar hier.'

Josh klimt in bed en kruipt dicht tegen zijn vader aan.

'Kusje,' zegt hij.

Daar sta ik, midden in de slaapkamer te kijken naar mijn man en mijn zoontje die samen in dit vroege ochtendlicht in bed liggen. Ik had niet gedacht dat ik dat ooit nog zou zien.

'Mamma ook!' commandeert Josh. En dat doe ik. Ik kruip ook weer onder de dekens, aan de andere kant van Josh.

'Broodje Josh,' zegt Ned. Dat zeiden we wel eens voor de grap toen Kate nog klein was. Ik zie dat Ned moeite heeft om zich goed te houden. Het puntje van zijn neus is rood en zijn lippen trillen.

'Broodje Josh,' zeg ik, en ik pak hem vast terwijl hij kraait van plezier.

HET IS BIJNA PRECIES EEN JAAR GELEDEN DAT WE KATE NAAR STONE Mountain brachten. Toen Ned en ik haar daar brachten, had ik nooit gedacht dat ze er zo lang zou zijn, of dat we haar weer zouden ophalen tegen het advies van de school in. Maar dat is wat we nu gaan doen. We rijden weer naar New Hampshire. Het is de derde keer dat we samen naar haar toe gaan, maar voor het eerst dat ik geen rotgevoel heb. De zon schijnt en het is al iets warmer aan het worden. Hier en daar zijn er al grassprietjes te zien door de smeltende sneeuw.

'Ik ben mijn zonnebril vergeten,' zegt Ned.

'Zet de mijne maar op.'

Ik geef hem mijn zonnebril, die hem heel gek staat, veel te klein.

'Moeten we niet even bellen om te zeggen dat we onderweg zijn?' vraagt hij.

'Beter van niet. Dan gaan ze zich mobiliseren.'

'Het is geen gevangenis. Ze kunnen haar daar niet houden als wij niet willen.'

'Nee, maar ze kunnen het wel proberen.'

'Zo veel macht hebben ze niet, Rach.'

'Ze hebben wel veel macht. Ze hebben Kate.'

'Speeltuin?' zegt Josh vanaf de achterbank.

'Nee, Joshie,' zeg ik. 'We gaan een eindje rijden. We gaan naar Katie.'

Hij kijkt me vragend aan. De naam van zijn zus zegt hem vrijwel niets. De laatste keer dat hij haar zag was de dag dat we haar naar Stone Mountain brachten. Dat is een jaar geleden, de helft van zijn leven.

'Zeg eens "Katie"?'

'Katie,' herhaalt hij braaf.

'Hadden we hem maar niet meegenomen,' zegt Ned.

'Dat moest wel.'

De crèche is gesloten omdat er de hele dag oudergesprekken worden gevoerd, en ik wilde Jane niet vragen om op Josh te passen. Het gaat niemand iets aan wat we nu doen. Ik heb er zo genoeg van dat mensen ons steeds maar advies geven, hoe goedbedoeld het ook is. *Haal haar toch naar huis. Je kunt haar beter daar laten. Jij bent haar moeder, jij weet het toch het beste?*

'Mamma?' vraagt Josh.

Ik draai me om en kijk naar hem.

'Vrachtwagen.' Hij wijst naar de vrachtwagen die ons inhaalt.

'Ja, schatje.'

Hij lacht naar me. Hij heeft kuiltjes in zijn wangen.

Ik pak Neds hand, die op de versnellingspook ligt en kijk even naar hem. Hij lacht naar me, met die idiote zonnebril op zijn neus.

'Waarom lach je?' vraag ik.

'Om jou. Om mij.' En even later: 'Om Joshie op de achterbank, die de wereld aan het verkennen is.'

'Het is een leuk joch, hè?' zeg ik.

Bijna twee uur lang houden Ned en ik elkaars hand vast. Zo af en toe wijst Josh ons ergens op. *Koe! Bus!* Ned knijpt in mijn hand en ik weet dat we allebei aan Kate denken. Zij was ook altijd zo opgewonden over de gewoonste dingen: een vogel, een spin, een vliegje. Voordat ik het weet, zijn we al op de tweebaansweg die naar Stone Mountain leidt.

'KAN IK U HELPEN?' VRAAGT DE RECEPTIONISTE ALS NED EN IK DE hal binnenkomen. Josh huppelt vrolijk voor ons uit. Het is iemand anders dan de vorige keer.

'We komen onze dochter halen,' zegt Ned.

Ze kijkt in de agenda die op haar bureau ligt. 'En uw dochter is...'

'Kate Jensen.'

Ze kijkt verbaasd. 'Hebt u dan een afspraak?'

'Nee.'

'Wilt u even wachten?'

Ze pakt de telefoon en drukt een nummer in.

'Dokter Hollis, meneer en mevrouw Jensen zijn hier.'

Ze luistert en kijkt even naar ons.

'Ja,' zegt ze. 'Inderdaad.'

Ze luistert weer even.

'Prima.'

Ze hangt op en vouwt haar armen over elkaar. 'Dokter Hollis komt er zo aan.'

We lopen naar de leunstoel bij de haard die zo te zien in geen jaren is gebruikt. Josh kruipt onder een glazen salontafel door. Ned pakt een oud nummer van *Newsweek* en begint erin te bladeren. Ik voel me hier helemaal niet op mijn gemak en ik krijg meteen een rotgevoel nu ik hier ben. Al de eerste keer had ik het gevoel dat ouders die hun kind hier brengen ten einde raad zijn en geen andere mogelijkheden meer zien. Ik heb nooit het gevoel gehad dat het goed was om Kate hier achter te laten. Hoe kun je als moeder je dochter zomaar laten gaan? Ik heb dat nooit echt gekund. Sinds zij hier is, is er ook een deel van mij hier achtergebleven. Ik vraag me af of Hollis wel eens problemen heeft gehad met zijn eigen kinderen, als hij die tenminste heeft. Misschien is hij wel vrijgezel. Misschien gaat hij na elke werkdag naar zijn hutje in het bos en dankt hij God op zijn blote knieën dat hij daar lekker alleen is.

'Meneer en mevrouw Jensen,' zegt Hollis terwijl hij over het tapijt naar ons toe loopt. Ned staat abrupt op. Het tijdschrift valt op de grond.

'Daar zijn we weer,' zeg ik sullig, in een poging om de treurige situatie op te vrolijken. Hollis glimlacht niet. Hij houdt zijn hoofd een beetje scheef en bestudeert ons alsof we ratten in een laboratorium zijn.

'Ik zie dat u uw jongste hebt meegenomen,' zegt hij.

'We hadden geen oppas,' zegt Ned verontschuldigend.

'Dat is prima, prima,' zegt Hollis op een toon alsof hij het vreselijk vindt. 'Komt u maar mee naar mijn kamer.'

We lopen achter hem aan en gaan op de rechte stoelen zitten die bij zijn bureau staan. Hij laat zich in zijn leren bureaustoel zakken en leunt achterover, met zijn handen achter zijn hoofd.

'Wat kan ik voor u doen?' vraagt hij.

'Wij komen Kate ophalen,' zeg ik.

'Juist.' Hij kijkt naar Ned. 'Meneer Jensen, u bent het daarmee eens?'

Ned knikt.

Hollis kijkt ons lange tijd aan.

'Ik zou wel graag willen weten wat uw motivatie is,' zegt hij. 'Waarom bent u van gedachten veranderd?'

'Ik denk dat het beter is voor haar als ze thuiskomt,' zeg ik.

'En waarom denkt u dat?'

'Dat weet ik niet. Intuïtie.'

'Mevrouw Jensen, Kate begint eindelijk wat vooruit te gaan,' zegt Hollis.

'Zo zien wij dat niet,' zegt Ned. 'Wij hebben trouwens geen behoefte aan een discussie hierover. We willen alleen maar onze dochter ophalen en haar meenemen naar huis.'

Hollis zwijgt een tijdje en kijkt ons beurtelings aan.

'Zou u even in de hal willen wachten? Ik moet even bellen.'

Ned en ik kijken elkaar aan.

'Maar we willen gewoon...' begint Ned te zeggen.

'Ik ga iets regelen,' onderbreekt Hollis hem. 'Ik denk dat dat ook in uw belang is.'

'Maar wij willen helemaal niet...'

Hollis steekt zijn hand op alsof hij het verkeer regelt. We staan op en lopen naar de deur.

'Eén momentje,' roept hij ons nog na.

'Wat gaat hij nu doen, denk je?' fluister ik tegen Ned als we weer in de hal staan.

'Ik weet het niet. Maar ik geloof niet dat ik daar nog veel geduld voor heb,' zegt Ned.

'Hij probeert het ons natuurlijk uit het hoofd te praten,' zeg ik. 'Geen wonder ook, als je ziet wat ze aan haar verdienen.'

'Ik weet niet of het daardoor komt. Misschien is het gewoon hun enorme ego. Ze willen niet toegeven dat het is mislukt.'

Hollis doet de deur weer open.

'Ik heb dokter Esposito gebeld,' zegt hij. 'Kunt u hier om twee uur terugkomen?'

'We willen liever nu meteen weer weg,' zegt Ned.

Hollis leunt tegen de deurpost.

'Als u toch tijd zou kunnen maken, zou ik u vanmiddag heel graag iets willen laten zien. Ik denk echt dat u dan een betere beslissing zult kunnen nemen. Zou dat kunnen?'

'Maar ik snap niet wat dat voor verschil zal maken...'

Ik leg mijn hand op de arm van Ned. 'We hebben nu al zo lang gewacht,' zeg ik. 'Een paar uurtjes kunnen er ook nog wel bij.'

'Heel goed,' zegt Hollis. Hij kijkt op zijn horloge. 'Dan zie ik u over een uur weer hier.'

IN HET DORPJE WARREN IN NEW HAMPSHIRE IS EEN BENZINEPOMP, een postkantoor en een cafetaria. Er wonen waarschijnlijk nog geen duizend mensen, Stone Mountain niet meegerekend. Ik heb trouwens niet het idee dat de burgers van Warren erg ingenomen zijn met de school. We zetten de auto op de oprit van de cafetaria.

'Happy Burger,' zegt Ned.

'Wat?'

'Zo heet het hier.'

Hij wijst op een klein neonbordje boven de deur.

'Als je hier je hamburger eet, voel je je erg happy. Wij misschien ook wel.'

'Vast wel.'

We gaan aan een tafeltje zitten en Ned bekijkt de inhoud van de jukebox die naast hem staat.

'Ze hebben hier Pink Floyd.'

Ik kijk op van de placemat waar het menu op gedrukt staat.

'Cool. Wil jij een dubbele hamburger?'

'Probeer je me soms in een goed humeur te krijgen?'

'Doe ik dat dan wel eens?'

'Kom eens kijken, Joshie,' zegt Ned terwijl hij naar de jukebox wijst.

Josh gaat op de kunststof bank staan en begint op de knoppen te drukken.

De jongen die achter de bar koffie stond in te schenken, loopt met een notitieboekje in zijn hand naar ons toe.

'Zegt u het maar.'

'Een cheeseburger,' zegt Ned.

'Voor mij ook,' zeg ik. 'En een tosti voor mijn zoon.'

De jongen knikt en slentert weer weg.

'Hij vroeg helemaal niet hoe we de hamburgers willen,' zegt Ned.

'Naar buiten?' vraagt Josh hoopvol.

'Straks, Joshie,' zeg ik. Ik kijk naar Ned en probeer me voor te stellen wat er zal gebeuren als Kate weer thuis is.

'Waar moet ze nu op school?' vraag ik.

'Niet waar ze zat, dat lijkt me duidelijk.'

'Misschien moeten we haar de rest van het semester nog niet naar school sturen. Ze kan weer in therapie bij Zelman, of iemand anders...'

'De openbare school lijkt me prima.'

'Weet ik wel, maar denk je dat ze het aankan?'

De jongen brengt de hamburgers. Josh pakt zijn tosti en gooit hem op de grond.

'Joshie!' zeg ik vermanend. 'Niet gooien!'

'Gooien!' herhaalt hij.

'We weten niet wat ze wel en niet aankan,' zegt Ned. 'We moeten maar gewoon afwachten.'

Hij neemt een hap van zijn hamburger.

'Rach, weet je het echt zeker?' vraagt hij.

'Heel zeker,' zeg ik.

Neds aandacht wordt afgeleid door iets aan de andere kant van de ruimte. Ik volg zijn blik en zie een echtpaar van ongeveer onze leeftijd aan de ene kant van een tafeltje en een meisje van een jaar of dertien ertegenover. Het meisje zit te huilen en de moeder ziet er heel aangeslagen uit. De vader slaat zijn arm beschermend om de moeder heen.

'Waar denk jij dat ze naar op weg zijn?' vraagt Ned.

Ik zit verlamd naar ze te staren.

'Die arme mensen,' zeg ik zacht. Ik heb het gevoel dat ik heel veel over ze weet zonder ze ooit te hebben gesproken: de woede, de slapeloze nachten, het eindeloze gepieker over de vraag wat er mis is gegaan.

'Eigenlijk zouden we naar ze toe moeten gaan om even met ze te praten,' zeg ik.

'Waarom? Wat zouden we tegen ze moeten zeggen?'

'Het lijkt me alleen al fijn voor ze om te weten dat er nog meer mensen zijn die in hetzelfde schuitje zitten.'

'Dat denk ik niet. Het betekent alleen maar dat die boot nog voller is. Meer niet.'

Het meisje praat zó hard dat wij haar kunnen verstaan.

'Jullie kunnen me niet dwingen!' roept ze.

Haar ouders proberen haar te kalmeren en de mensen die aan de bar zitten, draaien zich om om te zien wat er aan de hand is.

'Ik kan hier niet tegen.' Ned schuift zijn bord weg met daarop de rest van zijn hamburger.

'Ik ook niet,' zeg ik. 'Kom, we gaan weg.'

ALS WE WEER TERUGRIJDEN NAAR STONE MOUNTAIN, BEGINT JOSH onrustig te worden. Ik ga bij hem achterin zitten en probeer hem af te leiden met wat liedjes.

Als we de parkeerplaats oprijden, staat Hollis al op ons te wachten bij de voordeur. Hij heeft zijn jas aan.

'Daar gaan we,' zegt Ned zacht. 'Op naar het volgende avontuur in gekkenland.'

We lopen over het schoolterrein langs een paar negentiende-eeuwse gebouwen. Josh probeert zich los te wurmen, want hij wil niet dat ik hem draag. Een groepje meisjes passeert ons, met voorop een vrouw van in de dertig. Daar lopen ze, in hun spijkerbroeken en sportschoenen. Ik vergelijk ze met de meisjes van de school in Hawthorne en ik zoek naar iets wat ze van hen onderscheidt. Maar eigenlijk zien ze er precies hetzelfde uit als de meisjes op de particuliere school, met hun uitstekende cijfers, hun hockeytrofeeën en hun dromen over de universiteit waar ze naartoe willen. Een paar meisjes kijken nieuwsgierig naar ons en hier en daar klinkt gelach. We zien er zo onmiskenbaar uit als ouders die worden rondgeleid door Hollis.

'Hier moeten we zijn,' zegt hij. Hij wijst naar een laag gebouw van grijze steen dat zo is gemaakt dat het goed past bij de andere gebouwen die eromheen staan. Hij gaat ons voor door de glazen schuifdeur. Er staat een schoolbord in de hal met een rooster erop: GROEP A KAMER 102. GROEP B KAMER 300. We lopen achter Hollis aan door een lange, lege hal naar een kleine, zwak verlichte kamer met een ovale tafel in het midden. Aan de ene kant van de tafel staan vier stoelen en aan de muur ertegenover hangen drie monitoren.

'We gebruiken deze kamer meestal voor professionele observatie,' zegt Hollis terwijl hij een afstandsbediening pakt en die op een van de monitoren richt. 'Ga zitten.'

Het duurt even voor ik herken wat er op de monitor verschijnt. De camera is vanaf boven op Kate gericht. Ze zit in een metalen vouwstoel en ze heeft haar armen over elkaar. Haar blauwe plekken genezen mooi, dat is alles wat ik kan denken. De zwelling is al verminderd en haar oog is niet meer paarsblauw maar geel. Ik ben ontzettend opgelucht alleen al om haar te zien.

'Ze heeft het voor ons allemaal verpest,' hoor ik een meisjesstem zeggen.

'Wat bedoel je daarmee, Zoë? Wat heeft zij dan voor jou verpest?' Ik herken de afgemeten toon van dokter Esposito.

'Nu zitten we allemaal weer op Niveau Een. Weet jij godverdomme wel hoe hard ik ervoor heb geknokt om op Niveau Twee te komen?'

Kate staart recht voor zich uit, met die glazige blik die ik inmiddels goed van haar ken.

'Zeg je nog iets terug, stomme trut?'

'Hé, hé, er wordt hier niet gescholden,' zegt Esposito.

'Ik kan er niks aan doen, ik ben zo kwaad op haar.'

Kate strijkt haar haar uit haar gezicht en kijkt heel onverstoorbaar.

Josh begint zachtjes te mekkeren. Ik kan het hem niet kwalijk nemen, want voor een jochie van zijn leeftijd zit hij veel te lang opgesloten. Ik zet hem weer op de grond en geef hem mijn mobiele telefoon om mee te spelen, altijd een laatste redmiddel.

'En jij, Jessica?' vraagt Esposito.

'Wat is er met mij?'

'Heb je Kate daarom geslagen? Omdat je kwaad op haar was?'

Ned pakt mijn hand vast. Hij weet dat ik me moet beheersen om niet de kamer uit te lopen en dat meisje naar de keel te vliegen.

'Ik heb haar geslagen omdat zij mij sloeg. Zij begon.'

'Is dat zo, Kate?' Ineens verschijnt Esposito in beeld. Hij staat achter Kate's stoel.

Kate geeft geen antwoord.

'Nou?'

Ze begint zacht heen en weer te zwaaien op haar stoel.

'Hou eens op met die onzin, Kate. Ik heb je wel door.' Esposito gaat op zijn hurken vlak voor haar zitten. 'Geef eens antwoord.'

Hij kijkt haar een hele tijd aan, zeker een minuut. Dan staat hij op.

'Oké,' zegt hij. 'Jij je zin. Alle privileges worden ingetrokken. Voor jullie alleviér. Als jullie dachten dat Niveau Een slecht was, dan staat jullie nog wat te wachten. En dan heb ik het over Isolatie.'

Hij verdwijnt weer uit beeld.

'Nee!' roept een meisje.

'Dat kun je niet maken!' schreeuwt iemand anders.

'Dat kan ik wel maken, dat zie je toch?'

'Waarom straf je ons allemaal?'

'Omdat dat hier zo werkt.'

'Maar dat is toch niet eerlijk!'

'Er is wel meer niet eerlijk in het leven,' zegt Esposito. 'Als een van jullie zich slecht gedraagt, moeten de anderen daarvoor boeten. Als je iets doet, heeft dat nu eenmaal consequenties, niet alleen voor jezelf, maar ook voor anderen.'

'Toch is het oneerlijk,' zegt Kate. Voor het eerst tilt ze haar hoofd op. Ze praat zacht, maar toch is haar stem goed hoorbaar tussen het meisjesachtige gegil van de anderen.

'Aha!' zegt Esposito. 'Nu kan ze ineens wel praten.'

'Je mag de anderen niet straffen om iets wat ik heb gedaan.'

Kate trekt haar knieën op tegen haar borst. Wat raar is het om zo naar haar te kunnen kijken, zo onopgemerkt, zo gretig. Ik ben al zo lang op mijn hoede bij haar. *Waar kijk je naar? Zit niet zo naar me te staren!* Ze is veranderd sinds ze hier is. Op het eerste gezicht lijkt ze nog op de oude Kate, maar als ik haar beter bekijk, zie ik dat ze er harder en holler uitziet. Ze is nog steeds mooi, maar het is net alsof ze een afdruk van zichzelf is.

'Alles is godverdomme jouw schuld,' bijt een van de andere meisjes haar toe.

Kate duikt ineen, alsof het meisje haar heeft geslagen.

'Pas op, Zoë,' zegt Esposito.

Kate mompelt iets. Ik buig me naar voren en probeer haar te verstaan.

'Wat zei je, Kate?' vraagt Esposito.

'Je hebt me wel gehoord.'

'Nee. Ik kon het niet verstaan.'

Ze leunt met haar voorhoofd op haar knieën. Haar stem klinkt gesmoord maar ik kan haar wel verstaan.

'Ik wil dood.'

'Ze probeert alleen maar aandacht te trekken,' zegt een van de andere meisjes. Maar ik luister al niet meer. Ik kijk alleen nog maar naar mijn dochter. Mijn mooie, lieve dochter die daar zo in elkaar gedoken zit te trillen. Ik heb het gevoel dat ik opgesloten zit in een glazen bol terwijl ik naar de videomonitor kijk die mij van Kate scheidt.

'Hoe vind je dat nu eigenlijk, Kate,' vraagt Esposito. 'Dat Zoë zegt dat het jouw fout is. Wat krijg je daar voor een gevoel bij?'

'Ik weet het niet.'

'Kom op, zeg, dat accepteer ik niet van je.'

Ik zie dat er een zachtere blik in Kate's ogen komt.

'Wat is dan jouw schuld?' dringt Esposito aan. 'Wat heb jij dan gedaan waardoor jij nu dood wilt?'

'Het was een ongeluk!' schreeuwt Kate.

Het wordt ineens doodstil in de ruimte.

'Wat bedoel je nu precies, Kate?' vraagt Esposito. 'Wat was een ongeluk?'

'Ik gleed uit en toen viel ik!'

Ze bedekt haar gezicht met haar handen.

'Op de trap. Ik lette niet goed op. Ik zou de baby nooit iets doen, nóóit...'

'Waar heeft ze het over?' vraagt een van de andere meisjes zacht.

'Ssst.' Esposito legt zijn vinger op zijn lippen.

'Waarom denk je dan toch dat het jouw schuld is?'

'Omdat...' Ze begint te huilen. 'Omdat...'

Ze kan niet meer praten.

'Een ongeluk kan iedereen overkomen,' zegt Esposito. Zijn stem klinkt vriendelijk. 'Soms gebeurt er per ongeluk iets, een ongeluk, en dan maakt het helemaal niet meer uit wat we wel of niet wilden, of waar we misschien stiekem over fantaseerden.'

Mijn arme, arme meid. Wat wil ik graag haar haar uit haar gezicht strijken, haar voorhoofd kussen, mijn armen om haar heen slaan.

'Rachel?' Ned knijpt me in mijn hand. 'Gaat het wel?'

Ik knik en probeer rustig te blijven. Ik snuif de zoete, bijna dierlijke geur van Josh op. Dan kijk ik naar Hollis. Ik probeer iets te zien op zijn gezicht, iets waarop ik kan vertrouwen.

'Daar heeft ze het vaak over,' vertelt hij. 'Over dat ongeluk.'

'Ik weet wel dat ze zichzelf de schuld geeft,' zeg ik. 'Ik heb naderhand wel geprobeerd om... Maar toen kwam ze met die beschuldigingen tegen Ned en toen is alles...'

'Uit de hand gelopen,' vult Ned aan. 'We hebben nooit meer echt grip op haar gekregen.'

Hollis knikt.

'Maar het is wel een goed teken,' zegt hij.

'Wat?'

'Dat ze erover praat.'

'Praat ze over alles?' vraagt Ned.

'Je bedoelt haar beschuldigingen?'

'Ja.'

'Nog niet,' zegt Hollis, 'maar dat komt nog wel. Daarom hoop ik ook dat u nog eens goed wilt nadenken over uw besluit.'

'Als Kate hier blijft, kunt u haar dan helpen?' vraag ik.

'Dat hopen we wel.'

'Tot nu toe is het niet zo goed gegaan,' zegt Ned.

'Het is altijd moeilijk met pubers,' zegt Hollis. 'Het blijft de vraag of ze eroverheen groeit. Hoe sterk haar basis is. Hoe ze in elkaar zit, of ze erfelijk belast is.'

'Dus u kunt niets garanderen?'

'Ik kan nooit iets garanderen, mevrouw Jensen. Maar ik geloof wel dat zij hier een betere kans heeft dan waar dan ook.'

'Ik wil haar zien,' zeg ik in een opwelling.

Hollis denkt hier even over na.

'Ik weet niet of dat wel zo productief is,' zegt hij langzaam.

'Alstublieft. Ik denk dat we daardoor een betere beslissing kunnen nemen.'

'Goed.' Hollis kijkt op zijn horloge. 'Ik breng u naar haar kamer, dan brengt dokter Esposito haar bij jullie als de groep klaar is.'

Hollis loopt met ons naar een van de laatste gebouwen aan het plein. Het is een negentiende-eeuws gebouw en er zitten tralies voor de ramen. Ned heeft zijn arm om me heen geslagen en houdt me dicht tegen zich aan, alsof hij bang is dat ik zal vallen. Ik draag Josh, die in mijn armen in slaap is gevallen. Hollis toetst een code in naast de voordeur en de deur springt met een zoemend geluid open.

'Hier wonen alle meisjes van Niveau Een,' zegt hij. We lopen langs een bewaker, die naar Hollis knikt, en dan lopen we een trap op en komen in een lange gang. Het lijkt op een gang met slaapkamers in een kostschool, alleen zitten er hier raampjes in de deuren waardoor het meer aan een gevangenis doet denken. De kamer van Kate is zo spaarzaam ingericht als een cel: er staat alleen een bed, een stoel en een klein bureau. Door het getraliede raam valt het zonlicht naar binnen.

'Ze komt over ongeveer een halfuur,' zegt Hollis. 'Meneer en mevrouw Jensen...' Hij kijkt ons met een ernstige blik aan. Heel even laat hij zijn professionele houding varen en zie ik hoe zwaar de verantwoordelijkheid op zijn schouders drukt. 'Ik hoop dat u haar nog een tijdje bij ons zult laten.'

'Mogen we een eindje gaan wandelen?' vraag ik ineens. Het lijkt me vreselijk om hier de hele tijd op haar kamertje te blijven zitten, waar haar wanhoop zo goed voelbaar is. Ik denk aan de nachten dat ze hier huilend op dat dunne matrasje heeft gelegen, zonder iemand om haar te troosten. Ze moet het gevoel hebben gehad dat ze hier opgesloten was. En dat was in feite ook zo. Het bureau in de hoek van de kamer is leeg. Ze mag natuurlijk geen pennen of potloden hebben. Wat deed ze als ze hier was, helemaal in haar eentje?

ER LOOPT EEN STENEN PAD VANUIT HET GEBOUW OM HET BINNEN-plein heen. We lopen het langzaam af en dragen Josh om de beurt in onze armen. De donkere gebouwen met de schuine daken, de kale takken van de bomen, de groene puntjes van de krokussen die al boven de grond komen: als je de tralies voor de ramen en de beveiligde deuren wegdenkt, zou dit ook een heel andere instelling kunnen zijn: een ziekenhuis, een sanatorium, een verzorgingstehuis. Ik zie ineens voor me dat Ned en ik ook op zo'n soort plek lopen als we oud zijn: schuifelend, en gebogen. Het is een troostrijke gedachte dat we ook in de verre toekomst samen zullen zijn. We lopen arm in arm, met een wandelstok in plaats van een baby, en nog langzamer dan nu. Waar zullen onze kinderen dan zijn? Zal Kate bij ons op bezoek komen? Is ze dan een stevige vrouw van middelbare leeftijd, met blozende wangen en een regenjas die ze stevig heeft dichtgeknoopt met een ceintuur? Rijdt Joshie dan de parkeerplaats op met zijn vrouw en twee kindertjes, springt hij uit zijn auto en omhelst hij ons? Zouden onze kinderen ons overleven?

'Waar denk je aan?' zegt Ned.

Ik wieg Josh in mijn armen en geef geen antwoord. Ik heb een brok in mijn keel.

'Het is het beste, Rach,' zegt Ned na een paar minuten.

Ik weet precies wat hij bedoelt. We hoeven er niet meer over te twijfelen. Als wij hier aan het einde van de dag vertrekken, zullen we Kate opnieuw achterlaten.

'Ja,' zeg ik. 'Maar het wordt er toch niet gemakkelijker van.'

We zwijgen. We kijken naar Josh, die wakker is geworden maar bijna weer in slaap sukkelt. Hij gaapt. Ik vraag me af of Ned zich ook zo veel zorgen maakt. Hij is er altijd beter in geweest om dingen te relativeren. Ik kan nooit iets van me af zetten.

'Zijn wij slechte ouders?' vraag ik hardop.

'Dat denk ik niet,' zegt Ned. 'Volgens mij hebben we het zo goed mogelijk gedaan.'

'Wat erg dat je dat zegt,' zeg ik. 'Mijn moeder zei dat ook altijd. En ik weet niet eens wat het betekent.'

Ned slaat zijn arm weer om me heen.

'Hou daarmee op,' zegt hij zacht.

We blijven maar rondjes lopen om het binnenplein. Josh is in mijn armen weer in slaap gevallen. Ik voel zijn beweeglijke lichaam slap worden in mijn armen en zijn hoofd rust zwaar tegen mijn schouder. Alle meisjes op Stone Mountain zitten op het moment blijkbaar in de klas of in een therapiegroep, want het is uitgestorven op het schoolterrein. Ik hoor alleen onze eigen voetstappen op de straatstenen. Ik denk aan Kate, vooral aan de Kate die ik op de monitor heb gezien. Ze zag er tegelijk beter en slechter uit, het leek alsof ze rauw was, een optelsom van spieren en huid en botten in plaats van een opgroeiend meisje. Je kunt je net zo goed voorstellen dat zij een gezonde, volwassen vrouw zal zijn als een hulpeloos wezen dat voorgoed gevangen zit in haar eigen lichaam, haar eigen erfelijke belasting, zoals Hollis het noemde. Zal zij zo sterk zijn dat ze haar beperkingen kan overwinnen?

'Ik zit wel met veel vragen,' zeg ik tegen Ned als we op een houten bankje gaan zitten. Het is lekker warm in de zon.

'Maar antwoorden krijg je niet,' zegt Ned. 'In ieder geval niet vandaag.'

De deur van het gebouw waar we Kate hebben gezien gaat open en Kate en dokter Esposito komen naar buiten. Ze staan even met elkaar te praten, dan geeft hij haar een schouderklopje en kijkt haar na terwijl ze naar het bankje loopt waarop wij zitten. Ze loopt met gebogen hoofd en met een aarzelende pas, alsof alleen lopen al pijnlijk voor haar is.

Ze kijkt niet op voordat ze vlak voor ons staat, en het eerste wat ze ziet is haar broertje, dat in mijn armen ligt te slapen. Ze brengt haar hand naar haar mond en kijkt alleen maar naar hem. Dan knielt ze op de grond en raakt ze even zijn wang aan.

'Wat is hij al groot,' zegt ze.

Van dichtbij kan ik zien dat de blauwe plekken nog niet helemaal over zijn en dat haar ogen opgezet zijn van het huilen. Ze streelt zacht met haar vinger over zijn handpalm. Ik vind het een heel moederlijk gebaar, ik heb dat zelf ook duizenden keren gedaan.

'Waarom zijn jullie hier?' vraagt ze, terwijl ze naar Josh blijft kijken.

'Omdat we van je houden,' zeg ik. 'Dat mag je nooit vergeten.'

'En jij, pappa?' vraagt ze. 'Waarom ben jíj hier?'

'Omdat ik van je hou,' zegt Ned.

Kate streelt Josh over zijn krullen met haar lange, slanke vingers.

'Hoe kan dat?' vraagt ze.

'Wat bedoel je?'

'Jullie moeten mij toch haten,' zegt ze zacht.

'Denk je dat?'

Ned blijft doodstil zitten, en zij ook.

'Ja.'

'Ik kan je niet eens haten,' zegt Ned. 'Je bent mijn dochter.'

'Je houdt van me omdat ik jouw dochter ben?'

Ned kijkt haar onderzoekend aan. 'Ja, voor een deel is dat zo,' zegt hij. 'Zo werkt dat gewoon.'

Ze gaat staan en kijkt naar ons. Ze heeft nog steeds het gezicht van een meisje, maar haar ogen weten meer dan een meisje van zestien zou moeten weten.

'Ik heb iets vreselijks gedaan,' zegt ze.

Neds gezicht betrekt. 'We nemen je nu niet mee naar huis, Kate. Je hoeft dus geen dingen te zeggen die wij volgens jou graag willen horen, want...'

'Nee, ik meen het.' Even rilt ze heftig, maar ze blijft ons aankijken. Haar stem klinkt zó iel dat hij bijna niet te verstaan is. 'Ik heb iets vreselijks gedaan en ik heb jullie veel verdriet bezorgd.'

Neds gezicht verkrampt tot een soort masker van verdriet. Hij buigt zijn bovenlichaam naar voren en hij begint heel erg te huilen.

'O, Kate, o, Katie toch!'

Josh beweegt onrustig in mijn armen. Ik ga staan en hou Kate zo dicht mogelijk tegen me aan. Haar lichaam verstijft even maar dan ontspant ze zich. We wiegen zacht heen en weer. Ik voel dat Ned ook zijn armen om mij heen slaat, en zo blijven we een hele tijd staan en houden elkaar heel stevig vast.

Dankwoord

Mijn dank gaat uit naar de volgende mensen: Jonathan Wilson, Jennifer Egan, Hilary Black en Sue Shapiro, die heel waardevol commentaar hebben gegeven op de eerste versies; dr. Laura Popper en dr. David Kaufman, die me allerlei medische informatie hebben gegeven, en nog veel meer; Jennifer Rudolph Walsh, die de beste vriendin en agent is die een schrijver zich maar kan wensen; en de briljante Jordan Pavlin, wiens aandacht voor dit boek zowel een geschenk als een openbaring is geweest.